Hans-Peter Ackermann

Hans-Peter Ackermann

Abenteuer in Kanada

von

Hans-Peter Ackermann

Bibliografische Information der Deutschen Nationalbibliothek:
Die Deutsche Nationalbibliothek verzeichnet diese Publikation
in der Deutschen Nationalbibliografie; detaillierte bibliografische Daten sind im Internet über http://dnb.dnb.de abrufbar.

© 2024 Hans-Peter Ackermann
Verlag: BoD · Books on Demand GmbH, In de Tarpen 42,
22848 Norderstedt
Druck: Libri Plureos GmbH, Friedensallee 273,
22763 Hamburg
Redaktion: Regina Graf
Illustration: Thomas Wölker
Bildvorlage: Diana Schäfer
ISBN: 978-3-7597-8651-7

Eine Überraschung

Eine ganze halbe Stunde wartete Valerie Brunner bereits auf ihren Verlobten Mario Hansdorf an der Bushaltestelle in Hamburg-Heimfeld in der Haakestraße. Das Wetter war zwar besser geworden und es regnete nicht mehr, aber nun fröstelte Valerie. Schon zweimal hatte sie versucht, ihren Verlobten mit dem Handy zu erreichen, doch jedes Mal vergeblich. Aber ein Bus kam auch nicht. Der abgerissene Fahrplan konnte ihr dabei keine Hilfe sein. Gerade als sie ein Taxi anrufen wollte, bog der rote BMW Z4 um die Kurve und hielt mit quietschenden Bremsen neben ihr an. Mario hob bedauernd die Arme.

„Schatz, entschuldige! Aber der Sesselmeier hat mich wieder zugequatscht wegen dem neuen Auftrag. Der Kerl ist unmöglich, jedes Mal vor Schluss fällt dem noch was ein", entschuldigte er sich gestenreich. Valerie band sich ein Kopftuch über die blonden Locken, weil der Fahrtwind kühl war, und meinte dann leicht verschnupft:

„Na, zum Glück hast du immer eine Ausrede parat, wenn du zu spät kommst." Dabei lächelte sie aber schon wieder versöhnlich.

Nach zwanzig Minuten Fahrt hatten sie ihr Appartement in der Innenstadt im achten Stock erreicht und stiegen aus dem Fahrstuhl. Auf dem sonst sauber geputzten Flur lagen zwei matschige Aprikosen mitten auf dem Gang. Mario rümpfte die Nase.

„Seit dieser Achmed Sowieso hier oben eingezogen ist, liegt dauernd was auf dem Flur herum, und wenn`s die Schuhe seines Sohnes sind", moserte er und schloss die Tür auf, während sie mit einem Papiertaschentuch das Obst aufhob und zum Abfalleimer brachte. Manchmal war ihr Verlobter ein richtiger Snob. Schon von klein auf von Mama und Papa verzogen. Ja nicht die Finger schmutzig machen, das war seine Devise. Andererseits war er ein spendabler Liebhaber, auch wenn sie sich die Miete und die Nebenkosten teilten. Immerhin verdiente er ja das Doppelte von dem, was Valerie am Monatsende als Assistentin des Direktors von ihrer Zeitschrift bekam. Ihr war das aber recht, denn so musste sie sich nie den Vorwurf machen lassen, dass er sie aushielt. Sie hatten von Anfang an darauf geachtet, dass jeder noch sein Privatleben hatte. Für Valerie bedeutete das, jede

Woche einmal Westernreiten, Holzstämme schleppen oder auch mal um die Wette Holz hacken. Und das wiederum sah man der 1,78 Meter großen stämmigen Blondine auch an. Lange, stramme, kerzengerade gewachsene Beine. Etwas breiter in den Schultern, dazu schulterlange blonde Locken und himmelblaue Augen, die immer zu lachen schienen. Kein Wunder, dass Mario von seiner „Traumfrau" sprach und sie in den höchsten Tönen lobte. Nach seiner Meinung hatte der liebe Gott einen guten Tag gehabt und jeden Zentimeter von ihr an die richtige Stelle gesetzt.

Valerie hörte das zwar gern, welche Frau freut sich nicht, wenn ihr Geliebter sie so lobt, aber sie hatte manchmal das Gefühl, dass er heimlich auch noch nach anderen schielte. Im Grunde war Mario Hansdorf ein Macho, von sich selbst überzeugt, oft überheblich, aber eben auch spendabel und ein guter Liebhaber im Bett. Da Valerie jeden Tag mit vielen Männern beruflich zu tun hatte, konnte sie gut Vergleiche anstellen. Und Alpha-Männchen kannte sie zur Genüge. Doch bis jetzt hatte es noch keine Gelegenheit gegeben, bei der Mario zeigen konnte, dass er ein Kerl war, ein richtiger Kerl.

Und so kam sein Vorschlag an diesem Abend umso überraschender und verschlug ihr fast die Sprache, was bei Valerie höchst selten vorkam. Er druckste schon eine Weile herum und bediente sie beim Abendbrot, was er sonst eigentlich nie tat.

„Hör mal, Schatzi, ich habe heute die Chance meines Lebens angeboten bekommen!", begann er die Unterhaltung. Valerie sah ihn erstaunt an: „Was für eine Chance?" Er lächelte etwas verlegen.

„Ich kann ein Projekt im Norden Kanadas übernehmen. Eine Brücke für Bahn und Autoverkehr über den Hey River bauen, mitten in der Wildnis. Dauer zwei Jahre und eine Bezahlung, zu der man eigentlich nicht nein sagen kann." Sie sah ihn starr an und legte das Messer beiseite.

„Das bedeutet, du willst zwei Jahre weg von Hamburg?", fragte sie ihn erschrocken. Er nickte zögernd.

„Ja, Schatzi, aber du könntest ja mitkommen. Ich habe da schon mal angefragt und sie haben tatsächlich ja gesagt. Du wärst da oben für die Öffentlichkeitsarbeit verantwortlich. Mein alter Herr hat zwar erst geknurrt, hat sich aber dann doch überzeugen lassen. Es gibt allerdings da oben Naturschützer, die gegen dieses Projekt sind, und die du möglichst überzeugen müsstest. Na ja, und reiten und Holzhacken kannst du ja sowieso!", lachte er. Sie sah ihn sekundenlang ernst an mit ihren hellblauen Augen.

„Und bis wann musst du dich entscheiden?", war ihre nächste Frage. Er zuckte mit den Schultern und verzog das Gesicht.

„Möglichst vorgestern!" Damit stand für Valerie schon mal fest, dass er zugesagt hatte, ohne sie vorher zu fragen. Das jetzt war nur das Pflaster, damit es nicht so wehtat. Und da Valerie auch störrisch sein konnte, meinte sie:

„Und wenn ich nicht mitkommen will? Ich habe hier einen schönen und gut bezahlten Job." Mario verzog auf einmal genervt das Gesicht und meinte leicht gereizt:

„Und wenn du das Doppelte verdienst, von dem, was du jetzt bekommst? Überlege mal, auf zwei Jahre befristet. Dann geht es wieder in die Heimat mit einem gut gefüllten Konto. Denn was wir da oben zum Leben brauchen, bekommen wir gestellt. Es gibt eine Großküche, die Tag und Nacht arbeitet. Es gibt ein Casino und einen Friseur. Das ist wie ein Sechser im Lotto! Jetzt komm und zier dich nicht so! Das sind Chancen, die bekommt man nur einmal im Leben!", redete er eindringlich auf sie ein und kam dabei immer mehr in Fahrt.

Valerie kam ins Grübeln. Eigentlich hatte er ja recht mit dem, was er vorbrachte. Sie stand auf, um den Tisch abzuräumen, und blieb einen Moment neben ihm stehen.

„Lass mir Zeit bis morgen früh, einverstanden?" Er holte tief Luft und nickte dann doch. „Okay, bis morgen früh also. Ich zähle aber auf dich, Liebling! Das ist die Chance für uns beide."

Den Rest des Abends verbrachten sie damit, dass ihr Mario nun Bilder von dieser Gegend da oben zeigte. Er hatte gut vorgesorgt mit seiner Auswahl. Kanada in den bunten Farben der Jahreszeiten. Im Bett lag Valerie noch eine Weile wach und überlegte das Für und Wider, um dann darüber einzuschlafen. Mario lag neben ihr und schnarchte schon längst.

Der Morgen begann wie jeder Morgen, wenn sie beide zur Arbeit mussten. Einer ging ins Bad, der andere richtete schon mal das Frühstück her, und das täglich abwechselnd, darauf legte

Mario viel Wert. Wenn es nach Valerie gegangen wäre, dann wäre sie sicher auch mal ohne Frühstück aus dem Haus gegangen. Manchmal musste Valerie deswegen über ihn lachen. Und im Stillen dachte sie dann: „Ja, der Bub muss halt früh sein Müsli haben!", so wie das die Mama immer gehandhabt hatte. Im Grunde waren sie eigentlich grundverschieden durch Elternhaus, Bildung und Lebenseinstellung. Bei Mario musste alles fest geplant sein, Spontaneität war ihm fremd. Doch Valerie dagegen konnte am Tag zweimal die Meinung ändern, wenn sie glaubte, dass dies notwendig wäre. Und sie war kurz entschlossen und ging dann auf ihr Ziel los. Was verband sie eigentlich? Diese Frage hatte sie sich schon öfters gestellt. Und sei es nun aus Bequemlichkeit, finanzieller Sicherheit und wegen gutem Sex, sie blieben halt zusammen. Obwohl Valerie schon mehrmals den Verdacht gehegt hatte, dass Mario nebenbei noch ein Pferdchen laufen hatte. Beweise dafür gab es keine, und sie suchte auch nicht danach. Doch Valerie hatte einen Entschluss gefasst, den sie Mario dann beim Frühstück mitteilte.

„Also, Mario-Schatz, ich komme mit! Aber nur für diese zwei Jahre, keinen Tag länger. Ich rede mit meiner Mutter. Das wird nicht einfach. Und dann muss ich mit meinem Chef reden. Ich könnte mir denken, dass er auf die Idee kommt, mich eine Reportage machen zu lassen." Sie sah, wie Mario aufatmete, und wurde sofort liebevoll von ihm umarmt.

Am Vormittag suchte Valerie das Gespräch mit ihrem Chef in der Frühstückspause. Holger Baumann hörte sich geduldig Valeries Erklärungen an und nickte ein paarmal zustimmend. Als sie fertig war und ihn erwartungsvoll ansah, meinte er:

„Also Deern, ich lass sie natürlich ungerne gehen, aber so ein Angebot ist auch verlockend, und ihr seid noch jung und kinderlos. Wir machen das so, wie Sie vorgeschlagen haben. Ich kriege jeden Monat eine schöne Geschichte, was ihr da oben so erlebt. Und natürlich auch ein paar Bilder über den Bau selbst."

Und damit hatte Valerie alles erreicht, was sie wollte, und sie verdiente sogar noch Geld dabei. Sie rief sofort Mario an, doch eine Monique erklärte ihr, er sei gerade in einer Besprechung, sie richte ihm aus, dass er zurückrufen soll. Doch bis zum Dienstschluss meldete sich niemand bei ihr. Am Abend war dann aber die Freude groß und die Reise-Planung begann. Und Valeries größtes Problem war wie das jeder Frau – was ziehe ich da oben an?

Das Abenteuer beginnt

Am 16. Juni standen Valerie Brunner und Mario Hansdorf in der Abfertigung des Flughafens Frankfurt. Reiseziel war die Hauptstadt Kanadas Ottawa, und von dort nochmal knapp 4000 km Flug bis zum Zielort Hay River am Nordufer des Großen Sklavensees. Ein Kaff mit 3600 Einwohnern, nahe dem Wood-Buffalo-Nationalpark, wo es noch Bisons geben sollte. Valerie hatte sich vorgenommen, da oben in der Wildnis möglichst viele Orte zu besuchen, die beinahe einmalig auf der Welt waren. So zum Beispiel den Twin Falls im George Territorial Park. Sie würde herrliche Bilder machen mit ihrer Kamera und sie dem Verlag anbieten. Und noch einer freute sich sehr über Valeries Eifer, das war Mario. Er hatte es tatsächlich geschafft, Valerie von diesem Trip zu überzeugen. Und war sie einmal überzeugt, konnte sie niemand mehr aufhalten, das wusste er nur zu gut, auch wenn er ihren Durchsetzungswillen manchmal zähneknirschend tolerierte. Aber das alles war jetzt Schnee von gestern, das Abenteuer lockte.

In Ottawa kamen sie nach 10 Stunden Flugzeit am Morgen etwas müde an und hatten zwei Stunden Zeit, um umzusteigen. Als dann Valerie die nun weitaus kleinere zweimotorige Maschine sah, wurde ihr doch etwas mulmig, aber Mario lachte nur:
   „Diese Maschinen fliegen im tiefsten Winter bei minus 40 Grad, da musst du keine Angst haben. Die Piloten sind alles alte Hasen. Es wird ein interessanter Flug und du kannst sogar etwas sehen. Bleib cool, Liebling! Und halte die Kamera bereit. Es wird sich lohnen."
Und dann hoben sie von der Landebahn ab, überflogen das Häusermeer Ottawas in Richtung Nord-West. Unter ihnen kreuzten sie noch die Highways, aber langsam wurde die Landschaft eben flach und weit. Satte Grünflächen wechselten sich mit kleinen Flüssen oder Seen ab. Und immer wieder sah man wild lebende Tierherden. Valerie machte ihre ersten Bilder aus dem kleinen

Fenster der Maschine. Dazu legte der Pilot sogar die Maschine ab und an in eine kleine Kurve, um ihr Schnappschüsse zu ermöglichen.

Pünktlich um 16:00 Uhr setzte die Maschine zur Landung auf der kleinen Landebahn in den Northwest Territories an. Unter ihnen lag Hay River am Nordufer des Großen Sklavensees. Atemlos starrte Valerie hinunter auf die immer näherkommende Landschaft rund um den kleinen Ort und den kleinen „Merlyn Carter Airport". Endlich waren sie am Ziel. Müde und ein wenig zerschlagen stiegen sie aus und atmeten die frische saubere Luft ein. Im Flughafengebäude wurden sie schon vom Projektleiter Adams und seiner Sekretärin begrüßt. Liam Adams war ca. 50 Jahre alt, die Sekretärin Olivia McEnroe so ungefähr 25 Jahre alt. So genau konnte man das bei ihr nicht schätzen, geschminkt wie sie war. Mit einem Ford „Maverick" brachte sie Adams zu ihrer neuen Bleibe. Valerie fiel aus allen Wolken, als sie das Haus sah. Ganz aus Holz, weiß gestrichen, mit einer Veranda und einem Wintergarten, ein Traum! Valerie war wunschlos glücklich. Man vereinbarte, dass sie noch einen Wagen zur freien Verfügung bekommen sollten und man sich am nächsten Morgen in der Zentralen Bauleitung im Ort treffen wollte. Eine Stunde später lagen beide auf dem großen breiten Bett und schliefen traumlos.

Pünktlich um 8:30 Uhr stand am nächsten Morgen ein PKW vor der Tür und hupte, um sie abzuholen. Zum ersten Mal trafen sich alle verantwortlichen Mitarbeiter. Liam Adams stellte die beiden Deutschen zunächst vor, um dann jeden der Anwesenden vorzustellen. Das Team bestand aus vier Männern und drei Frauen, alle aus der Baubranche mit einer einzigen Ausnahme, und das war natürlich Valerie. Aber das war überhaupt kein Problem. Als die Beratung sich auflöste und jeder seiner Aufgabe nachging, hatte Valerie ganz schnell Kontakt zu Amelia Smith, die im Team nur „Termingeier" genannt wurde, weil sie für die Termine aller Leitungsmitglieder verantwortlich war und immer mit Olivia McEnroe im Clinch lag.

Am Nachmittag fuhren sie beide hinaus zur Baustelle am Hay River, einen Fluss etwa so breit wie die Elbe. Eine Bahntrasse hatte man schon bis zum Ufer gelegt und war dabei, auf der anderen Seite damit zu beginnen, das Gleisbett aufzuschütten. Dazwischen fehlte nur noch die Brücke. Und zum ersten Mal sahen Valerie und Mario Einheimische mit Spruchbändern dastehen, auf denen zum Beispiel stand: *„Keine Eingriffe in das Ökosystem!"* Oder sogar: *„Schert euch zum Teufel mit eurer Eisenbahn!"* Und die da standen waren nicht nur fünf oder zehn Leute, sondern fünfzig bis einhundert, zumeist einheimische Indianer. Denn diese Bahntrasse verlief durch ein ökologisches Schutzgebiet und das Problem hatte im Vorfeld schon eine Menge Ärger gemacht. Doch Marios Brückenmodell war inzwischen auf Plakaten in jedem Ort und in jedem Shop zu sehen. Es war eine formschöne Bogenbrücke mit zwei Bogen ohne Mittelpfeiler, die bei einer Ausschreibung den Sieg davongetragen hatte. Aber immer wieder wurden die Arbeiten durch Proteste oder Pannen aufgehalten.

Manche Tage sahen sich Valerie und Mario gerade zu den Mahlzeiten. Und auch da gab es kaum ein vernünftiges Gespräch, denn er wirkte fahrig und aufgeregt. Was Valerie vor allem auffiel, Mario hatte keine Geduld. Ging ihm etwas gegen den Strich, begann er plötzlich laut zu werden. Wenn er auf der Baustelle auftauchte, machten die Arbeiter möglichst einen Bogen um ihn. Der Aleman war nicht gerade beliebt. Und so merkte es auch Valerie erst nicht, dass sich Jack Brown von der Trasse sehr um sie bemühte. Alles begann damit, dass er ihr zu Mittag einfach einen Kaffee mitbrachte und ihn wortlos vor sie auf den Tisch stellte und sich dann setzte.

In der Mittagspause saßen sie meist noch eine halbe Stunde hinter der Baracke in der Sonne. Die einen rauchten, die anderen dösten oder genossen die wärmenden Sonnenstrahlen. Dabei kam sie mit Brown ins Gespräch und erzählte, dass sie unbedingt in den Ort fahren müsste, um dort eine Postsendung abzuholen, worauf Brown sich anbot, sie mitzunehmen, weil er ebenfalls etwas zu erledigen hätte. Und so fuhren sie wenig später gemeinsam die 8 Kilometer bis zu dem Ort, an dem sich das Post-Office befand. Während Valerie die drei Päckchen abholte, ging Brown in den nahegelegenen Shop. Sie sah ihn dort mit einem jungen Kerl vom Shop reden, der ihm etwas gab, was Brown schnell einsteckte. Wenig später fuhren sie wieder zurück. Brown sah sie von der Seite an, während er fuhr.

„Du schaust auch nicht gerade sehr fröhlich aus, Valerie", meinte er mit seinem französischen Akzent auf Deutsch. Sie sah ihn ebenfalls an und schüttelte den Kopf.

„Ich mache mir Sorgen um meinen Freund. Mir scheint, er ist manchmal überfordert", bekannte sie offenherzig. Jack lächelte und wiegte den Kopf hin und her.

„Das ist hier in der Wildnis nicht so einfach wie bei uns zu Hause in Europa. Die Leute sind störrisch, manche wollen nur das große Geld machen. Und das möglichst schnell", erwiderte er. Wieder sah er zu ihr herüber.

„Du bist hübsch, Valerie. Lass uns doch mal zusammen was trinken gehen. Jeden Freitagabend ist im Saloon Tanz und Livemusik. Man muss doch auch mal raus aus dem Trott."
Valerie spürte durch die Jeans, wie seine Hand plötzlich auf ihrem Knie lag. Sie schob sie sachte beiseite und meinte dann unmissverständlich:

„Jack, wie ich schon sagte, ich bin mit meinem Freund hier oben. Ich bin nicht auf Abenteuer aus. Wir sollten lieber Freunde bleiben, alles andere gäbe nur Ärger."
Jack Browns Backenmuskel traten heraus und er sagte nichts mehr bis zur Ankunft auf der Baustelle. Als sie aus seinem Dodge ausstieg, stand Mario mit verschränkten Armen auf dem Parkplatz vor der Baracke und sah ihr entgegen. Sie trat auf ihn zu.

„Hier ist Post von zu Hause. Eins ist für dich und zwei sind für mich. Meine Freundin Lisette hat sich in Unkosten gestürzt, wie es aussieht. Und deins ist wohl von deiner Mutter, soweit ich gesehen habe." Ohne darauf einzugehen, meinte er plötzlich:

„Seit wann knutschst du mit dem Brown durch die Gegend? Will der was von dir?" Valerie lachte und dachte gleichzeitig an die Hand auf ihrem Knie. Das war wohl eindeutig gewesen.

„Was redest du denn für einen Stuss, sag mal. Ich wollte zur Post und er in den Ort, also hat er mich mitgenommen. Du bist ja meist nicht da! Das Auto fährst nur du!" Mario deutete auf den metallic-roten Ford „Explorer", an dem er lehnte.

„Das ist jetzt unser Wagen. Den müssen wir uns teilen. Also wenn du mal wieder in den Ort willst, müssen wir das wohl zukünftig absprechen. Dann fährst du mich zur Baustelle und dann eben danach in den Ort. Klaro?" Valerie war leicht genervt von seiner Art und Weise, wie er ihr das erklärte, und deshalb meinte sie:

„Klaro Papa! Das machen wir, wie du es willst." Er grinste auf einmal und lenkte ein: „Na komm, wir fahren nach Hause." Valerie lachte.

„Und wie kommen wir über den großen Teich? Oder kann das Teil schwimmen?" Auf der Heimfahrt berichtete Mario wieder von seinen Schwierigkeiten auf der Baustelle, dass nichts klappte und er alles dreimal erklären müsse. Valerie schüttelte den Kopf.

„Mario, ich will dir ja nicht reinreden, aber vielleicht solltest du mal deine Bauleiter zusammennehmen und in aller Ruhe die Probleme ansprechen. Vielleicht auch mal nach dem Dienst bei ein paar Bier." Er sah sie von der Seite an und verzog das Gesicht.

„Ich soll mich anbiedern, ihnen in den Arsch kriechen? Ich denke doch nicht daran!" Sie ärgerte sich insgeheim über seine sture Denkweise, sagte aber dann lieber nichts mehr. Und wie es das Schicksal wollte, kam es am nächsten Tag zum ersten Eklat. Verantwortlich dafür war mal wieder ihr Mario.

Zwei Arbeiter hatten gerade eine Betonmischung mit dem Kran über der Stelle positioniert, wo sie gießen sollten, als plötzlich ein lauter Knall eines der Stahlseile reißen ließ, welches die Mischbirne hielt. Sofort kam die Vorrichtung in Schräglage und das nun entstandene Übergewicht ließ auch das zweite Stahlseil reißen. Die Folge – die Mischbirne knallte aus 10 Meter Höhe in das bereits vorbereitete Gießbett. Zum Glück kam dabei niemand zu Schaden. Und dann kam Mario herangeprescht und brüllte mit voller Lautstärke:

„Welche Arschlöcher haben denn hier wieder gepennt?" Worauf einer der Meister aufgebracht von Marios Ton zurückbrüllte: „Das Arschloch bist du, Aleman! Du hast uns gestern diese beiden Stahlseile gebracht, die wir austauschen mussten! Aber es waren die falschen, viel zu dünn, um diese zwei Tonnen zu halten!" Und Mario, der gerade eine Schaufel in der Hand hatte, wollte auf den älteren Kollegen losgehen, wurde aber gerade noch zurückgehalten. Dabei schrie er den Mann an:

„Du kannst dir deine Papiere abholen!" Doch der Kollege winkte ab und zeigte Mario den Stinkefinger. Henry Gorgon erzählte ihr zu Mittag grinsend den Ablauf der Geschichte. Als einer der Bauleiter musste er nun einen Bericht schreiben. Er sah Valerie über den Tisch hinweg lächelnd an.

„Ist dein Mann zu Hause auch so aufbrausend?", fragte er sie. Valerie wehrte ab. „Er ist nicht mein Mann. Er ist mein Freund. Und nein, zu Hause ist er nicht so. Aber bei euch geht ja auch dauernd was schief. Bei uns zu Hause fliegt man bei sowas ganz schnell raus." Gorgon nickte süffisant.

„Ja, ja, ihr gründlichen Deutschen! Ihr plant ja auch von der Wiege bis zur Bahre, wie man hört." Valerie musste sich eingestehen, dieser Gorgon sah verdammt gut aus. Er war nach eigner Aussage noch ledig mit seinen 53 Jahren. Er hatte kurz geschnittenes, graumeliertes Haar, eine sportliche Figur und gepflegte Manieren. Und sie musste zugeben, da konnte ihr Mario keinesfalls mithalten.

Am Abend war der Vorfall Gesprächsstoff am Tisch. Und da konnte sich es Valerie nicht verkneifen, sein Auftreten zu rügen.

„Mario, so geht man nicht mit Leuten um, mit denen man täglich noch zusammenarbeiten muss. Du hast dich aufgeführt wie einer der Sklaventreiber von früher! Und jeder kennt diese Geschichte jetzt. Du machst dich unmöglich."

Mit einem Mal sprang Mario auf, knallte die Gabel auf den Tisch, so dass der Teller dabei entzwei ging und fing an zu brüllen:

„Du fehlst mir mit deinem Gesabber jetzt auch gerade noch, Blondie! Kümmere dich doch um deinen Scheiß!" Er drehte sich um und verließ die Tür zukrachend das Esszimmer und später das Haus. Valerie hörte, wie er die Haustür zuknallte. Sie räumte das schöne Essen weg und überlegte, was sie nun tun sollte. Zum Telefonieren mit ihrer Freundin zu Hause war es schon zu spät. Also zog sie sich was drüber und ging ebenfalls raus. Valerie ging zum Saloon in der Hoffnung, Mario dort zu treffen, doch statt ihn traf sie Gorgon. Der stand sofort auf und rückte ihr einen Stuhl parat. Dann bestellte er ein großes Bier für sie. Sie stießen an und tranken. Nach und nach erzählte Valerie, was passiert war. Gorgon hörte wortlos zu und nickte ab und zu. Plötzlich kam eine Runde Whisky von einem der Kollegen von Gorgon. Valerie wollte sich nicht zieren und trank langsam mit kleinen Schlucken das Gesöff. Das Zeug brannte wie Feuer. Und weil man ja auf einem Bein nicht stehen kann, gab's noch eine zweite Runde, dann eine dritte und eine vierte. Dann aber wehrte sie ab, weil sie spürte, was der ungewohnte Alkohol anrichtete. Wie lange lag das schon zurück, seit sie mal so richtig besoffen gewesen war. In der Lehrzeit hatte sie mal zum Abschluss mit ihren Freundinnen einen drauf gemacht und die Polizei hatte sie dann alle aufgesammelt. Valerie versuchte aufzustehen und Henry stützte sie lachend.

„Na komm, Mädel, ich bring dich lieber mal nach Hause", meinte er und zog ihr vorsorglich die Jacke über. Und dann kam die frische Luft und die Welt begann sich zu drehen. Valerie fand das alles saukomisch. Unterwegs mussten sie eine Pause machen und Valerie lehnte sich an eine Mauer. Und wer auch immer der erste war, sie küssten sich. Lange und anhaltend und immer intensiver. Sie spürte Henrys Hand über ihren nackten Po streichen in Richtung nach vorn zwischen die Beine. Da kam bei ihr dann doch noch das Stoppschild.

„Henry, aufhören! Du bist im Sperrgebiet!", fauchte sie ihn an und stieß ihn von sich. „Den Rest gehe ich jetzt allein. Gute Nacht, Amigo!", nuschelte sie und marschierte los. Henry sah ihr noch eine Weile hinterher und grinste vor sich hin.

„Ich kriege dich doch noch", flüsterte er mehr zu sich selbst und marschierte dann in entgegengesetzter Richtung davon.
Als sich Valerie zu Hause angekommen auf das Bett setzte, um die Jeans auszuziehen, bemerkte sie, dass der Reißverschluss wohl kaputt war. „So ein Sauhund", flüsterte sie und meinte Henry dabei. Sie überlegte. Hätte sie ihn nicht weggestoßen, dann hätten sie wohl an dieser Mauer im Stehen Sex gehabt. Valerie wurde es auf einmal schlecht und sie rannte ins Bad und übergab den Mageninhalt der Kloschüssel. Anschließend ging sie ins Bett und stellte fest, dass Mario noch nicht da war.
Irgendwann in der Nacht wurde sie plötzlich wach, weil jemand versuchte von hinten in sie einzudringen. Sie fuhr hoch, machte Licht und sah in Marios verquollene Augen, der sie angrinste.

„Was ist denn? Heute keine Lust auf Poppen, Blondie?", lallte er volltrunken. Wutentbrannt nahm sie Kopfkissen und Bezug, verschwand ins Gästezimmer und schloss die Tür ab.

Am nächsten Morgen wurde kein Wort gesprochen beim Aufstehen. Es war Sonntag und damit Ruhetag. Valerie hatte gerade Spiegeleier gebraten, als Mario frisch geduscht hereinkam und sich wortlos hinsetzte. Sie gab ihm die beiden Spiegeleier auf den Teller und wandte sich wieder um zum Herd, um erneut zwei Eier zu braten. Sie sah ihn zwischendurch an.

„Diese Aktion heute Nacht, die hättest du dir aber auch sparen können, voll wie du warst", meinte sie schon wesentlich sanfter. Plötzlich lachte er gehässig:

„Na klar, du hattest wohl schon deine Befriedigung vorher was? Muss ja ganz stürmisch gewesen sein, wenn der Reißverschluss dabei draufging. Hauptsache es hat Spaß gemacht."
Da machte eine kleine Sicherung in ihrem Kopf „pling". Und Sekunden später flog die Bratpfanne samt Spiegeleiern quer durch die Küche und dabei haarscharf an seinem Kopf vorbei. Und dann kam alles raus, was sich in den letzten vier Wochen so angesammelt hatte.

„Du aufgeblasenes Arschloch! Du spielst dich hier auf wie Graf Rotz von der Vogelweide, beleidigst wildfremde Menschen, machst dich zum Gespött auf der Baustelle und willst mich dann zu Hause besoffen noch vögeln! Das kannst du vergessen, du Windei! Hier wischt dir Mama mal nicht den Hintern ab und schon geht bei dir alles in die Hose! Was bist du denn für ein Kerl? Ich habe die Nase voll von dir!" Sprach's und zog sich an, nahm den Zündschlüssel und haute die Tür hinter sich zu. Drinnen hörte sie ihn noch brüllen:

„Dann hau doch ab, du Schlampe! Fahr wieder nach Hause! Aber das Auto bleibt hier!" Doch da war es schon zu spät. Valerie trat das Gaspedal durch und der „Explorer" schoss davon. Sollte er doch sehen, wie er auf Arbeit kam. Valerie überlegte. Was war jetzt zu tun? Einfach aufhören und ohne Bericht an die Zeitung nach Hause fahren? Das war nicht ihre Art. Sie musste bleiben. Mit Mario oder ohne Mario! Sie war sich sicher, dass sie sofort hätte umziehen können zu Henry. Aber wollte sie das? Aus einem Bett raus ins andere wieder rein? Nö, auch das war nicht ihre Art, und schon lange nicht wegen ein paar Nachtstunden mit Whisky. Sie ging in ihr Büro und traf auf Amelia, die Planerin. Die lachte, als sie zur Tür hereinkam, leicht zerzaust und nicht geschminkt.

„He, hattest du eine heiße Nacht, Darling?", fragte Amelia sie noch immer lachend. Valerie winkte ab und setzte sich an ihren Schreibtisch. Plötzlich brachte ihr Amelia einen Kaffee und ein Brötchen mit Salami drauf.

„Komm, auf Whisky muss Salami drauf, das hilft mir immer. Hattest du dicke Luft zu Hause deswegen?", fragte sie weiter. Und Valerie nickte. Dann erzählte sie, was am Morgen passiert war. Von der Nacht erzählte sie kein Sterbenswörtchen. Amelia schüttelte den Kopf.

„Männer! Aber wenn du willst, kannst du zu mir ziehen. Ich bin ganz alleine in dem Haus und fürchte mich manchmal nachts." Und da fasste Valerie einen Entschluss.

„Kann ich schon heute Vormittag bei dir einziehen? Ich will meine Sachen holen, aber nicht auf Mario treffen." Amelia sah sie bewundernd an.

„Du machst es gleich richtig, nicht wie ich. Ich bin zweimal ausgezogen und zweimal wieder eingezogen. Erst als er mich dann verdroschen hat, bin ich endgültig weg. Hat lange gedauert und tat sehr weh. Wir waren ja auch 11 Jahre zusammen." Amelia sah auf die Uhr und stand auf.

„Komm, wir holen jetzt deine Sachen! Wir fahren mit meinem Wagen, dann wird deiner hier auf dem Parkplatz stehen, wenn er vorbeikommt." Amelia hielt plötzlich inne und sah in Valeries feuchte Augen.

„Weißt du übrigens schon, dass die Bahngesellschaft deinem Mario den Vertrag gekündigt hat? Angeblich wegen unüberbrückbarer Gegensätze im Arbeitsalltag oder so ähnlich." Valerie war erst einmal sprachlos, doch dann nickte sie.

„Jetzt weiß ich auch, warum er sich gestern Abend vollaufen hat lassen. Kein Wunder, jetzt ist er am Ende. Ich will jedenfalls auch nix mehr mit ihm zu tun haben, das steht fest. Ich habe mir sein Gebaren lange genug gefallen lassen."

Im Haus angekommen räumte Valerie ihre Sachen in die Koffer und schloss das Haus wieder ab. Den Schlüssel legte sie in den Briefkasten am Zaun. Gemeinsam fuhren sie zu Amelias Haus.

Es war fast das Ebenbild von dem Haus, in dem sie die letzten vier Wochen schon gelebt hatte. Auch aus Holz gebaut, schön geräumig und hell, mit Wintergarten und Terrasse, und ringsum Wald. Es war ein Traumhaus hier in dieser Wildnis.

Als sie zu Mittag zum Essen in die Baracke kamen, wartete Mario schon auf sie. Als sie eintrat, stand er auf und sah sie fest an. Doch Valerie ging mit Amelia an ihm vorbei und sie setzten sich an einen anderen Tisch. Mario war blass geworden. Plötzlich stand er aber wieder auf und kam an ihren Tisch. Ohne zu fragen, setzte er sich hin und starrte sie an.

„Was soll das?" Valerie nahm einen Schluck Wasser. Sie sah ihm in seine glitzernden Augen, die sie mal so geliebt hatte.

„Für den Fall, dass du es noch nicht gemerkt hast, ich bin heute ausgezogen! Ich wohne die nächste Zeit bei Amelia. Vielleicht kommst du ja mal wieder auf den Boden, dann können wir ja nochmal reden. Aber die nächste Zeit brauche ich etwas Abstand von dir. Was werden wird, werden wir dann sehen. Geh jetzt wieder!" Mit versteinerter Miene stand er langsam auf. Mühsam sich beherrschend schob er den Stuhl wieder an den Tisch. Und dann zischte er auf einmal:

„Das wird dir nochmal leidtun, Blondie! Ich schwöre es dir!" Dann wandte er sich ab und ging mit schweren Schritten zurück an seinen Tisch. Einige Augenpaare verfolgten ihn aufmerksam. Nach gerade mal vier Wochen hatte das große Abenteuer Kanada eine Wendung genommen. Und Valerie musste es sich letztlich eingestehen, dass es vorhersehbar gewesen war. Aber sie hatte geglaubt, es noch ändern zu können. Von diesem Tag an verlief einiges anders. Valerie und Amelia verstanden sich auch privat super. Manchmal gingen sie abends nochmal weg, manchmal blieben sie einfach zu Hause und sahen fern. Valerie begann, sich in Kanada wohlzufühlen. Doch eines machte sie noch ziemlich unsicher. Sie hatte Mario schon zweimal mit einem Kerl auf dem Parkplatz gesehen, von dem Amelia behauptete, er sei ein Dealer. Was für Geschäfte machte Mario mit diesem Kerl? Ihr Innerstes signalisierte ihr, dass Mario hier oben in der Freiheit auf einem schiefen Weg geriet. Zu Hause hatten Papa und Mama ihm die Regeln vorgegeben, ihn studieren lassen und dann auch in Papas Firma eingestellt. Und weil er Talent hatte, war er auch ziemlich erfolgreich geworden und hatte die

Ausschreibung gewonnen. Aber jetzt von allen Fesseln befreit, zeigte er sein wahres Ich und begann, krumme Geschäfte zu machen.

Eines Tages überredete sie Amelia, einmal mit ihr in die Wildnis zu reiten. Ein Züchter, der Wildpferde zähmte und den Amelia kannte, bot ihnen an, bei ihm zwei zahme Pferde für einen Tag zu mieten. Schon früh fuhren sie raus zum Reitstall und nahmen ihre Pferde in Empfang. Valerie hatte eine braunweiße zweijährige Stute mit dem Namen „Storm Bride", also „Sturmbraut", und Amelie einen Falben mit dem schönen Namen „Rubio". Aber beide waren ganz lieb und schmusten schon nach kurzer Zeit mit den beiden Frauen. Und so ritten sie hinaus. Alfredo hatte ihnen einen Transponder mitgegeben, damit sie jederzeit wieder auffindbar waren, für den Fall, dass sie sich verirrten. Ausgestattet mit zwei Satteltaschen voller Snacks für die Pferde und etwas Essen für sich selbst zogen sie los. Die Luft war kühl, die weiten Wiesen noch leicht mit Nebelschwaden überzogen, der Wald sehr offen und hell. Amelie hatte ein Gewehr mitbekommen und sie konnte damit umgehen. Und so stand fest, auch Valerie sollte den Gebrauch einer Waffe erlernen. In der Wildnis konnte das manchmal Leben retten.
Dann sahen sie den ersten Elch, dem folgte dann eine kleine Herde. Sie äugten zwar zu ihnen herüber, ließen sich aber nicht stören. Valerie entdeckte einen Luchs, der auf einem Felsen saß und zu ihnen heruntersah. Am Fluss stießen sie auf eine Biberfamilie, die gerade dabei war, ihren Bau weiter zu vervollkommnen. Valerie kam sich vor wie in einem Märchen. Ein großer grauer Uhu saß auf einer Astgabel und sah stoisch auf sie herab. Amelia grüßte ihn:
„Hallo Onkel Uhu! Das ist Valerie und ich bin Amelia, danke dass wir dein Revier betreten dürfen! Einen schönen Tag noch!"
Lachend ritten sie weiter. Und Valerie fragte ihre Kollegin:
„Amelia, grüßt du jedes Tier hier im Wald?" Die Kanadierin mit spanischen Wurzeln nickte lachend.
„Ja klar! Mein Großvater hat mir als Kind mal erzählt, dass man alle Tiere des Waldes grüßen sollte, weil wir ja ihr Land betreten, und wenn wir freundlich sind, dann helfen sie uns auch, wenn wir in Gefahr sind."

Am Nachmittag erreichten sie ein größeres zusammenhängendes Waldgebiet. Amelia zügelte ihr Pferd und wartete, bis ihre Freundin auf gleicher Höhe war.

„Ich denke, wir sollten umkehren. Wenn wir hier weiter hineinreiten, könnten wir uns verirren. Hier steht Baum an Baum und am Ende weißt du nicht mehr, ob du nicht schon mal dagewesen bist oder im Kreis geritten bist. Lass uns umkehren. Hier könnten wir auch einem Puma oder gar Wölfen begegnen. Die greifen zwar Menschen nicht an, aber ich möchte es auch nicht darauf ankommen lassen." Valerie stimmte ihr zu:

„Du hast bestimmt recht. Kehren wir lieber um." Sie waren kaum zehn Minuten geritten, als sie plötzlich mehrere Stimmen hörten, die sich etwas zuriefen. Amelia schloss zu Valerie auf.

„Das könnten Einheimische sein oder auch irgendwelche Strolche, die umherziehen und alles klauen, was nicht niet- und nagelfest ist. Meist sind sie auch bewaffnet." Kaum hatte sie das ausgesprochen, tauchten auf einmal auf einer Lichtung zwei junge Kerle mit Pferden vor ihnen auf. Beide sahen ziemlich verwahrlost aus.

Amelia wollte vorbeireiten, doch sie standen da und grinsten nur. Sie sah die beiden Kerle an.

„Würdet ihr uns bitte vorbeilassen?", fragte sie halblaut, aber noch höflich. Die beiden grinsten breit und sahen sich an.

„He Ladys, warum denn so förmlich?", rief der etwas Größere und wohl auch Ältere von beiden.

„Kommt, steigt ab, rauchen wir einen Joint und haben etwas Spaß." Dabei machte er eine eindeutige obszöne Geste mit der Hand vor seinem Hosenstall. Amelia schob ihren breitkrempigen Hut nach hinten und zog dann ruhig die Winchester aus dem Futteral am Sattel und lud laut hörbar durch. Und dann sagte sie bestimmt:

„Wenn ihr beiden Scherzkekse nicht auf der Stelle den Weg frei macht, schieße ich euch die Eier ab! Habt ihr das verstanden, ihr Affen?" Überrascht von dem Gewehr, welches auf sie gerichtet war und der Aggressivität, mit der die Schwarzhaarige auf ihrem Pferd gesprochen hatte, traten die beiden auf einmal zur Seite. Valerie und Amelia gaben ihren Pferden die Sporen und ritten rasch vorbei. Einer der beiden Jungen rief ihr dann aber noch hinterher:

20

„Wir sehen uns schon nochmal, wenn ihr keine Flinte dabeihabt! Und dann geht's euch an den Kragen, Ladys!" Die beiden Frauen sahen zu, dass sie wegkamen. Nach einer halben Stunde erreichten sie den Highway, der an ihrem Lager vorbeiführte, und ritten nun immer am Straßenrand entlang.

Zu Hause wieder angekommen bereitete Valerie erstmal einen Tee zu für beide. Auf der Veranda sitzend genossen sie die letzten Sonnenstrahlen. Valerie sah ihre Freundin an.

„Ich denke gerade darüber nach, was passiert wäre, wenn du kein Gewehr mitgenommen hättest", sagte Valerie. Amelia nickte.

„Schwester, Lektion Nummer Eins in der Wildnis - gehe niemals unbewaffnet raus! Lektion Nummer Zwo - gehe nur dorthin, wo du dich auskennst! Ohne Knarre hätten wir eventuell im günstigsten Fall nur unsere Unschuld verloren. Aber jedes Jahr verschwinden auch Frauen einfach für immer spurlos, bis man irgendwann ihre Leichen durch Zufall findet. Das ist ein wildes Land und sehr groß und unübersichtlich. Hier kannst du nicht einfach mal den Sheriff rufen, wenn der 200 Kilometer weit weg ist."

Valerie schüttelte sich leicht.

„Brrr, darüber habe ich nie nachgedacht, als ich das hier mal angefangen habe. Es klang alles so romantisch und abenteuerlich, aber an solche Gefahren habe ich wirklich keine Sekunde gedacht."

Amelia nickte und erzählte ihr von einem Erlebnis, wo sie mit dem Auto in der Wildnis steckengeblieben war. Die einzige Rettung war ein kleines Dorf von Goldgräbern. Und dann kam da eine junge Frau von 21 Jahren unter etwa 15 bärtige Kerle jeden Alters. Sie sah Valerie an.

„Ich habe bei einigen schon an den Augen gesehen, was die gerade dachten, als ich auftauchte. Ich wäre dort zum Wanderpokal geworden, wenn nicht der Sheriff mein Auto gefunden und mich im Dorf gesucht hätte. Seitdem bin ich immer, wenn ich unterwegs bin, bewaffnet und das kann ich dir nur auch raten!" Sie griff in eine Schublade und brachte eine Pistole zum Vorschein. Sie passte genau in die Hand einer Frau, war silbern und nicht sehr schwer.

„Hier, mein Geschenk für dich. Das Ding hat acht Schuss und haut jeden Angreifer um. Wir werden auf dem Schießstand mal testen, wie gut du bist", lachte sie und drückte Valerie die Waffe in die Hand. Dann griff sie ein zweites Mal in die Schublade und brachte einen kleinen braunen Holster aus Leder zum Vorschein.

„Du brauchst einen Gürtel, um das Ding einzuhängen. Und immer schön unter der langen Bluse oder einer Jacke hinten auf der Pobacke tragen, damit sie niemand sieht. Oder hast du das bei mir schon mal gesehen?" Valerie schüttelte den Kopf.

„Nö, ist mir nie was aufgefallen. Man kann denken, das ist ein Handy oder sowas", meinte sie. Amelia lächelte.

„Siehst du Schwester, so lernst du langsam, wie man sich als Frau im Wilden Westen bewegt." Valerie lachte erst, dann erzählte sie ihrer Freundin von ihrem Westernreiten, Lasso werfen und Holzhacken. Amelia war begeistert und so machten sie mal Pläne, wie sie die nächste Zeit verbringen wollten neben der Arbeit. Und dabei war es nicht zu vermeiden, dass Valerie beinahe täglich mit Mario in Kontakt kam. Inzwischen hatte sich eine Art friedliche Koexistenz zwischen ihnen herausgebildet. Aber wenn es ging, versuchte Mario sich ihr wieder zu nähern. Nicht mehr so aufdringlich wie am Anfang, aber stetig bemüht, sie nicht aus den Augen zu lassen. Gelegentlich traf sich Valerie mit Henry und Amelie ebenfalls mit einem Franzosen aus Quebec. Aber seit ihrem alkoholisierten Absturz damals blieb Valerie eisern. Und auch Henry zeigte ihr stets, wie sehr er sie mochte. Manchmal war es Valerie beinahe selbst peinlich, immer so abwehrend zu sein. Und so ließ sie dann auch mal einen Kuss zu beim Tanzen. Und eines Tages kam es dann zum Aufeinandertreffen zwischen dem Franzosen Henry und Mario. Und wie nicht anders zu erwarten, zog der gute Mario dabei den Kürzeren und hatte am nächsten Tag ein ziemlich blaues Auge. Am Schluss des Abends hatte sie dann Henry ziemlich sauer gefragt:

„Sag mal, machte es dir eigentlich Spaß, hier die Eiserne Lady zu spielen, über die schon jeder Kerl im Lager spricht?"
Und obwohl ihr Amelia unter dem Tisch auf den Fuß trat, ging Valerie an die Decke:

„Warum verdammt nochmal denkt ihr Kerle immer, dass wir nur darauf aus sind, die Beine breit zu machen? Ich suche derzeit keinen Mann. Hast du das immer noch nicht begriffen! Ich will meine Ruhe haben, nicht mehr und nicht weniger, ohne Stress mit brunftigen Kerlen!"

Henry war aufgestanden, hatte etwas Geld auf den Tisch geworfen und war wortlos rausgegangen. Amelia sah sie von der Seite an und strich über ihre Hand.

„War das jetzt notwendig? Er war nur höflich und hat sich etwas geärgert über dich. Was er gesagt hat, musst du nicht so bierernst nehmen. Eigentlich war das ja ein Lob." Valerie sah ihre Freundin mit hochgezogenen Augenbrauen an.

„Na, du machst mir vielleicht Spaß! Die haben doch nur eins im Sinn, mit uns in die Kiste zu steigen! Und zu Hause haben sie dann noch Weib und Kind." Amelia lachte verhalten.

„Henry ist solo, er ist geschieden. Und außerdem, was ist denn schon so schlimm an einer kleinen schnellen Nummer, he?" Das ist doch nur gut fürs Wohlbefinden, meinte jedenfalls meine Oma mal zu mir, da war ich gerade achtzehn geworden." Valerie schüttelte den Kopf.

„Nö, Mario liegt mir immer noch im Magen. Auf so ein Theater kann ich gut verzichten. Ich frage mich allerdings, was der immer noch hier macht. Immerhin hat man ihm ja den Vertrag gekündigt." Amelia grinste.

„Es gibt aber auch andere Männer als deinen Mario. Wenn du alle verprellst, sitzt du eines Tages mal als alte einsame grauhaarige Frau im Schaukelstuhl und hast gerade mal eine Katze als Lebenspartner. Willst du das haben?" Valerie verneinte:

„Nö, natürlich nicht. Du hast ja recht, Schwester! Lass uns nach Hause gehen und ins Bett – unschuldig und unberührt wie ein paar heilige Nonnen!" Und so verließen sie lachend und Arm in Arm den Saloon und sahen dabei nicht den Mann, der auf der anderen Straßenseite im Dunkeln gestanden und sie heimlich beobachtet hatte.

Doch die Frage, was Mario noch hier oben machte, ging ihr nicht aus dem Kopf, und so nahm sie sich vor, mit dem Projektleiter mal in aller Ruhe zu reden.

Wie vereinbart hatte Valerie ihren ersten Reisebericht mit Bildern an die Redaktion nach Hamburg geschickt. Schon kurze Zeit später kam ein großes Lob zurück.

Eines Morgens wurde sie vom Chefplaner des Projekts, Mister Liam Adams, angerufen und gebeten, in sein Büro zu kommen.

Als sie eintrat, standen schon zwei Kaffeetassen und Gebäck auf dem Tisch und Liam Adams führte sie nach einer kurzen Begrüßung zu seiner ledernen Sitzecke. Sie setzten sich. Er musterte sie erst einen Moment, dann sprach er sie direkt an:

„Miss Brunner, wie Sie wissen gibt es eine Reihe von Leuten hier oben, die gegen unser Projekt sind. Morgen Abend findet in Enterprice eine Versammlung der Gegner unseres Projekts statt. Sie müssten mich dahin begleiten, da sie ja für die Öffentlichkeitsarbeit zuständig sind. Bereiten Sie sich bitte gründlich darauf vor mit Zahlen und Fakten. Abfahrt ist 17:00 Uhr, hier vom Camp aus."

Jetzt wurde es zum ersten Mal ernst und Valerie setzte sich an den Schreibtisch und begann, möglichst viele Fakten zu sammeln. Denn die neue Eisenbahnlinie brachte auch eine Menge Vorteile in diese öde Gegend, und diese musste sie den Leuten schmackhaft machen. Bis spät in die Nacht hinein arbeitete sie und Amelia staunte über Valeries Arbeitswut. Da sie noch den ganzen Vormittag dafür Zeit hatte, legte Valerie sich schließlich gegen 0:00 Uhr ins Bett.

Als sie am nächsten Tag kurz vor 17:00 Uhr am Camp ankam, warteten schon die beiden Bauleiter Brown und Gorgon. Henry begrüßte sie gewohnt höflich. Brown, der sich mit Mario angefreundet zu haben schien, war kurz angebunden. Dann kam Adams endlich mit dem Wagen und sie fuhren los. Eine halbe Stunde später kamen sie am Veranstaltungsort an und staunten. Jack Brown meinte:

„Na, sagt mal, wo kommen die alle her? Sind die alle aus ihrem Busch gekrochen." Eine Einstellung, die Valerie nicht gefiel. Als sie den Saal der Baracke betraten, begannen einige zu pfeifen, ein paar andere applaudierten. Ohne darauf einzugehen, gingen sie nach vorn zur Bühne und setzten sich.

Der Ortsvorsteher, ein Rancher mit zwei Elchherden, eröffnete die Versammlung und begrüßte die Gäste. Seine kurze Einführung zeigte, wo die Bedenken der Einheimischen lagen. Als er geendet hatte, sah Adams Valerie an und nickte ihr kurz zu. Oh je! Valerie rutschte das Herz ein Stück tiefer, als sie aufstand, um nach vorn zum Pult zu gehen. Doch dann konzentrierte sie sich auf das, was nun kam.

„Ladys und Gentlemen! Danke für Ihre Einladung, der wir gerne gefolgt sind. Es liegt uns viel daran, dass wir dieses Projekt im Interesse aller Beteiligten zu einem Erfolg machen. Diese Bahn bringt nicht nur Waren und Menschen, sie bringt auch Kunden, die hier Geld ausgeben wollen. Einerseits bei den ortsansässigen Händlern, andererseits aber auch als Urlauber, die sich an der tollen Natur erfreuen wollen. Wir müssen nur alle dafür sorgen, dass es keine negativen Auswirkungen geben wird. Und warum sollen ihre Kinder nicht einmal statt mit dem Auto mit der Bahn in die großen Städte reisen? Reden wir nicht immer alle von einer gesunden Umwelt, in der wir leben wollen? Und noch ein Argument spricht für die Bahn: sie bringt Arbeitsplätze in Ihre Gegend. Wenn Sie das alles zusammenrechnen, dann können Sie dabei nur gewinnen."

Valerie sprach fast eine halbe Stunde und als sie geendet hatte, gab es plötzlich eine Reihe von positiven Wortmeldungen. Es gab aber auch welche, die vor der Kriminalität warnten, die damit verbunden sein würde. Am Ende war der Abend aber ein Erfolg und Valerie musste noch zahlreiche Fragen beantworten, nachdem die Veranstaltung schon beendet war. Und einer war total von ihr begeistert – und das war Liam Adams. Auf dem Rückweg getraute sie sich, ihn wegen Mario anzusprechen. Und Adams, der konzentriert auf die Straße sah, meinte übergangslos:

„Ich habe gehört, dass Mister Hansdorf Ihr Freund sein soll. Das verwundert mich eigentlich ein wenig. Aber er war für diese Aufgabe nicht mehr tragbar. Deshalb haben wir uns darauf geeinigt, dass er seinen Nachfolger noch einarbeiten soll, bevor er seine Zelte abbricht. Werden Sie mit ihm wieder nach Deutschland gehen?"

„Nein, Mister Adams. Ich habe mich von ihm getrennt und wohne derzeit bei Amelia Smith. Es war höchste Zeit und ich hätte es schon längst in Deutschland machen müssen, aber ich dachte, dass er hier mit seinen Aufgaben wächst. Aber das war wohl eine Fehleinschätzung. Er ist eigentlich kein schlechter Kerl. Man hat ihn von zu Hause aus sehr verwöhnt und er musste noch nie so eine Aufgabe allein bewältigen."

Adams sah sie lächelnd von der Seite an und nickte dabei.

„Ich schätze, Sie werden Ihren Weg hier bei uns machen. Sie bringen alles mit, was man zum Erfolg braucht. Ich würde mich sehr freuen, wenn Sie bis zum Schluss unserer Aufgabe hierbleiben würden.

Am nächsten Morgen trafen Adams und Mario im Flur der Baracke aufeinander. Und Adams voll des Lobes meinte zu ihm:
„He, Mister Hansdorf! Ihre Verlobte hat uns gestern Abend einen vollen Erfolg beschert! Sie hat großes Potential und kann es noch weit bringen!"
Und als Mario etwas murmelnd entgegnete und einfach vorbeilief, schüttelte Adams den Kopf und meinte dann mehr zu sich:
„So ein Benehmen ist doch unmöglich." Dann ging er weiter seines Weges. Der Deutsche war ihm irgendwie nicht sehr sympathisch im Gegensatz zu seiner Ex-Verlobten.

Seit Tagen herrschte ein echtes Festlandklima, Temperaturen um die 20 Grad, dafür aber auch Schwärme von Mücken, die sich besonders in Flussnähe wohl fühlten. Valerie musste wegen einer Lieferung von Plakaten zum örtlichen Büro der Landesregierung. Das „Rone wable Resources Office" lag etwa 5 Kilometer vom Ortskern entfernt in einer kleinen Seitenstraße. Gleich daneben gab es einen Shop für Schneemobile. Und so fuhr Valerie an diesem Morgen die ausgefahrene Straße entlang, wo man bereits in etwa 250 Meter Entfernung begonnen hatte, ein erhöhtes Gleisbett aufzuschütten. Im Büro empfing sie eine ältere Dame mit Hornbrille und rotem Kostüm. Mrs. Wilson begrüßte Valerie sehr freundlich und übergab ihr die Plakate. Bei einem Kaffee hatten sie Zeit, sich ein wenig auszutauschen, und es stellte sich heraus, dass Mrs. Wilson schon vor vielen Jahren einmal in Hamburg gewesen war und die Stadt ganz gut kannte. Draußen auf der gegenüberliegenden Straßenseite stand ein junger Mann an einem Baum gelehnt und beobachtete das Office schon eine ganze Weile. Als Valerie das Office wieder verließ, trat der Mann aus dem Schatten des Baumes heraus und kam über die Straße direkt auf Valerie zu. Gerade als sie in den Ford „Maverik" einsteigen wollte, hielt er die Tür fest und grinste sie an. Valerie war sichtlich überrascht.

„Hallo! Was machst du denn hier?", fragte sie Mario so belanglos wie nur möglich. Er stellte sich so hin, dass sie die Wagentür nicht schließen konnte.

„Ich wollte nur mal sehen, was du so den ganzen Tag treibst", erwiderte er grinsend. Valerie deutete auf ihre Plakate.

„Die habe ich gerade abgeholt. Und du, hast du nichts zu tun?", fragte sie zurück. Er winkte ab.

„Es klemmt wieder mal und wir kommen nicht vorwärts", beklagte er sich, um dann sofort nachzulegen:

„Würdest du mit mir mal abends auf ein Bier ausgehen?" Valerie musste lächeln. „Du gibst wohl nie auf. Ich habe ehrlich gestanden aber keine Lust, mit dir auszugehen. Da hat sich nichts geändert zwischen uns beiden." Mario nickte kurz.

„Klar, bei dem Andrang! Hast dich ja wohl schon längst wieder getröstet. Ich reiße mir den Arsch auf, dich hierher zu holen, und du gibst mir einen Tritt. Pass nur auf, dass du hier nicht zum Flittchen wirst!" Valerie reichte es.

„Gehe bitte aus der Tür raus! Ich muss weiter. Und über meinen Ruf brauchst du dir keine Gedanken zu machen. Auch wenn es dich nix mehr angeht, ich war noch mit keinem im Bett nach dir. Aber ich habe im Gegensatz zu dir hier gute Freunde gefunden. Du solltest vielleicht mal darüber nachdenken, warum du hier niemand findest, außer vielleicht diesen Suffkopf Brown!" Dann warf sie die Tür zu, startete den Wagen und fuhr los. Im Rückspiegel sah sie noch, wie Mario ihr den Stinkefinger zeigte. Zornig ein- und ausatmend fuhr sie zurück zum Camp.
Im Büro angekommen, hörte sie ein Gespräch mit, welches hinter einer offenstehenden Bürotür geführt wurde. Adams, der Chef des ganzen Projekts, schien mit jemand zu telefonieren:

„Ja, Alex, sag mal, hast du den Hansdorf heute schon mal gesehen? Ich suche den Kerl schon seit Dienstbeginn. Er ist weder auf der Baustelle an der Brücke, wo er eigentlich sein müsste, noch im Store oder sonst wo. Der Kerl nervt mich langsam! Der denkt wohl auch, weil er der Konstrukteur der Brücke ist, ist er Gott persönlich! Aber wenn Hennesey endlich da ist, werde ich das Theater mit dem Deutschen beenden! Tschau!" Dann war wieder Ruhe. Gerade als sie an dieser offenen Tür vorbei wollte, trat Adams heraus.

„Hallo Miss Brunner! Ich suche Ihren Verlobten. Haben Sie den heute schon gesehen?", fragte er Valerie. Die schüttelte den Kopf und meinte dann kurz entschlossen:

„Da dürfen sie nicht mich fragen. Wir sind ja, wie ich schon sagte, kein Paar mehr. Wir haben uns vor vier Wochen getrennt."

Adams nickte ein wenig. Plötzlich sagte er leiser:

„Vielleicht das Beste, was sie tun konnten! Keine Ahnung, was mit diesem Menschen los ist. Ein genialer Konstrukteur, aber als Mensch, na ja, schauen wir mal, wo er bleibt." Dann lief er weiter.

Valerie hatte Adams nichts davon erzählt, dass sie Mario erst vor einer halben Stunde getroffen hatte. Zu so viel Fairness fühlte sie sich schon noch verpflichtet. Aber was war mit ihm los? Seit sie hier oben in Kanada waren, war er wie verwandelt. Ab und an sah sie ihn mit einem Engländer hinauf zum Hafen am großen Sklavensee fahren. Wie sie erfahren hatte, traf er sich da oben am „Hy River Territorial Park" mit irgendwelchen Leuten aus der Trucker-Transportbranche. Valerie hatte sich über diese Info bisher keine großen Gedanken gemacht. Um Holztransporte konnte es nicht gehen, denn das ganze Gebiet um Hy River war Naturschutzgebiet, hier oben durften nur ganz wenige Bäume gefällt werden.

An einem Sonntagmorgen ritten Amelia und Valerie wieder aus. Ihr Ziel war eine Bucht weiter südlich am Fluss, wo man sogar baden gehen konnte. Aber diesmal hatte Amelia Valerie dazu überredet, eine Waffe mitzunehmen, und ihr wieder ihren kleinen Revolver in die Hand gedrückt. Valerie hatte zuerst gelacht über Amelies Hartnäckigkeit, dann aber doch nachgegeben. Und so ritten sie nun schon seit einer Stunde durch den lichten Laubwald. Wieder sahen sie eine Reihe von Tieren. Zuerst begegneten sie einem Wolfspärchen, was nach Amelias Meinung doch recht ungewöhnlich war, da Wölfe ja bekanntlich in Rudeln unterwegs waren. Kurz darauf tauchte eine kleine Herde Elche auf, die zwei Kälber dabeihatten. Doch die beiden Frauen waren auf Abstand bedacht und ritten einfach weiter. Sie umrundeten gerade eine Felsenkuppe, als sie den Puma sahen, der oben auf dem Felsen geduckt dahockte.

Amelia zog langsam ihr Gewehr aus dem Futteral und lud durch. Dann legte sie die Waffe quer über ihre Oberschenkel. Die

Pferde waren unruhig geworden und wollten weg. Valerie hatte alle Mühe, ihre Stute noch im Zaum zu halten. „Storm Brigde" schnaufte und scharrte aufgeregt mit den Hufen. Valerie redete ihr leise beruhigend zu und streichelte sie. Amelias Falbe „Rubio" dagegen war die Ruhe selbst. Der Puma hockte immer noch da und fauchte. Amelia sah zu Valerie hinüber und meinte leise:

„Lass uns rückwärts weggehen, aber ihm auf keinen Fall den Rücken zuwenden. Komm jetzt!" Und schon begann Rubio langsam, rückwärtszulaufen. Valerie hatte einige Mühe, es nun Amelia gleich zu tun. Und so entfernten sie sich im Schritttempo von dem Felsen und dem Puma. Als sie weit genug weg waren, ritten sie weiter und Amelia meinte:

„Du kannst zwar reiten, wie ich gesehen habe, aber du musst es unbedingt mal üben, dass die Stute auch auf dein Kommando rückwärtsgeht. Pferde machen das zwar ungern, aber sie muss das können. Das kann sonst mal böse ausgehen, wie du gesehen hast." Valerie musste ihrer Freundin Recht geben.

Nach zwei Stunden erreichten sie ein altes kleines Holzhaus. Es schien unbewohnt zu sein. Und gerade als sie auf das Ufer zureiten wollten, hörten sie plötzlich Motorengeräusche im Wald. Hinter einem Gebüsch blieben sie stehen, um zu sehen, wer da hier mitten im Wald herumfuhr. Erst tauchte ein Ford auf, den Valerie sofort erkannte. Das war Marios Wagen! An der alten Holzhütte hielt der „Maverick" an. Mario und der etwas ältere Engländer stiegen aus und gingen dann in die Hütte hinein.

Amelia und Valerie sahen sich fragend an. Was machte Mario hier? Inzwischen waren sie von den Pferden abgestiegen und hatten sich noch ein Stück weiter entfernt, um nicht aufzufallen. Wenig später hörte man dann Motorenlärm vom Fluss herauf und es erschienen zwei weitere Männer, die gemeinsam eine Kiste zur Hütte hinauftrugen.

Neugierig geworden hatten die beiden Frauen die Pferde angebunden und waren doch etwas näher an die Rückseite der Hütte herangeschlichen. Drinnen hörte man eine hitzige lautstarke Diskussion. Man schrie sich gegenseitig an und es polterte heftig. Plötzlich knallte es. Darauf ertönte Geschrei und kurz darauf flog die Tür auf und einer der beiden, der diese Kiste gebracht hatte, kam mit erhobenen Händen wieder heraus. Der Engländer brüllte ihm nach:

„Hau ab mit deinem Gemisch! Wenn du uns verarschen willst, musst du früher aufstehen! Lass dich ja nie wieder hier blicken!" Der Mann nahm die Beine in die Hand und rannte zu seinem Boot zurück. Wenig später hörte man, wie es davonfuhr.

Aber was die beiden Frauen dann sahen, ließ ihnen das Blut in den Adern erstarren. Ihr Mario und der Engländer schleppten den schlaffen Körper eines Mannes aus der Hütte und einige Meter weiter in den Wald hinein. Dann kam Mario zurück und kam mit zwei Schaufeln und einer Hacke wieder aus der Hütte. Offenbar war der zweite Mann aus dem Boot erschossen worden und sollte nun eingegraben werden. Nach einer halben Stunde war die Aktion offenbar zu Ende und Mario und der Engländer fuhren wieder weg. Valerie war völlig fertig. Amelia hatte versucht, das Ganze mit dem Handy aufzunehmen.

„Wenn ich es nicht selbst erlebt hätte, ich könnte es nicht glauben. Einer von beiden hat den Kerl erschossen", meinte Valerie. Amelia nickte und sah ihre Freundin ernst an, als sie fragte:

„Was machen wir jetzt?" Valerie stand vom Waldboden auf. „Wir gehen jetzt genau dorthin, wo sie den Kerl vergraben haben, und ich mache ein Bild von dem Grab."

Und schon machten sie sich auf den Weg. Nach kurzer Suche hatten sie das Grab gefunden. Valerie machte ein paar Bilder davon und Amelia legte ein paar Holzzweige so als Kennzeichen hin, dass man das Grab wiederfinden konnte. Zum Glück hatte aber Amelia die beiden aus dem Boot mit der Kiste mit dem Handy fotografiert. Sie sah Valerie an.

„Wenn wir das der Polizei schicken, sind die beiden dran!" Doch Valerie schüttelte den Kopf und sah Amelia flehend an:

„Amelia, mach das noch nicht, bitte! Ich will erst mit Mario reden." Amelia sah sie entgeistert an.

„Bist du verrückt! Ich kann dir sagen, was passieren wird. Du wirst genauso enden wie dieser arme Kerl da im Grab!" Doch Valerie schüttelte den Kopf.

„Nein Amelia, er wird mir nichts tun. Dafür kenne ich ihn zu gut. Bitte, lasse mich erst mit ihm reden!" Amelia zuckte mit den Schultern.

„Du bist alt genug, aber das, was die beiden gemacht haben, war blanker Mord! Und selbst wenn dein Mario dich schonen wollte, sein Kumpan wird das nicht mitmachen. Denn du bist eine Gefahr für beide!" Plötzlich meinte Valerie zu ihrer Freundin:

„Lass uns mal sehen, ob wir in die Hütte reinkommen. Diese Holzkiste muss ja noch drinnen stehen."

Durch eine kleine Hintertür kamen sie tatsächlich in die Hütte hinein. Mit vorgehaltener Waffe schlichen sie sich den kurzen dunkeln Flur entlang, bis sie den Raum erreichten, in dem das Verbrechen stattgefunden hatte. Amelia sah Valerie an und meinte:

„Aber nix anfassen, damit wir keine Spuren hinterlassen!" Mitten im Raum stand auf dem Tisch die geöffnete Kiste. Auf dem Fußboden sah man Blutflecken. In der Kiste lagen etwa zwei Dutzend kleine Päckchen mit einem weißen Pulverinhalt. Amelia nahm ihr Messer und öffnete eins davon, dann kostete sie vorsichtig eine Messerspitze voll davon. Sie verzog das Gesicht und nickte:

„Dein Mario und der Engländer wollten hier Stoff kaufen. Nur leider ist das Zeug mit Milchzucker und Backpulver gestreckt. Daher kam es wohl zum Streit. Das mit diesem Mist hier oben gehandelt wird, ist keine Sensation. Auch wenn die Polizei sehr streng ist, gehen immer wieder solche Deals über die Bühne. Meist kommt das Zeug von drüben, von den USA herüber." Sie machte noch zwei Bilder von der Kiste mit dem Inhalt. Dann verließen sie wieder die Hütte durch die Hintertür und Amelia wischte alles sorgfältig ab.

Da ihnen der Spaß zum Badengehen vergangen war, saßen sie wieder auf und ritten schweigsam heimwärts. Valerie überlegte die ganze Zeit, was sie nun tun sollte. Eigentlich mussten sie die Polizei informieren, da hatte Amelia wirklich recht.

Als sie wieder vom Reitstall heimwärts fuhren, meinte Valerie:

„Hör zu Amelia, ich werde mit Mario reden. Er muss sich der Polizei stellen. Wenn er nicht geschossen hat, kommt er mit einem blauen Auge davon. Aber man wird ihn wohl nach Hause schicken. Doch ich bleibe hier und erfülle meinen Vertrag."

Amelia sah ihre Freundin mit hochgezogenen Augenbrauen an.

„Du musst wissen, was du tun willst. Ich rate dir davon ab. Aber du kannst dich auf mich verlassen. Ich werde schweigen, bis Mario sich gestellt hat. Ehrenwort, Schwester!"

Und so gaben sie sich die Hand. Valerie überlegte den ganzen Abend, wie sie vorgehen sollte. Am Ende kam sie zu der Überzeugung, dass sie Mario anrufen und sich mit ihm im Pub treffen wollte. Da der nächste Tag ein Sonntag war, konnte sie ihn am Morgen ja anrufen.

Zunächst war Mario Hansdorf ziemlich überrascht, als sich seine ehemalige Braut am Telefon meldete:

„Hei Mario! Ich hätte mich gerne einmal mit dir unterhalten. Hast du heute Abend Zeit?" Für einen Moment war Ruhe in der Leitung, dann meinte er wortkarg:

„Was willst du noch von mir? Ich denke, wir haben uns nichts mehr zu sagen? Hast du es dir jetzt anders überlegt?" Valerie holte tief Luft.

„Mario, ich muss mit dir was bereden. Es ist dringend! Warum, will ich jetzt nicht am Telefon erörtern. Also was ist?" Er räusperte sich, druckste noch ein wenig herum und meinte dann:

„Na gut, um 20:00 Uhr im Hinterzimmer vom Pub. Sei aber pünktlich!" Valerie versprach es und legte dann nachdenklich auf. Überglücklich hätte anders geklungen, das stand fest. Hatte er tatsächlich schon alles verloren geglaubt und war jetzt umso mehr überrascht? Na gut, sie würde sehen, wie er sich den Tatsachen stellen würde.

Valerie ist verschwunden

Kurz vor 20:00 Uhr betrat Valerie den Pub durch die Hintertür, weil der Nebenraum auf diese Art sofort zu erreichen war. Was sie jetzt überhaupt nicht brauchte, waren Bekannte oder Freunde. Amelia war am Nachmittag für drei Tage nach Edmonton geflogen, das lag 200 Kilometer westlich von Hay River im Bundesstaat Alberta. Sie wollte dort eine kranke Freundin besuchen.

Als Valerie eintrat, saß Mario schon in der hintersten Ecke des Raumes an einem Tisch und hatte ein Bier vor sich stehen. Sie setzte sich zu ihm. Er sah sie schweigsam von der Seite an, allerdings schien er nicht gerade begeistert zu sein. Valerie bemerkte die Unrast in seinen Augen. Irgendetwas schien ihm zu schaffen zu machen. Valerie entschloss sich, nicht um den heißen Brei herum zu reden, und zeigte ihm wortlos die Bilder von diesem Grab im Wald und fragte dann:

„Hast du ihn erschossen oder dein Kumpel, dieser Engländer?" Mario starrte erst auf das Handy in Valeries Hand und sah dann sie an. Sein Gesicht war zu einer Maske erstarrt. Gerade als er etwas sagen wollte, kam die Kellnerin und fragte, ob sie etwas trinken wollte. Valerie bestellte ein Cola mit Rum. Bis jetzt hatte Mario noch mit keiner Silbe auf Valeries Frage geantwortet und Valerie versuchte es erneut:

„Du musst zur Polizei gehen, Mario! Wenn du ihn nicht erschossen hast, dann kann dir auch nicht viel passieren. Und mit einem guten Anwalt kommst du noch mit einem blauen Auge davon." Die Kellnerin kam wieder zurück und brachte Valeries Getränk. Als sie wieder gegangen war, holte Mario tief Luft.

„Wieso hast du mir hinterher spioniert?" Valerie schüttelte den Kopf.

„Das war reiner Zufall, das musst du mir glauben! Wir waren ausreiten und sind durch Zufall dort vorbeigekommen. Durch den lauten Streit sind wir auf euch aufmerksam geworden. Dann fiel der Schuss." Mario starrte sie böse an und fauchte:

„Was heißt denn „wir"? Wer war denn noch dabei?" Valerie merkte sofort, dass sie einen Fehler begangen hatte und so nur Amelia in Gefahr brachte. Deshalb wehrte sie ab:

„Das tut nichts zur Sache, Mario. Ich habe dich, den Engländer und die beiden vom Boot gesehen. Das reicht doch wohl. Ich habe nicht die Absicht, zur Polizei zu gehen und dich anzuzeigen. Aber ich rate dir dringend, dich selbst zu stellen. Denn irgendwann kommen solche Sachen immer raus." Sie trank einen Schluck, stand auf und meinte:

„Ich muss mal schnell zur Toilette. Ich komme gleich wieder." Und so stand sie auf und verließ den Raum. Doch kaum war sie aus der Tür, griff Mario in seine Jackentasche, holte ein kleines Fläschchen heraus, drehte es auf und ließ zehn Tropfen in Valeries Cola tropfen. Rasch steckte er die Flasche wieder ein. Als Valerie etwas später zurückkam und sich wieder gesetzt hatte, versuchte er, ihr den Vorgang zu erklären:

„Ich habe mir hier Geld geborgt, weil ich ein lukratives Geschäft machen wollte, und weil mein alter Herr sich geweigert hat, es mir vorzustrecken. Das hätte mir gut ein paar Tausender gebracht. Und dann kam Raul mit dem Angebot, dass wir billig Stoff kaufen und den zu Geld machen konnten. Abnehmer gibt's hier oben ja reichlich. Ja, und dann tauchten diese beiden Pfeifen auf. Und Raul kennt sich mit Stoff gut aus. Er prüfte die Ware und stellte fest, das Zeug war endlos gestreckt. Darüber kam es zum Streit und einer der beiden Lieferanten zog plötzlich seine Waffe. Da hat Raul sofort geschossen. Wir mussten den Kerl verschwinden lassen und haben ihn eingegraben. Den anderen haben wir laufen lassen. Ich kann also nix dafür, dass dieser Kerl tot ist. Aber wer sollte mir das denn glauben?" Valerie schüttelte vorwurfsvoll den Kopf.

„Na, ich glaube dir zum Beispiel, weil ich dich lang genug kenne. Ich kann mir nicht vorstellen, dass du jemand umbringst."

Und während Mario so erzählte, wurde Valerie plötzlich richtig müde. Mühsam die Augen offenhaltend bemerkte sie, wie sich alles um sie drehte und dann war sie auf einmal weg.

Mario legte etwas Geld auf den Tisch, hakte Valerie unter und schleppte sie wie eine Betrunkene zur Hintertür hinaus. Einen Moment sah er sich in der Dunkelheit um, doch niemand war zu sehen. Also schleppte er Valerie zu seinem Wagen, setzte sie auf den Beifahrersitz und schnallte sie an. Dann stieg er ein und fuhr los.

Ohne weiter zu überlegen, fuhr er aus dem Ort hinaus, nur schnell weg! Sie würde voraussichtlich am frühen Morgen aufwachen, bis dahin musste er eine Entscheidung getroffen haben, wohin er Valerie bringen wollte. Im Grunde hatte sie es ihm einfach gemacht, sie hätte ja auch zur Polizei gehen können. Aber wer war mit ihr da draußen gewesen? Diese Amelia, ihre Freundin? Aber konnte die überhaupt reiten? Plötzlich kam Mario eine Idee!

Natürlich! Er brachte sie hinaus zu der alten Hütte. Unter dieser gab es einen Keller. Dort würde sie niemand suchen oder hören. Er trat das Gaspedal durch, so dass der Wagen aufheulend über die Straße schoss. Nach einer Stunde erreichten sie die Hütte. Mario zerrte Valerie aus dem Wagen, wuchtete sie über die Schulter und trug sie ins Haus. Dann schleppte er sie die schmale Stiege hinab bis in diesen Raum, in dem noch ein uraltes Metallbett stand und legte Valerie darauf. Rasch lief er nach oben zum

Wagen, holte zwei Schlösser und zwei Ketten aus dem Kofferraum und rannte damit wieder in den Keller hinab.

Valerie lag noch so da, wie er sie abgelegt hatte. Sie atmete leise und gleichmäßig. Dann machte er eine Kette an ihrem linken Bein fest mit Kabelbindern, unter die er etwas Stoff legte. Danach fesselte er ein Handgelenk auf die gleiche Weise. Beide Ketten befestigte er mit einem Schloss an zwei Eisenringen in der Wand. Offenbar hatte man hier unten früher Tiere gehalten oder auch Menschen eingesperrt. Wer konnte das wissen.

Als er fertig war, schloss er die Tür ab und ging nach oben, um für Valerie etwas Wasser zum Trinken zu holen. Sie hatten vor ein paar Tagen eine Kiste Wasser gekauft und in der Hütte aufgehoben, weil sie hier übernachten wollten.

Mario überlegte krampfhaft, was er tun sollte. Als nächstes nahm er einen Eimer mit Deckel aus einem alten Schrank und brachte ihn nach unten, damit Valerie ihre Notdurft verrichten konnte. Einen Moment dachte er sogar daran, sie zu vergewaltigen, jetzt wo sie wehrlos war. Doch dann nahm er davon Abstand. Es durfte keine Spuren geben, die zu ihm führten. Und so nahm er sich vor, sie zunächst hier gefangen zu halten. Wie lange war noch unklar. Zumindest so lange, bis er genügend Geld zusammen hatte, um Kanada dann verlassen zu können. Dieser Auftrag war ihm inzwischen egal. Es hatte sich alles anders entwickelt, als er es sich gedacht hatte. Wenn er dieses Geschäft noch abschließen konnte, dann würde er genug Geld haben, um irgendwo auf der Welt weit weg sorgenfrei leben zu können, auch ohne Valerie. Und in acht Tagen würden seine Partner wieder auf ihn zukommen und die zahlten sehr gut, wenn dieses Trassenprojekt scheitern würde. Mit der Gewissheit, dass er bald sehr reich sein würde, schloss er die Tür der Hütte mit einem Vorhängeschloss ab und fuhr zurück ins Camp. Valerie würde er jeden zweiten Tag besuchen und ihr etwas zu essen und zu trinken bringen. Äpfel, etwas Brot und eine Dauerwurst hatte sie inzwischen, bis er wieder kam.

Als Valerie langsam wach wurde, spürte sie, wie ihr der Kopf schmerzte. Langsam registrierte sie, dass sie gefesselt in irgendeinem Keller gefangen war. Sie versuchte sich zu erinnern, kam aber zu keinem Ergebnis. Was war passiert? Sie lauschte in ihren

Körper, doch nichts ließ darauf schließen, dass sie vergewaltigt worden war. Bruchstückhaft erinnerte sie sich an den Ritt in den Wald und dass etwas passiert sein musste. Sie tastete nach ihrem Handy, aber es war nicht auffindbar. Sie konnte ja nicht wissen, dass Mario es ausgeschaltet und dann in den Wald geworfen hatte. Valerie versuchte, sich zu konzentrieren. Im Halbdunkel sah sie über sich ein vergittertes Fenster, aber es kam nur sehr wenig Licht herein. Sie richtete sich auf und öffnete eine der Flaschen, um zu trinken. Sie hatte einen maßlosen Durst. Was war nur passiert? Immer wieder schlief sie kurz ein, um dann wieder aufzuwachen. Als sie erneut aufwachte, war es stockdunkel im Keller. Auch durch das Fenster kam kein Licht, also musste schon wieder Nacht sein.

Sie dachte an Amelia, die in drei Tagen zurück sein wollte. Aber es fehlte wohl noch ein Tag. Ob sie sich dann auf die Suche machen würde und zur Polizei ging? Valerie hoffte es inbrünstig. Als es am Fenster oben hell wurde, fühlte sie sich wieder ganz gut und beschäftigte sich zum ersten Mal mit ihren Fesseln. Das waren Kabelbinder, wie man sie auf dem Bau hatte. Doch der sie gefesselt hatte wollte ihr offenbar nicht wehtun, denn er hatte einen Stofffetzen daruntergelegt. Sie suchte eine Kante. an der sie den Kabelbinder reiben konnte und fand ihn an der Mauer. Dabei überlegte sie die ganze Zeit, wer sie hierhergebracht hatte, und wer ein Interesse daran hatte, sie aus dem Verkehr zu ziehen. Die Gegner der Trasse? Verdammt, wo war sie in der vergangenen Nacht gewesen? Und da fiel es ihr wieder ein! Sie hatte ein Treffen im Pub mit Mario gehabt! Und alles deutete darauf hin, dass man sie mit K.O.-Tropfen betäubt hatte. Aber wann und wo? Und wie sie so mit ihren Armen an der Kante der Mauer entlangfuhr, fiel ihr wieder ein, dass sie etwa fünf Minuten auf der Toilette gewesen war. Sollte Mario der Schweinehund sein? Und wenn ja, was hatte er mit ihr vor? Sie starrte hinauf zu dem kleinen vergitterten Fenster, um abzuschätzen, ob sie da durchpasste. Aber wo sollte sie mitten in der Wildnis hin?

Plötzlich hörte sie einen Wagen kommen. Es dauerte nicht lange und die Tür ging auf und jemand kam die Treppe herunter. Mit Gummistiefeln, langen Anglerhosen aus Gummi, sowie einer Maske, die einen Wolf darstellen sollte, und einen alten Hut darüber. Auch die Hände steckten in Handschuhen. Wer war das? Valerie schrie ihn an:

„Was willst du Idiot von mir? Wieso sperrst du mich hier ein? Bist du es, Mario?" Doch der Kerl sagte keinen Ton. Als Valerie weiter schrie, bekam sie einen Schlag ins Gesicht, der sie fast vom wackligen Bett fallen ließ. Sie nahm den Holzschemel und warf ihn nach dem Kerl, verfehlte ihn aber knapp.

„Du Scheißkerl! Eine wehrlose Frau einfach mal einsperren! Ich komme hier raus, verlass dich darauf!", rief sie ihm noch durch die geschlossene Tür hinterher. Wenig später hörte sie einen Wagen wieder wegfahren.

Amelia war einen Tag eher wieder nach Hause zurückgekehrt. Als sie die Tür aufschloss, rief sie schon beim Eintreten:

„Hallo, Valerie! Ich bin wieder da!" Doch es blieb ruhig, keiner antwortete. Sie ging hinaus in die Garage, aber der Ford stand auch da. Sie wunderte sich, wo Valerie sein könnte. Hatte Valerie angenommen, dass Amelia erst morgen wieder zurückkommen würde? Sie sah in ihrem Zimmer nach. Alles sah aufgeräumt aus. Das Einzige. was fehlte, war ihre rote Lederjacke, die grauen Hosen und die Schuhe. Sie sah auf die Uhr und schüttelte den Kopf. Dann ging sie rasch zum Telefon und rief Olivia die Sekretärin des Chefs an.

„Hei, sag mal Olivia, ich such Valerie. Weiß du, wo sie ist?" Olivia lachte: „Na die suchen wir auch schon seit zwei Tagen. Keine Ahnung, wo der Liebling des Chefs ist."

Amelia legte auf. Kurz entschlossen ging sie rüber zum Pub, der zwar noch geschlossen hatte, aber Billy, der Betreiber, war meist schon da. Sie klopfte ein paar Mal. Endlich kam jemand und schimpfte leise. Die Tür ging einen Spalt auf und der Billys Kopf erschien.

„Was willst du denn? Wir haben noch zu!" Amelia nickte. „Klar, das weiß ich auch. Aber hast du die Deutsche in den letzten beiden Tagen mal gesehen?" Er stutzte erst. „Mila oder wie sie heißt?" Da nickte er kurz.

„Ja, die war am Sonntagabend kurz hier mit ihrem Verlobten. Die saßen beide alleine hinten im Versammlungsraum. Die waren aber nicht lange hier, dann lag das Geld auf dem Tisch und die beiden waren fort. Sie hatten eine Cola und ein Bier. " Amelia nickte und bedankte sich.

„Okay, danke!" Nachdenklich ging sie zurück zum Haus und griff wieder zum Telefon. Sie rief Marios Büro an.

„Hallo! Hier ist Miss Smith. Ich suche den Herrn Hansdorf!" Ein Mann, kurz angebunden, erwiderte:

„Der hat eine Woche frei genommen und uns hier mit der Arbeit sitzen lassen. Keine Ahnung, wo der Aleman ist." Dann legte der Mann auf. Das Gespräch war beendet. Amelia überlegte, was sie machen sollte. Ging sie zur Polizei, flog die ganze Sache auf, und sie hatte Valerie versprochen, es nicht zu tun. Waren die beiden einfach abgehauen? Aber sie war sich sicher, dass ihre Freundin ihre Arbeit nie einfach so im Stich lassen würde. Am Ende entschloss sie sich, noch einen Tag zu warten, ehe sie was unternehmen würde.

Am Abend ging sie kurz rüber in den Pub. Jack Brown saß schon am Tresen vor einem Bier. Amelia setzte sich daneben. Brown sah sie kurz an und nickte. „Hallo!" Amelia kam eine Idee.

„Du Jack, sag mal, hast du deinen Freund Mario gesehen? Ich bin heute zurückgekommen und seine Verlobte Valerie ist nicht da, und keiner weiß, wo sie ist." Brown grinste anzüglich.

„Na die liegen vielleicht irgendwo in der Kiste, so blau wie deine Freundin vorgestern Abend war, würde mich das nicht wundern. Der Germane fehlt auch und hat wohl Urlaub genommen." Amelia sah ihn an.

„Wa-a-a-s? Valerie war betrunken?" Brown nickte grinsend.

„Na klar! Ich habe doch gesehen, wie Mario sie abgeschleppt und in seinen Pickup gesetzt hat, um sie wohl heimzufahren. Das war gegen 22:00 Uhr. Hier im Pub war nix los und ich war auch gerade auf dem Heimweg." Amelia überlegte. Als sie wegfuhr, war Valerie mehr als sauer auf Mario. Und dann haut sie einfach mit ihm ab? Das ist unmöglich. Amelia zahlte und ging wieder. Brown hatte sich ihr angeschlossen.

„Deine Freundin war so blau, dass er sie beinahe tragen musste bis zum Auto", meinte er noch, ehe er sich dann verabschiedete. Amelia dachte nach. Was hatte der Wirt gesagt?

„Sie hatten eine Cola und ein Bier". Aber davon wird niemand so blau, dass er getragen werden musste. Amelia sah auf die Uhr.

Es war 21:00 Uhr. Sie würde noch bis morgen Früh warten. Kam Valerie in dieser Zeit nicht, würde sie zum Sheriff gehen.

Valerie erwachte mit Kopfschmerzen und hatte Durst. Die Wasserflasche, die man ihr hingestellt hatte, war so gut wie leer. Sie sah hinauf zu dem vergitterten Fenster. Draußen musste es wieder Morgen sein. Schon der dritte Tag, den sie hier unten in dieser Gruft verbringen musste.

Plötzlich hörte sie es im Haus rumoren. Jemand kam die Treppe herunter und schloss die Tür auf. Der gleiche Kerl mit demselben Aufzug stand in der Tür und stellte ihr wortlos ein Tablett hin. Valerie stand auf und hielt ihm ihren gefesselten Arm hin.

„Mach mir wenigsten diese Fessel ab. Das tut langsam weh. Ich kann ja nicht ausreißen mit der Kette am Bein!", bat sie den Unbekannten. Der nahm eine Zange aus der Jackentasche und schnitt den Kabelbinder durch. Valerie rieb sich das Handgelenk und setzte sich wieder auf ihr Bett. Ohne sich weiter um den Kerl zu kümmern, begann sie zu essen. Es war Weißbrot mit dünnen Rindfleischscheiben und Meerrettich. Und das zum Frühstück! Während sie aß, hatte der Mann wieder den Raum verlassen und die Tür von außen zugeschlossen. Valerie überlegte. Wenn er ihr zu essen und zu trinken brachte, hatte er noch was vor mit ihr. Also bestand offenbar keine Lebensgefahr. Sie sah sich um. Plötzlich entdeckte sie in der Ecke einen alten, verrosteten, geschmiedeten, vierkantigen Mauerhaken, gute 25 Zentimeter lang und 50 Millimeter stark. Sie stand auf und musste feststellen, dass ihr etwa ein halber Meter fehlte, um mit der Kette am Fuß den Haken zu erreichen. Also legte sie sich flach auf den Bauch und kam geradeso an das Objekt ihrer Begierde. Rasch versteckte sie den Haken unter ihrer Matratze. Aufatmend trank sie ein paar Schlucke Cola und setzte sich auf ihr Bett.

Auf einmal wurde sie wieder furchtbar müde. Leise stöhnend legte sie sich zurück und schloss die Augen. Nach etwa 20 Minuten ging langsam die Tür auf und der maskierte Kerl kam wieder herein. Er fühlte Valeries Puls und nickte zufrieden. Sie schlief wie ein Kind. Langsam zog er seine Hose aus und setzte sich neben ihr auf das Bett. Dann zog er Valerie die Jeans und den Slip aus und spreizte ihre Beine auseinander. Wenig später lag er auf ihr und drang in sie ein.

Amelia setzte sich zu diesem Zeitpunkt in ihren Wagen und fuhr zum Sheriff-Office. Der Ortssheriff Kent Norris hörte Amelia geduldig zu, fragte zwischendurch und machte sich Notizen.

„Gut, Miss Smith, ich gebe ihre Freundin und den Verlobten in die Fahndung. Das ist hier oben nicht so einfach. Aber mit dem Flieger kommen sie hier schon nicht mehr weg, wenn ich den Flughafen gleich angerufen habe. Wenn sie nicht schon weg sind! Haben sie eine Ahnung, wo er sie versteckt haben könnte?" Amelia nickte nachdenklich.

„Vielleicht in der Hütte, wo wir den Mord beobachtet haben. Das ist etwa fünf Meilen von hier." Und dann erzählte sie ihn von ihren Erlebnissen mit Valerie draußen im Wald. Norris nickte.

„Gut, ich fahre jetzt anschließend gleich mal raus. Wenn Sie Zeit haben, können Sie mitkommen, dann finden wir es schneller." Und so kam es dann auch. Zehn Minuten später fuhren beide hinaus und erreichten nach 30 Minuten die Hütte. Norris zog seine Waffe heraus und flüsterte:

„So, Sie bleiben jetzt schön hinter mir. Wenn es knallen sollte, sofort flach auf den Bauch legen, klar?" Amelia nickte. Der smarte Sheriff schlich voran. Nach einer Weile hatten sie die Hütte umrundet, aber es war niemand da. Trotzdem brach er die Tür auf und sie traten ein. Auf dem Tisch stand noch die Kiste mit den Päckchen. Alles war unverändert, wie es Amelia schien. Zum Schluss zeigte sie Norris das Grab. Der griff zum Handy und beorderte seine beiden Leute her, die das alles untersuchen sollten. Er sah Amelia an.

„Offenbar war keiner mehr seit diesem Tag hier, wenn Sie sagen, alles sei unverändert. Wären Sie letzte Woche lieber gleich zu mir gekommen, das wäre besser gewesen", meinte er und sah sie ernst von der Seite an. Doch dann lächelte er:

„Machen Sie sich mal keine Sorgen, Miss Amelia. Wir werden Ihre Freundin schon wiederfinden." Amelia nickte und hatte bemerkt, dass er sie beim Vornamen genannt hatte.

Nach einer halben Stunde kamen die zwei Kollegen vom Labor und begannen mit der Untersuchung. Norris brachte Amelia wieder nach Hause. Vor der Haustür stehen bleibend, sah er sie einen Moment freundlich lächelnd an.

„Wir bleiben in Verbindung, ja? Und wenn Sie was hören soll-ten, dann können sie mich jederzeit anrufen. Hier ist meine Karte. Wir finden sie schon wieder!" Als Amelia ausgestiegen war und er losfuhr, winkte er ihr nochmal zu. „Ein netter Kerl", dachte Amelia und ging ins Haus.

Als Valerie wieder aufwachte, spürte sie sofort, dass etwas an-ders war als sonst. Ihre Hand tastete den Hosenbund ab, wo ihr Hemd ein Stück heraushing. Hastig öffnete sie den Gürtel und griff in die Hose. Sie war unten herum feucht. Wütend zerrte sie ihre Hosen weiter herunter und tastete sich zwischen den Beinen ab. Auch da war alles feucht. Das Schwein hatte sie betäubt und dann vergewaltigt! Valerie schrie vor Wut auf. Sie musste hier schnellstens raus. Damit hatte sie nicht gerechnet. Wütend und schnaufend zog sie sich wieder ordentlich an und musste leider auf einen Slipwechsel verzichten. Dann holte sie den Mauerha-ken unter der Matratze hervor und begann damit den Haken in der Wand zu bearbeiten, an dem ihre Fußkette hing. Nach einer Stunde hatte sie es geschafft. Der Haken fiel aus der porösen Wand heraus. Nun begann sie damit, den Kabelbinder am Fuß zu bearbeiten. Auch das dauerte eine Weile, bis der durchtrennt war. Als nächstes nahm sie den Stuhl und zerschlug ihn auf dem Boden. Ein Holzbein stellte sie neben das Bett. Sollte er vorzei-tig kommen, würde sie neben der Tür stehen.

Mario Hansdorf saß zu dieser Zeit etwa 30 Kilometer entfernt in einem Pub der Einheimischen. Neben ihm saßen der Kanadier Wyatt Assance und noch zwei schräge Gestalten. Mario erzählte gerade von seiner Verlobten und wie er sie am Vormittag bestie-gen hatte. Auf die Frage von Assance, was er mit ihr noch vor-hatte, machte er eine eindeutige Geste unter dem Kinn lang. Sie brauchten dieses Holzhaus für ihre Geschäfte und der Keller sollte ein Lager werden, nachdem sie die alte Hütte jetzt lieber mieden. Das Geschäft mit dem Stoff sollte neu angekurbelt wer-den. Dazu hatte Mario sein Konto in Hamburg geplündert und alles auf ein Online-Konto in Ottawa transferiert. Er wollte in Zukunft die Branche vollkommen wechseln. Jahrelang hatte er Brücken konzipiert und andere hatten damit das große Geld ge-macht. Aber hier oben in der öden weiten Landschaft konnte man quasi machen, was man wollte, und das gefiel ihm. Und solche Altlasten wie Valerie störten nur dabei.

„Morgen Mittag fahre ich hoch zu ihr und bringe es zu Ende", erklärte er forsch. Assance sah ihn von der Seite kritisch an: „Und wie?" Mario grinste:

„Das musst du nicht wissen, Freund!" Dabei war klar, was er tun wollte. Er würde zwei Pferde besorgen, sie wieder mit Cola betäuben und dann zu dem Wasserfall am Yukon reiten. Es würde aussehen wie ein Unfall. Das arme Pferd würde wohl mit abstürzen müssen, damit es aussah, als sei es durchgegangen. Assance sah seinen neuen Kompagnon von der Seite an. Der Deutsche schien es faustdick hinter den Ohren zu haben, was man am Anfang eigentlich nicht von ihm gedacht hatte, als sie ihn kennengelernt hatten. Aber die Sache mit seiner Verlobten schmeckte Assance im Grunde nicht. Fand man die Frau, würde es unweigerlich Untersuchungen geben. Und dabei würde auch sein Name sicher nicht unerwähnt bleiben. Der Deutsche musste sich eine andere Möglichkeit ausdenken. Er hob sein Bier.

„Prost oder wie man sonst bei euch sagt. Hör mal, die Sache mit deiner Verlobten gefällt mir nicht. Man wird sie irgendwann finden, und dann wird man dich und jeden anderen befragen, der mit dir zu tun hatte. Solche Aufmerksamkeit können wir bei unserem Geschäft aber nicht gebrauchen." Mario sah den Kanadier an.

„Und was schlägst du vor?", fragte er ihn. Assance grinste erst einmal breit dann meinte er lakonisch:

„Füll sie ab bis zum Eichstrich und schaff sie raus in die Wildnis! Lass ihr ein Pferd und alles, was man braucht, um zu überleben. Sie wird Wochen brauchen, bis sie wieder zurückgefunden hat. Und du und ich, wir werden keine Ahnung haben. Dazu habe ich eine neue Unterkunft für uns. Ein schönes Chalet, etwa 120 Kilometer am westlichen Ufer vom Sklavensee hoch. Mit Keller und allem, was man braucht. Vergiss die Alte doch endlich! Wir haben ja auch noch einen Auftrag, wie du weißt. Ich habe mir die Stelle schon mal angeschaut, wo man die Gleise ausheben kann. Es ist eine langgezogene Kurve, wo der Zug mit hohem Tempo fahren kann und dann rausfliegt."

Mario dachte eine Weile nach. Assance hatte ja recht. Dieser Coup würde ihnen eine Menge Geld einbringen. Daher nickte er nun doch. Vielleicht war es tatsächlich das Beste, es so zu machen, wie Assance vorgeschlagen hatte. Die Frage war nur, wie er sie abfüllen sollte. Denn freiwillig würde sie das Zeug nicht trinken. Aber er musste Wyatt unbedingt besänftigen, zu viel hing für ihn davon ab.

„Okay, Wyatt, ich fahre morgen früh nochmal raus zu ihr und komme dann gegen Abend wieder zurück. Ich leihe mir mal dein Pferd aus, das andere besorge ich mir dann auf einer der Weiden."

Valerie ärgerte sich gerade, dass sie den Stuhl zertrümmert hatte. Mit dem alten Tisch und dem Stuhl wäre sie bis zu dem Fenster hinaufgekommen. Also schob sie das Bett an die andere Wand, kippte es hoch und lehnte es gegen die Wand. Fix und fertig angezogen kraxelte sie mühsam in die Höhe. Es war eine wacklige Angelegenheit. Sie besah sich die drei quer eingebauten Eisenstangen und begann unten zu kratzen. Der Mörtel bröckelte wie nichts und innerhalb von Minuten hatte sie eine Seite der Stange frei. Mit aller Kraft bog sie diese nun nach außen und nach innen und schaffte es. Die Stange brach ab. Nummer zwei und drei war nicht viel schwieriger. Und dann machte sie den ersten Versuch, sich mit dem Kopf und dem Rumpf durch die Öffnung zu schieben. Wie ein Aal, die Arme nach vorn gestreckt, schob sie sich zentimeterweise hindurch und landete schließlich in einem Schacht. Und auf dem lag ein Gitter, welches den Weg ins Freie versperrte. Sie hätte heulen können, als sie das sah. Doch der Schacht war keine 80 Zentimeter hoch und so drückte sie sich mit aller Kraft dagegen. Und siehe da, das Gitter gab nach und sie hob es an. Sie warf es nach hinten um. Im Schacht stehend genoss sie einen Moment die frische Waldluft, dann schob sie sich vollends hinaus und stand wenig später am Rand des Schachtes. Sie war frei. In der Jackentasche hatte sie das restliche Weißbrot und eine Dauerwurst. Die Wurst war eindeutig aus dem Bestand der Company, das stand für Valerie fest. Langsam realisierte sie, dass Mario ihr Entführer sein musste. Aber das würde sie ihm heimzahlen. Mit den Leuchtzifferzahlen ihrer Uhr versuchte sie, Norden und Süden zu ermitteln. Doch dann besann sie sich und ging um die Hütte herum, schlug eine Scheibe ein und stieg durch das Fenster hinein. Sie sah sich um und fand

einen Rucksack. Im Kühlschrank fand sie noch mehr zu essen und zu trinken, und sie entdeckte auch die kleine Flasche mit den K.O.-Tropfen. Auch die steckte sie ein. Im Schrank im Flur fand sie ein Jagdgewehr samt Patronen. Hastig packte sie alles zusammen, dann stieg sie wieder durch das Fenster hinaus. So ausgerüstet konnte sie schon eine Weile in der Wildnis überleben. Die Streichhölzer steckte sie in die Innentasche der Jacke. Noch einmal sah sie zum Himmel, leider war es Nacht und es schien keine Sonne. Also musste sie es zum Sonnenaufgang nochmal probieren, wenn sie nach Süden wollte. Denn diese Hütte und die vorhergehende hatten alle Nordwestlich von Hay River gelegen, also ungefähr auf der Höhe von „Fort Providence".
Amelia hatte ihr damals erklärt, bis nach „Hay River" am Ufer des Sklavensees seien es noch circa 130 Meilen gewesen. Also musste sie auf jeden Fall Richtung Südost gehen, wenn sie wieder auf Menschen treffen wollte. Bis sie den Süden aber genau feststellen konnte, musste sie zunächst erst einmal von der Hütte weit genug weg. Es konnte ja sein, dass der Entführer am Tag wieder zurückkam. Das helle Mondlicht erleichterte ihr die Orientierung. Und so lief sie gleichmäßiges Tempo, nur endlich weg von dieser verdammten Hütte. Wie sie sich erinnerte, waren sie damals nahe am Kakisa-See gelandet bei ihrem Ausflug. Und von dem bis nach „Ford Providence" waren es keine 30 Meilen gewesen. Rüstig ausschreitend verließ sie den Ort dieser Schande und hoffte, bald wieder auf Menschen zu treffen.

Punkt 10:00 Uhr am Vormittag erreichte Mario Hansdorf mit den zwei Pferden die Hütte im Wald. Schon vom Sattel aus sah er, dass die Scheibe des Fensters eingeschlagen war. Das Gewehr aus dem Futteral ziehend sprang er aus dem Sattel und ging vorsichtig näher heran und schaute durch das offene Fenster. Doch alles schien unberührt zu sein. So schloss er zunächst die Tür auf, überlegte es sich dann aber noch einmal und ging um die Hütte herum. Um ein Haar wäre er in den offenen Schacht gestürzt. Mit einem Blick sah er, was los war, denn die Eisenstäbe des Fensters lagen unten im Schacht. Und das Gitter lag neben dem Schacht auf dem Boden. Er fluchte lauthals: „Gottverdammte Scheiße!" Er rannte um die Hütte herum, zur Tür hinein und die Treppe hinunter. Unten schloss er die Tür auf.

Das Gewehr schussbereit haltend trat er in den Raum und sah das Bett an der Wand lehnen. Einen Moment musste er sich gegen den Türstock lehnen. Sie war ihm abgehauen! Er rannte wieder die Treppen hinauf und sah sich um, doch nichts war zu sehen. Nirgendwo auch nur ein Schuhabdruck, oder irgendetwas Hängengebliebenes von ihr, nichts! Sie hatte ihn ausgetrickst! Blieb nur die Frage, wie? Wie hatte sie die Fessel lösen können? Er überlegte, ob er Assance anrufen sollte. Vielleicht hatte der einen Hund, mit dem man sie verfolgen konnte. Aber bis der einen Hund besorgt hatte und dann bei ihm sein konnte, würde ein Tag vergehen. In der Hütte sah er nochmal in einen kleinen Kasten, wo ihr Handy gelegen hatte. Es war noch da. Also hatte sie keine Verbindung zur Basis oder zu ihrer Freundin. Aber er wusste auch, dass Valerie sich nicht in der Wildnis fürchtete. Wo würde sie hinlaufen? Zum Airport oder zur Polizei und zu ihrer Arbeitsstelle? Für ihn waren diese Orte ab sofort tabu! Niedergeschlagen saß er wieder auf und ritt dann langsam zurück zu seinem Kumpel. Er würde erst spät in der Nacht da ankommen.

In der Zwischenzeit hatte Valerie längst ihre Marschrichtung gefunden. Wie war das doch gleich gewesen?

„Richte den Stundenzeiger in Richtung Sonne – Denke dir einen Strich von der Mitte des Zifferblattes zur Ziffer 12 – halbiere dann den Winkel zwischen dem gedachten Strich und dem Stundenzeiger – in dieser Richtung lag SÜDEN!" Schon gut, wenn man sowas mal gelernt hatte. Und so marschierte sie frisch drauflos.

Mario Hansdorf hatte derweil seinen Kumpel Wyatt Assance wieder erreicht und ihm berichtet, was er erlebt hatte. Der sah ihn einen Moment ungläubig an, dann brach es aus ihm heraus:

„Was bist du denn für ein Ochse, Aleman! Lässt die Alte entwischen, und nun haben wir die Scheiße am Hals! Ich besorge sofort zwei Hunde. In einer Stunde brechen wir wieder auf. Wir müssen sie unbedingt finden!"

Und so geschah es dann auch. Mit Assances Jeep fuhren sie wieder hinauf zu dieser Blockhütte. Dieser ließ die Hunde an der Matratze des Bettes schnuppern und gab ihnen dann zehn Meter Leine. Außerhalb der Hütte liefen die beiden Schäferhunde noch einmal kreuz und quer, ehe sie dann in den Wald hineinliefen.

Da es bereits dunkel wurde, mussten sie abbrechen und sich ein Nachtlager bereiten.

Zu dieser Zeit war Valerie schon etwa 15 Meilen von ihren Verfolgern entfernt. Immer wieder durchquerte sie im Laufe des Tages kleine Wasserläufe und holte sich dabei nasse Füße. Doch das war ihr egal. Sie kannte Mario und daher wusste sie auch, dass er nicht aufgeben würde, sie zu suchen, wenn er der Entführer gewesen war. Valerie hatte sich überlegt, einen Highway zu finden, um dort dann einen der Holztransporter anzuhalten. Und so lief sie seit einem Tag nur noch in südwestlicher Richtung. Insgeheim hoffte sie aber, eventuell auch den großen Sklavensee zu erreichen. Von dort aus war es einfacher nach Hay River zu kommen. Auch sie machte eine Rast, als es dunkel wurde, unterließ es aber, ein Feuer anzuzünden. Ihre Verpflegung hatte sie rationiert. Sie war gerade eingeschlummert, als sie wieder wach wurde. Im nahen Gebüsch hatte es geknackt. Sie ärgerte sich darüber, dass sie nur die Handlampe mit Selbstaufladung mitgenommen hatte, die sie in der Hütte noch gefunden hatte.

Als es wieder knackte, schaltete sie sie ein und erschrak. Ein Husky stand zwei Meter vor ihr entfernt und starrte sie an. Valerie sah, dass er am rechten Hinterlauf in einer Falle gefangen war, die er mitschleppte. Sie redete ihn leise an.

„Hey, mein Großer! Bist du verletzt? Komm doch her zu mir, ich helfe dir." Der Husky hielt den Kopf schräg und begann, leise zu winseln, unschlüssig, ob er der Frau trauen sollte oder nicht. Schweren Herzens schnitt Valerie einen Streifen Speck von ihrem knappen Vorrat ab und warf es ihm zu. Wollte er den Speck erreichen, musste er den Abstand halbieren. Und der Hunger siegte offenbar, denn er kam rasch humpelnd heran und fraß dann gierig die dünne Scheibe Speck. Valerie versuchte es nochmal, doch diesmal hielt sie die Scheibe Speck mit der Hand fest. Und sieh da, er kam ganz langsam auf Valerie zu, sah sie mit seinen großen Augen an, während Valerie leise mit ihm redete. Und ganz vorsichtig nahm er die Scheibe Speck von ihrer flachen Hand, ging wieder ein Stück weg und fraß sie. Valerie löschte die Lampe, um Energie zu sparen und legte sich ein wenig bequem zurück. Auf einmal stand ihr neuer Freund neben ihr und winselte wieder leise. Er bat sie offenbar um Hilfe.

Vorsichtig begann Valerie, ihn zunächst zu streicheln. Sein Fell war borstig und die Rippen waren zu spüren. Er musste schon längere Zeit mit diesem Hindernis am Bein, welches ihn vom Jagen abhielt, unterwegs sein. Valerie war froh, dass er kein Wolf war. Endlich konnte sie den Hinterlauf im Lampenlicht genauer betrachten. Der arme Kerl war in eine Schlinge geraten und die war inzwischen schon ziemlich tief ins Fleisch eingedrungen. Valerie nahm ihr Messer zur Hand. Als der Stahl im Lampenlicht aufleuchtete, schreckte der Hund zurück. Und Valerie brauchte wieder einige Zeit, bis er ihr vertraute und wieder nahe herankam. Und dann packte sie ihn fest am Lauf und schnitt mit einem Ruck das dünne Seil durch. Jetzt war er frei. Plötzlich rannte er ein paar Meter weg, drehte sich im Kreis und bellte zweimal kräftig und laut. Dann setzte er sich hin und begann seine Wunde zu lecken. Es war Mitternacht, als Valerie endlich wieder einschlief.

Als der Morgentau sie weckte, lag ihr neuer Freund dicht neben ihr. Sie streichelte liebevoll sein Fell. Und dann aßen sie gemeinsam den Rest der Wurst auf. Valerie sah, welchen Hunger er hatte und meinte:

„Wir sind jetzt zu zweit. Nun müssen wir uns etwas jagen, mein Freund!" Wenn sie mit ihm sprach, legte er immer den Kopf leicht zur Seite und sah sie aufmerksam an. Wenig später brachen sie auf. Wie selbstverständlich trabte er neben ihr her. Plötzlich jagte er los. Im Nu war er verschwunden und Valerie nahm schon in Gedanken Abschied von ihrem Freund. Doch nach zehn Minuten kam er wieder und hatte einen Hasen im Maul, den er vor Valerie hinlegte. Das war schon ungewöhnlich. Offenbar war er zur Jagd abgerichtet worden, das war hier oben in der Wildnis auch keine Seltenheit. Eine halbe Stunde später war der Balg des Hasen abgezogen und „Rocky", wie sie ihren neuen Freund getauft hatte, bekam seinen Anteil. Valerie war von sich selbst überrascht. Zum ersten Mal hatte sie ein Tier so abgezogen wie diesen Wildhasen, sich die Finger blutig gemacht und dann den Hasen über offenem Feuer gebraten. Und „Rocky" wich nicht mehr von ihrer Seite. Die zweite Nacht kuschelten sie sich bereits aneinander.

Am dritten Tag fanden sie plötzlich mitten auf einer Lichtung ein abgestürztes Kleinflugzeug. Valerie beobachtete erst eine

Weile die Umgebung, sah aber niemand. Und da auch ihr Begleiter ruhig blieb, ging sie langsam näher heran. Die Kabinentür des Flugzeuges stand offen und so sah sie vorsichtig hinein und prallte entsetzt zurück. Auf dem Sitz des zweiten Piloten lag die mumifizierte Leiche einer Frau. Am Eingang fand sie Abdrücke von Handflächen, die blutig gewesen sein mussten. Ein kurzes Seil nahm sie an sich, um es als Leine für „Rocky" zu verwenden. Eine intakte Taschenlampe lag auf dem Pilotensitz. Auch die nahm Valerie an sich. Und dann entdeckte sie eine Klappe für das Gepäck. Valerie zerrte daran und schaffte es, sie zu öffnen. Drinnen lagen zwei Koffer und eine kleinere Tasche. Hastig durchstöberte sie alle drei Behältnisse. Und dann gingen ihr die Augen über. In der kleineren Tasche fand sie mehrere Tausend US-Dollars. Kurz entschlossen steckte Valerie auch diese ein. Dann verließen sie diesen grausigen Ort. Etwa zweihundert Meter weiter kam sie an einen kleinen Fluss und dort fand sie das zweite Gerippe, diesmal aber war es ein Mann. Also waren beide sicher aus dem Flugzeug und tot. Sie wunderte sich aber, dass noch niemand dieses Wrack gefunden hatte. Valerie folgte dem kleinen Fluss, weil sie annahm, dass dieser in den Sklavensee münden würde.

Amelia saß gerade am Telefon im Büro und sprach mit Sheriff Kent Norris. Er versuchte, sie zu trösten, weil Amelia schon wieder den Tränen nahe war. Inzwischen hatten sie sich schon ein paar Mal im Pub getroffen und so herrschte eine gewisse Vertrautheit zwischen ihnen.

„Aber Amelia, nicht jeder, der mal verschwindet, wird gleich umgebracht. Wer weiß, vielleicht ist sie mit ihrem Kerl doch noch abgehauen. So gut kennst du sie ja auch nicht", versuchte er Amelia zu beruhigen, doch die protestierte vehement.

„Nein Kent, sowas würde Valerie nie tun! Und außerdem hatte sie eine Stinkwut auf den Kerl, weil er sie so hintergangen hat." Norris lenkte ein.

„Du kannst natürlich auch recht haben. Nach Aussage der deutschen Polizei hat er sein Konto in Hamburg aufgelöst, das Geld ging nach Ottawa, aber keiner weiß, auf welche Bank. Wir suchen ihn ja auch bereits. Wir können nur abwarten. Hier oben ist das nicht so einfach, jemand zu finden, der nicht gefunden werden will. Also, bis heute Abend um 19:00 Uhr im Pub, Darling!"

Amelia legte den Hörer zurück und dachte angestrengt nach. Was konnte sie noch tun? Aber wenn selbst die Polizei nichts fand, dann war die Sache ziemlich hoffnungslos.

Mario und Wyatt waren nun schon den dritten Tag auf Valeries Spur und erreichten am Vormittag das Flugzeugwrack, das auch Valerie bereits gefunden hatte. Auch sie durchstöberten alles und die beiden Hunde fingen an, wie verrückt zu bellen, und schnüffelten auf dem Boden herum.

„Wyatt, sie war garantiert hier!", rief Mario seinem Freund zu. „Die Hunde würden sich nicht so gebärden, wenn sie nicht ihre Spur hätten." Assance rief die beiden Hunde zur Ordnung. Als sie dann am Fluss ankamen, stießen sie ebenfalls auf die Leiche des Mannes. Mario durchsuchte die Taschen der Leiche und stutzte plötzlich. Zunächst brachte er eine kleine Plastiktüte mit Perlen zutage und dann eine weitere Tüte mit weißem Pulver. Er kostete daran und begann zu grinsen, das war Stoff. Er sah sich nach Wyatt um, aber der war noch ein Stück flussaufwärts gegangen, um sich umzusehen. Also steckte er die beiden Tüten schnell ein. Beides würde sich lohnen, wenn man es zu Geld machte. Als Assance wieder zurückkam, gingen sie weiter flussabwärts. Und Mario meinte:

„Wenn wir jetzt ein Boot oder ein Floß hätten, könnten wir sie eventuell überholen." Wyatt sah seinen Kumpel an.

„Aber dir ist schon klar, dass sie jetzt verschwinden muss, sonst haben wir keine ruhige Minute mehr. Aber diesmal mache ich das selbst. Du schaffst es sowieso nicht, sie einfach abzuknallen und zu verscharren." Und Mario war froh, dass der Kanadier das übernehmen wollte. Hätten sie gewusst, dass Valerie kaum noch zehn Meilen von ihnen entfernt war, hätten sie sich sicher noch mehr beeilt.

Für Valerie war klar, sie musste sich in der nächsten Zeit so gut wie unsichtbar machen. Mario würde alles unternehmen, um auf ihre Spur zu kommen. Aber wo würde er zuerst suchen? Am Flughafen von Hay River, an den Bootsanlegestellen im Umkreis oder in den größeren Orten? Egal, als erstes musste sie in einen Ort kommen, wo es eine Bank oder ein Auszahlungsterminal gab. Sie brauchte unbedingt Geld, wobei sie die fünftausend US-Dollar ja eigentlich auch gut gebrauchen konnte.

Plötzlich lauschte sie. War das nicht Motorenlärm? Selbst Rocky stellte die Ohren auf und winselte leise, als ob er ihr sagen wollte: „Da kommt ein Auto!" Sie sprang auf.

„Komm, schnell! Da vorn muss eine Straße sein!" Und schon rannten sie beide, so schnell es ging, durch den Wald. Und tatsächlich, der Wald lichtete sich und Valerie sah das graue Band der Asphaltstraße. Und so erreichte sie völlig außer Atem die Straßenböschung. Von fern sah sie einen Truck mit Langholz nahen. Valerie stellte sich breitbeinig auf die Straße und winkte mit ihrem orangefarbenen Tuch. Im letzten Moment musste sie zur Seite springen und sie wollte schon auf diesen Idioten schimpfen, als plötzlich die Bremslichter aufleuchteten und der Truck langsam zum Stehen kam. Sie rannte mit Rocky im Schlepptau dem Wagen hinterher, öffnete mit Mühe die Beifahrertür und sah den ziemlich wild aussehenden Mann mit Rasta-Locken fragend an. Auf Englisch fragte sie ihn:

„Hallo Sir, können Sie uns ein Stück mitnehmen? Möglichst bis zur nächsten Stadt?" Der Rasta-Mann grinste sie an:

„Wieso uns, du bist doch alleine? Oder nicht?" Valerie lachte, sah hinunter und rief leise: „Rocky hopp!" Mit einem Satz saß der Husky auf dem Beifahrersitz. Der Rasta Mann riss die Augen auf.

„Oh, oh, oh, ist der gefährlich?" Valerie schüttelte den Kopf und musste über das erschrockene schwarze Gesicht lachen.

„Nö, eigentlich nicht, nur wenn mir jemand an die Wäsche gehen will, reagiert er wie ein Liebhaber. Aber sonst ist er ganz harmlos." Der Fahrer nickte besänftigt.

„Na, dann steigt mal ein, ihr beiden! Ich bin Moses und wie heißt ihr?" Valerie deutete auf den Hund.

„Das ist Rocky und ich bin Valerie. Wir sind schon ein paar Tage unterwegs und haben uns verlaufen. Ich muss unbedingt zu einer Bank und dann ein paar Sachen kaufen." Der Rasta-Mann sah sie von der Seite an und grinste:

„Bist wohl deinem Alten abgehauen, sag mal?" Valerie lächelte vielsagend und Moses deutete auf eine Thermoskanne neben seinem Sitz. „Da ist Kaffee, wenn du einen magst."

Valerie nickte und griff zu. „Danke Moses, bist ein feiner Kerl." Als sie das sagte, schmunzelte Moses.

„Woher willst du das denn wissen, he?" Sie nahm einen Schluck Kaffee und lehnte sich zurück, während Rocky sich wie ein Wächter auf den abgedeckten Motorblock gelegt hatte.

„Nicht jeder hält einfach an und nimmt jemand mit hier in der Wildnis. Zumal ich ja auch eine Flinte dabeihabe", setzte sie noch hinzu. Moses sah starr auf die Straße und plötzlich begann er zu erzählen. Er sei vor Monaten ebenfalls unterwegs gewesen, auch da habe plötzlich eine Frau auf der Straße gestanden und habe versucht, ihn anzuhalten. Allerdings hatte die eine Pistole in der Hand und sah ziemlich zerbeult aus. Da habe er Gas gegeben und sei vorbeigefahren. Ein paar Tage später las er in der Zeitung, dass eine junge Frau auf dem Highway Nr.5 tot aufgefunden worden sei. Man hatte sie erschossen.

„Hätte ich damals angehalten, würde die Frau wahrscheinlich heute noch leben", bekannte er schuldbewusst. Valerie lächelte.

„Aber nun hast du ja angehalten, zum Glück für mich. Mein Ex-Verlobter ist nämlich hinter mir her. Ich vermute mal, der will mich auch umbringen." Und dann erzählte sie Moses die ganze Geschichte. Er hatte die ganze Zeit still zugehört, dann lächelte er.

„Ich muss meine Ladung nach „Fort Resolution" bringen ins Sägewerk. Das liegt zumindest in deiner Richtung. Da bist du aber auch mitten in der Wildnis gelandet. Wie kommt das denn?"

„Ich wollte eigentlich nach Edmonton zum Flugplatz, habe es mir aber anders überlegt, weil der blöde Kerl mich aufgestöbert hatte. Jetzt will ich unbedingt wieder nach Hay River, dorthin, wo meine Freunde leben." Moses sah sie ungläubig an.

„Nach Edmonton? Bist du verrückt, das sind doch mindestens 4000 km, sowas kann man doch nicht zu Fuß bewerkstelligen. Dann wäre es schon besser, du fliegst von Hay River aus nach Edmonton." Valerie schüttelte den Kopf.

„Nö, ich bin meinem Verfolger ausgerissen, habe hier diesen wunderbaren Hund getroffen, und jetzt gibt's nur noch einen Weg, und zwar zurück zu meinen Freunden!" Moses nickte anerkennend.

„Du bist aber nicht von hier, stimmt's? Aber Mut hast du, das muss man dir schon lassen."

Valerie bedankte sich und schenkte einen Kaffee ein und reichte ihn Moses hinüber.

„Ja, du hast recht. Ich komme aus Deutschland und bin eigentlich hier bei der Bahngesellschaft angestellt."

Zwei Stunden später schreckte Valerie auf. Sie war tatsächlich eingeschlafen. Moses grinste.

„Da drüben ist ein großer Shop. Da kannst du Geld abheben. Ich muss jetzt zum Tanken fahren. Du kannst ja dann noch das Stück bis Hay River mitfahren. Das sind noch etwa 150 Meilen."

Valerie sah dem davonfahrenden Truck noch einen Moment hinterher, wie er zum Tanken fuhr. Sie selbst ging an den Bankautomaten neben dem Shop und zahlte auf ihr Konto bei der Nova Scotia 3000$ ein. Rocky hatte sie vor dem Shop angebunden und sich dann im Shop noch Unterwäsche und Waschsachen gekauft, dazu ein paar Lebensmittel und ein Handy. In den Abendstunden erreichten sie dann Enterprice, ein kleines Kaff mit einem Motel, einer Kneipe und vielleicht zwanzig Häusern. Es war schon wieder kälter geworden und sie fröstelte. Mit Moses, der in seinem Truck schlief, vereinbarte sie, dass sie am Morgen um 7:00 wieder mitfahren wollte. Dann ging sie in die kleine Kneipe. Der Wirt stand an der Theke und rauchte. Im Gastraum saßen gerade mal zwei ältere Männer. Sie sprach den Wirt an:

„Sir, vermieten Sie auch Zimmer für eine Nacht für mich und meinen Freund hier?" Dabei deutete sie auf Rocky. Der Wirt, ein etwa 50-jähriger Bulle von Kerl, mit kräftigen Oberarmen und Glatze sah sie schmunzelnd an.

„Für eine Nacht? Na gut, Sie haben ja keinen Kerl dabei, sonst könnte man ja denken, Sie wollen nur eine Liebesnacht bei mir verleben. Ihren Freund hier können Sie ruhig mit hochnehmen. Zahlung im Voraus 20$ mit Frühstück. Das ist noch billiger als im Motel drüben. Aber da wären sie mit ihrem Hund auch nicht reingekommen."

Valerie willigte erfreut ein, legte 20 Dollar auf den Tresen und holte sich den Schlüssel. Sie sah sich im Zimmer um. Es war mehr als kärglich ausgestattet. Aber das Bett war schön weich. Und so kleidete sie sich aus und legte sich dann auf das Bett. Dann nahm sie das Handy zur Hand, legte die Karte ein und schaltete es ein. Sie dachte angestrengt nach. Wie war eigentlich Amelias Handynummer? Keine der Nummern im Camp kannte sie auswendig. Ihr altes Handy hatte alle Nummern gespeichert, aber das nützte ihr jetzt nix. Und bei aller Überlegung war sie dann eingeschlafen und Rocky lag vor ihrem Bett mit gespitzten Ohren. Er wachte über sein neues Frauchen.

Mario Hansdorf und sein Kumpel Wyatt hatten inzwischen den Highway „1" ebenfalls erreicht – aber hier endete dann die Spur von Valerie auf einmal abrupt. Wyatt nickte und verzog das Gesicht ärgerlich:

„Sie ist garantiert mit einem Auto mitgefahren ab hier. Bleibt die Frage, in welche Richtung? Richtung „Fort Resolution" oder entgegengesetzt Richtung „Hay River". Aber wer sollte das wissen? Er war stinksauer und brummte dann noch:

„Für uns heißt das, wir müssen uns unsichtbar machen die nächsten Wochen. Ich schätze, sie wird uns die Polente auf den Hals hetzen wollen. Das hast du fein hingekriegt, Aleman!"
Nach dieser kurzen Ansprache schulterte Wyatt wieder sein Gewehr, machte auf dem Absatz kehrt und marschierte einfach in den Wald zurück. Wortlos dahinlaufend überlegte er, ob er noch länger mit dem Deutschen ein Duo bilden sollte. Der Kerl baute einen Mist nach dem anderen und das brachte auch seine Geschäfte in Gefahr. Und wozu sollte er mit so einem Depp auch noch teilen? Er nahm sich vor, sich bei der nächsten Gelegenheit von Mario zu verabschieden.

Am nächsten Morgen stand Valerie ausgeschlafen, gesättigt und unternehmungslistig auf dem Parkplatz am Shop und wartete auf eine Weiterfahrt. Komischerweise kamen aber nur Trucks vom Süden herauf und die PKWs waren alle aus dieser Gegend um Fort Smith. Und dann tauchte der schwarz gespritzte und glänzende Truck von Moses wieder auf. Er gab schon von Weitem ein Signal mit der Lichthupe und bremste dann neben ihr ab. Valerie öffnete die Beifahrertür und kletterte hinauf.

„Hi, Moses! Nimmst du uns noch ein Stück mit nach Süden?" Der Rasta grinste breit unter seiner gelben Strickmütze und nickte fröhlich.

„Steigt ein, ihr beiden! Da muss ich nicht alleine fahren. Und habt ihr gut geschlafen?" Valerie erzählte ihm von dem Pub, in dem sie übernachtet hatte. Moses lachte laut auf:

„Was? Im Zimmer Zwo hast du geschlafen, da habe ich auch schon das Bett gedrückt. Das gibt's doch nicht!" Valerie lachte.

„Jetzt weiß ich auch, warum ich so unruhig war die ganze Nacht!", erwiderte sie lachend. Bis hoch zum „Hay River" waren es knapp 135 Meilen, die sie in zwei Stunden geschafft haben würden. Da die Straße an Hay River vorbeiführte, war sie dann schon so gut wie zu Hause.

Valerie dachte an Amelia. Was würde die jetzt machen? Aber wie konnte sie deren Telefonnummer herausbekommen? Sie fragte Moses, welche Möglichkeiten es gab. Der sah sie nur irritiert an. Er konnte ihr nicht helfen.

Eine Stunde später kamen sie in Salt River an. Valerie war maßlos enttäuscht. Es war ein ödes Kaff. Ringsum nur weites Land und der See. Hier oben lebten zumeist nur noch Einheimische, Indianer und Inuit, die eingewandert waren. Und doch passierte dann Absonderliches.

Valerie war bei Moses ausgestiegen, um in dem kleinen Shop was zu essen zu kaufen und sich nach einem Telefonbuch zu erkundigen. Gerade als sie wieder zur Tür herauskam, stand plötzlich ein älterer Sheriff vor ihr, vertrat ihr den Weg und grüßte sie.

„Verzeihung Miss, sind sie Miss Valerie Brunner aus Germany?" Valerie erbleichte und nickte. Dann zeigte er auf ein Fahndungsfoto an der Scheibe vom Shop. Darauf zu sehen waren sie und Mario. Der Sheriff fragte nochmal nach:

„Wo ist Ihr Verlobter, Mario Hansdorf?" Valerie zuckte mit den Schultern.

„Sir, das weiß ich nicht, ich bin auf der Flucht vor ihm. Er hatte mich gekidnappt, eingesperrt und ich bin seitdem auf der Flucht und will zurück nach Hay River", erwiderte sie wahrheitsgetreu. Der Sheriff sah sie erst erstaunt an und schien nachzudenken.

„Gut, Miss Brunner, wir bringen Sie jetzt in mein Office, dann rufen wir den dortigen Sheriff an. Der kann das Ganze dann aufklären und Sie bei uns abholen. Den Hund können Sie aber nicht mitnehmen, der muss hierbleiben." Valerie protestierte sofort:

„Sheriff, das geht nicht! Er wird uns nachlaufen und vor ihrem Office so lange sitzen, bis er mich wieder hat. Er gehört zu mir wie mein Kind!" Der Sheriff schmunzelte, dann nickte er doch.

„Na gut, dann kommen Sie eben beide mit! Steigen Sie ein!"
Valerie verabschiedete sich von Moses, der ihr eine Weile enttäuscht hinterhersah. Sie stieg in den Wagen des Sheriffs, nachdem der ihre Flinte vorne an den Beifahrersitz gelehnt hatte.
Dann fuhr er los. Sie waren kaum aus dem Ort raus, als der
„Dodge" des Sheriffs links vorne zu rumpeln anfing und er laut
fluchte. Sie hatten einen Platten. Also fuhr er rechts ran und hielt
an. Als er ausstieg, um nachzuschauen, bat Valerie ebenfalls
aussteigen zu dürfen, um eine zu rauchen. Der Sheriff nickte nur
und begann mit der Reifenmontage. Gerade als er das kaputte
Rad abgebaut hatte und das neue wieder festschrauben wollte,
schaute er durch die Scheibe hinten in den Wagen, um zu sehen,
was Valerie machte. Doch er sah nichts. Wütend und fluchend
sprang er auf und ging um den Wagen herum. Frau, Hund und
das Gewehr waren weg. Einfach verschwunden, na so ein Luder,
diese Deutsche, dachte er.
Valerie war sich nicht ganz sicher gewesen, was der Sheriff im
Schilde führte, und ihr Fluchtreflex hatte eingesetzt. Ehe der sich
versah, war sie mit Rocky durch den Straßengraben in den Wald
verschwunden. Sie traute hier oben niemand mehr, das stand
fest.
Die Nacht verbrachte sie mit dem Hund wieder unter freiem
Himmel. Zum Glück hatte sie ja was zu essen eingekauft und
trinken konnte sie hier oben aus jedem Bach, so sauber wie das
Wasser hier war.
Und so marschierte sie wieder nach Südosten und erreichte am
Abend Pench. Zielstrebig ging sie wieder auf Suche nach einer
Unterkunft und fand sie auch. Der Wirt grinste schon, als sie
eintrat.
„Na, was wollen Sie, Miss?" Valerie erklärte ihm, dass sie und
ihr Hund eine Bleibe für eine Nacht suchten. Er schob ihr den
Schlüssel über den Tresen. Dann aber winkte er sie zu sich heran
und zeigte ihr ein Foto. Es war das Fahndungsfoto. Und Valerie
sah sich gezwungen, ihm die ganze Geschichte zu erzählen. Als
sie geendet hatte, war es schon 23:30 Uhr. Mike Edison, wie der
Wirt hieß, hatte still zugehört, ihr was zu essen und zu trinken
hingestellt und nickte dann zum Schluss. Er sah sie von der Seite
nachdenklich an.

„Da hast du aber auch so richtig in die Scheiße gegriffen, meine Liebe!" Um dann noch nachzuschieben: „Hat dir schon mal jemand gesagt, dass du ausgesprochen hübsch bist und offenbar auch richtig zäh?" Valerie lachte leise und nickte:

„Ja, Mike, das kenne ich. Die meisten, die das zu mir gesagt haben, wollten nur mit mir in die Kiste hopsen. Aber das ist nicht mein Ding. Ich war in der Jugendzeit in meiner Klasse die „eiserne Valerie" deswegen." Mike Edison lächelte milde.

„Wärst du stockhässlich, hättest du das Problem nicht", lachte er und sah auf die Uhr. „Und was willst du nun machen?", fragte er sie.

„Wenn ich einen PC hätte, mal nachschauen, ob ich die Telefonnummer von meinem Camp finde." Er stand auf. „Komm mit, da kann ich dir helfen." Und dann führte er sie in sein Büro. Rocky folgte ihnen auf dem Fuße. Als er ihre Schulter berührte, begann Rocky zu knurren und fletschte die Zähne. Mike lachte und trat einen Schritt zurück.

„Mein lieber Mann, der passt aber auf dich auf!", meinte er erstaunt und zeigte auf den Laptop auf dem Tisch.

„Schau da rein, ich gehe einstweilen vor und schließe ab." Und so beeilte sich Valerie, den Laptop hochzufahren und gab dann den Namen der Copmpany ein. Keine zwei Minuten später hatte sie die Nummern von Adams, Amelia und Olivia, die sie schnell aufschrieb. Sie würde morgen Früh anrufen. Dann ging sie zurück, wünschte Mike eine gute Nacht und ging in ihr Zimmer am Ende des Ganges. Der sah ihr nachdenklich hinterher.
Was es doch für tolle Frauen gab. Und er? War seit drei Jahren schon solo. Aber die Blonde war bestimmt aus der Großstadt, die ließen sich nicht auf so einem Kaff festhalten. Das hatte er ja bei seiner Doria gesehen, die ihm eines Tages sagte, sie wolle weg in ein anderes Leben, und einfach ihre Sachen nahm und auf Nimmerwiedersehen verschwunden war.
Valerie war gerade vom Frühstück in ihr Zimmer gegangen und packte ihre Sachen zusammen, als Rocky plötzlich die Ohren spitzte und unruhig hin und her lief. Valerie schaute aus dem Fenster. Unmittelbar vor dem Eingang stand ein Polizeiwagen. Sie schimpfte leise auf Mike. Hatte der sie verpfiffen, weil sie nicht mit ihm in die Kiste gegangen war? Egal. Sie stürmte den Gang entlang, lief mit Rocky in ein Hinterzimmer, öffnete das

Fenster und stieg mit ihm hinaus. Dann rannte sie durch den kleinen Garten, sprang über den niedrigen Zaun und war wenig später schon wieder im Wald verschwunden.

Als der Wirt und der Polizist an die Tür klopften und niemand sich meldete, machte Mike einfach die Tür auf. Doch das Zimmer war leer und ihre Sachen waren weg. Er schmunzelte vor sich hin und stieß den Cop an:

„Na Henry, jetzt musst du ihr hinterherlaufen. Die hat keine Lust auf ein Rendezvous mit euch. Sucht ihr sie jetzt draußen?"
Henry Leclairk winkte ab.

„Warum soll ich der denn nachlaufen? Die hat niemand umgebracht. Nur ihr Verlobter wird ja eigentlich gesucht. Nee, da reiße ich mir den Arsch nicht auf. Irgendwann kriegen wir sie ja doch." Dann ging er wieder zurück zu seinem Wagen und fuhr davon. Und Mike Edison rieb sich die Hände und dachte mit etwas Wehmut an die Deutsche. Die war verdammt hübsch gewesen und er ärgerte sich, dass er ihr nicht nähergekommen war. Aber andererseits nötigte ihm ihre Konsequenz auch Respekt ab. Die ging eben nicht gleich mit jedem in die Kiste.

Valerie und ihr Husky Rocky gingen nunmehr weiter immer den Highway nach. Die Telefonnummern vom Camp und von Amelias Büro hatte sie ja jetzt, auch wenn sie gestern Abend nicht mehr anrufen konnte, weil es zu spät gewesen war.
Sie sah auf den Akku ihres Handys, der noch voll war, da sie es in der Nacht aufgeladen hatte. Kurz entschlossen blieb sie stehen und nahm das Handy zur Hand. Der Empfang war mit zwei Balken ziemlich gut. Sie wählte Amelias Büronummer und lauschte. Plötzlich knackte es und eine Frauenstimme meldete sich. Es war aber nicht Amelia.

„Ja, Miss Smith ist im Moment außer Haus. Sie müsste aber in einer Stunde wieder da sein", antwortete die Frau am anderen Ende.

„Sagen Sie ihr bitte, eine Freundin wird sie in einer Stunde, also um 11:00 Uhr nochmals anrufen." Dann beendete sie das Gespräch abrupt und sie zogen weiter. Valerie bekam Hunger. Sie würde sich nun notgedrungen zum ersten Mal was schießen müssen. Also nahm sie das Gewehr herunter und lud durch. Vorsichtig umherspähend liefen sie durch den lichten Wald. Unter einem Busch entdeckte sie einen Hasen. Vorsichtig legte sie an, zielte und drückte ab. Ein Knall und Rocky stürmte los wie von einer Sehne angeschossen. Wenig später kam er mit dem toten Hasen zurück. Valerie war ein wenig stolz auf sich. Also begann sie ein Feuer zu machen, zog den Balg ab und spießte den Hasen dann auf einen Holzstock und hielt ihn über das Feuer. Rocky saß neben ihr und schaute sie immer wieder an. Valerie verstand, was er ihr sagen wollte, und trennte einen Hinterlauf vom Hasen ab. Da er heiß war, musste Rocky sich in Geduld üben, was ihm sichtlich schwerfiel. Valerie griff wieder zum Handy und rief A- melias Nummer an. Diesmal war ihre Freundin dran und flippte förmlich aus, als sie Valeries Stimme hörte:

„Mensch, sag mal, wo bist du denn die ganze Zeit? Ich soll dir von Kent ausrichten, dass du ruhig zurückkommen kannst. Man hat inzwischen festgestellt, wer den Mann damals erschossen hat. Aber deinen Mario suchen sie immer noch."

Valerie unterbrach ihren Redestrom abrupt.

„Ich sitze hier mit Rocky im Wald mitten in der Wildnis und ein von mir geschossener Hase gart gerade am offenen Feuer. Ich bin hier kurz nach Enterprice. Schau mal nach, wie viele Meilen das bis zu euch sind und ruf mich wieder an. Und jetzt Schluss, ich muss Strom sparen! Bye!"

Der Hase war gar, nur ohne Salz schmeckte er sonderbar, machte aber satt. Als sie gegessen hatte, löschte sie sorgsam das Feuer und machte sich wieder auf den Weg. Rocky trottete neben ihr her wie ein folgsamer Haushund. Sie waren inzwischen so etwas wie ein Team geworden. Auf einmal sah sie in einer Astgabel einen ziemlich großen Uhu sitzen, der sie unverwandt anstarrte. Valerie blieb stehen und sah hinauf.

„Grüß dich, Vater Uhu! Oder bist du die Mama Uhu? Ich wün- sche dir einen schönen Tag, und pass gut auf dich auf!", meinte sie zu dem Uhu und lief dann schmunzelnd weiter. Plötzlich knackte es heftig im Gehölz vor ihr. Rasch nahm sie das Gewehr herunter und entsicherte es. Da trat ein gewaltiger Elch mit einer ausladenden Schaufel heraus und starrte sie starr an. Valerie blieb sofort still stehen. Und dann sah sie, dass es eine Elchkuh war, die hinter sich ein kleines Kalb stehen hatte, welches kläg- lich jammerte, weil sie irgendwo mit dem hinteren Lauf festhing.

Das Kleine war offenbar in eine Falle geraten. Sie sprach die Elchkuh an.

„Hee, Mutter Elch, ist dein Kind krank? Darf ich es mir mal ansehen? Komm, ich kann dir helfen!" Die Elchkuh schnaufte und kratzte mit einem Vorderhuf auf dem Boden. Offenbar hingen die beiden hier schon länger fest und die Kuh hatte das Kälbchen bisher gesäugt, wagte sich aber nicht wegzugehen. Valerie überlegte, was sie tun konnte. Inzwischen hatte sie gesehen, dass dieses Kälbchen mit einem Hinterhuf in irgendeinem Draht festhing und nicht wegkam. Plötzlich machte die Elchkuh kehrt und verschwand auf einmal im Dickicht. Sofort lief Valerie zu dem Kalb hin und sah nach. Oh Gott, der Lauf steckte in einer Drahtschlinge fest. Und mit ihrem Messer versuchte sie den Draht aufzubiegen. Nach einigen Versuchen klappte es endlich. Der Lauf des Kälbchens war wieder frei. Valerie ging schnell beiseite und ließ den kleinen Kerl allein, der plötzlich anfing hin und her zu springen. Er schien sich zu freuen, nun endlich wieder frei zu sein. Urplötzlich war aber auch die Elchkuh wieder da, als ob sie nur gegangen war, damit Valerie dem Kleinen helfen konnte. Im Nu waren beide wieder im Dickicht verschwunden. Plötzlich klingelte Valeries Handy. Sie nahm das Gespräch an, denn es war Amelia, die anrief.

„Hallo Valerie! Hör zu, auf halber Strecke kommt ein kleines Kaff mit einem Shop, das nennt sich „Carpers – Coffey Shop". Ich könnte dich dort heute noch auflesen. Das sind etwa 10 Meilen bis dahin. Ich könnte in einer Stunde da sein."
Valerie atmete erleichtert auf. „Gut, aber bringe mir bitte einmal Wäsche mit zum Umziehen. Meine Klamotten stinken langsam. Also auch eins Jeans, einen Pullover, eine dickere Jacke und Socken. Ich werde sehen, dass ich bald dorthin komme. Es kann sein, dass du auf mich warten musst. Ruf mich an, wenn du eher da bist als ich! Tschau!"
Sie hatte das Gespräch gerade beendet, als sie plötzlich das Motorengeräusch eines Trucks hörte. Sie hatte also den Highway Fife wieder erreicht. Sie hörte, wie er vorbeidonnerte, ehe sie den Straßenrand erreicht hatte. Rocky sah sie unsicher an, als wollte er sich vergewissern, dass sie ihn nun nicht wieder alleine lassen würde. Doch Valerie dachte gar nicht daran, sich von ihrem treuen Begleiter zu trennen.

Und so marschierten sie doch noch eine volle Stunde, ehe sie endlich ein Schild sahen. Sie hatten „Carpers Coffee Shop" erreicht, eine Kraftfahrerkneipe. Sich vorsichtig umschauend betrat sie den kleinen Platz vor dem Shop. Als erstes fiel ihr ein Fahndungsfoto auf. Den Kerl da auf dem Foto erkannte sie sofort. Es war Marios Kumpel, Wyatt Assance!

„Gesucht wegen Mordes!", stand darunter. Valerie band Rocky vor dem Shop an und ging hinein. Eine ziemlich breit gebaute schwarzhaarige Madam sah sie gelangweilt an, als sie eintrat. Valerie nahm sich zwei Büchsen Cola und ging an die Kasse. Und ganz wie nebenbei fragte sie die Madam: „Was hat denn der Kerl da draußen auf dem Foto ausgefressen, dass man ihn sucht?" Die Dicke gab ihr das Wechselgeld heraus und meinte dann grinsend und dabei ihre Zahnlücken zeigend:

„Der hat seine Frau und das Kleinkind umgebracht, diese Sau! Er soll derzeit mit einem Deutschen unterwegs sein, auch so ein Betrüger und Gauner. Hat alten Leuten Claims auf einem Goldfeld hier oben verkauft. Nur gehörte ihm das Feld gar nicht. Furchtbar, was sich hier laufend für Gesindel herumtreibt."

Plötzlich hupte es draußen. Valerie verabschiedete sich schnell und trat aus der Ladentür – und tatsächlich, da stand Amelias rotes Rennpferd „Alfa Romeo Stelvio". Valerie band Rocky los und öffnete die Beifahrertür.

„Hallo Schwester! Schön dich wiederzusehen! Wen hast du denn da als Begleiter bei dir?" Rocky sprang nach hinten auf den Sitz und legte sich sofort brav hin. „Das ist mein neuer Freund, Rocky", meinte Valerie. Sie setzte sich auf den Beifahrersitz. Und dann fielen sie sich erst einmal in die Arme und Amelia vergoss dabei Tränen. Valerie versuchte, sie zu trösten.

„Weine doch nicht, ich bin ja wieder da. War die letzten Wochen ziemlich stressig, aber nun ist es ja gut. Allerdings, was heißt schon gut? Hast du was von Mario gehört?"

Amelia schüttelte den Kopf und startete den Wagen. Langsam fuhren sie vom Parkplatz herunter, um dann richtig zu beschleunigen, obwohl hier die Geschwindigkeit bei 50 Meilen pro Stunde lag.

„Nein, dein Mario wird von der Polizei gesucht, genau wie sein Kumpel Assance. Da haben sich die zwei Richtigen gefunden!" Valerie schüttelte den Kopf.

„Ich kenne Mario jetzt bald acht Jahre, die letzten zwei waren wir ein Paar. Aber ich hätte ihm nie sowas zugetraut. Sein Vater wird ihn wohl schon enterbt haben, die sind sowas von konservativ. Ich verstehe einfach nicht, was den geritten hat."
Amelia hatte die ganze Zeit still zugehört und meinte dann:
„Kent hat gemeint, über kurz oder lang werden sie ihn schon kriegen." Valerie sah sie erstaunt an. „Welcher Kent, Amelia? Habe ich was verpasst?" Amelia lächelte verlegen vor sich hin.

„Kent Norris, unser Sheriff. Wir sind ein paar Mal zusammen abends ausgegangen." Valerie sah ihre Freundin mit großen Augen an. „Habt ihr schon zusammen geschlafen?" Amelia nickte etwas verschämt.

„Ja, haben wir. Er ist ein lieber, einfühlsamer Kerl. Er hat sich extra wegen mir in Hamburg erkundigt. Und da du noch nicht wieder in Deutschland eingereist warst, war mir klar, dass du noch hier bist. Trotzdem hat mich dein Anruf fast vom Stuhl gehauen. Es gab die tollsten Gerüchte, sage ich dir! Von Bonny und Clyde, bis im Wald verscharrt oder in Ottawa untergetaucht, war alles dabei. Aber jetzt kannst du ja alles aufklären, Kent erwartet dich schon." Valerie holte tief Luft.

„Du hast es ihm erzählt, dass ich angerufen habe?" Amelia nickte. „Stimmt, es war mit das Ehrlichste, was ich tun konnte. Ich konnte ihn doch nicht belügen." Valerie nickte und lächelte dabei.

„Ach Amelia, du bist bis über beide Ohren verliebt in deinen Kent. Aber es war schon richtig. Ich habe ja auch nix verbrochen und niemand umgebracht wie Mario und dieser Wyatt Assance. Aber beide wissen nun, dass es von ihrer Tat im Wald Fotos gibt. Ich schätze, wir leben derzeit etwas gefährlich."
Amelia sah sie entsetzt an. „Du meinst, sie könnten sich an uns rächen wollen?" Valerie nickte nachdenklich.

„So ist es, Schwester. Und ich kenne Mario gut genug. Der ist nachtragend. Und Assance ist ein Killer, der seine Frau und das Baby umgebracht hat, weil sie ihn bei der Polizei gemeldet hatte. Ich glaube, wir müssen uns was einfallen lassen. Aber egal was passiert, wenn wir jetzt heimkommen, muss ich erstmal in die Badewanne."
Und dann erzählte sie Amelia auch, dass Mario sie vor ihrer Flucht betäubt und vergewaltigt hatte. Amelia stöhnte leise auf.

„So ein Schwein! Hoffentlich fasst man die beiden bald. Aber hier oben in dieser Wildnis kann sich jemand unsichtbar machen, wenn er das unbedingt will."

Seit Wochen trieben sich Hansdorf und Assance in der Wildnis umher, waren heute hier und morgen dort. Dazu hatten sie sich an der Westküste des Sees, etwa 245 Meilen von Hay River entfernt am Rande eins kleinen Nestes mit dem Namen Behchoko ein Holzhaus annektiert. Das Haus war verlassen gewesen und sie hatten es einfach in Besitz genommen. Ab sofort bewachten zwei scharfe Wildhunde das Haus, wenn die neuen Besitzer abwesend waren. Hier oben konnten sie ungestört von der Polizei ihren Handel mit allem, was Hasch betraf, ausüben. Ganz groß im Kommen war dieses Kristallpulver mit dem Namen „Chrystal Meth". Neuerdings waren die beiden drauf und dran, dieses Gift selber herzustellen, denn die Verdienstmöglichkeiten waren horrend. Und so besorgten sie sich alles, was man für ein Labor brauchte. Mario sah sich schon auf einer Woge von Geld schwimmen. Wen er allerdings nicht vergessen hatte, das war Valerie, seine ehemalige Verlobte. Doch Assance verbot ihm, verbunden mit der Drohung sonst auszusteigen, ihre Verfolgung aufzunehmen. Er sah darin eine Gefahr für ihr neues Geschäft. Am Ende war er sich im Klaren, dass er sich langfristig gesehen einen neuen Partner suchen musste. Aber erst wollte er mit Marios Hilfe das neue Geschäft anleiern.

Valerie saß am zweiten Tag nach ihrer Rückkehr im Büro ihres Chefs Liam Adams, der den Sheriff dazu geladen hatte, und erzählte ihnen die ganze Geschichte ihres plötzlichen Verschwindens.
   „Ich war kurz draußen, da muss er mir K.O.-Tropfen in meine Cola mit Whisky gegeben haben. Ich war mindestens zehn Stunden so gut wie tot. In der Zeit hat er mich auch vergewaltigt. Als er mehr als zwei Tage weg war, konnte ich fliehen. Ich schätze aber, er wird nicht aufhören, mich zu suchen."
Adams und Sheriff Norris sahen sich einen Augenblick an. Die Geschichte klang glaubwürdig, das stand fest. Adams rieb sich das Kinn, sah Valerie fragend an und meinte:

„Ich könnte es verstehen, wenn Sie jetzt wieder nach Hause wollten. Auch wenn ich das sehr bedauern würde." Valerie schüttelte vehement mit dem Kopf.

„No, Sir! Ich möchte gerne hierbleiben und meinen Vertrag erfüllen. Ich werde nicht ausreisen. Wenn er das will, könnte er mir auch zu Hause etwas antun." Adams lächelte sichtlich gerührt über Valeries Zuverlässigkeit.

„Gut, Miss Brunner, ich habe da eine Idee. Ich versetze Sie aber gemeinsam mit ihrer Freundin Amelia Smith in unsere Außenstelle nach „Fort Providenc". Und hier verbreiten wir, dass man sie tot in der Wildnis nahe von Hay River gefunden hat und nach Deutschland überführt hat. Ich denke, das wird dann reichen, wenn wir ihnen noch einen neuen Pass und einen neuen Namen geben. Verändern Sie ein wenig Ihr Aussehen! Es gibt hier oben kaum blonde Frauen. Richten sie sich auf die Abreise für übermorgen ein. Sind sie damit einverstanden?" Valerie nickte und war dem Chef dankbar, dass er das ganze so ernst nahm. Das hieß ja nichts anderes, als dass sie wieder in die Richtung reisen musste, aus der sie gekommen war.

Als Valerie das Büro von Adams verlassen hatte, musste sie sich erstmal gegen die Hauswand lehnen, weil ihr die Knie zitterten. Auf halbem Weg zum Casino lief ihr Amelia über den Weg und grinste sie an.

„Na, weißt du schon das Neueste? Wir werden beide versetzt. Nur schade, dass ich dann meinen Kent nicht mehr so oft sehen kann wie in letzter Zeit." Valerie sah sie ernst an.

„Amelia, du musst nicht mitkommen! Ich will nicht, dass wegen mir deine neue Beziehung in die Brüche geht." Amelia winkte resolut ab.

„Rede doch nicht solchen Quatsch. In zwei Stunden ist man hin und dann wieder zurück. Ich werde dich doch jetzt nicht im Stich lassen. Wir machen das so und damit basta!" Valerie nickte ihrer Freundin dankbar zu.

„Meinst du nicht auch, dass dieser Adams ein toller Mensch ist, Amelia. So wie der sich für mich ins Zeug gelegt hat, sowas gäbe es bei uns zu Hause bestimmt nicht." Amelia grinste.

„Ja, das stimmt. Der Alte mag dich eben. Er hatte mal eine Tochter, die mit 19 Jahren ums Leben kam, vielleicht hängt es damit zusammen."

Zu Hause angekommen begannen sie zu packen. Da dieses Haus möbliert gewesen war, als sie eingezogen waren, brauchten sie nur ihre persönlichen Sachen einzupacken. Amelia saß erschöpft auf einer der Umzugskartons und rieb sich das Genick.

„Ich bin wirklich richtig gespannt, was Adams uns für ein Haus ausgesucht hat. Der Fuhrparkmanager meinte, wir bräuchten nur eine Zahnbürste mitzubringen", lachte sie.

Und das war es eigentlich auch, was Valerie so wunderbar an ihrer neuen Freundin fand. Amelias Verhalten war ungekünstelt und immer grundehrlich. Und sie hatten beide einen guten Freund auf vier Pfoten, der ihnen nicht mehr von der Seite wich. Sie hatten sich entschlossen, Rocky nun doch mitzunehmen. Hätten sie ihn bei Kent zurückgelassen, würde er ihnen garantiert hinterherkommen, egal wie weit weg das sein würde. Er hatte nun mal sein Frauchen gefunden. Amelia war der Meinung, dass Rocky schon mal bei Menschen gelebt haben musste, so wie er sich benahm. Ein Wildhund fuhr nicht einfach mit einem Auto mit oder schlief in einem Zimmer. Irgendetwas war geschehen, dass er nun allein war und sich ausgerechnet Valerie ausgesucht hatte.

Am nächsten Morgen, die Sonne war gerade aufgegangen, stand ihr Wagen schon vor der Tür. Der Fahrer war ein Schwarzer und kam aus Grenada in der Karibik. Und wie alle Kariben war er ein Ausbund an Fröhlichkeit. Im Autoradio dudelte Stealbandmusik und George sang gelegentlich auch mal mit. Und so verging die Zeit wie im Fluge. Fort Providence lag am Makenzie River und hatte rund 800 Einwohner, eine Holzkirche, ein Sägewerk und ansonsten von Bisons über Grizzlybären und Wölfe war alles vertreten. Ihr Haus stand am Ortsrand, unmittelbar oberhalb des Flusses. Es war dunkelrot gestrichen und aus Holz. Die Fenster gaben den Eindruck von einem Märchenhaus bis auf die Fenster zum Garten hinaus und es gab eine Veranda und einen schönen Wintergarten. Das Ganze war eingezäunt wegen der Wildtiere. Der nächste Nachbar war gut zwei Meilen entfernt. Rocky nahm sein Grundstück sofort in Besitz und lief aufgeregt bellend am Zaun entlang. Die Vorbesitzer schienen ebenfalls einen Hund gehabt zu haben, denn in der Verandatür war eine Hundeklappe eingebaut, die man allerdings nachts auch verschließen konnte, oder besser gesagt, lieber geschlossen halten sollte, wenn nicht plötzlich mal ein kleiner Waschbär oder ein Wolf im Zimmer stehen sollte.

Valerie und Amelia hatten ihr Haus sofort ins Herz geschlossen. Als sie die Garage öffneten, stand dort ein „Ford-Explorer" und ein Schneemobil, sowie zwei Paar Skier. Und es gab einen guten stabilen Waffenschrank, in dem zwei Winchester Gewehre standen. Adams hatte an alles gedacht.

Am Nachmittag begaben sie sich in das Office der Eisenbahngesellschaft im Ortskern und meldeten sich bei Mister Jeremias Johnson, dem Chef. Johnson war ungefähr Fünfzig Jahre alt, sah sehr asketisch aus mit kleinem Schnauzbart. Sein Stellvertreter war Lucas Miller, ein schlanker, sportlicher junger Mann von ca. 35 Jahren. Er hatte schwarzes, ganz kurz geschnittenes Haar. Als sie eintraten, starrte er Valerie einen Moment an, denn Valeries blonde Wallmähne hatte sich in ein goldenes Rot verwandelt. Und mit ihrer kräftigen Figur und einer Größe von 1,78 Meter war sie halt eine imposante Erscheinung. Ganz im Gegensatz zur etwas kleineren und zierlichen Amelia mit ihrem asiatischen Einschlag. Und Valerie hieß ab sofort Mila Wilson und war aus Hinnesville im Staate Georgia. Einige der Männer verrenkten sich fast die Hälse, als sie in den Speiseraum traten. Waren es in Hay River zumeist Bauarbeiter gewesen, so waren es hier zumeist Anzugträger aus der Verwaltung, die ihr hinterhersahen. Hier machte Miller eine Ausnahme, denn er trug Jeans und Sportschuhe, darüber offenes Hemd und Sakko. Er bat sie, am Tisch Platz zu nehmen. Wenig später kam eine Bedienung und nahm ihre Bestellung auf. Miller musterte Valerie verstohlen.

„So, ihr kommt also aus Hay River. Was hat euch denn hier in unser Kaff verschlagen? Da war Hay River ja noch eine Metropole", meinte er und lächelte. Valerie und Amelia hatten sich bereits am Vorabend eine Geschichte zurechtgelegt, falls man sie sowas fragen sollte. Demnach war Valerie im Auftrag von einer deutschen Illustrierten hier, während Amelia Sekretärin für Materialbeschaffung war, was ja letztlich auch stimmte. Lucas Miller war halb Amerikaner und halb Neuseeländer und er war ziemlich belesen. Für Valeries Fotostory interessierte er sich sofort, machte er doch selbst in der Freizeit Fotos von hier oben. Am Ende des ersten Tages stand fest, man mochte sich, bis zu dem Tag, an dem Miller aus Versehen die Akte von Mila Wilson in die Hände bekam. Die enthielt auch einige Ungereimtheiten über Valeries Vergangenheit in Hamburg und die machten ihn dann doch stutzig.

Valerie war mit Miller am Vormittag rausgefahren, um den Bau der Trasse zu begutachten, als er sie noch im Auto ansprach.

„Hör mal, Mila, warum belügst du die Leute, was deinen Namen betrifft? Du heißt doch nicht Wilson. Und du bist auch nicht aus Georgia, sondern aus Hamburg. Was soll das?"

Er hatte den Wagen abrupt abgebremst und war auf dem Seitenstreifen stehen geblieben und sah sie fragend an. Mila alias Valerie überlegte es sich kurz. Weiter zu lügen, würde ihre Arbeit gefährden. Sie nickte nachdenklich und entschloss sich, ihm alles zu erzählen.

„Du hast recht, Lucas. Aber ich musste wegen meines ehemaligen Verlobten einen anderen Namen annehmen, wenn ich hier weiterarbeiten wollte. Er sucht mich und will mich wie es aussieht um jeden Preis umbringen." Lucas nickte erschrocken.

„So ist das. Sorry, da hat dann einer bei deiner Legende aber ziemlich gepfuscht. Die muss man nochmal neugestalten. Sonst genügt ein Anruf im Personalbüro und du fliegst auf. Pass auf, ich werde das regeln. Und ohne Hintergedanken, Mila! Ich mag dich einfach vom ersten Moment unseres Treffens gestern."

Valerie nickte und musste schmunzeln. Dann meinte sie leise:

„Ging mir genauso." Sie sahen sich in die Augen und Valerie gab ihm kurz entschlossen einen kleinen Kuss auf die Wange. Lucas grinste und startete wieder den Wagen. Als sie dann wieder ausstiegen, sah er sie kritisch an.

„Läufst du immer ohne Waffe in der Wildnis herum?"

Valerie sah ihn schuldbewusst an.

„Sorry, daran habe ich gar nicht mehr gedacht. Die Waffe liegt zu Hause." Lucas verdrehte die Augen. „Na, da liegt sie ja gut!", meinte er nur und stapfte dann los. Valerie folgte ihm. Nach einer guten Stunde hatten sie alles gesehen. Valerie hatte einige Fotos gemacht und Lucas bekundete Hunger. Sie einigten sich, den ortsansässigen Mc Donalds aufzusuchen.

Der Shop war nicht allzu groß, war aber zur Mittagszeit gut besucht. Auch hier erregte Valerie Aufsehen bei der anwesenden Männerwelt. Einige pfiffen ihr sogar hinterher. Eine Unsitte, wie Valerie meinte, hier in der Wildnis aber weit verbreitet, warum auch immer. Sie setzten sich in eine Ecke und es dauerte nicht lange und eine Kellnerin mit asiatischen Wurzeln nahm ihre Bestellungen auf. Lucas aß, was alle hier meist essen, einen Burger mit viel Speck und Zwiebeln, Valerie dagegen nahm einen ganz frischen „Chicken Caesar Salat" und eine Cola. Sie wunderte sich, weil Lucas Sprite trank und sprach ihn darauf an. Er zuckte mit den Schultern.

„Ich habe mal als Jugendlicher ein kleines Stück Rindfleisch über einen Tag in ein Glas Cola gelegt. Das Ergebnis war so umwerfend für mich, dass ich seitdem keine Cola mehr trinke. Außerdem ist es eine Zuckerbombe." Valerie sah ihn erstaunt an.

„So viel Gesundheitsbewusstsein hätte ich dir gar nicht zugetraut", meinte sie. Lucas grinste verlegen.

„Meine Mum ist Chef-Ärztin in einem Spittal in Ottawa. Die hat mich beizeiten aufgeklärt, so habe ich auch nie geraucht." Valerie sah ihn schmunzelnd an.

„Du bist ein sonderbarer Kerl, Lucas." Er nickte leicht, nahm plötzlich ihre Hand in die seine und meinte dann, ihr tief in die Augen blickend: „Und du bist eine wunderschöne Frau, Mila!" Valerie zog langsam ihre Hand wieder aus seiner heraus.

„Könnte es sein, dass du mit mir flirtest, Lucas?" Er lehnte sich zurück, verschränkte die Arme über der Brust und meinte dann fragend: „Wäre das so schlimm? Oder kannst du mich nicht leiden, Mila Wilson?" Valerie schüttelte den Kopf.

„Nee, das ist überhaupt nicht schlimm. Aber ich muss erstmal meine letzte Beziehung richtig verarbeiten, ehe ich schon wieder eine neue anfange. Aber das hat absolut nix mit dir zu tun, denn ich mag dich auch. Lass uns erstmal gute Freunde sein und dann werden wir sehen, was daraus wird, okay?" Lucas nickte.

„Ich verstehe dich, Mila. Dein Vorschlag ist gut und er lässt mir etwas Hoffnung." Sie sah ihn an, weil er so enttäuscht aussah.

„Warum schaust du denn so traurig drein?" Er nahm einen Schluck Sprite und drehte das Glas zwischen seinen Händen.

„Ich habe vor zwei Jahren eine Amerikanerin kennen gelernt. Sie gab sich schüchtern, sah auch sehr schön aus, beinahe wie eine Mexikanerin. Sie hatte einen Stand und verkaufte Andenken. Wir gingen ein paar Mal aus, schliefen dann auch miteinander und machten schon große Pläne. Ich gab ihr einen Hausschlüssel. Eines Tages gab es einen kleinen Streit, sie schrie mich an, ich sei ein Macho. Dabei hatte ich sie verwöhnt, wo es nur ging, denn sie war ja angeblich arm und schon als Kind vom Vater sexuell missbraucht worden. Am nächsten Morgen ging ich aus dem Haus, ohne mich von ihr zu verabschieden. Als ich am Abend zurückkam, war sie weg. Und mit ihr mein Sportwagen, meine Aktien, die ich mir gekauft hatte, und alles Bargeld, so etwa 1000 Dollar. Ich habe nie wieder etwas von ihr gehört, bis zu dem Tag, als die Polizei vor meiner Tür stand und sich nach ihr erkundigte. Sie hatte insgesamt sieben Männer auf diese Art mal nebenbei abgezockt. Man hat sie aber wohl nie erwischt."

Valerie nahm, ohne weiter nachzudenken, nun ihrerseits seine Hand und sah ihn eindringlich an.

„Das wird dir mit mir nie passieren, Lucas! Ich lege dir eher noch ein paar Dollar hin, ehe ich gehe", meinte sie und musste sich das Lachen verkneifen. Er sah es und nahm einfach ihren Kopf zwischen seine starken Hände und küsste sie voll auf den Mund.

Als sie den Shop verließen, hatte Valerie auf einmal ein Gefühl von Freude und Leichtigkeit. Sie atmete tief durch. Der Mann, der da neben ihr herlief, hatte ihr Herz im Sturm erobert. Aber sie wollte diesmal nichts überstürzen. „Gut Ding braucht Weile", pflegte ihre Großmutter immer zu sagen.

Mario Hansdorf hatte sich vorgenommen, trotz Wyatts Drohung auszusteigen und weiter nach Valerie zu suchen. Ein erster Anruf im Camp brachte ihm die Nachricht, dass Valerie Kanada verlassen haben sollte. Der zweite Anruf in Hamburg beim Verlag ergab die Tatsache, dass Valerie sich seit Wochen nicht gemeldet hatte. Daraus schloss er, dass man ihn verarscht hatte und sie noch im Land sein musste, aber wo? Nun war das Nordwest-Territorium aber keine dicht besiedelte Gegend. Hier oben in der Einöde gab es nur ein paar wenige Zentren, wo Menschen lebten. So wie eben Hay River oder Fort Smith und Fort Providence. Er musste sie alle abklappern, um auf eine blonde Deutsche zu treffen. Wyatt erzählte er, er wollte neue Kunden gewinnen und demnächst eine Reise rund um den Großen Sklavensee

machen. Wyatt winkte nur genervt ab. Der Deutsche ging ihm langsam auf den Sack. Sollte er doch machen, was er wollte. Er würde seinen Coup durchziehen und sich dann aus dem Staub machen. Hansdorf war eine Gefahr für ihn und das Geschäft.
Mehr durch Zufall erfuhr Mario, dass die Company oben im Fort Providence eine Zweigstelle und eine weitere Baustelle hatte. Er entschloss sich, warum auch immer, dort mit seiner Suche zu beginnen.

Valerie alias Mila Wilson bekam am zweiten Tag auf Betreiben von Lucas ein eigenes Büro in einem Container auf dem Gelände der Verwaltung. Als sie davon erfuhr, war sie erstmal sprachlos und betrat dann aber mit großer Erwartung ihren neuen Arbeitsplatz. Der Wohncontainer war mit allem ausgestattet, was man zum Arbeiten brauchte, und hatte sogar eine bequeme Schlafgelegenheit. Valerie sah sich um und deutete auf die Schlafcouch.

„Hast du dir die reinstellen lassen, für den Fall, dass du mich mal besuchst?", frotzelte sie. Lucas lächelte säuerlich.

„Hältst du mich für so berechnend, sag mal?", fragte er zurück. Valerie grinste, verzog das Gesicht und meinte dann:

„Bei euch Kerlen muss man mit allem rechnen. Das habe ich auch gelernt." Er schüttelte den Kopf.

„Mann, sag mal, mit welchen Typen hast du denn deine Zeit verbracht, he?" Valerie zuckte mit den Schultern und sah ihn an.

„Das war nur Spaß, du alte Spaßbremse!" Er lachte leise. „Na gut, aber ALT trifft nun gar nicht zu bei mir, oder?" Valerie sah auf die Uhr.

„Okay, aber ich muss dich jetzt rausschmeißen. Ich muss mit meinem Verlag in Deutschland telefonieren. Du kannst mich ja um 17:00 Uhr hier abholen, wenn du Zeit hast. Dein Chef wird dich sowieso schon suchen, wenn du dauernd mit mir unterwegs bist."

Lucas stand auf und ging zur Tür, doch Valerie hielt ihn mit einem „Stopp" zurück. Dann gab sie ihm einen Kuss auf die Wange. „So, und jetzt aber raus mit dir!", sagte sie und schob ihn sanft aus der Tür. Er stand draußen, schüttelte den Kopf und meinte:

„Du machst mich noch verrückt!" Worauf sie kess antwortete,

„na dann richte dich schon mal darauf ein", und die Tür vor seiner Nase schloss. Sie setzte sich an ihren Schreibtisch und begutachtete den Computer, den Drucker und die Telefonanlage. Alles war ziemlich neu. Und dann wählte sie die Nummer vom Verlag.

Eine Weile tutete es, dann meldete sich die Sekretärin des Chefredakteurs. Sie verlangte ihn und er war sofort dran und schien etwas aufgebracht zu sein:

„Sag mal, was ist denn bei euch da oben los? Erst ruft die Polizei bei uns an und dann noch dein Verlobter und sucht dich. Was treibst du denn, sag mal? Ich bezahle dich doch nicht für ein Lotterleben da oben." Valerie wurde es zu viel und so fiel sie ihm ins Wort.

„Herbert, hol erstmal tief Luft!" Und dann erzählte sie ihm die ganze Geschichte von Anfang an bis zum Schluss. Als sie fertig war, herrschte Ruhe am anderen Ende und Valerie dachte schon, er habe einfach aufgelegt. Doch dann meldete sich Hoffmann wieder und das erste, was er sagte, war:

„So eine Drecksau! Mädel, pass auf dich auf. Du kannst aber auch sofort zurückkommen, wenn du willst." Valerie verneinte.

„Nix da, Herbert, ich bleibe. Aber wenn du mich in Zukunft anrufst, verlangst du bitte nach einer Mila Wilson, das bin ich. Man hat mir sogar einen vorläufigen kanadischen Pass ausgestellt. Ich werde meine Story aber umschreiben. Titel:

„FLUCHT AUS KANADA"

Was hältst du davon? So richtig mit Aufmacher!" Hoffmann lachte leise: „Du bist vielleicht eine Verrückte! Also gut, aber auf deine Verantwortung, wenn du bleibst. Wir bleiben in Verbindung, tschüss!"

Valerie legte nachdenklich wieder auf. War es richtig, das Risiko einzugehen, oder sollte sie doch lieber verschwinden? Doch der ihr angeborene Kampfgeist regte sich erneut. Sollte sie sich von diesem verzogenen Jüngelchen einschüchtern lassen?

Am Abend sprach sie mit Amelia darüber, als sie beide bei einem Glas Rotwein im Wohnzimmer saßen. Amelia sah sie traurig an.

„Mir wird was fehlen, wenn du wieder nach Hause fährst. Und was wird aus Rocky? Meinst du, den kannst du mit in deine Wohnung in der Großstadt nehmen? Der wird da durchdrehen!"

Valerie nickte nachdenklich: „Dann musst du ihn halt nehmen!"
Amelia schüttelte den Kopf.

„Dann würde es ihm zwar auch gut gehen, aber er würde aus Sehnsucht nach dir eingehen. Schau doch mal in seine Augen! Als wenn er genau versteht, worüber wir reden. Er hat Angst, dass du irgendwann gehen wirst." Valerie verzog den Mund.

„Amelia, das glaube ich nicht. Er würde mich vielleicht ein paar Tage suchen, aber das vergeht auch wieder."
Amelia stellte das Glas ab und sah ihre Freundin ernst an. Dann holte sie eine Zeitungsseite aus dem Schrank und gab sie dann Valerie. Sie las langsam:

„Ein Amerikaner von Beruf Bauingenieur hatte einen Hund gehabt, den er als Welpe gefunden und aufgenommen hatte. Seine Mutter war auf dem Highway überfahren worden. Nach drei Jahren ging der Ami wieder nach Hause und sein Freund brachte ihn zum Flugplatz hier oben am Hay River. Den Hund sollte der Freund behalten. Nachdem er abgeflogen war, riss der Hund jeden Tag aus und lief zum Flugplatz. Auf einer kleinen Anhöhe, wo man das Flugfeld übersehen konnte, lag er da und winselte leise. Er war da nicht mehr wegzubekommen. Also schaffte ihm der Freund jeden Tag was zu essen hinaus. Aber er fraß und trank nichts. Wenige Wochen später war er tot."
Valerie wischte sich eine Träne aus den Augen. So hatte sie das noch nicht gesehen. Sie streichelte Rockys Kopf und er sah sie mit seinen großen Augen an. Valerie rutschte zu ihm auf den Teppich und nahm ihn in die Arme und begann plötzlich zu weinen. Und Rocky leckte ihr Gesicht ab und blieb ganz ruhig bei ihr liegen. Als Amelia wieder mit dem Tablett hereinkam, sah Valerie sie an und sagte leise:

„Ich werde ihn nie allein lassen, da bleibe ich lieber ganz hier!"
Amelia glitt ein Lächeln über das Gesicht.

„Übrigens, ich kriege nachher Herrenbesuch. Wir gehen aber hoch ins Gästezimmer, wollte ich dir nur sagen." Valerie lachte.

„Schon gut, ich rufe gleich Lucas an. Aber vergiss bitte die Kondome nicht, Amelia! Du bist manchmal so schusselig." Und schon flog das erste Couchkissen durch die Luft und es kam zur Kissenschlacht, bei der Rocky freudig bellend dazwischen herumsprang, bis es plötzlich klingelte. Im Nu rannte er bellend zur

Tür und kratzte daran. Amelia ging öffnen. Verlegen trat der Sheriff ins Zimmer, wo Valerie gerade wieder Ordnung schaffte. „Hallo, Miss Wilson!", grüßte er und grinste. „Wollen Sie gehen?" Valerie nickte schmunzelnd.

„Ich gehe jetzt mit Rocky spazieren, damit ihr Ruhe habt vor uns. Ich bleibe so zwei Stunden weg, weil ich noch einen Bekannten treffen möchte." Er lächelte und sah sie wohlwollend an. „Die roten Haare stehen Ihnen aber auch gut", meinte er. Um dann aber sie sofort zu fragen:

„Haben Sie eine Waffe dabei, Valerie? Die würde ich am besten nun immer bei mir tragen. Man kann hier oben nie wissen." Valerie verstand die Warnung und ging ins Schlafzimmer, um ihren Revolver zu holen. Dann verließ sie mit Rocky das Haus. Der Monat August war in drei Tagen zu Ende. Ab September würde man in den dunklen Nächten die ersten Polarlichter sehen. Die „Aurora Borealis", die schon so manchen Fotografen hier oben in Ektase versetzt haben. Valerie freute sich darauf.

Mit Rocky an der Leine verließ sie das Haus und ging in Richtung des einzigen Pubs hier in Fort Providence. Als sie eintrat, saß Lucas schon in einer gemütlichen Ecke bei Kerzenschein. Dazu standen eine Flasche Rotwein und zwei Gläser parat. Er stand auf, begrüßte sie und schob ihr den Stuhl zurecht. Der Laden war gut besucht, die Kellnerin kam aber sehr schnell. Es war eine der hier oben lebenden Inuit Abkömmlinge. Mittelgroß, gut gebaut mit hübschem Gesicht und Mandelaugen. Sie bestellten einen Braten vom Karibu. Lucas sah sie von der Seite an. Und dann entdeckte er ihre Waffe am Hosenbund.

„Trägst du die jetzt immer bei dir?", fragte er. Valerie nickte und stieß mit ihm an.

„Ja, auf Anraten des Sheriffs von Hay River. Er ist zurzeit bei uns im Haus. Er ist Amelias Freund und extra übers Wochenende heraufgekommen." Lucas schmunzelte.

„Und du hast das Feld geräumt, stimmt's? Du könntest bei mir schlafen. Du im Bett, ich auf der Couch, ganz sittsam, wie Freunde eben." Valerie schmunzelte vor sich hin.

„Ich überlege es mir noch, okay?" Er nickte wortlos. Dann kam das Essen und es schmeckte gigantisch gut. Danach unterhielten sie sich noch eine ganze Weile über Belangloses oder auch über die Polarlichter. Lucas nickte.

„Ja, im September kann man wunderbare Fotos machen. Ich habe welche zu Hause an der Wand. Schön vergrößert, toll!" Kurz vor 1:00 Uhr kam der Wirt und bat auszutrinken, weil die Sperrstunde begann. Als sie dann draußen vor der Tür standen, hielt Valerie Lucas am Ärmel fest.

„Sei nicht böse, ich schlafe in meinem Container. Rocky bewacht mich ja bestens. Bringst du mich noch hin?" Lucas deutete auf das Quad, welches unter einer Laterne stand.

„Komm, ich fahre dich rüber. Da bitte aufsteigen!" Valerie leicht berauscht von zwei Flaschen Rotwein lachte.

„Würde mich ja nicht wundern, wenn du eines Tages mit dem Pferd kommst und es hier anbindest", lachte sie erheitert. Er reichte ihr einen Helm. „Hier aufsetzen! Und dann gut festhalten, Miss Wilson!" Und dann preschten sie davon. Der kühle Fahrtwind brachte Valerie wieder mehr Klarheit. Als sie vor dem Container ankamen und abgestiegen waren, hielt sie ihn fest.

„Bringst du mich noch ins Bett?", fragte sie leise. Er lächelte erst, doch dann nickte er.

„Na klar, ich muss dich schon sicher abliefern. Mach mal Licht, damit ich sehen kann, dass auch keiner in deinem Bett liegt. Außerdem traue ich deinem Hund nicht. Der schaut mich immer so komisch an!" Der erste, der im Bett lag, war dann aber Rocky. Er machte es sich bereits auf seinem Kissen bequem und sah beide an. Valerie sah Lucas in die Augen und flüsterte:

„Ich fühle mich auf einmal so schlapp. Hilfst du mir mal beim Ausziehen? Bitte!" Und Lucas begann damit, ihr die Schuhe und die Jeans langsam auszuziehen. Nach dem Pullover hielt er inne. Doch Valerie verkroch sich unter die Decke und zog ihn mit einem Ruck zu sich herab.

„Komm rein und wärme mich bitte, aber nur wärmen, hörst du!" Lucas nickte schmunzelnd und schob sich ganz dicht von hinten an sie heran. In seinen Arm liegend schlief sie auf der Stelle ein. Lucas löschte das Licht, und auf einmal hörte er, wie Rocky leise zu ihnen kam und sich auf dem Vorleger ausstreckte. Und so schliefen sie zu dritt, bis sie durch Klopfen an der Tür geweckt wurden. Valerie ging vorsichtig öffnen. Draußen stand Amelie und lachte sie an.

73

„Hier, ich habe mal vorsorglich zweimal Frühstück eingepackt, damit ihr nicht hungern müsst. Mittag gibt's bei mir zu Hause. Ihr seid eingeladen, beide!" Und schwupp war sie wieder weg. Lucas lachte leise und zog sich wieder an.

„Deine Freundin hat's aber eilig, zu ihrem Sheriff zu kommen. Sind die beiden schon weiter als wir?" Valerie sah ihn mit etwas zusammengekniffenen Augen an.

„Warum willst du das wissen, he?" Lucas zuckte wortlos mit der Schulter. Valerie trat dicht vor ihn hin, dabei hatte sie nur BH und Schlüpfer an. Sie legte ihre Arme um seinen Hals.

„Du willst mich wohl verführen, weil du so fragst?" Lucas nickte freimütig. „Klar, warum denn nicht? Sex soll gut für das Allgemeinbefinden sein", erwiderte er leise. Valerie zog ihn rückwärtsgehend mit sich und setzte sich auf die Tischkante. Dann knöpfte sie ihm die Hose auf, zog den Slip herunter und nahm sein gutes Stück in die Hand. Sich langsam zurückgleiten lassend, landete sein Schmuckstück dort, wo es hinsollte. Alles andere dauerte dann etwa fünfundzwanzig Minuten.

Mittag trafen sie auf Kent und Amelia, die schon den Tisch gedeckt hatten. Im Laufe des Gesprächs äußerte Kent dann seine Befürchtungen zwecks der Sicherheit der beiden Frauen. Und Lucas stimmte ihm zu. Zumal der Sheriff am nächsten Morgen wieder zurück nach Hay River musste und Lucas einen Dienstauftrag hatte und auch nach Fort Smith fliegen musste. Kent sah die beiden Frauen ernst an.

„Also hört zu! Wir machen es wie folgt: Erstens, ihr ruft jeden Morgen und jeden Abend bei mir auf dem Handy an. In der Früh, bevor ihr auf Arbeit fahrt und abends, wenn ihr zu Hause seid. Zweitens, ab sofort tragt ihr beide eine Waffe und wenn ihr auf's Klo geht, egal, die Kanone ist dabei! Habt ihr das kapiert, Mädels? Und sollte es zum Äußersten kommen, zögert nicht, sie auch einzusetzen! Ihr handelt in meinem ausdrücklichen Auftrag! Mehr kann ich im Moment nicht für euch tun, solange wir den Saukerl noch nicht geschnappt haben."

Hätten sie alle vier gewusst, dass Mario Hansdorf und Wyatt Assance nur wenige Meilen von ihnen entfernt im Wald kampierten, hätten sie wohl eher die Lage neu überdacht.

Doch so näherten sich die beiden Gauner langsam dem Ort mit dem schönen Namen Fort Providence. Mario hatte schon mal in der Zentrale der Baugesellschaft angerufen, nach einer blonden Deutschen gefragt und sich dabei als ihr Bruder ausgegeben, war aber leider erfolglos geblieben. Trotzdem wollte er noch nicht aufgeben, und Wyatt moserte schon wieder wegen der Zeitvergeudung, die ihnen dieser Umweg eingebracht hatte.

Aber dann geschah etwas, was man wohl Fügung nennen muss. Amelia war zu Mittag auf den Weg zu Valeries Container. Dabei fuhr sie am Shop vorbei, weil sie noch etwas einkaufen wollte. Und gerade als sie auf dem Parkplatz anhielt, sah sie zwei recht verwildert aussehende Männer über den Platz laufen. Solche Typen waren hier oben nichts Ungewöhnliches. Doch einer dieser beiden erregte ihre Aufmerksamkeit. Sie glaubte, Mario Hansdorf zu erkennen, den sie nur zweimal gesehen hatte. Aber der Kerl ähnelte ihm stark, auch wenn er einen Bart trug. Sofort machte sie mit dem Handy ein Bild und schickte es mit der Frage *„Ist das Mario?"* schnell an Valerie. Zwei Minuten später kam die Antwort.

„Ich glaube ja! – Was machen wir?" Amelia rief sie an und Valerie war sichtlich aufgeregt.

„Hör zu, ich bleibe erst mal an den beiden dran, bis ich weiß, was sie vorhaben. Wir sehen uns dann später und ich hole dich ab! Gehe aber nicht raus aus deinem Bau und lösch das Licht. Ich versuche, Kent anzurufen, und du versuchst es bei Lucas."

Amelia folgte den beiden Gestalten bis zu einem kleinen Hotel mit dem Namen „Eldorado". Offenbar wollten die beiden sich ein Zimmer nehmen. Als sie nach einer halben Stunde immer noch nicht wieder herauskamen, war sich Amelia sicher und fuhr zu Valerie. Gemeinsam mit Rocky fuhren sie dann raus zu ihrem Haus. Von der Küche aus hatte man eine perfekte Sicht auf die Zufahrtsstraße. Zu Hause angekommen, rief Amelia den Polizeiposten an. Ein ziemlich träger Polizist nahm ihren Hinweis auf die beiden gesuchten Gauner entgegen. Eine Stunde später fuhr der Streifenwagen am „Eldorado" vor. Mit gezogener Waffe gingen ein zwei Zentermann und ein dünnes Kerlchen in Uniform hinein. An der Rezeption erfuhren sie dann, dass die beiden gesuchten Männer wohl das Plakat in der Vorhalle entdeckt hatten, und es daraufhin vorgezogen hatten, den Speisesaal durch die Hintertür wieder zu verlassen.

Die beiden Gesuchten aber saßen nur wenige Meilen entfernt im Wald und beratschlagten. Mario war sauer.

„Ich wette mit dir, die ist in einem der Forts untergekrochen. Und in Fort Providence gibt es eine Nebenstelle von Hay River. Ich gehe da alleine nochmal in den Ort, und finde ich sie, dann war's das! Diesmal mache ich kurzen Prozess!"

Das war der Moment, wo sich Wyatt Assance entschloss, einen Schlussstrich zu ziehen. Mit der Bemerkung, er müsse einen seiner Lieferanten am Morgen treffen, verabschiedete er sich von Hansdorf für immer, was der aber zu diesem Zeitpunkt nicht wusste.

Amelia rief in der Zwischenzeit Kent Norris an. Der freute sich über ihren Anruf:

„Hey, Darling, schön, dass du dich meldest, ich habe schon Sehnsucht nach dir", alberte er, bis ihn Amelia unterbrach.

„Hör zu Kent, Hansdorf ist hier bei uns aufgetaucht! Er hat uns noch nicht gesehen, aber ich bin mir sicher, er wird Nachforschungen anstellen. Was sollen wir tun?" Sheriff Norris war kurz still, doch dann meldete er sich.

„Pass auf, wir machen folgendes. Ihr versteckt euch so gut ihr könnt und bleibt mit mir in Verbindung. Ich setze mich ins Auto und komme rasch zu euch hoch. Informiert Lucas, damit er euch unterstützt. Valerie soll auf jeden Fall ihren Container verlassen und mit zu dir kommen. Bis später!"

Amelia rief wieder Valerie an, die sich sofort meldete, und erklärte ihr, was Kent gesagt hatte.

„Nimm deine Sachen aus dem Container mit! Ich hole dich in zehn Minuten ab. Bis gleich!"

Valerie löschte das Licht im Container und begann, ihre Sachen zusammenzusuchen. Wenig später hupte es draußen, Amelia war da. Bevor Valerie den Container verließ, zog sie die Rollos herunter und brannte die kleine Schreibtischlampe an, dann verließ sie mit Rocky ihr provisorisches Heim. Wenig später fuhren die beiden Frauen davon.

Mario Hansdorf machte sich zu diesem Zeitpunkt zu Fuß auf den Weg zur Orts-Information und trat ein. Die ältere Dame hinter ihrem Schreibtisch sah ihn misstrauisch an: „Sie wünschen bitte?" Mario grüßte höflich:

„Grüß Gott, ich komme aus Austria und suche meine Schwester. Ich weiß nur, dass sie hier in Fort Providence wohnen soll. Wir haben uns schon drei Jahre nicht gesehen. Ich war eine Weile in Afrika verschollen im Kriegsgebiet von Somalia", log Mario ungerührt. Die ältere Dame schien zugänglicher zu werden: „Und, wie heißt Ihre Schwester denn?" Mario holte tief Luft.

„Sie ist wohl verheiratet und heißt Valerie Brunner. Sie hat zuletzt in Hamburg in Deutschland gelebt und muss seit einem Jahr hier oben in Kanada sein bei der „Hay River - Company." Die ältere Dame schaute in ihren PC, suchte eine Weile, dann meinte sie auf einmal.

„Also, eine Valerie Brunner habe ich leider nicht im System, aber eine Mila Wilson stammt ebenfalls aus Deutschland, aber das wird sie dann ja wohl nicht sein, selbst wenn sie geheiratet hat. Der Vorname müsste ja dann schon übereinstimmen. Ja, tut mir leid, da kann ich ihnen nicht helfen." Mario nickte ernüchtert und wollte schon gehen, doch dann fragte er noch:

„Und wo wohnt diese Mila Wilson?" Die Dame sah nochmal nach und gab ihm einen Zettel.

„*Hovers Street 122, Hay River Company*" Marios Herz machte einen Sprung, als die Dame noch meinte:

„Das ist draußen an der Zentrale der Company, dort, wo daneben das Containerdorf für die ausländischen Angestellten ist." Mario verließ das Office und ging zur nächsten Mietwagenzentrale im Ort. Dort suchte er sich einen Toyota „Landcruiser" aus, zahlte 400$ für die Rostlaube, die dann auch noch einen fünf Liter Benzinkanister an Bord hatte. Innerhalb einer halben Stunde hatte er das Containerdorf gefunden. Er stieg aus und sah sich um. In einigen wenigen der Container brannte schon Licht. Er nahm den Kanister aus dem Wagen und marschierte los. Nachdem er drei Container beobachtet hatte, wo Männlein und Weiblein lebten, ging er zum Vierten am Rand der Siedlung. Die Fenster waren zugezogen, aber es brannte Licht im Innersten. Er sah sich um und wäre um ein Haar mit dem Kopf an einer gespannten Leine hängen geblieben. Als er genauer hinsah, begann sein Herz zu rasen! Da hingen Valeries Jeans und der

Norwegerpullover, den er ihr mal geschenkt hatte vor der Abreise. Langsam schraubte er den Kanister auf und begann, schwappweise den Sprit gegen den Container zu kippen. Besonders viel gegen die Tür. Er lächelte vor sich hin.

„So, du Satansbraten, jetzt wirst du gegrillt!", flüsterte er. Dann zog er eine Schachtel Zündhölzer aus der Hose, sah sich noch einmal um und vergewisserte sich, dass niemand in der Nähe war. Dann brannte er das Zündholz an und schnipste es gegen die Eingangstür des Containers. Es zischte kurz, dann gab es eine kleine Flamme und die breitete sich langsam rund um den Container aus. Mario warf den Kanister weg und lief rasch zu seinem Wagen. Mit durchdrehenden Reifen raste er vom Platz, im Rückspiegel sah er die lodernden Flammen und erste Helfer, die herbeiliefen. Mit einem Knall explodierte die Propangasanlage und zerlegte den Container vollständig. Mit einem Grinsen im Gesicht fuhr Mario Hansdorf hinaus auf den Highway Nr.5. Er hatte sie endlich erwischt. Mit diesem Gefühl trat er das Gaspedal durch und der Wagen schoss über das Asphaltband.

Zur gleichen Zeit als der Brand ausbrach, saß Valerie in Amelias neuer Wohnung. In der Ferne hörten sie eine Feuerwehr. Valerie sah auf ihre Uhr.

„Wann wollte dein Kent hier sein?" Amelia zuckte mit den Schultern und hob die Augenbrauen an.

„Als ich anrief, wollte er losfahren, das war vor einer guten Stunde, er müsste also bald kommen. Immerhin sind es 178 Kilometer." Sie hatte es gerade ausgesprochen, als es an der Fensterscheibe klopfte. Die beiden Frauen erschraken und Amelia griff zu ihrem Revolver und ging vorsichtig zum Fenster, doch dann lachte sie:

„Du bekommst Besuch, Valerie! Dein Lucas steht draußen." Valerie blies die Backen auf.

„Was heißt denn dein Lucas? Wir sind noch kein Paar." Doch Amelia grinste nur und ging zur Tür, um diese zu öffnen. Wenig später trat Lucas in das Zimmer und begrüßte Valerie herzlich, aber auch besorgt.

„Na du, gibt's schon wieder Ärger mit diesem Idioten? Eben gerade ist die Feuerwehr rausgefahren ins Containerdorf, da muss es gebrannt haben." Valerie zuckte mit den Schultern.

„Wer weiß, war vielleicht wieder einer unvorsichtig. Diese Asiaten kochen und brutzeln immer in ihren Containern, anstatt rauszugehen. Da passiert sowas bestimmt ganz leicht."

Draußen auf dem Flur klingelte plötzlich Amelias Telefon. Amelia nahm das Gespräch an. Man hörte sie aufgeregt etwas sagen. Wenig später kam sie kreidebleich ins Zimmer und sah Valerie an.

„Unser Boss Johnson war gerade dran und wollte wissen, ob du bei mir bist oder im Containerdorf. Er war ganz aufgelöst, dein Container hat gebrannt. Er dachte, du wärst draußen gewesen, als es passierte. Ich habe ihn aber beruhigt." Valerie wollte gerade etwas sagen, als es erneut an der Tür klingelte. Kent Norris war da. Er sah die Anwesenden ernst an.

„Was ist denn bei euch los, sagt mal? Am Ortseingang bin ich der Feuerwehr begegnet. Da muss irgendwo was gebrannt haben." Valerie nickte und stand auf.

„Ja, mein Container ist abgebrannt. Wir sind schon informiert worden. Wir sollten vielleicht zusammen mal rausfahren und schauen, was noch zu retten ist." Norris nickte.

„Gut, das machen wir, aber jeder von euch nimmt seine Waffe mit! Kommt, wir fahren mit meinem Polizeiwagen, sonst lassen sie uns nicht durch."

Wenige Minuten später kamen sie im Containerdorf an. Die Feuerwehr war gerade dabei, wieder ihre Schläuche einzurollen. Kent ging zum Brandmeister, um sich zu erkundigen.

„Hi, ich bin Sheriff Kent Norris aus Hay River unten. Bin aber hier mit einem Fall befasst. Können Sie schon was sagen zum Brand?" Oberbrandchef Herrington nahm seinen Helm ab.

„Tja, da hat einer mit Brandbeschleuniger nachgeholfen. Die Bude hat an allen vier Ecken gleichzeitig gebrannt. Die Propangasflasche hat dem Container den Rest gegeben. Das war eindeutig Brandstiftung. Möchte nur wissen, wer da was gegen diesen Container hat." Norris nickte.

„Okay, danke! Wir suchen zwei Leute aus Hay River, die das hier wohl veranstaltet haben. Konnten Sie noch was retten?" Der Brandmeister schüttelte bedauernd den Kopf.

„Nee, was das Feuer nicht zerstört hat, fiel dann dem Wasser zum Opfer. Da war leider nix mehr zu retten."

Als Kent Norris zu seinen drei Begleitern zurückkam, sahen die ihn fragend an. Kent umarmte Valerie tröstend.

„Also, das war Brandstiftung sagt die Feuerwehr. Da hat einer mit Brandbeschleuniger gearbeitet. Nun können wir ja rätseln, wer das war, aber ich denke, das waren unsere beiden Freunde, die wir suchen." Plötzlich trat ein Feuerwehrmann hinzu und hielt Kent einen Kanister entgegen.

„Hier, das soll ich Ihnen geben. Da war der Sprit drinnen. Mein Chef meinte, eventuell könnten da noch Fingerabdrücke drauf sein." Norris nahm den Kanister mit zwei Fingern und legte ihn in den Kofferraum in einen Plastiksack.

„Wir fahren jetzt zu Mister Johnson. Wir müssen unbedingt mit ihm reden. Das kann nicht so weitergehen. Kommt ihr mal alle mit."

Wenige Minuten später saßen sie im Büro von Jeremias Johnson, der Valerie erleichtert in die Arme nahm.

„Gott sei Dank ist Ihnen nix passiert, Miss Wilson. Ich hatte schon das Schlimmste befürchtet. Also, wenn Sie jetzt abreisen wollen, dann verstehe ich das natürlich." Valerie winkte sofort ab.

„Mister Johnson, ich beabsichtige nicht wegzulaufen. Wenn der Kerl es will, findet der mich auch in Deutschland. Aber irgendwo muss es in meiner Legende einen Fehler geben. Wie konnte der Mensch erfahren, wo ich arbeite und wohne. Wo könnte er das außer hier in der Firma noch erfahren? Dieses Leck müssen wir abdichten. Und über Polizeischutz zu reden, ist auch Unsinn. Wer soll mich denn rund um die Uhr beschützen? Ich brauche aber einen neuen Arbeitsplatz, und ab sofort wohne ich bei meiner Freundin Amelia hier." Johnson sah den Sheriff und Lucas fragend an. „Was meinen Sie, meine Herren?" Norris nickte zustimmend.

„Im Grunde hat Miss Wilson eigentlich recht. Einer Gefahr, die man kennt, kann man leichter begegnen. Aber Miss Wilson braucht tatsächlich einen Bodyguard. Können Sie nicht Mister Miller dafür abstellen, Sir? Zumindest so lange, bis wir die Halunken dann geschnappt haben. Irgendwann machen die auch einen Fehler." Johnson sah Lucas fragend an.

„Lucas, würden Sie die Aufgabe übernehmen? Und unsere Miss Wilson bekommt einen Schreibtisch hier im Haus. Und wenn sie außer Haus geht, gehen Sie halt mit. Einverstanden?" Lucas Miller nickte und schmunzelte dabei. Was konnte ihm denn Besseres passieren, als den ganzen Tag an Valeries Seite zu sein. Valerie und Amelia registrierten seine Reaktion und sahen sich kurz lächelnd an.

Sheriff Norris gab eine erneute Fahndung nach Hansdorf und Assance heraus. Mehr konnte er im Moment nicht tun. Außer, dass er den Kanister mit zur KTU nahm. Mal sehen, was dabei herauskam. Am Nachmittag verabschiedete er sich wieder, nicht ohne Lucas noch einige Hinweise gegeben zu haben. Danach nahm er wieder schweren Herzens Abschied von Amelia, nicht ohne mit ihr noch ein paar Minuten geschmust zu haben. Bevor er in den Wagen einstieg, umarmte er noch einmal seine Freundin und sah ihr in die Augen.

„Hör mal Amelia, könntest du dir vorstellen, meine Frau zu werden? Dann könntest du auch zu mir ziehen. Was meinst du dazu?"

Amelia war im ersten Moment sprachlos, doch dann sprang sie Kent förmlich an, umarmte und küsste ihn immer wieder.

„Ja, mein Sheriff, ich nehme dein Angebot an! Wir müssen uns nur noch einen Termin aussuchen. Du machst mich wirklich richtig glücklich."

Mario Hansdorf hatte einen ganzen Tag am verabredeten Platz auf Wyatt Assance gewartet. Als er am Abend noch nicht aufgetaucht war, war sich Hansdorf sicher, dass Assance den großen Deal alleine durchziehen wollte, und er schwor ihm Rache.

Doch zunächst hatte er sein Aussehen noch einmal verändert. Mit Brille, schwarzem Kraushaar und Rancherkleidung war er kaum noch zu erkennen. Wenn er Assance zuvorkommen wollte, musste er in zwei Tagen am Kakisa Lake sein. Das waren knappe 43 Meilen auf dem Highway 1. Und so bestieg er den alten Toyota „Landcruiser" und gab Gas. Unterwegs musste er immer wieder an Valerie denken. War sie nun in diesem Container oder war sich nicht da gewesen? Aber wenn Licht gebrannt hatte, dann musste sie eigentlich dagewesen sein. Aber genau wusste er es nicht. Und so beschloss er, auf dem Rückweg nochmal in Fort Providence vorbeizufahren.

Seinen Kontaktmann traf er dann auch im Coffe-Shop in Kakisa. Der Kerl, den er da traf, sah zum Fürchten aus. Gute 2 Meter groß, gebaut wie ein Schwergewichtsringer, Hände so groß wie Topfdeckel und Muskelpakete, die manchen hätten das Bein ersetzen können. Der Kerl hieß Grigori und musste ein Kasache oder ein Usbeke sein. Der Kerl lotste ihn nach außerhalb auf eine einsame Farm. Ringsum nur Wald, hier sagten sich Hase und Igel wirklich gute Nacht. Auch das Gehöft sah verlottert aus, außerdem standen mindesten fünf alte verrostete Oldtimer in einer Scheune, durch die der Wind pfiff. Die Fensterläden des einstöckigen Wohnhauses hingen schief in den Angeln. Sie gingen in einen kleinen Schuppen. Mario hatte die Hand in der Hosentasche dort, wo sein Colt steckte. Er wollte sich von dem Russen nicht überraschen lassen. Immerhin hatte er eine Menge Kohle dabei, und das konnte einsame Menschen schon auf verwegene Ideen kommen lassen. Der Russe rieb sich seinen kahlen Schädel und sah ihn an, dabei grinste er.

„Wo ist denn dein Freund Assance?" Mario zuckte mit den Schultern. „Keine Ahnung, er hatte noch was vor. Und ein Freund ist er nun auch nicht gerade", erwiderte Mario kurz. Der Russe nickte.

„Gut, kannst du kaufen 50 kg?" Mario verzog das Gesicht, dann schüttelte er den Kopf.

„Niet, Grigori! Ich nehme 20 Kilo. Verkaufen die sich gut, komme ich wieder. Ich muss erst meine Verteiler treffen und sehen, was die mir abkaufen können. Das Kilo sagen wir für 1500 Dollar." Der Ruse lachte schallend.

„Bist du verrückt! Da zahle ich doch drauf!" Mario zuckte mit den Schultern und meinte dann:

„Verlasse dich nicht darauf, dass Assance nochmal auftaucht. Der wird von den Bullen gesucht! Ich bin zuverlässig und fair. Ich kann aber auch wieder gehen. Anbieter gibt's genug hier oben."

Grigori schien mit sich zu ringen, doch dann hielt er Mario die Hand hin und der schlug ein. Anschließend zählte er Grigori das Geld auf den Tisch und meinte dann:

„Ich komme im Monat zweimal. Du wirst sehen, das lohnt sich für uns beide." Der Russe verzog erst etwas ungläubig das Gesicht, doch dann nickte er tatsächlich.

„Okay, Deutscher! Aber denke daran, wenn du mich bescheißt, bist du dran! Ich finde dich überall!" Mario winkte ab und überlegte, was ihn davon abhalten sollte, den Russen jetzt umzulegen und seinen gesamten Stoff einzuladen. Und ab diesem Moment handelte er automatisch. Als sich der Russe umdrehte, um das Geld vom Tisch zu nehmen, zog Mario seinen Colt aus der Tasche und schoss zweimal. Der massige Körper des Russen fiel auf die Knie und im Umfallen sah er ihn entsetzt nochmal an. Dann war es vorbei. Grigori war bei den Engeln – oder wohl doch eher in der Hölle! Mario sah sich um und sah eine Kiste unter dem Tisch stehen und zog sie hervor. Als er den Deckel anhob, stieß er einen Pfiff aus. Die Kiste war voll mit Päckchen in der Größe eines Kilos, so etwa 50 Stück. Das waren 5000 Beutelchen a 20 Dollar, also am Ende 100.000 Dollar! Er hätte es geschafft, wenn er das alles verkauft hatte. Hastig schleppte er die Kiste in seinen Toyota, dann nahm er einen dastehenden Kanister mit Benzin und kippte den in der Scheune weiträumig aus. Dann zog er eine Spur bis zur Tür, sah sich draußen nochmal um und zündete die Benzinspur an. Einen Moment sah er zu, wie das Feuer bis zur Holzwand lief und alles in Brand setzte, dann rannte er zum Wagen und preschte davon. Im Rückspiegel sah er noch, wie schwarze Qualmwolken in den halbdunklen Himmel stiegen und auseinanderwaberten. Hansdorf pfiff durch die Zähne. Er hatte es geschafft, wenn er diesen Stoff verkauft hatte! Dabei war es ihm noch nicht einmal schwergefallen, den Russen umzulegen. Er fühlte sich gestärkt in seinem Selbstbewusstsein.

Für Valerie war klar, dass Mario den Container angezündet haben musste. Dies erzählte sie auch ihrem neuen Chef Johnson, als sie am Montagmorgen zusammen in dessen Büro saßen. Johnson schüttelte fassungslos den Kopf.

„Aber was hat er denn eigentlich gegen sie? Sie sind doch schließlich mit ihm hier zu uns heraufgekommen?" Valerie nickte.

„Ja, Chief, da war anfangs ja auch alles in Ordnung. Aber er hat von Anfang an mit seiner Art die Leute vor den Kopf gestoßen. Und so habe ich ihn eines Tages versucht ins Gewissen zu reden, aber das hat er mir so ausgelegt, als wenn ich auch gegen ihn wäre. Als ich dann mit meiner Freundin eines Tages gesehen habe, dass er mit seinem Freund im Wald einen Mann erschossen hatte, war es endgültig vorbei. Ich habe ihm gesagt, dass ich mit ihm nix mehr zu tun haben will. Daraufhin hat er mich entführt und mehrere Tage in einer Hütte in der Wildnis gefangen gehalten. Dort hat er mich dann unter Drogen gesetzt und missbraucht. Doch ich konnte fliehen und bin hier bei Ihnen gelandet. Seitdem ist er auf der Suche nach mir und will sich rächen. Der Container war garantiert ein Anschlag von ihm."

Johnson schüttelte fassungslos den Kopf und machte eine ernste Miene. Er schien sich unschlüssig zu sein, was er tun sollte. Er schien mit sich zu ringen.

„Also, Miss Wilson, wenn man das alles so im Zusammenhang sieht, müssten wir Sie eigentlich nach Hause schicken, weil niemand von uns die Verantwortung für ihr Leben übernehmen kann. Ich habe Ihnen zwar mit Mister Miller einen Bodyguard zur Verfügung gestellt, aber auch der kann sie nicht rund um die Uhr überwachen. Ich achte Ihre Entscheidung, trotzdem hier bleiben zu wollen, aber das geschieht dann auf Ihre eigene Verantwortung! Vielleicht überlegen Sie es sich ja nochmal. Ansonsten arbeiten Sie weiter in der Öffentlichkeitsarbeit, allerdings hier bei uns im Hause ab sofort. Hoffen wir mal, dass man den Kerl so schnell wie möglich findet." Damit war sie dann entlassen.

Sie war kaum wieder in ihrem Büro, als ihr Telefon klingelte und Amelia am anderen Ende war:

„Hey Mila, alles gut gegangen beim Chef?", fragte sie und benutzte dabei bewusst Valeries Tarnnamen so, wie sie es vorher ausgemacht hatten. Valerie berichtete ihr, was Johnson gesagt hatte. Amelia meinte plötzlich:

„Hör mal, Ich wollte dir nur sagen, dass ich vorerst nicht nach Hay River zurückgehe zu Kent. Ich habe mich entschieden. Denn solange du in Gefahr bist, kann ich dich hier oben nicht alleine lassen. Kent hat es mit Zähneknirschen eingesehen. Wir sehen uns jetzt halt jedes Wochenende und er muss rauf zu mir fahren."

Valerie versuchte, Amelia das auszureden, doch insgeheim war sie froh, dass ihre Freundin nun doch blieb.

„Amelia, er wird mich hassen, wenn ich dafür verantwortlich bin, dass ihr nicht zusammenziehen könnt!" Doch Amelia wehrte ab:

„Rede keinen Quatsch, Mila! Es ist doch nicht für immer, und ich bin erst 31 Jahre alt. Schauen wir mal, wie lange du überhaupt noch in Kanada bleibst. Zum Heiraten ist noch genug Zeit, und mir ist es auch lieber, wenn wir noch eine Weile warten. Wir kennen uns ja erst so kurz. Also, es bleibt dabei, das wollte ich dir nur noch sagen. Bis heute Abend!"

Valerie legte den Hörer zurück und sah nachdenklich aus dem Fenster. Amelia war wirklich eine sehr gute Freundin. So einfach zu sagen, „nein, ich bleibe noch hier", das war stark von ihr.

Hansdorf war auf dem Rückweg und im Kofferraum lagen 100.000 $ in Ware. Jetzt musste er das Zeug nur noch loswerden. Was er allerdings nicht wissen konnte, war erstens, war das Zeug gestreckt. Und zweitens war Assance etwas zwei Stunden später, als er schon abgefahren war, dort auf der Farm aufgetaucht und hatte gesehen, was passiert war. Für ihn war klar, dass der irre Deutsche dieses Desaster angerichtet hatte. Und nun überlegte er angestrengt, was er tun sollte.

Valerie und Amelia saßen an diesem Abend keine fünfzig Meilen von Mario entfernt in ihrer Wohnung beisammen. Amelia hatte den Wunsch geäußert, am Wochenende einen gemeinsamen Ausflug zum „Louise Falls" zu machen. Einen spektakulären Wasserfall keine 10 Meilen entfernt. Lucas war einverstanden und gähnte schon zum x-ten Mal. Amelia lachte.

„Gehe doch schlafen, wenn du müde bist. Wir kommen schon klar. Oder willst du Valerie erst noch zu Bett bringen?" Lucas bekam einen hochroten Kopf und schimpfte:

„Wie kommst du denn auf so eine Idee? Ich bin doch nicht ihr Hausfreund." Amelia grinste spitzbübisch.

„Stimmt, du bist der Freund des Hauses! Kennst du den Unterschied?" Lucas schüttelte den Kopf. „Nö, kenne ich nicht, aber du wirst es wohl gleich sagen, oder?" Amelia nickte.

„Also, der Freund des Hauses kommt, wann er will! Und der Hausfreund w i l l, wenn er kommt!" Und diesmal bekam auch Valerie einen roten Kopf.

„Amelia, du bist unmöglich!", wehrte sie sich verschämt. Doch die kleine Texanerin grinste nur. Und Lucas kratzte sich am Hinterkopf und meinte dann:

„Also, da halte ich mich raus, Ladys, ich gehe jetzt in mein Bett." Als er den Raum verlassen hatte, drohte Valerie Amelia mit dem Finger.

„Was soll denn das immer. Willst du mich wieder verkuppeln? Kaum habe ich einen Quälgeist los, kommt schon der nächste? Nee, da wird nix draus! Nur noch ambulant, Schwester!"
Und so ging wieder ein Tag im hohen Norden Kanadas für die Deutsche Valerie, die ja im Moment Mila Wilson hieß, zu Ende.

Mario Hansdorf saß zu gleichen Zeit im Auto und fuhr durch die hereinbrechende Nacht. Sein Ziel war ein Campingplatz am Ortsrand von Fort Providence. Dort wollte er unterschlüpfen und weiter nach Valerie suchen. Außerdem musste er seine Verteiler aufsuchen. Aber die saßen alle in den größeren Orten rund um den Sklavensee. Zwei lebten als Einsiedler im Wald. Mit dieser Ladung im Kofferraum fühlte er sich unwohl. Als Hansdorf in Fort Providence ankam, war es kurz vor Mitternacht. Er entschloss sich, vorsichtshalber auf einen der Campingplätze zu fahren, und baute dort sein Zelt auf. Den Wagen stellte er in einiger Entfernung auf. Sollte plötzlich Polizei auftauchen und ihn suchen, hatte er noch Zeit zu verschwinden. Und so schaltete er die Diebstahlssicherung des Wagens ein, besser war besser! Die Kiste mit den Beuteln schleppte er noch in sein Zelt und begann beim Lampenschein, alles aufzuteilen. Am Ende hatte er fünf große Beutel mit je fünfhundert kleinen 20-Gramm-Beuteln zum Preis von einem Toten, um den es nicht schade war, nach seiner Meinung. Das Geld hatte er sich gespart. Die Frage war aber, woher er nun neue Waren bekam. Wobei es genug Anbieter gab, doch die Reinheit des Stoffes war das Problem. Aber Mario dachte lieber von heute auf morgen, was dann übermorgen kam, darüber konnte man sich immer noch Gedanken machen. Insgesamt hatte ihm dieser Coup satte 95.000$ eingebracht, denn das Geld von diesem Typen hatte er noch schnell mit eingesteckt.

In diesem Moment dachte er an Assance, denn der würde leer ausgehen. Aber das war seine eigene Schuld. Wenn alles gut lief, nahm die Polizei ihn vielleicht am Brandort sogar fest. Denn Mario war sich sicher, dass er mit geringem Vorsprung dort angekommen sein musste, und Assance wenige Stunden später ebenfalls dort aufgetaucht war.

Und tatsächlich wäre der Kanadier um ein Haar der Polizei in die Arme gelaufen, die schon am Brandherd gewesen war, als er ankam. Sein Pferd hatte gescheut, denn der Qualm des Brandes war durch den Wald gezogen und die feine Nase von Henry hatte es gerochen. Also war er flugs umgekehrt. Er wollte den Deutschen finden, und der würde sein blaues Wunder erleben. Denn eines stand fest, einen Wyatt Assance beschiss keiner ohne Folgen für seine Gesundheit.

Um Mitternacht trudelte Kent Norris bei Amelias Haus ein. Sie hatte vorsorglich den Schlüssel gelegt, und so konnte er ungehindert ins Haus eintreten. Kaum stand er jedoch im Flur, da leuchtete eine Taschenlampe auf und er schaute in den Lauf einer Pistole. Lucas stand im Schlafanzug mit wirren Haaren da und grinste ihn an.

„Hast du aber Glück gehabt, mein lieber Sheriff!", ulkte er. Und Kent schüttelte den Kopf.

„Ich habe so leise gemacht, wie es nur ging, aber du hast wohl deine Ohren draußen auf dem Fensterbrett, oder?", erwiderte er spöttisch. Sie gaben sich die Hand und gingen in die Küche, um noch ein Bier zu trinken. Zehn Minuten später waren alle wieder in der Küche versammelt und waren guter Dinge. Amelia sah auf die Uhr.

„So, ihre Nachteulen, ab ins Bett! Morgen Vormittag fahren wir raus zu den Alexandra Waterfalls." Kent sah sie an. „Und wo schlafe ich?" Amelia grinste breit und nahm ihn an der Hand. „Du kommst mit mir mit! Abmarsch!" Sie zog ihn aus der Küche hinaus in den Flur. Wer wenig später genau die Ohren spitzte, kam nicht umhin, ein gewisses Bett-Quietschen in der oberen Etage zu vernehmen.

Es war mal wieder Sonntag und den nutzen die allermeisten Kanadier, um mit Kind und Kegel hinaus in die Natur zu ziehen. Und so war es auch an diesem sonnigen Oktober Sonntagvormittag, an dem die Temperatur auf ca. 5 Grad Celsius lag.

Mit Lucas „Dodge Ram 1500" fuhren sie gemeinsam raus an den größten Wasserfall, den es hier oben gab. Die „Alexandra Falls" waren eine gigantische Erscheinung. Der Wasserfall war gute 180 Meter breit und 35 Meter hoch, und die Wassermassen des Hay River schoben sich wie eine Lawine über die Abbruchkante und stürzten dann in die Tiefe. Der Lärm war nicht zu überhören und man musste sich unmittelbar am Ufer schon ziemlich anschreien.

Sie stiegen ein ganzes Stück aufwärts in Richtung des Flussbettes, wo sich auch ein Campingplatz befand, der im Moment kaum benutzt wurde. Immerhin war es Oktober, und in vier Wochen wurde es hier oben schon richtig kalt.

Lucas wich Valerie den ganzen Tag nicht von der Seite, während Amelia und Kent eng umschlungen vor ihnen liefen. Lucas sah Valerie von der Seite an.

„Du siehst heute wieder toll aus, muss ich mal sagen", begann er das Gespräch. Valerie lächelte geschmeichelt und schien ein wenig zu frösteln in ihrem Anorak. Lucas bemerkte es und meinte dann vorsichtig:

„Wenn dir kalt ist, kann ich dich ein wenig umarmen, so wie die beiden da vor uns. Das wärmt zumindest etwas." Valerie lachte verhalten und sah ihn mit ihren himmelblauen Augen an.

„Und warum machst du es dann nicht?" Er hob die Augenbrauen und schniefte kurz.

„Ich hole mir nicht gerne einen Korb, weißt du." Valerie blieb stehen und umarmte ihn mit beiden Armen an der Hüfte. Sie sah zu ihm auf.

„Lucas, du bist ein lieber Kerl. Und ich mag dich auch. Aber ich habe gerade eine Pleite hinter mir, oder besser gesagt noch nicht hinter mir. Da möchte ich nicht schon wieder eine neue Beziehung anfangen, aber das hat absolut nichts mit dir zu tun, glaube mir das bitte." Und da gab er ihr unversehens einen Kuss auf die Nase und meinte:

„Na, höre schon auf zu quasseln, ich habe es schon verstanden! Wir bleiben vorerst erstmal sehr gute Freunde, einverstanden?" Valerie schmiegte sich an ihn und nickte.

„Du hast es verstanden, schön! Und jetzt umarme mich ruhig, mir ist wirklich etwas kalt. Ich muss mich beim nächsten Ausflug wärmer anziehen."

Eng umschlungen liefen sie nun hinter Kent und Amelia hinterdrein, die plötzlich stehen blieben und sich umdrehten. Amelia grinste.

„Na, sieh mal einer die beiden an. Wie ein Liebespaar!" Lucas stöhnte leise auf und sah Valerie an.

„Müssen wir es nun schon wieder erklären?" Valerie schüttelte den Kopf. „Nö, lass sie bei ihrem Glauben. Wir wissen doch, was los ist." Und damit war das Thema erst mal vom Tisch. Sie fuhren anschließend runter zum „Swanshoe Inn" und leisteten sich ein richtiges deftiges Mittagsmahl mit Sparerips und scharfer Soße. Am späten Nachmittag machten sie sich wieder auf den Weg nach Hause. Die Dunkelheit kam nun schon eher als noch vor vier Wochen. Und in diesem Halbdunkel bei bereits brennender Straßenbeleuchtung überquerte sie den Hauptplatz von Fort Providence, als Valerie auf einmal aufschrie!

„Da! Da drüben! Da läuft Mario!" Lucas trat auf die Bremse, und tatsächlich, vor einem erleuchteten Schaufenster stand Mario Hansdorf. Kent Norris überlegte kurz. Sollte er aussteigen und den Kerl da drüben festnehmen? Aber er hatte keine Waffe dabei und Fort Providence lag nicht in seinem Bezirk. Also griff er lieber zum Telefon und rief die ansässige Wache an. Dort meldete sich eine gelangweilte Stimme. Kent erklärte dem Kollegen den Fall. Doch dieser meinte, er sei zurzeit alleine, und wenn der Kerl einmal hier war, würde er ja bestimmt auch morgen Früh noch da sein. Er werde es notieren und morgen würde man den Kerl dann einkassieren.

Kent schüttelte den Kopf. „Unglaublich, dieser Lahmarsch! Statt sofort herzukommen und mir eine Pistole mitzubringen, verschiebt der den ganzen Fall auf morgen! Ich glaube, ich spinne!" Inzwischen war Hansdorf um eine Hausecke gegangen und in der Dunkelheit verschwunden. Lucas schüttelte den Kopf und gab wieder Gas. Nur Valerie saß hinten in ihrer Ecke, sah aus dem Fenster und sagte kein Wort. Ihre Gedanken kreisten um einen einzigen Punkt – in Kanada bleiben oder nicht? Dabei hatte sie sich in diese karge, aber auch starke Natur regelrecht verliebt. Sie konnte sich vorstellen, auf Dauer hier zu leben. Aber ein einziger Störfaktor vermieste ihr das alles, und das war ihr ehemaliger Verlobter Mario Hansdorf. Der musste um jeden Preis zur Strecke gebracht werden. Bei diesem Gedanken erschrak sie über sich selbst. Wie weit konnte der Hass Menschen treiben? Doch die Situation, so wie sie zurzeit war, war belastend.

Vier Wochen später

Valerie hatte zum ersten Mal in ihrem Leben diese geisterhaften bunten Lichtkaskaden der Aurora Borealis am Himmel gesehen. Sie hatte mit Lucas auf dem Balkon des Hauses gestanden und in den Himmel geschaut. Was sie beide aber nicht wussten, war die Tatsache, dass ihr ehemaliger Verlobter es tatsächlich geschafft hatte, sie in Fort Providence wieder aufzustöbern. Ein blöder Zufall war ihm dabei behilflich gewesen.

Er hatte sich an einem Morgen am Kiosk eine Zeitung gekauft und den Bericht über diese abgebrannte Farm gelesen. Als er sich umdrehte und weggehen wollte, kam auf der anderen Straßenseite eine rothaarige Frau mit einem Kerl aus einem Laden und beide bestiegen ein Auto der Company. Rasch war er ihnen gefolgt. Als die beiden vor dem Verwaltungsgebäude der Company ausstiegen, erkannte Mario Valerie sofort, trotz der roten Haare. Schon allein die Figur dieser Frau war außergewöhnlich, und angezogen war sie wie frisch aus einem Magazin entstiegen. Und so verbrachte er den ganzen Tag beobachtend und sah, wie sie am Abend mit diesem Kerl das Gebäude verließ. Und wieder folgte er ihr, diesmal zu einem kleinen Haus am Rande des Ortes. Und dann überlegte er sich, was er nun tun sollte. Sie war ihm nun schon ein paar Mal entwischt, aber er wollte nicht aufgeben. Sie war schuld an seinem Dilemma hier oben in Kanada. Dabei hatte er sie erst hier heraufgebracht und sie verriet ihn einfach.

Und wie sie am späten Abend plötzlich auf dem Balkon des Hauses stand und dieser Kerl wieder neben ihr auftauchte und dabei nicht bemerkte, dass unten hinter dem Gartenzaun von einem

Baum verdeckt eine männliche Gestalt stand, die sie beobachtete, wollte Mario seinen ersten Coup landen.

Er hatte sich eine neue Strategie ausgedacht. Sie sollte jeden Tag wissen, dass er ihr sehr nahe war – zu nahe! Das würde ihr Nervenkostüm nicht allzu lange aushalten. Dazu kannte er sie zu gut. Und so schlich er sich um den Zaun herum, immer im Schatten der Bäume bleibend, zum Haupteingang des Hauses. Er legte dort dann in einem Kuvert verpackt eine Kette mit einem Anker ab. Den hatte ihm Valerie einmal zum Geburtstag geschenkt. Dann ging er in der Dunkelheit davon, beseelt von dem Gedanken, sie zu bestrafen.

Am nächsten Morgen trat Amelia aus dem Haus, um zur Garage zu gehen und den Wagen inzwischen zu holen. Dabei sah sie das auf der Treppe liegende Kuvert mit der großen Aufschrift „*Valerie Brunner*". Amelia schüttelte den Kopf und ging zurück ins Haus, wo Valerie schon in der Diele stand und sich anzog.

„Hier, das lag draußen auf der Treppe vom Aufgang", sagte sie und gab es Valerie. Die nahm das Kuvert, öffnete es hastig und stieß einen kleinen Schrei aus. Amelia schon wieder in der Tür drehte sich um. „Was ist das?" Valerie hielt den Anker mit einer Kette am Zeigefinger baumelnd hoch.

„Das habe ich Mario mal zum Geburtstag geschenkt. Er ist also hier in unserer Nähe!", presste sie heraus. Mit funkelnden Augen ging sie zurück in die Küche und entnahm einem Schubkasten ihre Pistole. Klein, silbern, mit sechs Schuss und steckte sie in die Tasche ihres Parkas.

„Komm, lass uns losfahren, Amelia! Ich weiß, was der Idiot vorhat, aber da hat er sich geirrt, diesmal werde ich ihm zuvorkommen. Sollte er mir über den Weg laufen, schieße ich ihn einfach mal ins Bein! Er will mir Angst machen, aber da irrt er sich gewaltig!" Amelia nickte wortlos und nickte.

„Wir informieren aber sofort Lucas und Kent von der Sache." Und schon griff sie zum Handy und wählte. Kent meldete sich und sie erklärte ihm, was vorgefallen war. Von Valeries Absicht sagte sie ihm nichts. An der Garage warteten sie auf Lucas, aber der kam nicht. Und so gingen die beiden Frauen zurück ins Haus. Aber auch in seinem Zimmer war er nicht. Amelia sah zufällig aus dem Fenster hinaus in den Garten und schrie auf einmal leise auf. Dann rannte sie aus dem Raum, die Treppe hinunter, zur Hintertür hinaus in den Garten zu Lucas. Der lag reglos in einem Beet am Zaun. Amelia fühlte seinen Puls und atmete auf, begann aber sofort mit einer Herzmassage. Valerie kam rasch hinzu und Amelia rief ihr zu:

„Hol einen Rettungswagen, schnell! Er lebt, aber sein Puls ist sehr schwach!"

Eine Stunde später saßen sie beide im Spital von Fort Providence auf dem Flur und warteten, bis die Ärztin herauskam. Sie lächelte leicht und nickte:

„Ja, Mister Miller geht es den Umständen entsprechend schon wieder ganz gut. Die Tatsache, dass Sie ihn sofort versucht haben, wiederzubeleben, hat ihm das Leben gerettet. Viel Zeit hätte nicht mehr vergehen dürfen bei der Kälte in der Nacht. Sie können zu ihm reingehen, aber bitte nur kurz! Er muss sich noch sehr schonen."

Sie traten beide mit einem Anklopfen ein. Lucas lag in einem Bett am Fenster und sah ihnen entgegen. Sein Kopf war stark bandagiert, aber er versuchte zu lächeln.

„Ich habe diesen Schweinehund zu spät gesehen, und er hatte einen Spaten zur Hand, den ihr draußen gelassen hattet. Ehe ich mich versah, machte es Bumm, und aus war das Licht! Ich hatte vom Balkon aus einen Schatten gesehen, wollte dich aber nicht verunsichern und ging nochmal raus, als ihr schon alle zu Bett gegangen seid. Nochmal passiert mir das nicht, das sage ich euch. So ein Vollidiot! Wenn ich hier raus bin, organisiere ich eine Suchaktion nach ihm. Wir werden ihn kriegen."

Zu diesem Zeitpunkt kampierte Mario Hansdorf etwa fünf Meilen entfernt in seinem Winterlager, welches er sich aus Bäumen, Ästen, Moosen, zwei Planen und drei Holzplatten gezimmert hatte. Gut versteckt in einer kleinen schmalen Senke, und natürlich mit zwei Ausgängen. Und hier überlegte er nun, was er als nächstes tun sollte. Das Auto hatte er ebenfalls nicht weit weg von seinem Bau mit Planen und Ästen darüber getarnt abgestellt. So konnte er immer notfalls noch die Flucht ergreifen.

Eines hatte Valerie inzwischen gelernt, hier oben in der Einsamkeit galten Recht und Gesetz manchmal nicht viel, und jeder musste lernen, sich seiner Haut zu wehren. Und so hatte sie eines Tages ihren guten Rocky wieder bei Lucas abgeholt, obwohl er bei ihm mit drei anderen Hunden ein schönes zu Hause gehabt hatte. Aber Valerie hatte ihren treuen Begleiter jeden Tag ein wenig mehr vermisst. Das Wiedersehen bei Lucas im Pferch, wo die Hunde untergebracht waren, würde sie nie vergessen. Zum ersten Mal hatte sie es selbst gesehen, dass Hunde auch weinen können. Rocky hatte tatsächlich Tränen, die ihm herunterliefen und schmiegte sich ganz fest an ihre Beine. Da hatte Valerie begriffen, dass die Liebe eines Tieres so total sein konnte, dass sie sogar das Fressen einstellten. Und sie erinnerte sich an den Spielfilm, wo ein Büromensch jeden Tag von seinem Hund von zu Hause bis zur Bahnstation begleitet wurde, und dann dort wartete, bis er am Abend zurückkam. Eines Tages erlitt der Mann auf Arbeit einen Herzschlag und verstarb. Sein Hund aber wich bis zu seinem Ende nicht mehr von diesem Platz am Bahnhof, wo er immer auf sein Herrchen gewartet hatte. Daran änderte auch nichts, dass ein Kioskbesitzer ihn regelmäßig Futter brachte. Er blieb an seinem Platz, bis er starb. Und sie würde nie vergessen, als sie die Leine in die Hand nahm und Rocky anleinte, und er begriff, dass sie nun gemeinsam gehen würden. Er zerrte und zog und wollte mit aller Kraft, dass es nun auch endlich losging.

Seit diesem Tag folgte er ihr auf Schritt und Tritt, ins Büro, zum Spaziergang und abends lag er vor ihrem Bett - oder auch manchmal darauf, obwohl er das eigentlich nicht durfte.

Lucas war der Meinung, dass Rocky sehr gut auf sie aufpassen würde und nahm das Briefkuvert, welches Mario mit der Kette auf den Stufen des Aufgangs ausgelegt hatte. Rocky schnüffelte daran, dann bellte er kurz. Er hatte offenbar Witterung aufgenommen. Das alles aber konnte Mario Hansdorf nicht wissen. Und so plante der einen zweiten Streich.

Diesmal wollte er unbedingt in das Haus eindringen, um ihr zu zeigen, ich komme überall an dich heran, egal wo du bist!

Die Nacht war stürmisch und kalt. Schneeschwaden peitschten durch die Luft. Der Winter hatte endgültig die Macht ergriffen.

Auf den Baustellen wurde nur noch sporadisch gearbeitet und so war auch das Containerdorf halb leer.

In dieser Nacht näherte sich Mario in Schrittgeschwindigkeit und abgeblendetem Licht der Straße, in der Valerie wohnte. Gute 100 Meter davon entfernt stellte er den Wagen ab. Eingehüllt in eine weiße Schneekombination, wie sie die Armee hier oben trug, und dicksohligen Halbstiefeln näherte er sich langsam dem kleinen Weg, der zwischen den eingezäunten Häusern verlief. Sein Ziel war der Hintereingang im Garten. Es dauerte eine Weile, bis er das einfache Schloss der Gartenpforte geöffnet hatte, und es ganz aufschob. Dann näherte er sich dem Hintereingang, vorsichtig jeden Schritt genau überlegend, näherte er sich der Tür. Das Sicherheitsschloss öffnete er mit einer Art winziger Bohrmaschine, wie sie die Polizei benutzte. Es ging ruck zuck und auch die Tür war auf. Dieses Einbrecherwerkzeug hatte er für billiges Geld erworben.

Mario zog sich die Maske vors Gesicht und machte die Tür leise auf. Der Boden, auf dem er lief, bestand aus braunen Fliesen, für ihn bestens geeignet, um lautlos auftreten zu können. Vorsichtig stieg er die eine Treppe empor, die ihn in die Diele des Hauses führte. Eine Tür stand offen und er sah vorsichtig hinein. Er schnupperte, es musste die Küche sein. Leise auftretend ging er zum Küchentisch, öffnete seinen Schneeanzug, zog einen länglichen runden Gegenstand heraus und stellte ihn vorsichtig auf den Tisch. Dann entfernte er die Umhüllung. Auf dem Tisch stand nun ein sitzender Bär, etwa 15 Zentimeter hoch. Diesen Bären hatte er Valerie noch vor der Abreise nach Kanada gekauft. Als sie jetzt vor Wochen ausgezogen war, hatte sie das gute Stück stehen gelassen.

Mario Hansdorf war gerade im Begriff, die Küche wieder zu verlassen, als ihn von der Treppe zum ersten Stock hinauf zwei schillernde Augen anstarrten, ein Wildhund, der die Zähne fletschte und böse zu knurren begann. Mario stand da wie erstarrt. Sobald er sich bewegen wollte, begann das Vieh böse zu knurren. Aber Mario hatte nur einen Gedanken – ganz schnell raus hier! Und so umwickelte er seinen linken Arm ganz vorsichtig mit seinem Schal. Und dann macht er einen Satz zur Treppe nach unten, fegte um das Holzgeländer, erreichte wieder die Tür nach draußen und rannte, was das Zeug hielt, Richtung

Gartentor. Und dann knallte es zweimal kurz hintereinander. Gerade als er das Gartentor erreicht hatte, spritzten ihm Gesteinssplitter der beiden Steinsäulen zu der Rechten und Linken um den Kopf. Zwei Splitter bohrten sich ihm in den Hals und seine rechte Wange, doch dann war er draußen. Rocky aber stand am Gartentor und bellte noch mehrmals dem Fliehenden hinterher. Wenig später heulte ein Automotor auf und der Wagen schoss in die Dunkelheit hinein. Erst ganz am Ende der Straße flammten seine Scheinwerfer auf.

Lucas kam vom Balkon wieder herein und stellte seine Flinte in den Schrank zurück. Dann ging er nach unten zu den beiden Frauen. Die saßen am Tisch und starrten den kleinen Bären an. Valerie deutete darauf.

„Das Monstrum hat mir Mario geschenkt, als feststand, dass wir nach Kanada gehen. Und jetzt steht das blöde Ding hier auf dem Küchentisch. Wie ist der nur hereingekommen?" Amelia sah Lucas ebenfalls an. „Hast du auf ihn geschossen?" Lucas nickte.

„Ich habe ihn nur ein wenig erschreckt. Wenn ich gewollt hätte, läge er jetzt da draußen im Garten und wäre hin." Dabei sah er Valerie an und glaubte zu wissen, was sie dachte. Er legte ihr seine Hand auf die Schulter.

„Ich weiß, tot wäre er dir wahrscheinlich jetzt lieber. Aber so schnell erschießt man nicht gleich jemand." Valerie senkte den Kopf, nahm seine Hand in die ihre und nickte wortlos. Amelia schüttelte den Kopf. „Was treibt diesen Idioten eigentlich an?" Valerie drehte sich zu ihr herum.

„Er kann nicht verlieren, Amelia! Er hat nie gelernt, dass es Leute gibt, die auch mal nein sagen. Zu Hause haben Mama und Papa alles geregelt. Gab es Probleme, hat sie Papa mit seinem Geld beseitigt. Und er hat nie gelernt, sich unterzuordnen. Daher kann er auch nicht mit anderen Menschen umgehen. Das hat man ja auf der Baustelle gesehen." Amelia nickte.

„Na gut, rufen wir die Ordnungshüter, oder lassen wir es lieber?" Lucas verzog das Gesicht.

„Mein Vorschlag, wir lassen es diesmal noch, sollte er jedoch nochmal auftauchen, dann hetzen wir ihm die Polizei auf den Hals. Übrigens im Garten hat Rocky einen Schal gefunden. Nur gut, dass der Hund noch rechtzeitig zur Stelle war. Wer weiß, was der sonst noch angestellt hätte. Wir sollten ihn aber ab sofort hier unten in der Diele lassen oder auch in der Küche. Er muss jetzt einfach mal hier unten bleiben über Nacht."

Valerie streichelte ihren Liebling und er legte seine Schnauze auf ihren nackten Oberschenkel, dabei streichelte sie ihn ganz gefühlvoll. Dann legte sie ihr Gesicht auf seinen Kopf und flüsterte ihm zu: „Guter Rocky, du musst jetzt in der Diele bleiben und auf Frauchen aufpassen." Als sie sprach, legte er den Kopf zur Seite und sah sie an, als wollte er sagen: „Ja, gut, ich habe schon verstanden!" Diese zwei Hundeaugen erweichten Valeries Herz immer wieder.

Während Mario durch die Nacht fuhr, verzog er vor Schmerzen das Gesicht. Sein linker Arm brannte, das blöde Vieh musste durch den Schal hindurchgebissen haben. Hatten die doch auch noch einen Hund im Haus! Auf alles war er vorbereitet gewesen, aber nicht auf so ein beißwütiges Vieh. „Scheiße elende!", fluchte er leise vor sich hin. Er musste die Wunde unbedingt schnellstens desinfizieren.

Amelia, Lucas und Valerie saßen in der Wohnküche beisammen und beratschlagten, was sie nun noch tun konnten. Kent hatte ihnen geraten, den Hund ab sofort unten in der Diele zu lassen. Am nächsten Morgen sollten sie dann auf die ortsansässige Wache gehen und Anzeige gegen Mario erstatten. Es gab hier oben eben keinen gut funktionierende Polizeieinheit, die sich solchen Delikten annehmen konnte. Für diese Sheriffs hier oben war das mehr oder weniger ein Geplänkel zwischen einem Paar, welches sich halt mal zoffte. Aber so harmlos war die Sache ja nicht.

Lucas machte den beiden Frauen einen Vorschlag:

„Passt mal auf, Mädels! Ich fahre morgen in den Baumarkt und kaufe eine Alarmanlage für das Haus, mit Scheinwerfer und Sirene. Wollen wir doch mal sehen, ob sich dieser Idiot dann nochmal hertraut."

Valerie war die ganze Sache langsam peinlich. Da kamen zwei Ausländer hierher und dann gab es so ein Affentheater. Vor allem aber behinderte sie der ganze Zirkus bei ihrer Arbeit. Sie musste doch raus zu den Baustellen, Fotos machen und Berichte schreiben, anstatt sich hier im Haus zu vergraben aus Angst vor diesem Psychopathen. Und so entschloss sie sich, sich in Zukunft nicht mehr in Panik versetzen zu lassen, und nahm jedes Mal ihre Waffe mit, wenn sie aus dem Haus ging. Sollte er mal kommen dieses Weichei!

Ein paar Tage später erhielt Valerie von Adams den Auftrag, nach Enterprice zu fahren, dort hatte es einen schweren Unfall gegeben. Die Gleisverlegemaschine war vom Gleis gekippt, zwei Arbeiter hatten sich dabei schwer verletzt, und nun stoppte das die termingerechte Fertigstellung der Trasse bis zu Marios gigantischer Brücke, die schon halbfertig dastand. Nur ihr Chef fehlte leider nun schon seit mehr als drei Wochen und war nicht mehr auffindbar. Inzwischen hatte sich schon die deutsche Botschaft gemeldet und bei Valerie nachgefragt. Allerdings hatte sie denen nichts von den nächtlichen Eskapaden erzählt. Aber sie wusste ja selbst nicht, wo der Kerl abgeblieben war. Wer ihr aber immer wieder zur Seite stand und ihr Mut machte, war ihr Boss, der alte Adams. Bei ihm hatte sie einen Felsen im Brett wie man so schön zu sagen pflegt.

Und so trat Valerie am nächsten Morgen schon ziemlich zeitig aus dem Haus, aber nicht ohne sich vorher auf dem Weg zur Garage genau umgesehen zu haben. Die letzten Nächte waren ruhig verlaufen, zumal ja Lucas inzwischen mehrere kleinere Spots am Haus außen angebracht hatte. Betrat jemand das Gelände innerhalb des Zaunes, gingen rund um das Haus die Scheinwerfer an und erleuchteten alles ziemlich hell. In der Firma hatte er das unter zeitweilige „Außenmontage" verbucht.

Der „Nissan –Trail", den Adams ihr als Dienstwagen zur Verfügung gestellt hatte, war ziemlich groß, war aber mit seinen breiten Reifen hier oben in der Wildnis bestens geeignet.

Über Nacht hatte es zum ersten Mal geschneit. Gute 20 Zentimeter hoch lag der Schnee, doch sie fuhr ja mit Allrad und da war das kein Problem. Im Radio dudelte leise Musik, als Valerie plötzlich von einer kleinen Herde Karibus aufgehalten wurde, die sich auf der Straße befand und herumlief. Valerie hupte mal kurz, und schon gingen die Tiere gemächlich zur Seite und schauten ihr interessiert hinterdrein. Eine Stunde später erreichte sie die Stelle, wo der Unfall passiert war. Ein gewaltiger Kran versuchte gerade, die Gleisverlegemaschine wieder auf das

Gleis zurückzusetzen. Alles lief ohne Hektik und Aufregung ab, die Jungs waren Profis auf ihrem Gebiet. Valerie ertappte sich dabei, wie sie gerade diese ruhige Arbeitsweise mit der Marios verglich. Der hätte in ähnlicher Situation sicherlich herumgetobt.

Sie machte zunächst ein paar Fotos, dann suchte sie den Bauleiter und fand ihn auch in einer Gruppe Arbeiter. Ben Stiller war ungefähr 35 Jahre alt, mindestens 1,90m groß und war ein lustiger Kerl, wie es schien.

„Na, da kommt ja unsere Hilfe aus der Zentrale!", meinte er und lachte sympathisch, als Valerie ihm die Hand gab. Nach einer Weile zog er Valerie ein Stück beiseite.

„Miss Wilson, vorhin war ein Kerl hier. Etwa so alt wie ich, aber kleiner und mit schwarzen Haaren und Vollbart. Er hat sich nach einer Mila Wilson erkundigt, ob die hier wäre. Er meinte, er sei ein Freund von Ihnen. Ich habe ihm gesagt, dass wir Sie erwarten." Valerie sah Stiller starr an.

„Wann war das, Mister Stiller?", fragte sie ihn erschrocken. Der lächelte erst und meinte: „Sie dürfen mich ruhig Ben nennen, liebe Mila. Aber was erschreckt Sie denn so an dem Kerl?" Valerie entschloss sich, nicht alles zu erzählen, und meinte nur:

„Der stalkt mich seit einigen Wochen und hat auch schon aus Zorn, weil ich nichts von ihm wissen will, meinen Bürocontainer abgefackelt. Die Polizei such den Mann!" Jetzt war es Ben Stiller derjenige, der erschrocken dreinschaute.

„Verdammt! Wenn ich das gewusst hätte, dann hätte ich ihm gar nichts erzählt. Na, der soll noch einmal hier auftauchen, aber dann gibt's richtig Zoff." Valerie lächelte dankbar.

„Seien Sie vorsichtig, Ben! Er ist hinterlistig und unberechenbar. Bringen Sie sich nicht selber in Gefahr. Stiller lachte: „Keine Angst, Miss Mila! Wir sind hier eine eingeschworene Truppe, jeder hilft hier jeden. Aber passen Sie nur gut auf sich auf!", bemerkte er noch und musste dann weg, weil man ihn gerufen hatte.

Valerie griff in ihre Jacke des Anoraks, denn dort lag die kleine Pistole griffbereit. Sollte er mal kommen, der gute Mario. Der würde sich vielleicht wundern!

Valerie bog gerade um die Ecke des Mehrfachcontainers, der den Speiseraum darstellte, als sie ihren Augen nicht trauen wollte. Da stand tatsächlich Mario. Er stand da, ein Gewehr in der Armbeuge haltend, die andere Hand am Schaft der Waffe und grinste sie breit an:

„Na, sieh mal einer an, meine Verlobte. Du hast mich in letzter Zeit aber ziemlich vernachlässigt, Liebling. Das gefällt mir überhaupt nicht!", brummte er halblaut.

Valerie musterte ihn von Kopf bis Fuß und schüttelte wütend den Kopf, worauf er meinte: „Was glotzt du mich so blöde an und schüttelst den Kopf? Das ist dein Werk Madam Wilson oder wie du sonst noch heißt!" In Valerie stieg der Zorn hoch.

„ERSTENS – wer mich entführt, mit K.O.-Tropfen betäubt, um mich dann zu vergewaltigen und mich einsperrt, gehört nicht zu meinen Freunden! ZWEITENS – frage ich mich die ganze Zeit, wie jemand so schnell so herunterkommen kann wie du! Du verhältst dich wie ein Verbrecher und bist wohl inzwischen auch schon einer. Immerhin habe ich ja den Beweis, dass du und dein Freund einen Dritten erschossen und im Wald vergraben habt!"

Sie sah, wie das Grinsen aus seinem Gesicht langsam einem zornigen Gesichtsausdruck Platz machte und sich seine Hand am Schaft des Gewehrs langsam in Richtig Abzug verschob. In diesem Moment griff sie in die Tasche, holte ihre Pistole heraus und legte auf ihn an! Etwas leiser meinte sie:

„Was hindert mich jetzt eigentlich daran, dich einfach über den Haufen zu schießen? Meinen Vergewaltiger und Peiniger, der mich seit Wochen stalkt und meinen Bürocontainer abgefackelt hat! Lass mich in Zukunft in Ruhe oder du wirst es noch bereuen!" Mario spuckte ihr vor die Füße.

„Du Hure denkst auch, weil du neue Freunde hast, kannst du mich einfach abservieren. Pass in Zukunft gut auf dich auf! Einmal erwische ich dich so oder so! Und dann bist du dran!"

Plötzlich aber standen sie beide von einem Halbkreis von Männern umringt, die alle Knüppel oder Äxte in der Hand hielten. Es waren Ben Stillers Kollegen. Und der rief Mario zu:

„Du hast hier zwölf Zeugen, dass du ihr gedroht hast, ihr was anzutun! Am besten du haust jetzt hier ab oder wir nehmen das mal in die Hand und dann nützt dir deine Flinte gar nix, mein Freund! Lass künftig die Frau in Ruhe, oder wir suchen dich mal auf! Und wir finden dich. Wir sind viele hier, du Arschgesicht! Und jetzt verzieh dich und hau endlich ab!"

Der Halbkreis öffnete sich ein Stück und Mario huschte schnell hindurch und verschwand wieder in Richtung Wald. Valerie bedankte sich bei Ben Stiller.

„Danke Ben! Seid so gut und erzählt es dem hiesigen Sheriff, wenn der mal wieder auftaucht. Macht's gut!" Stiller nickte lächelnd und meinte dann halblaut:

„Ich an deiner Stelle hätte ihm ein Loch in den Pelz gebrannt! Hoffentlich bereust du es nicht noch einmal, es nicht getan zu haben!" Dann ging er grüßend seines Weges.

Und Valerie fuhr nachdenklich wieder zurück nach Providence. Am Abend erzählte sie es Amelia und Lucas. Und der war richtig sauer danach.

„Warum hast du mich nicht angerufen? Ich bin für deine Sicherheit hier verantwortlich, Mädel! Das machst du bitte nicht noch einmal, du siehst was dabei rauskommen kann! Nur gut, dass der Bauleiter zur Stelle war." Valerie lachte.

„Rege dich ab Lucas, meine Pistole hatte ihn schon zur Vernunft gebracht. Dass die Leute noch dazu kamen, hat das Ganze nur abgekürzt, aber in Gefahr war ich nicht!" Lucas sah sie an.

„Hättest du tatsächlich auf ihn geschossen, Mila?" Valerie nickte langsam. „Du wirst lachen, ja! Wenn er seine Flinte bewegt hätte, wäre es wohl passiert! Ich war drauf und dran!"

Lucas winkte ab und schüttelte den Kopf.

„Stelle dir das nicht so leicht vor! Auf einen Menschen zu schießen, ist nicht so einfach. Du hättest garantiert gezögert, da bin ich mir fast sicher. Aber ob er dann gezögert hätte, das steht auf einem anderen Blatt. Da haben schon ganz andere als du versagt, meine Liebe! In Zukunft gehst du nicht mehr ohne mich irgendwohin." Valerie prustete los:

„Lucas, bleib auf dem Teppich! Wenn ich alleine gehe, dann gehe ich auch alleine! Sonst hätte ich ja gleich bei Mario bleiben können. Ich kann mich schon meiner Haut erwehren, und jetzt Schluss damit! Hole lieber eine Flasche Rotwein aus dem Keller und Amelia holt drei Gläser.

Kopfschüttelnd stand Lucas auf. „Weibervolk!", brummte er und grinste dabei. Dann ging er in den Keller. Amelia stellte gerade die drei Gläser auf den Tisch und wollte zu Valerie etwas sagen, als sie plötzlich etwas poltern hörten und einen Schrei vernahmen. Beide rannten zur Kellertür und sahen hinab. Unten auf der letzten Stufe saß im Halbdunkel Lucas und stöhnte:

„Holt eine Eisenstange schnell!" Amelia rannte hinaus in den Schuppen und kam mit einer Eisenstange zurück. Und dann sahen sie, was los war. Lucas rechter Fuß steckte bis zur Wade in einer Bärenfalle! Beide Frauen zogen die eisernen Klammern langsam auseinander und Lucas half mit der Eisenstange nach. Endlich war der Fuß frei! Zum Glück waren die beiden Bügel der Falle glattes Rundeisen und nicht wie sonst mit Zacken. Das war Lucas Glück. Er hatte so nur eine starke Prellung davongetragen. Lucas fluchte:

„Dieser Scheißkerl war garantiert im Keller und hat diese Falle dahingestellt, in die wir hineintreten mussten, wenn wir im Halbdunkel die Treppe herunterlaufen. Ruft den Sheriff an! Mir reicht es jetzt!"

Amelia ging telefonieren und zwanzig Minuten später kam der Sheriff tatsächlich. Sie schilderten ihren Verdacht und Valerie erzählte ihm von dem Vorfall am Vormittag. Sheriff O'Connor nahm ein Protokoll auf und sie unterschrieben es alle drei. Mit dem Hinweis, in Zukunft gut auf das Grundstück aufzupassen, verabschiedete sich der beleibte Ordnungshüter wieder.

Amelia hatte Lucas einen straffen Verband um den Fuß gewickelt, so dass er einigermaßen auftreten konnte. Aber Lucas war stinksauer auf den Deutschen. Und so ging er sofort daran, die Alarmanlage zu erweitern. War diese dann eingeschaltet und jemand überwand den Zaun, gingen fünf Scheinwerfer rund um das Grundstück an und eine Sirene würde heulen. Und dazu hatten sie ja auch noch den guten Rocky, den sie frei im Haus herumlaufen ließen. Nachts konnte er sogar durch eine Luke am Hintereingang hinaus in den Garten laufen. Nochmal käme Mario nicht ungeschoren auf ihr Grundstück.

Mario Hansdorf hatte indessen begriffen, dass er sich vor der Polizei verstecken musste. Aus diesem Grund hatte er das Auto gewechselt und sich einen Dodge Pick-up angeschafft. Dafür war er rund 500 Kilometer nach Süden gefahren. Der Händler hatte seinen Wagen kurz begutachtet, ihm 1800$ dafür geboten und den Dodge noch vollgetankt, nachdem ihm Mario 5000$ auf den Tresen gezählt hatte. Der neue Wagen war zwar auch schon gute acht Jahre alt, hatte aber Allrad und breite Reifen für das Gelände. Und der Wagen hatte eine total überbaute Ladefläche, die er sich gemütlich eingerichtet hatte, um auch darin schlafen zu können. Der Wagen war einmal von einer Baufirma als Werkstattwagen genutzt worden, das wiederum hatte den Vorteil, dass er sogar einen kleinen Katalytofen an Bord hatte, der den kleinen Raum gut auswärmte.

Und so war er nun von Pensionen und anderen Logis unabhängig geworden. Das einfache Leben gefiel ihm zunehmend. Den Kontakt zu seinen Eltern hatte er inzwischen ganz abgebrochen. Und so war es kein Wunder, dass eines Tages Valeries Handy klingelte.

Als sie eine Nummer aus Deutschland auf dem Display sah, stutzte sie erst, nahm aber das Gespräch an. Am anderen Ende meldete sich Marios Mutter:

„Hallo Valerie! Ich habe erfahren, dass ihr euch inzwischen getrennt habt. Wir beide haben uns ja immer gut verstanden. Und deshalb hoffe ich, dass du mir sagen kannst, was mit Mario los ist und wo er lebt." Dabei schluchzte sie und schien zu weinen. Und es stimmte ja auch, mit Marios Mama hatte sie sich immer gut verstanden. Und so schilderte sie ihr nun alles, was passiert war. Am Ende war die Mama schockiert und meinte, wenn sie das alles ihrem Mann erzählen würde, dann würde der seinen Sohn garantiert enterben. Marios Mama bat Valerie, sie doch ab und an mal zu informieren, was ihr Sohn so trieb. Das war zwar kaum in Valeries Sinne, aber in Anbetracht der Verzweiflung der armen Frau stimmte sie zu und versprach, sie ab und zu auch mal anzurufen.

Mario Hansdorf indessen war bereits mehrere hundert Meilen von Fort Providence entfernt in der Wildnis untergetaucht. Durch Zufall hatte er eine verlassene Hütte in einem schmalen Tal gefunden, welches von der Außenwelt ziemlich abgeschirmt lag. Dort legte er Vorräte für den bereits sichtbar nahenden Winter an, baute das alte Holzhaus aus und machte es so winterfest. Mit zwei Solar-Modulen auf dem Dach verschaffte er sich etwas Strom für sein Handy und für einen elektrischen Kocher. Fleisch beschaffte er sich, indem er auf die Jagd ging. Mehl und andere

Sachen hatte er noch gekauft, als er losgefahren war. Mario fühlte sich in seiner Rolle als WALDLER erstmal richtig wohl. Doch an seine ehemalige Verlobte Valerie dachte er nur noch selten, nur noch im Zorn. Sie war für seine Lage verantwortlich. Sie hatte ihn in seiner schwierigsten Lage allein gelassen und dazu noch verraten. Und so reifte in ihm ein Plan, der ihn von Stunde an nicht mehr losließ. Er würde sie bestrafen. Und zwar so gründlich, dass ihm bei diesem Gedanken selbst eine Gänsehaut über den Rücken lief.

Fünf Monate später

Der Winter war in diesem Jahr schon sehr zeitig zu Ende gegangen, die Erderwärmung machte sich auch hier oben schon bemerkbar. Und so gab es die ersten warmen Sonnenstrahlen bereits im März, auch wenn das außergewöhnlich war.
Valerie hatte in den letzten Wochen allerhand zu tun gehabt. Ihr neuer Job machte ihr Spaß. Sie kam mit vielen Einheimischen in Kontakt und ihr Chef Johnson war voll des Lobes über seine neue Mitarbeiterin. Eines Tages, es war kurz vor Dienstschluss, bat er Valerie in sein Büro:

„Bitte setzen Sie sich, Miss Wilson." Er benutzte vom ersten Tag an Valeries Decknamen. Johnson wuchtete sich hinter seinen Schreibtisch und schob Valerie eine Schale mit Keksen über den Tisch.

„Greifen Sie ruhig zu, die hat meine Tochter gebacken und ich komme nicht umhin, immer in den Genuss ihrer Backkunst zu gelangen", lächelte er vor sich hin. Dann sah er Valerie durch seine Brille wohlwollend an. Zurückgelehnt in seinen Sessel meinte er:

„Miss Wilson, Sie sind jetzt seit einem Vierteljahr hier in meiner Abteilung und haben sich sehr gut eingearbeitet. Zugegeben, ich war zuerst etwas skeptisch, bei Zeitungsleuten gibt es auch solche und solche. Aber Sie sind etwas ganz Besonderes! Und vor allem sind Sie ehrlich und aufrichtig, das schätze ich sehr. Und das alles trotz Ihrer aktuellen persönlichen Probleme. Nun gut, ich will nicht lange um den heißen Brei herumreden. Ich würde Sie gerne als meine Stellvertreterin hinauf nach Reliance schicken. Sie sollen sich da oben umschauen, ob es die

Möglichkeit gibt, die Strecke von Hay River weiter hinauf an das Ende des Großen Sklavensees zu führen. Mister Miller erkundet dabei die Bodenbeschaffenheit und sie müssten uns eine Fotoreihe vorbereiten, die wir der Umweltbehörde vorlegen könnten. Rechnen Sie auf jeden Fall mit Widerständen durch die Einheimischen da oben. Vor allem aber sind Sie eine Weile hier weg vom Schuss. Und ich denke, Ihr ehemaliger Verlobter wird dann aufhören weiter nach Ihnen zu suchen. Wir verkünden offiziell, Sie nach Ottawa in die Zentrale geschickt zu haben. Und diesmal wird nichts schief gehen, das verspreche ich Ihnen! Was sagen Sie dazu?"

Valerie saß da und musste erstmal schlucken. So ein Angebot zu bekommen, war eine Ehre für sie. Es hätte bestimmt noch eine Reihe anderer Kandidaten gegeben, aber der Boss hatte einen Narren an ihr gefressen. Valerie nickte.

„Gut, Chief, und wann soll es losgehen?" Johnson grinste breit. „Ich wusste doch, dass ich auf sie zählen kann!", lachte er fröhlich.

„Also, am kommenden Montag müssten Sie zu dritt aufbrechen. Aber – Sie fahren diesmal nicht mit dem Auto!"

Valerie sah ihn erstaunt an. „Womit denn dann, Chief?" Johnson deutete auf ein Bild an der Wand hinter ihm. Es zeigte ein formschönes Schiff, etwa so groß wie ein kleiner Kutter. Aber dafür mit zwei PS-starken Motoren, einer Schlafkabine und einem kleinen Aufenthaltsraum. Mit solchen Booten fuhren hier oben eine Menge Leute herum, zumindest die, die genug Geld hatten.

„Miss Wilson, dieses Boot gehört der Company. Mister Miller wird es steuern, er kennt sich mit Schiffen bestens aus. Ich veranschlage für diesen Auftrag etwa zwei Monate. Wir beide stehen über die Kollegin McEnroe im ständigen Kontakt. Sie ist das Bindeglied zwischen mir und Ihnen. Miss Smith ist für das Organisatorische ihres Teams verantwortlich. Diese Bootstour ist deshalb notwendig, weil die Straßenverbindung da hinauf miserabel ist. Da kommen Sie mit einem Schiff schneller voran."

Johnson stand auf und hielt ihr über den Schreibtisch hinweg die Hand hin.

„Miss Wilson, ich wünsche Ihnen viel Erfolg! Ich weiß zwar, dass Sie sich eigentlich nur für zwei Jahre hier verpflichtet haben, aber ich hoffe doch, dass Sie uns noch länger erhalten bleiben. Also dann, wir sehen uns nochmal vor Ihrer Abreise!" Damit war Valerie entlassen. Auf dem Flur blieb sie erst einmal am Fenster stehen und starrte hinaus in die Wildnis. Es war April, und die Natur begann sich zu regen. Sie konnte es immer noch nicht glauben. Der Boss hatte sie quasi über Nacht in die Leitung der Company integriert. Diesen Vertrauensvorschuss musste sie auf jeden Fall rechtfertigen, das stand fest! Langsam ging sie zurück in ihr Büro. Als sie eintrat, saß Amelia bereits hinter ihrem Schreibtisch und sah sie fragend an.

„Na, du hast so einen roten Kopf! Hat dich Johnson gehörig ausgeschimpft?" Valerie schüttelte den Kopf und setzte sich an ihren Schreibtisch, der Amelias gegenüberstand. Dann schüttelte sie nochmals den Kopf und sah ihre Freundin an.

„Jetzt tue ja nicht so, als ob du nix weißt! Wir beide gehen rauf nach Reliance, und das schon ab Montag. Und der gute Lucas kommt auch mit." Amelia lachte breit, griff in ihren Schreibtisch und brachte eine angebrochene Flasche Sekt zum Vorschein, und dazu zwei Gläser.

„Stimmt, Lady Wilson! Trinken wir auf deinen Erfolg!" Dann goss sie die beiden Gläser halb voll und sie stießen an. Amelia schaute nachdenklich auf die Karte an der Wand.

„Reliance, das ist ein gottverdammtes Kaff am Ende der Welt, sage ich dir!", meinte sie dann verdrießlich. Valerie sah sie erstaunt an. „Wie kommst du denn darauf?" Amelia lehnte sich zurück.

„Die Company plant schon seit Jahren eine Bahnstrecke am Ufer des Sees entlang. Im Winter ist der See ein einziges Hindernis. Mit dem Boot fast unmöglich, mit dem Flugzeug auch nicht immer erreichbar, eine Straße zu bauen zu teuer, da bleibt nur noch die gute alte Eisenbahn. Und wir sind sowas wie die Vorhut. Da oben gibt's nämlich Leute, die werden uns gar nicht gerne sehen. Also mache dich schon mal darauf gefasst! Wir sind in dem Gebiet, welches einst durch den Goldrausch am Klondike bekannt wurde, und eine üble Gegend war."

Ein neues Abenteuer

Dieser Montagmorgen begann schon mal mit Hindernissen. Als der gute Lucas das Boot starten wollte, sprang nur einer der Motoren an. Also bastelte er eine geschlagene Stunde, ehe auch der zweite Motor endlich zu laufen begann. Und Lucas sah aus, als wenn er den Kahn am liebsten gleich in die Luft sprengen würde. Ob sie mal Freunde werden würden, bezweifelte er jedenfalls. Rocky saß an der Reling und betrachte derweil die Möwen, die über dem Schiff einher segelten.

Die beiden Frauen aber hatten die ganze Zeit die Anlegestelle im Auge behalten. Das Thema „Mario" war immer noch allgegenwärtig, auch wenn er sich nun schon drei Monate hatte nicht mehr sehen lassen. Denn auch sein dritter Versuch, in ihr Haus einzudringen, endete mit einem Fiasko und er schaffte es nur mit Mühe und Not der herbeigerufenen Polizei zu entkommen. Aber langsam machte ihn dieses Katz-und-Maus-Spiel mit der Polizei auch Spaß. Er fühlte sich wie Robin Hood, nur dass der den Armen geholfen hatte, Mario Hansdorf beklaute sie noch, wenn es für ihn notwendig war.

Endlich hatten sie die Halteleinen gelöst und legten ab. Mit wenig Gas fuhr Lucas langsam aus der kleinen Marina hinaus auf den See und nahm Kurs nach Norden. Die Sonne hatte die Wolken aufgerissen und eine leichte Brise wehte über den See. Und so zog Lucas mit einer elektrischen Winde ein Segel hoch und schaltete die Motoren ab. Nun glitt das Boot dahin und man hörte das Plätschern der Wellen, wenn sie gegen den Bug schlugen. Amelia und Valerie saßen auf dem Vordeck auf einer Art bequemen Diwan und erzählten sich Anekdoten aus ihrem Leben.

Zur Mittagszeit, sie hatten gerade den kleinen Ort Manitoba am Ufer passiert, hatte Amelia drei Steaks auf einem kleinen Grill gebraten und allen drei schmeckte es. Das Ruder hatte Lucas festgebunden, und so konnte er in Ruhe sein Steak genießen. Am Nachmittag gegen 16:00 Uhr passierten sie eine kleine Halbinsel und Lucas schlug vor, hier zu ankern und die Nacht über zu bleiben. Also legten sie in einer kleinen Waldlichtung am Ufer des Sees an.

Am Abend montierte Lucas einen Bewegungsmelder auf dem Dach der Kabine. Auf die Frage der Frauen, wozu das gut sein sollte, meinte er nur:

„Es gibt nicht nur missgünstige Menschen auf dieser Welt, sondern auch unternehmungslustige Braunbären. Immer besser, wir wissen, wer uns besuchen will." Und dann verkrochen sie sich zu dritt in die Schlafkabine. Die beiden Mädels zusammen und Lucas lag hinter Valerie.

Als Valerie einmal sehr zeitig aufwachte, erschrak sie. Sie lag einfach Lucas zugewandt da, hatte ihren Arm über seine Decke gelegt, und er hatte seinen Kopf neben ihren zu liegen. Schnell rutschte sie wieder etwas von ihm weg und plötzlich begann Lucas zu grinsen, sagte aber kein Wort. Und auf einmal lag ihre Hand in der seinen unter der Decke und sie beließ es einfach dabei. An den Füßen spürte sie die Wärme von Rocky, der die ganze Nacht dort zugebracht hatte.

Als Valerie und Amelia erwachten, roch es schon nach Kaffee in der Kajüte. Lucas hatte das Frühstück zubereitet, mit viel Ideen und viel Liebe. Selbst ein kleiner Blumenstrauß stand auf dem Tisch. Wenig später legten sie wieder ab und nahmen nun Kurs auf Reliance. Das Wetter hielt auch an diesem Tag durch und zeigte sich von der besten Seite.

Kurz vor dem Dunkelwerden erreichten sie endlich ihr Ziel und Valerie war zutiefst enttäuscht. Amelia grinste nur.

„Ich habe es dir ja gesagt! Nun siehst du es selber." Tatsächlich bestand der ganze Ort vielleicht aus zehn Häusern, einem Shop, einer Tankstelle, einer Post und einer ziemlich heruntergekommenen Bar. Als sie am Anleger festmachten, gab es schon die ersten Neugierigen. Ihr Boot machte eben was her. Lucas grinste breit.

„Na vielleicht denken die, wir sind ein paar reiche Snobs." Und Amelia lachte geradeheraus.

„Oh ja, ein Papa mit seinen zwei jungen Gespielinnen. Das wird lustig!" Nach dem Anlegen gingen sie von Bord und in den Ort hinein. Immer wieder scheel betrachtet von den Einheimischen. Es schien hier oben auch eine große Gruppe ehemaliger

Indianer zu geben, die aus der Masse der Leute herausstachen, teils durch ihr Aussehen, teils durch ihre Kleidung.

Unsere drei Bummler hatten sich verabredet, nie ohne Waffen von Bord zu gehen. Und so trugen sie alle drei eine Pistole unter den Jacken. Als erstes gingen sie einkaufen, d.h. Lucas übernahm den Einkauf. Danach gingen sie eine Runde an der Anlegestelle vorbei und Valerie machte die ersten Aufnahmen. Dabei sahen sie auch das Schild, welches den Fahrplan der Routenschiffe enthielt. Demnach kam jeden dritten Tag hier ein Schiff vorbei. Als sie auf ihr Schiff zurückkamen, hielt sie Lucas zurück.

„Halt! Bleibt mal stehen! Ich muss erst etwas überprüfen." Dann sah er sich einen Augenblick um und nickte vor sich hin. Amelia fragte ihn, was los sei.

„Ich hatte drei Markierungen angebracht, zwei davon sind verletzt. Also war jemand während unserer Abwesenheit auf dem Boot!" Da aber nichts fehlte und nichts kaputt war, beließen sie es dabei. Als sie dann am Abend am Grill saßen, ihre Elchsteaks verzehrten und ein Glas Rotwein tranken, meinte Valerie:

„Also wenn ich unseren Boss richtig verstanden habe, dann geht es nicht nur um eine Eisenbahn hier herauf. Ich denke, die planen hier, ein Erholungsgebiet aus dem Boden zu stampfen. Wenn auch umweltverträglich, ist es aber doch ein großer Eingriff in die Natur hier oben. Und daher auch der Widerstand der Einheimischen!" Lucas schlürfte leise an seinem Glas, stellte es dann auf die Seite und meinte:

„Wie wäre es denn, wenn wir uns sozusagen als Öko-Aktivisten ausgeben, die gerade das verhindern wollen?" Doch Amelia verzog das Gesicht und schüttelte den Kopf.

„Du willst die Leute bescheißen? Das finde ich gar nicht gut!" Lucas winkte ab.

So erfahren wir aber auf jeden Fall mehr von diesem Widerstand als sonst, garantiert!" Am Ende des Abends hatte er die zwei Frauen von seinem Plan überzeugt. Am nächsten Morgen nahmen Amelia und Valerie ein Bettlaken und beschrifteten es:

„*Stoppt die Naturzerstörung in Nord-Kanada!*" Dieses Plakat hängten sie dann an der Reling auf.

Das Ergebnis war mehr als überraschend. Im Nu hatten sich etwa 100 Leute am Steg mit Plakaten versammelt. Valerie machte schnell ein paar Bilder mit der Kamera. Das Ganze geriet dann zu einem Meeting. Eine Frau um die Vierzig stand auf dem Steg und hielt eine flammende Rede gegen die Umweltzerstörung. Wen aber keiner bemerkt hatte, waren zwei junge Kerle, die am Rande der Versammlung standen. Einer machte fleißig Bilder, der andere filmte den ganzen Aufmarsch. Hätten unsere Drei gewusst, was das noch auslösen würde, wären sie wohl schnell vom Ort des Geschehens geflüchtet. So aber nahm das Unglück mal wieder seinen Lauf.

Die Bombe platzte bereits nach drei Tagen. Ein Filmbericht im Fernsehen offenbarte, was da in Reliance passiert war. Der Boss im heimatlichen Büro tobte und war außer sich.

„Was haben die sich denn dabei gedacht, an so einer Chose teilzunehmen! Ich kann jetzt sehen, wie ich das da oben wieder hinbiegen kann!" Aber noch jemand hatte den Bericht im Fernsehen gesehen und dieser Jemand war Mario Hansdorf. Zunächst war er sprachlos. Was trieb Valerie dazu, sich auf einmal mit solchen Leuten abzugeben? Aber er kannte ja auch die Zusammenhänge nicht. Kurz entschlossen buchte er noch am gleichen Tag eine Passage auf einem der Schiffe, die diese Route befuhren. Endlich hatte er wieder eine Spur von ihr. Und diesmal sogar in der Wildnis, wo ihm niemand in die Quere kommen konnte.

Valerie hatte jedoch mit einem Anruf bei Johnson schnell für Aufklärung gesorgt und ihn wieder besänftigt.

„Na, Sie haben vielleicht Ideen. Darauf muss man erst mal kommen!", meinte er beruhigt, als sie ihm alles erklärt hatte. Aber zum Schluss machte er sie noch auf den Filmbericht im Fernsehen aufmerksam.

„Meinen Sie, dass das eine gute Idee war, sich in die Kamera zu stellen? Wenn das Ihr Freund auch gesehen hat, dann weiß er jetzt, wo Sie sind. Also passen Sie gut auf sich auf." Und so hatten sie weiterhin freie Hand. Doch Valerie besprach das, was ihr Chef gesagt hatte, noch mit Amelia und Lucas. Amelia schüttelte den Kopf. „Das habt ihr jetzt davon! Ich war gleich dagegen. Jetzt müssen wir wieder aufpassen." Valerie hatte eingesehen, dass diese Aktion keine gute Idee gewesen war. Immerhin hätte sie sich ja auch nicht sehen lassen müssen.

Mario Hansdorf erreichte Reliance am Nachmittag. Er brauchte nicht lange, um das Schiff der Company zu finden. Eine Weile saß er auf einem Abhang, von dem aus man den kleinen Hafen überblicken konnte. Und dort lag auch die „Nautilus" vertäut, aber es schien niemand an Bord zu sein. Und nun überlegte er, wie er denen da unten eins auswischen konnte. Für ihn war das Ganze inzwischen ein Spiel geworden, allerdings ein Spiel mit tragischem Ausgang, wenn es nach ihm ging. Und so überlegte er schon eine ganze Weile, wo man Sprengstoff herbekommen konnte. Nochmals so eine Aktion zu starten wie mit dem Wohncontainer, war ihm zu gefährlich. Zumal er ja nun wusste, dass seine ehemalige Verlobte offenbar immer ein Schießeisen am Gürtel trug. Da lag natürlich die Vermutung nahe, dass die anderen beiden ebenfalls bewaffnet waren.

Was Mario allerdings nicht einkalkuliert hatte, war die Tatsache, dass er auf dem Schiff einen Zettel ausfüllen musste mit Angaben zu seiner Person und dem Zweck seiner Reise. Man achtete hier oben halt in dieser Art Reservat auf Nachhaltigkeit, und so war ein Zuzug zum Beispiel nicht ohne Genehmigung der Zentralbehörde möglich. Er hatte zwar gelogen und sich als Pete O'Nail eingetragen und zum Zweck seiner Reise „Geschäftlich" angegeben, aber man konnte nie wissen, ob diese Zettel nicht mal jemand kontrollierte.

Und genau das war der Fall. Der dortige Sheriff, Roger Hantingten, saß an seinem Schreibtisch und überflog die Anzahl der ausgefüllten Formulare auf seinem Schreibtisch. Auf einem las er: *Pete O'Nail – Fort Providence – Handlungsreisender.* Was ihn dabei stutzig machte, war die Schreibweise des Familiennamens. Denn die „O'Neils" waren Schotten, und die schrieben sich alle mit „ei" und nicht mit „ai". Er schob den Zettel auf die Seite und nahm sich vor, den Mann mal aufzusuchen. Allerdings war die Frage, wo war der abgestiegen? Es gab hier oben nur ein Gästehaus, das „Resolution", und das war ziemlich klein und übersichtlich. Den Betreiber kannte er natürlich.

Also setzte er seinen Hut auf und ging zu seinem Pik-Up. Dann fuhr er die 2 Meilen bis zum Gästehaus hinaus. Den Eigentümer fand er im Garten in seinem Gewächshaus.

„Hi, Norman! Versuchst du immer noch Erdbeeren zu ziehen? Meine Frau hat das aufgegeben, das wird hier oben nichts", begann er das Gespräch. Der Wirt war ein etwa 60-jähriger Mann mit Halbglatze, abstehenden Ohren und Brille mit starken Gläsern. Er sah den Besucher an und grinste.

„Du bist aber nicht wegen meiner Erdbeeren hier, oder?", fragte er den Sheriff geradeheraus. Hantingten nickte.

„Stimmt, mein Freund! Ist bei dir ein Pete O'Nail abgestiegen, oder hat sich einer angemeldet?" Norman schüttelte den Kopf.

„Ich habe schon seit zwei Wochen keine neuen Gäste mehr. Die letzten drei sind heute Nachmittag mit dem Schiff abgereist. Und jetzt ist die Bude fast leer, nur noch ein junges Mädel ist da." Nach ein paar Sätzen hin und her verabschiedete sich der Sheriff wieder von Norman Miller und schlich nachdenklich von dannen. Irgendwie ließ ihn dieser O'Nail nicht zur Ruhe kommen. Sein Bauchgefühl sagte ihm, da stimmt was nicht.

Kurz vor Einbruch der Dunkelheit kamen die drei Bootseigner wieder zurück. Amelia und Valerie begannen damit, das Abendbrot vorzubereiten und Lucas überprüfte die Alarmanlage. An diesem Abend gingen sie ziemlich zeitig ins Bett. Sie wollten am nächsten Morgen einen kleinen Trip mit dem Boot an der Küste entlang machen.

Die Uhr zeigte gerade 0:30 Uhr, als sich eine dunkle Gestalt dem Bootssteg näherte, eine Weile verharrte, um sich dann aber auf leisen Sohlen dem angeleinten Schiff zu nähern. Mario hatte sich entschlossen, zumindest die Halteleinen zu lösen, damit das Boot abtrieb. Der Strömung folgend würde es in einer Ecke der Bucht landen, die mit einem Gewirr von Baumstämmen und anderen Müll gefüllt war. Er freute sich schon diebisch darauf, wenn die drei früh aufwachten und mit ihrem Kahn festhingen. Also zog er sein Messer aus der Tasche und näherte sich dem Seil am Heck des Bootes. Um aber an das Seil ranzukommen, musste er zumindest mit einem Fuß auf den Bootsrand steigen und sich oben angekommen dann mit einer Hand festhalten. Doch kaum hatte er sich hochgezogen und stand oben, gingen plötzlich rund um das Schiff Strahler an, eine Sirene begann zu heulen und ein Hund stand laut bellend auf dem Deck. In Panik sprang Mario wieder herunter, kam dabei ungeschickt auf und vertrat sich dabei den Fuß, ehe er dann leicht humpelnd weglaufen konnte.

Valerie, Amelia und Lucas schreckten aus dem Schlaf auf. Und Lucas war der Erste, der oben an Deck war und eine humpelnde Gestalt auf dem Bootssteg davonrennen sah. Als die beiden Frauen bei ihm ankamen, war alles schon vorbei. Lucas schaltete die Alarmanlage aus und schüttelte den Kopf.

„Ich habe einen Kerl humpelnd davonrennen sehen! Aber ich konnte nicht erkennen, wer es war. Mittelgroß und schlank würde ich sagen, aber dunkel angezogen mit Kapuze." Amelia lachte verhalten.

„Du klingst wie einer, der bei der Polizei eine Aussage macht!" Lucas zuckte mit den Schultern.

„Na ja, der Kerl muss am Bug versucht haben hochzusteigen. Lasst uns doch einfach mal nachschauen, Ladys!" Valerie lachte.

„Du hast wohl Angst alleine?" Lucas blies die Backen auf und winkte ab. „Ich und Angst, vor wem denn?" Amelia scherzte:

„Na, vielleicht vorm schwarzen Mann!" Und so gingen sie nach hinten zum Bootsheck. Lucas leuchtete mit der Taschenlampe alles ab. Als er sich wieder umdrehte, fiel der Lichtstrahl auf einen Gegenstand, der auf dem Steg lag und glänzte. Lucas stieg von Bord, ging bis zu dem Gegenstand und hob ihn hoch.

„Ein Klappmesser, seht mal!", rief er halblaut den beiden Frauen zu und hielt es empor. Wieder an Bord legte er es auf den Tisch in der Kombüse. Valerie griff rasch zu und starrte es eine Weile an. Dann meinte sie mit zittriger Stimme: „Mario hat auch so ein Ding gehabt!" Sie legte es wieder auf den Tisch. Lucas nahm ein Tuch und wickelte es ein.

„Wir gehen morgen früh zum Sheriff damit", meinte er nur noch und legte es in einen Kasten.

Amelia versuchte Valerie zu beruhigen und redete auf sie ein:

„Valerie, solche Messer gibt es unzählige! Wie soll jetzt ausgerechnet Mario hierherkommen? Du siehst Gespenster, glaube es mir!" Nach einiger Diskussion gingen sie wieder zu Bett.

Nur einer war in dieser Nacht wütend, und das war Mario Hansdorf. Nicht nur, dass die ganze Sache schief gegangen war, nun hatte er sich auch noch den Fuß vertreten. Und so kroch er in seinen Schlafsack und fluchte leise vor sich hin. Dieses Weib machte ihn noch meschugge! Und so überlegte er, was er nun noch machen konnte, um ihr zu schaden.

Am nächsten Morgen marschierten sie zu dritt zum Büro des Sheriffs. Der hörte sich ihre Geschichte geduldig an, machte sich ein paar Notizen und meinte dann:

„Wenn Sie den Kerl so gut kennen, haben Sie sicher noch ein Bild von ihm?" Valerie nahm ihr Handy zur Hand und der Sheriff lud sich das Bild auf seinen PC. Danach druckte er es in Farbe aus und nickte.

„Gut, ich werde mich umsehen und mit den Kollegen in Hay River Kontakt aufnehmen. Inzwischen nehmen wir mal Ihre Fingerabdrücke auf und werden sehen, ob noch andere darauf sind. Ich gebe Ihnen Bescheid, wenn ich was Neues weiß!"

Damit waren sie dann entlassen und gingen wieder zurück zum Boot. Wenig später liefen sie aus und nahmen Kurs auf Westen. Dabei übersahen sie ein kleines Zelt am Wasser und in diesem Zelt schlief zurzeit Mario Hansdorf. Der saß in seinem Zelt und kühlte sein linkes Fußgelenk, als das Boot draußen vorbeifuhr.

Bei Sheriff Hantingten ratterte am Nachmittag das Faxgerät und spuckte einen Bericht des Polizeilabors von Hay River aus. Das Ergebnis war eindeutig, ein Daumenabdruck und ein Zeigefingerabdruck gehörten dem Deutschen Mario Hansdorf! Und darunter stand: *Achtung! Der flüchtige Mario Hansdorf wird wegen eines Gewaltverbrechens gesucht! Gefährlich!"*

Sheriff Hantingten musste sich erst mal setzen. Sowas hatte er hier oben noch nie gehabt, solange er hier Sheriff war. In seiner Gemeinde lebte ein Gewaltverbrecher! Was sollte er jetzt tun? Er war alleine auf weiter Flur. Also griff er zum Telefon und rief seinen Freund Moses an. Moses war der Postbeamte im Ort und ging gerne auf die Jagd. Dem erzählte er, was los war. Moses war sofort Feuer und Flamme.

„Den Kerl holen wir uns, Roger! Ich bin in einer Stunde in deinem Büro. Dann ziehen wir los!"

Und während Mario Hansdorf in seinem Zelt überlegte, ob es nicht besser sei, am besten von hier zu verschwinden, braute sich das Unheil über ihm zusammen.

Kurz vor Sonnenuntergang lief die „Nautilus" wieder ein und machte am Steg fest. Sie hatten wunderbare Fotos von der unmittelbaren Küste gemacht. Eines gefiel Valerie am besten, das hatte sie bei der Rückfahrt kurz vor dem Hafen gemacht mit einem sagenhaften Sonnenuntergang. Die untergehende Sonne hatte dabei die Hafeneinfahrt und das angrenzende Ufer mit goldenem Licht überschüttet. Amelia schüttelte den Kopf.

„Das Bild wäre perfekt, wenn nicht dieses kleine weiße Zelt da noch mit drauf wäre!" Sie deutete darauf, als Valerie es auf dem Laptop vergrößerte. Valerie zuckte mit den Schultern.

„Ja, das ist Pech. Aber wir können es ja morgen Abend nochmal versuchen. Vielleicht ist das Zelt dann weg."
Plötzlich hörten sie Stimmen auf dem Steg und jemand rief: „Hallo!" Lucas ging nachschauen und wenig später standen der Sheriff und sein Freund in der Kombüse. Sheriff Hantingten holte sein Fax aus der Tasche.

„Also, laut Laborbericht waren auf dem Messer ein Daumenabdruck und ein Zeigefingerabdruck von einem Mario Hansdorf! Ihr Verdacht hat sich also bestätigt, und ich und mein Freund haben heute schon nach dem Kerl gesucht." Dabei fiel sein Blick auf den aufgeklappten Laptop Valeries. Sein Gesicht verfinsterte sich. Er sah die drei an.

„Wann haben Sie diese Aufnahme gemacht? Dort darf nämlich niemand zelten, das ist ein Vogelschutzgebiet. Da steht extra ein Schild!" Valerie erklärte ihm, wann sie dieses Foto gemacht hatte. Der Sheriff nickte.

„Gut, ich werde gleich morgen Früh da rausfahren. Jetzt in der Dunkelheit macht das keinen Sinn mehr." Das Angebot der drei Freunde, ihn zu begleiten, lehnte er ab. „Nee, Sie sind alle Zivilisten, ist mir viel zu gefährlich, wenn der Kerl tatsächlich so ein krimineller Gauner ist."
Bei Sonnenaufgang packte Mario sein Zelt zusammen und verließ Reliance in Richtung Ostufer. Obwohl ihm das Gehen schwerfiel, lief er bis zum Mittag durch und machte erst dann eine Rast. Zu diesem Zeitpunkt kam Sheriff Hantingten an dem Platz an, auf dem Marios Zelt gestanden hatte und fluchte lauthals. Mario hatte sein Siebter Sinn mal wieder rechtzeitig gewarnt.

Zwei Tage nach diesem Ereignis rief Johnson, der Boss der Company, die drei wieder zurück nach Providence. Der Plan war von der Verwaltung verworfen worden. Valerie aber schickte alle Fotos nach Hause nach Deutschland. Im Ergebnis dieser Zusendung meldete sich ihr Chefredakteur Baumann und fragte wörtlich an, wie lange sie noch vorhatte, „da oben in der Wildnis herumzureisen". Valerie redete sich mit einem Projekt heraus und bat noch um Bedenkzeit. Baumann schnaufte, meinte aber dann:

„Also gut, wenn du noch eine gute Story hast, dann bleibe noch ein Vierteljahr oben!"

Exakt zwei Tage später bestellte Mister Johnson die Deutsche überraschend in sein Büro. Als Valerie eintrat, saßen Amelia, Lucas und Kent in seinem Büro. Zu ihrer Überraschung standen eine Flasche Sekt und fünf Gläser auf dem Tisch. Mr. Johnson erhob sich feierlich dreinschauend und sah sich in der Runde um. Dann begann er zu sprechen:

„Liebe Miss Brunner, liebe Miss Amelia und verehrter Mr. Miller und Mr. Norris, es ist mir eine Ehre, Ihnen heute im Auftrag der Konzernleitung eine besondere Verantwortung anzuvertrauen. Denn Ihre Aufgabe wird keine leichte werden." Er trat an eine Wandkarte und deutete mit einem Stab auf Hay River. „Unsere Aufgabe ist es, eine Bahnverbindung von Vancouver über Calgary, Edmonton, Chipewayn nach Hay River zu bauen. Diese sollte dann aber noch nach Reliance weiterführen, was man aber auf Eis gelegt hat und stattdessen Fort Providence ausgesucht hat, wo die Bahn zukünftig dann enden soll."
Er setzte sich wieder in seinen Sessel und öffnete einen Hefter.

„Sie sollen dort dafür sorgen, dass der zweite Bauabschnitt der Trasse durch dieses Gebiet ohne große Umwege gerade hindurchgeführt werden kann. Und dafür sind zahlreiche Vorarbeiten zu erledigen. Und Sie, Miss Brunner, möchte ich hiermit zur Leiterin des neuen Büros für Öffentlichkeitsarbeit ernennen. Sie haben trotz vieler Hindernisse gezeigt, dass Sie eine große Portion Durchsetzungsvermögen besitzen. Und dafür werden Sie vom Konzern auch einen entsprechenden Lohn erhalten. Nach Absprache mit der Provinzverwaltung bleiben Sie, Mister Norris, als Sicherheitschef und Sie, Mister Miller, als sein Stellvertreter hier zusammen. Das heißt, Sie bleiben als Quartett zusammen. Ich wünsche Ihnen für Ihre neue Aufgabe viel Glück! Und darauf trinken wir jetzt ein Glas! Prosit!"

Mit einem „Ford Raptor" von der Konzernleitung genehmigt, fuhren sie dann an einem schönen Morgen los Richtung Süden. Lucas saß am Steuer und es ging lustig zu in der Fahrerkabine, bis er auf einmal drastisch auf die Bremse trat und den Wagen nur mühsam zum Stehen brachte. Mitten auf der Straße stand eine Elchkuh mit einem Baby Elch. Am Straßenrand lümmelte ein Braunbär und sah mit begehrlichen Blicken hinüber zu dem kleinen Mini-Elch. Kent nahm sein Gewehr aus der Halterung, lud es durch und stieg langsam aus. Bär und Elch sahen zu ihm herüber. Kent entschied, dass die Elchkuh eine Chance haben sollte. Also legte er an und schoss. Das Geschoss schlug knapp über dem Bären in einen Baumstamm ein und Holzsplitter flogen durch die Luft. Mit einem Satz war der Bär im Dickicht verschwunden und man hörte, wie er sich brummend entfernte, als wenn er auf den Schützen schimpfen würde.
Obwohl es ja laut geknallt hatte, war Mutter Elch nicht im Geringsten erschrocken. Sie drehte sich um und trabte mit dem Kleinen zurück in den Wald, von wo sie vermutlich hergekommen war. Kent hoffte, dass sich die beiden Elche und der Bär nicht nochmal über den Weg liefen. Als er wieder in den Wagen stieg, bekam er von Amelia einen Kuss.
„Das hast du prima hingekriegt und die Gerechtigkeit hat gesiegt", meinte sie auf seine Frage, wofür der Kuss denn eigentlich war. Und so fuhren sie weiter. Es wurde ein Tag mit Lagerfeuer und Grillen, was man eben so in der Wildnis alles machen kann. Und sie unterhielten sich lange über ihre neue Aufgabe, die man ihnen aufgetragen hatte. Es konnte gut sein, dass dieser Auftrag aber Valeries Zeit in Kanada überschreiten würde. Und da stand dann die Frage im Raum – was würde sie tun? Zurückkehren nach Deutschland, oder in Kanada bleiben? Einer von ihnen hoffte inständig, dass Valerie hier oben im Norden bleiben würde.
Was alle vier nicht wussten, war die Tatsache, dass Boss Johnson von seinen übergeordneten Direktoren den Auftrag erhalten hatte, die Deutsche unbedingt aus der Schusslinie zu bringen. Die Polizei habe inzwischen Erkenntnisse, dass dieser Mario

Hansdorf nicht nur an zwei Morden zumindest beteiligt war, sondern auch, wie es sich herausgestellt hatte, mit Betäubungsmittel handelte und offenbar auch weiterhin auf der Suche nach seiner ehemaligen Verlobten war. Da sich Valerie standhaft geweigert hatte, nach Deutschland zurückzukehren, war man nun darauf verfallen, sie weitab vom eigentlichen Geschehen einzusetzen, zumal ja sowohl Miss Wilson als auch Miss Smith sich als zuverlässige Angestellte auf die stets Verlass gewesen war, herausgestellt hatten. Und so begann für Valerie Brunner in Kanada eine ganz neue Herausforderung.

Fort Providence

Bei ihrer Ankunft in der 900-Seelen-Gemeinde schlug Amelia die Hände über den Kopf zusammen.

„Hier sind wir ja tatsächlich am Arsch der Welt gelandet", seufzte sie. Doch Kent Norris lachte verhalten.

„Ach, Amelia, wir kriegen fünf Kinder, die Valerie ebenfalls, und schon brauchen wir hier einen Kindergarten und alles andere wird auch werden!", grinste er. Amelia zeigte ihm einen Vogel.

„Du spinnst wohl! Fünf Kinder! Du willst mir wohl die Figur versauen, he? Da wird nix draus!", erwiderte sie unter dem Lachen der anderen. Valerie schwieg sich zu diesem Thema aus, und Lucas Miller sah sie von der Seite schmunzelnd an.

„Na, Miss Wilson, Sie sagen ja gar nichts dazu. Mögen Sie keine Kinder?" Valerie alias Mila Wilson aber meinte cool:

„Dazu müsste ich ja erst mal einen Mann haben, mit Windbestäubung geht sowas glaube ich nicht." Dabei sahen sich die beiden Frauen in die Augen und zwinkerten sich zu.

Als erstes suchten sie ihr künftiges Firmengebäude und fanden es nach zweimaliger Nachfrage am Ende des Ortes in einer Seitenstraße. Es war ein zweistöckiger Holzbau, der oben einen Balkon hatte, der um das ganze Haus herum verlief. Lucas schüttelte den Kopf.

„Sieht aus wie aus einem Westernfilm dieser Bau! Na, das kann ja heiter werden. Da soll ein Projektierungsbüro, dazu Wohn- und Schlafräume und unser Arbeitsraum daraus entstehen. Lasst uns mal reingehen!"

Und dann betraten sie ihr neues Haus und waren zunächst erstaunt, denn es sah alles sehr gepflegt aus. Im Erdgeschoss waren zwei große Büros mit Telefon, Faxgerät und auch schon mit vier Schreibtischen eingeräumt. Neugierig stiegen sie die Treppe hinauf. Hier gab es vier Türen. Die erste Tür war die Küche, schon mal ziemlich komfortabel eingerichtet. Dann kamen zwei Wohnräume und ein kleineres Zimmer.

In der Küche setzten sie sich zusammen an den Tisch und sahen sich an. Wichtigste Frage – wie nutzen wir die beiden Wohnräume? Wenn es nach den Männern gegangen wäre eine klare Angelegenheit – paarweise Belegung! Doch die beiden Frauen waren sich einig. Für den Anfang zunächst Frauen getrennt von den Männern! Für Amelia und Valerie kein Problem, sie hatten es ja schon eine Zeit ausprobiert. Also mussten sich die Herren fügen und zogen ebenfalls in einen Wohnraum. Und Rocky, der Valerie nicht von den Fersen wich, musste natürlich zu den Frauen. Lucas schnaufte.

„Der hat es gut, ist ein Kerl und darf bei den Frauen schlafen!"
Nachdem man gute zwei Stunden lang Möbel neu gestellt hatte, hatten die Frauen ein wohnliches Heim, also so wie Frauen es am liebsten haben - etwas kuschelig. Bei den Herren herrschte Zweckmäßigkeit vor.

Als erste Amtshandlung rief Valerie Boss Johnson an und meldete ihre Ankunft, und Kent nagelte an der Eingangstür das große Metallschild der Firma an. Danach begaben sie sich auf eine Erkundungsrunde durch den Ort und besuchten Sheriff Wetzlaf Samuelson. Der Mann war zirka 45 Jahre alt, dürr wie eine Bohnenstange und hatte eine Schäferhündin. Wie es aussah, war Rocky von der Dame überaus begeistert. Denn er fegte mit ihr durch den Garten und begann, sich mit ihr zu balgen. Wer hätte das gedacht, denn immerhin war er ja ein Husky, also ein wilder Kerl. Aber die Damen mögen das ja offenbar.

Am ersten Tag fuhren Kent und Lucas ein Stück der künftigen Trasse ab. Rocky war zum Schutz der Frauen daheim geblieben, obwohl ihm Autofahren Spaß machte.

Im Verwaltungsgebäude begannen Valerie und Amelia, die Arbeit unter sich aufzuteilen. Wer war für was verantwortlich, das musste nach Valeries Willen klar geregelt sein, worüber Amelia natürlich lachte und meinte:

„Na ja, da kommt aber so richtig die typische Deutsche durch! Alles muss geregelt sein." Valerie nickte.

„Stimmt, meine Liebe, ansonsten herrscht Chaos, und sowas mag ich überhaupt nicht!" Amelia nickte und verzog ein wenig das Gesicht, als wenn sie sagen wollte:

„Na, Chaos hast du ja auch schon genug gehabt in dieser kurzen Zeit hier." Und so war es im Grunde ja auch, wenn man bedenkt, unter welcher Voraussetzung sich Valerie hatte überreden lassen, mit nach Kanada zu kommen. Und was war inzwischen nun daraus geworden?

Aber Valerie war ein Mensch, der immer auch das Gute sah, egal wie tief es versteckt war. Und so stürzte sie sich in die Arbeit. Es gab viel zu tun.

Mario dagegen saß noch immer in seinem Versteck in der Wildnis und überlegte gerade wieder einmal, wie er zu Geld kommen konnte. Sein Handel mit Chrystal Meth schien die Konkurrenz aufmerksam gemacht zu haben. Bei seiner letzten Lieferung nach Fort Providence stand er plötzlich zwei ziemlich schrägen Typen gegenüber. Kurz umschrieben - so wie der der eine hieß, so sah der andere aus. Beide hatten ganz schnell ein Messer zur Hand gehabt. Doch Mario hatte inzwischen gelernt, sich zu behaupten. Und so zog er seinen großkalibrigen Revolver aus der Tasche und lud blitzschnell durch. Die beiden ergriffen wie auf Kommando die Flucht und verschwanden. Aber Mario hatte seitdem öfters das Gefühl, dass ihm jemand folgte.

Doch eines schönen Tages, er war gerade in Hay River, entdeckte er an einem Kiosk eine Zeitung mit einer dicken Titel-Überschrift:

„Bahnmanagement eröffnet weitere Filiale in Fort Providence!" Er wollte das Blatt schon zur Seite schieben, als er am Anfang des Artikels den Namen *Mila Wilson* entdeckte. Verdammt, so hieß doch Valerie jetzt! Schnell bezahlte er die Zeitschrift und nahm sie mit in sein Auto. Dort las er hastig den gesamten Artikel. Perplex legte er die Zeitung beiseite und dachte nach. Ein paar Augenblicke später startete er den Wagen und fuhr zurück in sein Quartier. Dort angekommen packte er alles

Notwendige zusammen und verlud es auf den Wagen. Morgen früh würde er nach Fort Providence aufbrechen. Es war an der Zeit, sich bei seiner Verlobten wieder in Erinnerung zu bringen.

Der tägliche, morgendliche Kontakt mit Chief Johnson verhalf Valerie, stets bei aktuellen Ereignissen die Übersicht zu behalten. Und so informierte er sie auch über diesen Zeitungsartikel. Valerie war sichtlich verärgert.

„Mr. Johnson, was nützen alle Maßnahmen, wenn am Ende mein Name in der Zeitung steht. Wir müssen also wieder davon ausgehen, dass mein ehemaliger Verlobter von meinem Standort Wind bekommt. Ich kann Ihnen schon vorhersagen, was er machen wird. Klären Sie bitte auf, wer diesen Artikel in Auftrag gegeben hat, und halten Sie uns auf dem Laufenden."

Damit war das Gespräch beendet gewesen. Am Ende stellte sich heraus, dass Olivia McEnroe diesen Artikel geschrieben hatte, also die Sekretärin vom Boss persönlich. War es nur Unbedachtsamkeit oder gar Absicht? Wusste doch jeder, dass diese Olivia seit Valeries Einstellung sich vom Boss übergangen fühlte. Hatte sie sich damit rächen wollen?

Lucas und Kent nahmen das Ganze nicht so tragisch, im Gegensatz zu Amelia. Doch die Männer versprachen, in der nächsten Zeit gut aufzupassen.

Zwei Tage später wollten Valerie und Amelia bis zur Endstelle fahren, dort wo das Bahngleis auf die neue Trasse nach Edmonton umgeleitet werden sollte. Dazu hatte man begonnen, ein kleines Gebäude mit einem Hangar zu bauen, welches mal ein Zusteigebahnhof werden sollte. Hier wurden die Züge dann neu zusammengestellt. Der Bauleiter dort war ein Ire. Ein dürres aber schon beinahe 50 Jahre altes Männlein, unverheiratet und auch nicht gerade mit Schönheit gesegnet. Er sah die beiden Frauen durch seine dunkle Hornbrille fragend an.

„Woher kommen Sie denn? Schickt die Verwaltung jetzt schon Modepuppen zu uns? Was wollen Sie eigentlich hier?", blaffte er die beiden jungen Frauen an. Aber da kam er bei Amelia gerade an die Richtige.

„Hören Sie mal zu, Sie Frauenhasser! Wir sind hier, um Ihre Arbeit zu kontrollieren, klar? Und wenn Sie uns auch nur den geringsten Anlass für einen Verstoß gegen die Sicherheitsregeln bieten, dann lasse ich Sie hier abziehen! Haben Sie das verstanden?", bellte sie den armen Kerl an. Im Nu änderte sich sein Umgangston und er gab bereitwillig Auskunft. Einige Zeit später machten sich die beiden Frauen auf den Heimweg, weil sie nicht in der Dunkelheit durch die Wildnis fahren wollten, zumal ihr Wagen gute zwei Meilen von ihrem Endziel entfernt stand, und sie nun zurücklaufen mussten.

Wie ausgemacht übernahm Amelia die Heimfahrt. Und so rollten sie im Schein der untergehenden Sonne wieder ihrem Heim entgegen. Plötzlich gab es einen Knall und der Wagen kam ins Schleudern! Mühsam gelang es Amelia, den Wagen auf der Straße zu halten und dann am Rand anzuhalten. Sie stiegen aus und besahen sich den Schaden. Vorne rechts war ein Reifen platt. Valerie beugte sich hinunter und betastete das Loch im äußeren Seitenrand des Reifens. Es war ein kreisrundes Loch! Sie sah ihre Freundin an und zog gleichzeitig ihre Pistole aus der Jacke.

„Hier hat jemand auf uns geschossen!", war ihr einziger Kommentar. Amelia zog ebenfalls schnell ihre Pistole heraus, zog Valerie auf die andere Seite des Wagens und hockte sich hin.

„Was machen wir jetzt? Zu Hause anrufen? Bis die Jungs hier sind, dauert das eine gute Stunde. Das Rad zu wechseln, dauert eine halbe Stunde, falls wir das überhaupt hinkriegen." Valerie zog ihr Handy heraus und rief Lucas an. Der meldete sich zum Glück sofort. Sie schilderte ihm ihre Lage.

„Okay Valerie, bleibt wo ihr seid! Wir kommen, so schnell wir können. Setzt euch aber nicht in den Wagen. Versteckt euch in der Nähe. Ich werde zweimal Lichthupe machen!" Amelia, die mitgehört hatte, runzelte die Stirn.

„Wer sollte denn hier auf uns schießen? Kann ja auch nur ein dummer Zufall sein." Valerie verzog das Gesicht.

„Jetzt, wo mein Name in der Zeitung gestanden hat, glaube ich nicht an einen Zufall!", brummte sie. Amelia sah sie erschrocken an. „Du meinst, dieser Mario ist dir schon wieder auf den Fersen?" Valerie nickte. „Das glaube ich nicht nur, das weiß ich. Komm, lass uns von hier verschwinden!"

Rasch verschwanden sie in einem Dickicht am Straßenrand, hatten aber einen freien Blick auf die Straße und den Wagen.

Auf der gegenüberliegenden Seite des Waldes lag ein Mann im Moos und grinste vor sich hin. Der Schuss hatte gesessen. Gut, dass er so viel Ausdauer besessen hatte und hier gewartet hatte, bis die Damen zurückkamen. Jetzt saßen sie in der Falle. Er überlegte, was er nun tun sollte. Sicher waren die beiden Ladys bewaffnet, das machte die Sache nicht ganz einfach.

Langsam schob er sich aus seinem Versteck heraus und wagte einen Blick über die Straße. Im Abendrot stand der Wagen der beiden Ladys gut sichtbar noch am Straßenrand. Wenn er gehofft hatte, dass die beiden den zerschossenen Reifen nun reparieren würden, sah er sich getäuscht. Wo waren die beiden überhaupt abgeblieben? Mit dem Nachtglas versuchte er die der Straße gegenüberliegende Waldfläche zu betrachten. Da es aber noch zu hell war, klappte das nicht. Er überlegte kurz. Sollte er aufstehen und rausgehen oder noch warten, bis es dunkel war. Er sah auf seine Uhr. Es würde noch gut 20 Minuten dauern, bis die Sonne endgültig unterging.

Valerie und Amelia hatten ihren Standort so verlegt, dass sie die Straße mit ihrem Wagen überblicken konnten. Plötzlich stieß Valerie ihre Freundin an und flüsterte:

„Da! Ich glaube, ich sehe ihn! Er ist vor dem Wagen aus dem Seitengraben herausgestiegen, dieser Sauhund!" Amelia blickte in die angegebene Richtung und nickte. Sie hatte Hansdorf ebenfalls gesehen und knirschte leise:

„Na warte, mein Freund!" Und schon legte sie die Pistole auf ihrem Arm auf und zielte sorgfältig. Dann drückte sie zweimal kurz hintereinander ab! Valerie verzog schmerzhaft das Gesicht, als es knallte.

Mario Hansdorf hatte gerade noch unschlüssig am Rand des Straßengrabens gestanden, als es plötzlich zweimal kurz hintereinander knallte. Im selben Augenblick zischte ein Luftzug an seiner rechten Kopfseite vorbei. Noch im Sich-Fallenlassen spürte er einen Schlag gegen seine Trinkflasche und es wurde augenblicklich nass. Fluchend robbte er zurück in das Gebüsch und besah sich die Trinkflasche, die nun ein schönes kreisrundes Loch hatte. Diese verdammten Weiber hatten auf ihn geschossen! Das war für ihn so unglaublich, dass er Minuten brauchte, um nicht mehr zu zittern.

Und dann näherte sich ein Wagen, der zweimal auf- und abblendete. Valerie rief sofort Lucas an und informierte ihn, was eben geschehen war. Lucas fuhr den Dodge quer zur Straße, so dass die beiden Frauen ungesehen hinten einsteigen konnten. Dann machte er kehrt und stellte sich hinter den Wagen der Frauen und hielt an. Kent stieg mit seinem Gewehr aus und feuerte in die von den Frauen angegebene Richtung drei Schüsse ab. Die Kugeln peitschten durch das Gestrüpp und Hansdorf lag weiterhin platt auf dem Boden.

Mario Hansdorf war gerade dabei gewesen, sich zurückzuziehen, als es erneut knallte. Und so zog er den Kopf ein und blieb langgestreckt liegen. Er hörte, wie das Echo der Schüsse durch den Wald hallte. Irgendwo in seiner Nähe knallten die Geschosse in einen Baum. Er fluchte halblaut vor sich hin.

„So eine gottverfluchte Scheiße! Jetzt haben die auch noch eine Verstärkung angefordert!" Und dann hörte er Stimmen von zwei Männern und zwei Frauen, die sich stetig seinem Standort näherten. Rasch nahm er seine Sachen und lief so schnell er konnte in Richtung seines Wagens.

Und während Lucas und Kent inzwischen das Rad vom Pick-up der Frauen wechselten, preschte etwa 500 Meter weiter plötzlich ein Wagen aus dem Wald heraus und raste davon. Sie sahen ihm hinterher und Valerie meinte:

„Da reißt der Sauhund aus! Er hat gedacht, er kann uns Angst einjagen!" Wenig später fuhren die beiden Wagen wieder Richtung heimwärts. Die Männer fuhren an der Spitze, die Frauen hinterher. Angst, dass ihnen Hansdorf nochmal auflauern konnte, hatten sie nicht. Dazu kannte ihn Valerie viel zu gut. Hatte er eine Niederlage erlitten, brauchte er erst wieder Zeit, um sich zu erholen.

Am nächsten Morgen berichtete Valerie ihrem Boss von dem Vorfall am Vorabend. Johnson war am Verzweifeln und meinte:

„Miss Wilson, wenn Sie nun abreisen wollen, habe ich nichts dagegen. Ich kann beim besten Willen nicht für Ihre Sicherheit sorgen, wie Sie ja selbst sehen." Doch Valerie lehnte erneut ab:

„Mr. Johnson, ich werde mich von diesem Scheusal nicht von hier vertreiben lassen! Meine Freunde und ich werden für unsere

Sicherheit selbst sorgen. Aber es wäre sehr löblich, wenn Sie der Polizeibehörde endlich einmal Druck machen würden, diesen Mistkerl einzufangen." Und Johnson versprach, sich zu kümmern. Kent winkte ab.

„Macht euch doch nichts vor! Solange der niemand umbringt und dabei erwischt wird, passiert kaum etwas. Eure Aufnahmen damals im Wald haben doch auch nichts bewirkt, oder? Nachweisbar haben er und sein Kumpel einen der Männer erschossen, die dort auftauchten, um ihre Ware zu verkaufen. Uns fehlt hier oben eine Polizeibehörde, die in jedem Ort ansässig ist. Die Sheriffs stehen allein auf weiter Flur. Ich weiß doch, wie es mir bisher ging! Melde ich einen Verstoß weiter, dauert es ewig, bis sich jemand aufrafft und etwas unternimmt. Und die Richter sitzen viel zu weit weg. Wir müssen uns selber schützen, so wie es gerade Valerie gesagt hat." Valerie nickte zustimmend.

„Aber wäre es nicht besser in solchen Zentren, wie sie die Forts bilden, eigene Justizleute einzusetzen? Dann wüsste doch jeder Sheriff, an wen er sich wenden könnte." Kent begann zu lachen und schüttelte den Kopf.

„Valerie, das ist schöne Theorie. Die Bezahlung der dafür notwendigen Planstellen müssten die Gouverneure bewilligen und auch bezahlen. Und die knausern, wo es nur geht."
Wieder in ihrem Stützpunkt angekommen, setzten sie sich zusammen, um die Arbeit der nächsten Tage zu besprechen. Und was dabei auffiel, die Deutsche war so langsam zum Boss der Truppe geworden und wurde auch von allen toleriert.

Ausgehend von den Vorkommnissen begannen sie nun, das Gebäude besser zu sichern. Keine der Frauen durfte alleine wohin gehen und musste immer einen Begleiter dabeihaben. Kent hörte sich beim zuständigen Sheriff um. Er suchte nach Freiwilligen, die als Helfer Augen und Ohren aufhielten. Und er gab ihm ein Foto von Mario Hansdorf zur Vervielfältigung.

Valerie war an diesem Morgen wieder mit Lucas unterwegs, um mit der Stadtverwaltung einiges abzusprechen. Es gab immer noch Probleme mit dem Besitzer des Grundstückes, auf dem der Bahnhof gebaut werden sollte. Sie brauchten unbedingt noch ein größeres Areal, wo man roden musste, um dann dort ein

Gleisbett vorbeiführen zu können. Doch der alte Mann weigerte sich nach wie vor. Valerie entschloss sich, mit ihm persönlich zu reden. Und so fuhr sie gemeinsam mit Lucas raus aus dem Ort dorthin, wo dieser Eigentümer seinen Hof hatte. Er züchtete Bisons und Karibus. Als sie dort ankamen, sah es nicht gerade sehr einladend aus. Das Haus war in die Jahre gekommen, die Ställe ebenso windschief. Lucas kratzte sich am Kopf und sah Valerie zweifelnd an.

„Na, schau dir mal das Chaos an! Ich glaube kaum, dass wir den überzeugen können." Valerie schmunzelte.

„Abwarten. Ich glaube, der braucht auf jeden Fall Geld. Unser Budget für diesen Abschnitt hier liegt bei 3,5 Mio. Dollar. Mal sehen, ob er bei 1 Million weich wird." Lucas sah sie fassungslos an.

„Bist du verrückt? Das Ganze ist doch keine 500.000 wert!" Valerie winkte ab. „Lass mich nur machen!" Und schon stieg sie aus und strebte auf das Haus zu. Sie war vielleicht noch zehn Meter von der Haustür entfernt, als diese aufging und ein Mann mit einem Gewehr in der Hand auftauchte. Der Kerl war ungefähr 1,60 Meter groß, hatte eine Vollglatze, abstehende Ohren und eine dicke Hornbrille. Die Hosen hingen ihm in den Kniekehlen und die Füße steckten in Gummistiefeln.

„Was wollen Sie hier? Hauen Sie ab oder ich schieße!" Doch Valerie griff in die Tasche, zog ihre Pistole heraus und rief zurück:

„Na, was meinen Sie? Wer von uns beiden trifft wohl besser? Ich will nur mit Ihnen reden! Also?" Dabei steckte sie ihre Waffe bereits wieder ein. Von dieser resoluten Art war der Kerl wohl etwas überrascht, denn er stellte sein Gewehr ebenfalls zur Seite. Valerie blieb dicht vor ihm stehen und sah ihm in die Augen.

„Sind Sie Mister Blumenberg?" Der Mann nickte langsam und Valerie lächelte ihn an.

„Hi, ich bin Mila Wilson von der Eisenbahngesellschaft! Ich würde mich gerne mit Ihnen einmal unterhalten." Der Mann trat zur Seite und öffnete die Tür.

„Dann kommen Sie herein, aber nur Sie alleine! Der Kerl bleibt draußen!", brummte er. Valerie wechselte mit Lucas einen kurzen Blick und ging dann durch die Tür ins Innere des Hauses. Einen Moment hielt sie die Luft an, so stank es in der Wohnung.

Das wiederum lag wohl an den drei Paar Stiefeln, denen Bison-mist anhaftete. Er zeigte auf einen Stuhl, der am Tisch stand und von dem man nach draußen auf den Hof schauen konnte. Sie setzte sich auf einen der wackligen Stühle nieder und sah sich um. Mein Gott sah das aus! Hier fehlte offenbar die ordnende Hand einer Frau. Valerie räusperte sich und fragte ihn:

„Sie wohnen wohl hier alleine, Mr. Blumenberg?" Der Alte nickte und brummte dann:

„Na, was glauben Sie, welche Frau hier heraus in diese Einöde ziehen will? Meine ist vor fünf Jahren davongelaufen mit einem Monteur für Melkmaschinen. Einfach über Nacht abgehauen, als ich schlief, und alles Geld mitgenommen, diese Schlampe!"

„Und was haben Sie noch vor? Ich meine mit Ihrer Bisonzucht und den Karibus?" Blumenberg verzog den Mund und sah dabei Valerie an.

„Sagen Sie doch einfach, was Sie von mir wollen, und sparen wir uns das Gerede, Miss Wilson!" Valerie nickte.

„Gut, reden wir offen miteinander! Sie könnten einen Batzen Geld ganz gut gebrauchen. Entweder um dem Ganzen hier zu entkommen oder es zu modernisieren. Mit dem Geld bräuchten sie aber auch nie mehr arbeiten!" Blumenberg grinste.

„Und was sollte ich dann Ihrer Meinung nach den ganzen Tag tun ohne meine Viecher? Bis zum Tode Urlaub machen? Nee, meine Liebe! Ich will mit meinen Tieren jeden Tag verbringen." Valerie nickte.

„Schön für Sie, und was könnten Sie denn mit einer Million Dollar alles verbessern?" Jetzt war die Katze endlich aus dem Sack und Valerie holte eine Karte der Umgegend heraus und breitete sie auf dem Tisch aus. Der Alte sah sie fassungslos an und fragte entsetzt:

„Wa-a-s, eine Million Dollar? Und wieviel brauchen Sie dann von meinem Land?"

Valerie nahm einen Stift zur Hand und zog eine Linie rund um den Teil des Grundstückes. Es umfasste den Abschnitt, den sie brauchten. Es war etwa ein Drittel der Landfläche mit einem Abstand von 1,6 Meilen zum Haus. Sie sah ihren Gesprächspartner an.

„Ausgenommen von dem Baulärm, der am Anfang nicht zu vermeiden wäre, fahren unsere Züge heute elektrisch, also fast lautlos. Zweiter Vorteil, Sie könnten Strom für Ihr Haus und die Ställe bekommen. Wir würden das vertraglich regeln. Was sagen Sie?" Sie sah Blumenberg an, dessen Miene zusehends freundlicher geworden war. Er fragte sofort nach:

„Und es gäbe hier keine Touristen?" Valerie nickte. „Nein, es gibt keine. Die würden alle vorne im Ort aussteigen. Hier hinten würden nur die Züge neu zusammengestellt."
Blumenberg stand auf, ging zum Schrank und holte eine Flasche und zwei Gläser und schenkte randvoll ein. Dann hob er sein Glas.

„Auf unser Geschäft, Miss Wilson! Dann schicken Sie mir mal den Vertrag. Ich freue mich, auf eine so smarte Frau getroffen zu sein. Wo sind Sie eigentlich her?" Valerie lächelte. „Aus Hamburg in Deutschland, Mister Blumenberg." Er grinste breit. „Oha, eine Deutsche! Gefällt's Ihnen hier bei uns?", fragte er zurück und Valerie nickte.

„Ich habe mich in die Natur hier verliebt. Die Weite und die herrlichen Wälder. Ich habe sogar einen Husky seit einem halben Jahr, der mir im Wald zugelaufen ist. Ich habe ihn Rocky getauft." Sie zeigte ihm ein Bild und der Alte erstarrte förmlich für einen Moment.

„Das ist Ihr Hund?" Valerie nickte verwundert. „Ja, er hatte sich in einer Schlinge gefangen und ich habe ihn befreit davon. Dafür ist er bei mir geblieben, das war oben bei Fort Providence." Blumenberg schüttelte langsam den Kopf.

„Ich fasse es nicht!", hauchte er und hatte tatsächlich Tränen in den Augen. Valerie wurde unruhig.

„Kennen Sie den Hund?" Blumenberg nickte langsam. „Wenn es wirklich der ist, den ich meine, dann kenne ich ihn! Er lebte hier bei mir. Als meine Frau über Nacht verschwand, war er auch weg. Ich habe ihn lange gesucht, aber vergebens."
Valerie war sichtlich gerührt.

„Möchten Sie ihn zurückhaben, Mr. Blumenberg?", fragte sie ihn angstvoll. Doch Blumenberg schüttelte den Kopf.

„Wenn er Ihnen so ans Herz gewachsen ist, dann soll er bleiben und mit Ihnen glücklich sein." Valerie griff nach Blumenbergs Hand.

„Danke, Mister Blumenberg! Aber vielleicht bringe ich ihn mal mit bei meinem nächsten Besuch, dann kann Rocky selbst entscheiden, wo er bleiben möchte." Blumenberg sah sie erstaunt an. „Und was machen Sie dann, wenn er hierbleiben will?" Valerie zuckte mit den Schultern. „Dann hat er es so gewollt!" Sie verabschiedete sich von dem alten Herrn.

„Gut, Mr. Blumenberg, ich komme in den nächsten Tagen mit einem Vertrag wieder. Dann ist das Geschäft perfekt!" Der Alte stand auf, gab Valerie tatsächlich die Hand und begleitete sie bis zur Tür. Valerie ging zurück zum Wagen, wo Lucas an der Seite lehnte und ihr entgegensah.

„Ich habe schon überlegt reinzukommen", meinte er und öffnete die Beifahrertür. Als sie abfuhren, berichtete Valerie vom Verlauf des Gesprächs und von Rockys Abstammung. Lucas sah sie fragend an.

„Willst du ihn wirklich wieder weggeben?" Valerie zuckte mit den Schultern. „Was geschieht mit ihm, wenn ich zurück nach Hause gehe? Ein an die Freiheit gewöhnter Husky in Hamburg?" Lucas Miene verdüsterte sich auf einmal.

„Willst du denn wirklich wieder zurückgehen? Ich dachte, du willst hierbleiben!" Valerie sah ihn von der Seite an.

„Bleib doch mal stehen, Lucas!" Er bremste den Wagen ab, hielt am Seitenstreifen an und schaltete den Motor aus. Valerie sah ihn ernst an.

„Soll ich denn hierbleiben?", fragte sie ihn. Lucas nickte auf einmal ziemlich heftig.

„Ja, verdammt! Oder hast du noch nicht bemerkt, was ich für dich empfinde? Wir könnten uns hier oben ein neues Leben aufbauen. Ich bin auch schon seit zwei Jahren alleine und das ödet mich an!" Einer inneren Eingebung folgend beugte sich Valerie zu ihm hinüber und küsste ihn auf den Mund. Er erwiderte ihren Kuss mit Leidenschaft. Als sie sich wieder trennten, lachte sie.

„Und wo willst du wohnen, Mister Miller?" Er sah sie an und meinte dann: „Dort, wo es dir am besten gefällt! Ich hoffe, du hast nichts dagegen, mit einem Hilfs-Polizisten verheiratet zu sein!" Valerie sah ihn mit großen Augen an.

„War das jetzt ein Antrag?" Lucas grinste. „Na ja, sagen wir mal, es ist die Anfrage im oberen Stockwerk, ob das untere Stockwerk noch zu vermieten sei!" Valerie sah ihn fassungslos an und meinte dann: „Ihr Kerle wollt doch immer das Gleiche! Aber gut, ich überlege es mir. Okay?" Er grinste und nickte wortlos. Dann fuhren sie weiter und Valerie hing ihren Gedanken nach.

Wollte sie überhaupt in Kanada bleiben? Aber was gab es zu Hause, was sie dort festhielt? Ihre Mutter? Kaum. Die Arbeit? Auch kaum. Einzig das Flair der Hafenstadt war wunderschön. Aber die Wildnis hier oben war auch toll. Vielleicht würde sie sich sogar ein paar Tiere halten können? Zum Beispiel Pferde und Huskys, das wäre doch ein Ziel.

Auf einmal umarmte sie Lucas und drückte sich an ihn, so dass er abbremsen musste. Sie lächelte ihn an.

„Lucas Miller, ich nehme dein Angebot an! Ich bleibe hier!" Der trat abrupt auf die Bremse, so dass um ein Haar ein nachfolgender Wagen auf ihn aufgefahren wäre. Der andere Fahrer hupte mehrmals und zeigte ihm den Stinkefinger. Doch Lucas lachte nur. „Komm her, meine verrückte Deutsche!" Dann umarmte er sie und küsste sie, bis beide atemlos wieder voneinander abließen.

Zurückgekehrt nach Fort Providence war Amelia die Erste, die diese Neuigkeit erfuhr und war selig. Ihre beste Freundin würde also bleiben. Und dann erfuhr sie auch die Geschichte von Rocky, der bei ihrem Eintritt lange und eindringlich an ihrer Hose geschnuppert hatte. Er saß vor ihr, wedelte mit dem Schwanz und fiepte aufgeregt. Amelia meinte mit Tränen in den Augen:

„Er kennt diesen Geruch, Valerie! Ich glaube, du wirst ihn zurückbringen müssen." In dieser Nacht schlief Rocky in Valeries unmittelbarer Nähe im Gegensatz zu sonst.

Am nächsten Morgen rief Valerie ihren Boss Johnson an und erzählte ihm von ihrem Gespräch mit Blumenberg. Der war erst restlos begeistert, doch als die Rede auf den Preis kam, flippte er beinahe aus.

„Was haben Sie? Eine Million Dollar! Sind Sie wahnsinnig? Mein Gott, wie soll ich das dem Vorstand beibringen?" Doch Valerie blieb cool und meinte:

„Was ist Ihnen lieber, Boss, eine Million zahlen und das Ziel erreicht haben, oder nicht zahlen und blöde dastehen?" Als sie ihm dann noch erzählte, dass sie in Kanada bleiben würde, war Johnson wieder versöhnt mit ihr.

Als Valerie von ihrem Gespräch mit Johnson berichtete, lachte Amelia herzlich.

„Du hast wirklich einen Felsen im Brett bei unserem Boss. Alle anderen hätte der bestimmt zusammengefaltet. Hoffentlich klappt das nun auch mit dem Vertrag."

Es klappte wirklich, denn nur drei Tage später lag dieser Vertrag auf Valeries Schreibtisch. Damit wurde eine weitere Fahrt zu dem alten Blumenberg notwendig. Diesmal fuhren aber neben Amelia und Lucas, auch Rocky mit. Schon als sie in die Nähe der Ranch kamen, wurde er unruhig, starrte aus dem Seitenfenster und begann leise zu winseln. Valerie und Amelia hatten Tränen in den Augen. Wie es aussah, stand der Abschied von Rocky bevor.

Auf dem Hof angekommen, sprang er aus dem Auto und rannte los. Zuerst zu den Bisons, dann zu den Karibus, die auf der Weide waren. Er bellte und rannte um die Herde herum.

Blumenberg erschien plötzlich und rief ihn. Er rief aber nicht „Rocky", sondern „Bluebird". Einen Moment verharrte der Hund, legte den Kopf auf die Seite und sah den Mann an. Dann aber fegte er förmlich über den Platz und sprang ihn bellend an. Die Besucher standen etwas abseits und schauten zu. Als Blumenberg sie sah, winkte er.

„Ich komme sofort. Einen Moment noch!", rief er zurück und umarmte den Hund, um ihn eine Weile an sich zu drücken.

Amelia drehte sich weg und schluchzte:

„Ich kann das nicht mehr mit ansehen. Ich gehe zum Auto zurück." Sie lief zurück und setzte sich in den Wagen.

Die anderen drei Freunde gingen mit Blumenberg ins Haus. Rocky folgte ihnen auf Schritt und Tritt. Blumenberg stellte ihm was zu fressen hin, doch Rocky sah den Napf nur an, nahm aber nichts davon. Aber er sah Valerie an. Als die dann meinte:

„Na friss doch etwas!", machte er sich über das Fressen her und leerte den Napf im Nu aus.

Blumenberg las in Ruhe den Vertrag durch, nickte mehrmals und griff dann zum Schluss zum Stift. Er unterschrieb und die drei Besucher atmeten auf. Dann unterschrieben auch noch Kent, Lucas und Valerie als Zeugen. Der Deal war unter Dach und Fach. Valerie händigte Blumenberg ein Exemplar des Vertrages aus.

„So, Mr. Blumenberg, in 8 bis10 Tagen wird das Geld auf Ihrem Konto sein. In der Zwischenzeit bergen Sie noch persönliche Dinge, falls Sie welche auf diesem Stück Land haben. Das Gelände gehört ab heute Nacht 0:00 Uhr dann der Bahngesellschaft. Ich freue mich, dass wir uns einigen konnten."
Die ordentliche Aushändigung des Vertrages hatte Valerie bis jetzt von Rocky abgelenkt, aber nun stand wohl der Abschied bevor. Sie rief ihn zu sich. Rocky kam sofort zu ihr und setzte sich vor sie hin. Valerie hockte sich neben ihn hin und sprach ihn leise an:
„Hallo, Rocky! Möchtest du jetzt lieber hierbleiben? Willst du bei deinem Herrchen bleiben? Frauchen muss jetzt wieder fort. Gib mir Pfote!" Sie hielt ihm die Hand hin und Rocky legte sofort seine rechte Pfote auf ihre Handfläche. Valerie streichelte ihn und konnte dabei die Tränen nicht mehr zurückhalten.

„Mach's gut, lieber Rocky! Laufe nicht mehr weg, ja. Ich werde dich immer in meinem Herzen behalten. Mach's gut, alter Freund!" Dann stand sie auf und ging in Richtung Wagen.
Rocky sah ihr hinterher und begann leise zu fiepen und mit dem Schwanz zu wedeln. Blumenberg stand etwas abseits und sah zu. Er rief Rocky zu: „Na, geh schon zu ihr, Junge! Geh und besuch mich ab und zu! Na los, hau ab!"
Und als Lucas den Wagen starten wollte, raste Rocky auf einmal los! Valerie öffnete die Beifahrertür und der Hund sprang mit einem Satz hinein und hängte sich förmlich an Valerie, die sich kaum bewegen konnte. Als sie abfuhren, winkten sie Blumenberg nochmal zu und der winkte zurück. Und Valerie umarmte ihren behaarten Freund und drückte ihn immer wieder an sich. Auch Amelia war glücklich darüber, dass Rocky wieder mit nach Hause fuhr. Und so ging ein erfolgreicher Tag zu Ende.

Lucas hatte Valerie eingeladen, am Wochenende mit ihm seine Eltern zu besuchen. Die wohnten in Fort McMurray. Die Fahrt würde gut fünf Stunden dauern und 560 Meilen betragen. Valerie hatte zwar Bedenken nach so kurzer Zeit schon einen Elternbesuch zu machen, doch dann sagte sie zu.

Fort McMurray war bekannt durch den Abbau von Ölsand und dem Fracking von Erdgas. Die Stadt hatte rund 70.000 Einwohner. Und obwohl die Ölfirma jedes Jahr 1400 neue Containerhäuser baute, gab es immer noch zu wenig Wohnraum und der vorhandene war sauteuer. Es war eine Fahrt durch endlose Nadelwälder. Die Sonne lachte schon am frühen Morgen und schaffte es auf fünfzehn Grad Celsius.

Nach zweieinhalb Stunden Fahrt erreichten sie ihr Ziel. Millers lebten in einem der besseren Viertel der Stadt und besaßen eine ansehnliche Villa aus Holz mit einem hohen Zaun um das Grundstück. Lucas Vater war in der Ölfirma Abteilungsleiter, seine Mutter arbeitete im Krankenhaus der Stadt. Beide Elternteile empfingen Valerie überaus herzlich. Am späten Nachmittag kam dann auch noch Lucas Schwester Sally zu Besuch.

Die Einundzwanzigjährige arbeitete bei einer Reinigungsfirma in der Verwaltung und freundete sich schnell mit Valerie an. Und so wurde es ein schönes Familienwochenende. Als sie am Sonntag wieder verabschiedet wurden, drückte Miranda Miller die Freundin ihres Sohnes sehr herzlich. Und auch Papa Oscar zeigte sich beeindruckt von der jungen Deutschen, die sein Sohn da mitgebracht hatte.

Die Heimfahrt verlief in angeregtem Gespräch, bis sie kurz vor Providence plötzlich von einem Baum aufgehalten wurden, der quer über der Zufahrt zu ihrem Haus lag. Als Valerie einfach aussteigen wollte, hielt sie Lucas zurück.

„Bleib bitte sitzen und lasse mich zuerst aussteigen", bat der sie. Lucas zog seine Pistole aus der Tasche und stieg langsam aus, um sich umzusehen. Nach einer Weile hatte er den dünnen Baumstamm vom Weg gezerrt und kam zurück zum Wagen. Dabei hielt er in der Hand drei Eisenkrampen, etwa zehn Zentimeter groß und warf sie in den Kofferraum. Als er wieder einstieg und den Wagen startete, sah er Valerie von der Seite an.

„Offenbar ein lieber Gruß von deinem Verehrer!", meinte er und fuhr zum Haus hinauf. Sie rollten in die offene Garage und schlossen das Tor wieder automatisch hinter ihnen.

„Du meinst, das war Mario?", fragte Valerie unruhig. Lucas nickte langsam.

„Sieht ganz danach aus. Die Krampen habe ich nur durch Zufall entdeckt. Wir müssen morgen Früh bei Tageslicht nochmal gründlich den Weg absuchen. Ich werde aber den Sheriff davon informieren. Langsam geht der Kerl mir allerdings richtig auf die Nerven!"

Gemeinsam trugen sie das Gepäck ins Haus. Von Amelia und Kent war nichts zu sehen. Und da ihr Wagen fehlte, mussten sie also auch noch unterwegs sein.

Die beiden kamen kurz vor Mitternacht und waren ziemlich verärgert. Etwa eine Meile vor der Auffahrt zum Haus hatte jemand auf den Wagen geschossen. Die Scheibe der hinteren Beifahrertür war zersprungen. Kent war auf Einhundertachtzig und wollte den Sheriff noch anrufen. Doch Lucas und Valerie hielten ihn davon ab und erzählten, was ihnen widerfahren war. Und so einigten sie sich, erst am nächsten Morgen den Sheriff zu informieren. Aber feststand, es musste endlich etwas geschehen, um diesen Kerl dingfest zu machen.

Tatsächlich hatte Mario Hansdorf sehr schnell herausgefunden, wo er auf Valerie treffen musste. Die Beschreibung der neuen Bewohner des kleinen Bürohauses hatte ihm den Verdacht bestätigt, dass Valerie mit ihrer Freundin und zwei Kerlen dort oben residierte. Die Chefin vom Einkaufscenter hatte sie gut beschrieben. Und so hatte er lange warten müssen, bis die Bewohner aufgetaucht waren. Den ersten Wagen hatte er zeitlich nicht mehr geschafft, und bei dem Wagen, der dann kam, glaubte er Valerie auf dem Beifahrersitz gesehen zu haben. Auf den Wagen geschossen, hatte er mehr zum Jux. Nur um diese Bande zu ärgern. Seit er sich von seinem Brückenprojekt verabschiedet hatte, war er wie von einer Last befreit. Das Leben als Ausgestoßener gefiel ihm inzwischen. Er hatte genügend Geld, einen guten Wagen, und war immer noch auf der Suche nach einer Herberge, die seinen Ansprüchen gerecht wurde. Aber nun wollte er erst einmal seine Ex-Verlobte wieder in Angst und Schrecken versetzen wie schon die Wochen vorher.

Beim gemeinsamen morgendlichen Frühstück berieten die vier Freunde, was man noch tun konnte, um einigermaßen sicher zu sein. Das Problem war natürlich die Tatsache, dass sie wegen ihres Jobs sehr oft unterwegs sein mussten. Das begann schon damit, dass Kent und Valerie am nächsten Morgen in den Ort fahren wollten, um dort in einer Druckerei Werbeplakate in

Auftrag zu geben. Am Ende beschlossen sie, dass Kent alleine fahren sollte, auch wenn Valerie dagegen protestierte.

„Ich kann mich doch nicht wegen ihm verstecken und nicht mehr außer Haus gehen. Dann hätte er ja gewonnen!" Lucas und auch Amelia versuchten, sie zu beruhigen. Amelia sah ihre Freundin traurig an.

„Valerie, sei doch vernünftig! Die Sache wird bald vorbei sein. Irgendwann werden sie ihn kriegen." Valerie winkte ab.

„Ach, hör doch auf! Diese Schnarchnasen kommen doch nicht aus der Hüfte. Wenn er sonst auch nicht viel kann, aber andere austricksen, dass kann er super!"

Am Ende blieb es dabei. Kent fuhr nach dem Frühstück alleine los. Allerdings machte er einen Umweg zum Sheriff und erstattete Anzeige wegen der zerschossenen Scheibe. Doch der etwas behäbig wirkende Sheriff Samuelson winkte ab.

„Wie wollen Sie ihm das beweisen, Mr. Norris? Sie mögen ja recht haben, aber ohne die Kugel haben wir gar nichts gegen ihn in der Hand, wenn wir ihn mal schnappen."

Nach diesem unzufrieden stimmenden Besuch fuhr er zunächst in die Druckerei, um den Auftrag abzugeben. Und dort kam ihm eine Idee. Er musste sofort zu Hause vorbeifahren.

Im Gebäude der Bahnverwaltung angekommen, stürmte er in das Büro, wo Valerie und Amelia saßen. Die sahen ihn verwundert an, als er hereingepoltert kam.

„Ist was passiert? Hat wieder einer geschossen?", fragte ihn Amelia aufgeregt. Doch Kent schüttelte den Kopf.

„Nee, geschossen hat keiner auf mich. Aber mir ist eine Idee durch den Kopf geschossen in der Druckerei. Valerie, hast du noch ein Bild von deinem Prinzen?", fragte er sie lächelnd. Valerie lachte verhalten. „Ich glaube schon, aber was willst du damit?" Kent setzte sich auf die Kante ihres Schreibtisches.

„Na, ganz einfach, wir lassen 200 Exemplare davon drucken, und verteilen die im ganzen Ort! GESUCHT WIRD! Oder so ähnlich. Was haltet ihr davon?" Amelia verzog das Gesicht.

„Das würde ich aber an deiner Stelle mit dem Sheriff vorher absprechen, wir sind doch nicht die Polizei!", bemerkte sie zögerlich. Plötzlich stand Valerie auf und ging zum Fenster. Einen Moment schaute sie hinaus, dann drehte sie sich wieder herum.

„Hört mal, ich habe auch eine Idee! Ich rede mit unserem Boss und erkläre ihm die Lage. Eigentlich könnte doch die Bahn ihren verschollenen Mitarbeiter suchen, oder nicht?"

Lucas war zur Tür hereingekommen und hatte Valeries letzten Satz noch gehört. Er nickte. „Die Idee ist super! Wir machen das auch sofort!" Er sah Valerie an.

„Kommst du dann mit in den Ort. Ich brauchte dich mal dort beim Einkauf", erklärte er der verwunderten Valerie.

Mit einem Bild von Mario Hansdorf machten sie sich auf den Weg zur Druckerei. Zweihundert Plakate im Format A5 mit der Aufschrift: *„Wer kann Angaben machen zum Aufenthalt unseres Mitarbeiters Mario Hansdorf?"* Dann folgten noch eine genaue Beschreibung und eine Telefonnummer.

Boss Johnson hatte Valeries Vorschlag sofort zugestimmt, nur der Sheriff hatte abgewinkte und gemeint:

„Von mir aus hängt die Plakate aus, auch wenn ich das für überflüssig halte." Valerie hatte den Mann angesehen, als ob sie ihn jeden Augenblick an den Kragen springen wollte. Lucas aber fasste sie schnell am Ellenbogen und führte sie aus dem Büro des Sheriffs. Wieder auf der Straße entlud sich Valeries Zorn über den schlafmützigen Ordnungshüter.

„Mann, der Kerl schläft doch schon im Stehen ein! Anstatt uns zu unterstützen, winkt der nur ab, aber um dessen dicken Hintern geht's ja auch nicht!", fauchte sie laut, so dass sich einige der Passanten umsahen. Lucas aber blieb gelassen.

„Nun reg dich mal wieder ab, er ist hier oben ganz alleine mit gut 900 Einwohnern und hat genug Arbeit. Schlägereien in den Kneipen, Ehekrach und was weiß ich noch. Da hat er eben wenig Lust, noch eine Treibjagd zu veranstalten."

Zwei Stunden später hingen in Fort Providence und Umgebung die Plakate mit dem Abbild von Mario Hansdorf aus.

Anschließend fuhren Valerie und Lucas zu einem Juwelierladen. Als Lucas ausstieg, wollte Valerie sitzen bleiben. Doch er bat sie, mit reinzukommen. Immer noch schlechter Laune stieg sie aus dem Wagen und folgte ihm in den Laden. Eine Verkäuferin kam herbeigeeilt und Lucas meinte zu ihr:

„Ich möchte gerne meine Bestellung auf den Namen Miller abholen." Die Verkäuferin ging nach hinten und Valerie sah sich einstweilen die Auslagen von Ringen und Uhren an. Dabei fiel ihr Blick auf ein Paar Trauringe, die ihr auf Anhieb gefielen. Als die Verkäuferin zurückkam, öffnete Lucas vorsichtig die samtene rote Schachtel. Valerie sah ihm dabei neugierig über die Schultern. Lucas drehte sich herum, sah sie an und meinte dann:

„Gibst du mir mal deine linke Hand? Ich muss unbedingt was vergleichen?" Valerie zögerte kurz und hielt ihm dann ihre Hand hin. „Ist der für deine Schwester, wollte die nicht bald heiraten?" Lucas lächelte breit, sah Valerie an, ging plötzlich vor der Ladentheke vor ihr in die Knie und hielt ihr den Ring entgegen und sagte halblaut:

„Valerie Brunner, willst du meine Frau werden?" Dabei sah er sie mit seinen blauen Augen an. Valerie glaubte für Sekunden der Fußboden würde sich auftun. Mit aufgerissenen Augen sah sie Lucas an, holte ganz tief Luft und meinte dann:

„Du spinnst ja! Aber ja ich will!" Und dann fielen sie sich in die Arme und küssten sich. Valerie besah sich den Ring.

„Ist der schön! Ein Traum, aber so viel Geld ausgeben für mich…" Sie stoppte abrupt. Lucas hielt ihre Hand fest.

„Für dich gibt's gar keinen Ring, der zu teuer wäre. Ich liebe dich, du blonder Sturkopf." Die Verkäuferin lächelte begeistert von der Szene.

Als sie den Laden wieder verließen, um zum Auto zu gehen, stand ein Mann auf der anderen Straßenseite und sah zu ihnen herüber, doch die beiden bemerkten nichts davon. Der Mann mit dem Kapuzen-Anorak knirschte mit den Zähnen:

„So eine Schlampe, jetzt geht die schon Ringe kaufen! Na, du wirst dich noch wundern!" Dann ging er weiter und blieb vor einem Baum wie erstarrt stehen. Was war denn das? Sein eigenes Konterfei mit einem Aufruf starrte ihn an. Spinnen die jetzt schon bei der Bahngesellschaft? Hastig riss er das kleine Plakat herunter, zerknüllte es und ging weiter. Aber dann sah er, dass alle Bäume in dieser Straße auf seiner Seite diesen Aufruf trugen. Mario schäumte vor Wut. Wütend stapfte er zu seinem Wagen, stieg ein und knallte die Tür zu. Der Kuh würde er es aber zeigen!

Ihre Aufgaben hatten sie in der Zwischenzeit gut untereinander aufgeteilt. Amelia kümmerte sich wieder um die Termine und die Schreibarbeiten, Lucas und Valerie waren mit der Vorbereitung der anstehenden Baumaßnahmen beschäftigt und Kent kümmerte sich um die Sicherheit der Gruppe und versuchte zum Sheriff einen guten Draht aufzubauen. Alles lief schön rund, wie man zu sagen pflegte. Und dann kam dieser Samstag mit dem blöden Vorfall, den sie selber verschuldet hatten.

Amelia und Valerie wollten an diesem Vormittag das Wetter mal ausnutzen und wieder reiten gehen. Kent murrte, weil ihm die Reiterei keine große Freude bereitete. Lucas musste unbedingt an einem kommenden Bauabschnitt noch ein paar Vermessungen vornehmen und hatte daher keine Zeit.

Am Ende setzten sich die Frauen durch und ritten alleine aus. Doch Kent hatte darauf bestanden, dass sie beide gut bewaffnet waren. Und so ritten die beiden Ladys dann auch erwartungsvoll in die Natur hinaus. Der Transponder, den sie trugen, ermöglichte es Kent, immer zu wissen, wo sie sich gerade aufhielten. Die beiden Frauen waren vielleicht eine Stunde unterwegs, als Kent zum ersten Mal seinen Laptop anschaltete, um zu sehen, wo sich seine beiden Schützlinge herumtrieben. Er sah es und zog die Stirne kraus. Was wollten die beiden denn da oben in der alten verlassenen Goldmine?

Valerie und Amelia zügelten die Pferde und blieben nebeneinander stehen. Der Anstieg hatte offenbar den beiden Rössern doch etwas zugesetzt, denn sie schnauften ziemlich. Amelia deutete auf die alten Gebäude vor ihnen.

„Sieh mal da! Sieht aus wie eine alte verlassene Mine", meinte sie halblaut. Valerie grinste. „Wollen wir mal reinschauen?"
Amelia nickte und stieg von ihrem Pferd herunter. Gemeinsam führten sie ihre Pferde am Zaum auf dem schmalen Weg bis zum ersten Haus. An einem alten Eisenzaun banden sie die Tiere fest. Neugierig gingen sie auf das erste Gebäude zu, wo man Wasser rauschen hörte und traten vorsichtig ein. Die Glasfenster waren alle vergilbt und schmutzig und ließen wenig Licht durch. Vorsichtig gingen sie beide auf die andere Seite und öffneten eine Tür. Unter einer schmalen Treppe führte ein Weg weiter in den Berg hinein. Darunter aber rauschte das Wasser zu Tal, welches vorher noch ein altes großes Rad aus Holz antrieb. Das Ganze sah aus wie eine Mühle, bis Amelia plötzlich drei übergroße Hämmer entdeckte und Valerie darauf hinwies:

„Sieh mal, so hat man damals die Steine zertrümmert, die man aus dem Berg geholt hat!" Sie schrie regelrecht, das Tosen des Wassers übertönend.

Vorsichtig gingen sie weiter den schmalen Pfad entlang, der sie immer weiter in eine kleine Bergschlucht führte. Valerie sah sich unsicher zu Amelia um, die ihr folgte, und meinte dann: „Sollten wir nicht umkehren? Wer weiß, wo der Weg noch hinführt." Doch Amelia winkte ab. „Lass uns doch noch bis zu diesem Höhleneingang gehen. Hier liegen noch schmale Gleise, da hat man früher wahrscheinlich den Schutt mit den Wagen abgefahren. Wir schauen mal rein und dann kehren wir wieder um. Das war garantiert früher ein Goldbergwerk, wie es viele hier oben im Norden gibt."

Was beide nicht sehen konnten, war ein Mann, der aus dem Dickicht des Waldes herausgetreten war, zu den Pferden ging und die beiden Gewehre an sich nahm. Dann band er die Pferde los, gab ihnen einen Klaps auf den Hintern und scheuchte sie davon. Doch die beiden Pferde liefen nicht sehr weit, blieben stehen und grasten auf einer Lichtung. Der Mann aber folgte den beiden Frauen in sicherem Abstand.

Vorsichtig betraten die beiden Frauen den Eingang zur Höhle, oder besser gesagt zu dem unterirdischen Tunnel, der sich vor ihnen auftat. Auch hier drinnen verlief eine Schmalspurgleisanlage, auf der man früher offensichtlich den Abraum herausgefahren hatte. Sie liefen vielleicht noch 20 Meter in den Tunnel hinein, dann blieben sie stehen. An den Wänden sah man noch Abbauspuren und verschiedene Steine glitzerten. Valerie besah es sich genau.

„Ob das Gold ist?", fragte sie Amelia. Doch die lachte nur und wischte mit der Hand darüber.

„Das ist Pyrit oder auch Katzengold genannt, also wertlos." Sie hatte den Satz gerade zu Ende gesprochen, als es am Höhleneingang plötzlich laut zu rumpeln begann und Steine und Erde den Eingang langsam verschütteten. Sie standen wie gelähmt da und starrten in die Dunkelheit. Der Staub knirschte in den Zähnen. Durch ein ganz kleines Loch bohrte sich ein Sonnenstrahl zu ihnen hindurch, und ermöglichte es ihnen, doch noch etwas zu sehen. Valerie zerrte das Handy aus ihrer Tasche.

Der Empfang lag direkt am Eingang bei einem halben Strich, also minimal. Bei Amelias Handy war es nicht anders. Beide versuchten zu telefonieren. Valerie rief Lucas an und Amelia versuchte es bei Kent. Plötzlich rief Amelia:

„Kent! Wir sind in einem Bergwerk eingeschlossen!" Dann war der Empfang aber schon wieder weg. Hatte er sie verstanden? Bei Valerie kam es erst gar nicht zum Gespräch. Sie hörte Lucas rufen, doch dann hatte auch sie keinen Empfang mehr. Zum Glück hatten sie die Handys aufgeladen, so dass die Akkus voll waren.

Sie sahen sich gegenseitig an. „Was machen wir jetzt?", fragte Amelia ihre Freundin. Die starrte hinauf zu diesem Loch, aus dem der Lichtstrahl kam.

„Wir müssten unbedingt ein Handy nach da oben hinauf bekommen! So kann uns Kent zumindest orten, wenn wir schon nicht reden können. Aber wie da hochkommen?" Valerie machte die Lampe des Handys an und leuchtete das Umfeld ab. Alte Holzkisten, Bretter und ein Gestell aus Metall lagen da. Valerie begann loszulegen und rief Amelia zu:

„Komm, erst das Gestell dort hochkanten, dann die Kisten obendrauf und dann musst du da raufklettern. Du bist die Leichteste." Und so begannen sie das Gerümpel aufzustapeln.

Mario Hansdorf wischte sich die Hände ab und schob die Eisenstange mit dem Fuß beiseite, mit der er den kleinen Felssturz ausgelöst hatte. Jetzt saßen sie in der Falle. Er war mit sich und der Welt zufrieden. Langsam und vorsichtig kletterte er wieder hinunter und entfernte sich rasch vom Ort seiner Schandtat.

Kent Norris hatte kurz nach Amelias Meldung Lucas angerufen und ihn gebeten, sofort zurückzukommen. Eine Stunde später trafen sie sich. Kent zeigte seinem Freund eine Karte.

„So, hier habe ich sie zuletzt auf dem Schirm gehabt, ehe der Kontakt abgerissen ist. Der rote Punkt war mit einem Mal weg. Aber Amelia muss versucht haben, mich anzurufen. Ich habe aber nur Bergwerk verstanden." Lucas nickte.

„Genau wie bei mir. Valerie hat irgendwas sagen wollen, war aber auch sofort wieder weg. Der Vorarbeiter hat mir erzählt, da oben gäbe es eine Reihe von ehemaligen Goldminen. Wir müssen auf jeden Fall hoch und gute Scheinwerfer mitnehmen. Los!

Lass uns aufbrechen, die Mädels brauchen bestimmt unsere Hilfe!"

Rasch hatten sie alles zusammengesucht, aufgeladen und dann ging es los. Inzwischen war es 13.30 Uhr geworden. Eine Stunde später kamen sie in dem von Kent bezeichneten Gebiet an und sahen sich um. Doch wo sollten sie nun suchen? Kent nahm sein Tablet heraus und schaltete es ein. Und dann sah er plötzlich wieder einen roten Punkt, sehr schwach, aber es musste ein Zeichen sein. An einer Wegegabelung trafen sie plötzlich auf die beiden Pferde, die gerade vor einem noch jungen Braunbären flüchteten. Kent rief ihnen etwas zu. Da blieben sie plötzlich schnaufend stehen. Ihre Flanken zitterten vor Angst. Kent lief Schritt für Schritt auf das erste Pferd zu und redete mit ihm. Der Hengst schien auf einmal Vertrauen zu haben, denn er näherte sich Kent. Der nahm ihn beim Zaumzeug. In der Zwischenzeit hatte Lucas den kleinen Bären mit Geschrei vertrieben und sich das zweite Pferd geholt. Aber was nun? Pferde sind ja keine Hunde, die zu ihren Herrchen oder Frauchen zurücklaufen.

Doch der Schimmel schnaufte, wieherte und stapfte mit den Vorderläufen, als wollte er loslaufen. Kent schwang sich in den Sattel und ließ ihn einfach laufen. Und tatsächlich lief er in einen schmalen Pfad hinein. Lucas folgte ihnen in einigem Abstand. Endlich erreichen sie das Minengelände, stoppten ab und stiegen wieder ab. Nachdem sie die Pferde angebunden hatten, gab Kent einen Schuss aus seiner Flinte ab. Das Echo, sich mehrfach brechend, hallte durch den schmalen Canyon.

Valerie und Amelia hatten sich ein wenig auf den Boden gelegt, um sich auszuruhen. Plötzlich schreckten sie hoch. Ein Schuss war gefallen. Amelia sprang auf und kletterte wieder wie eine Eidechse auf ihren Turm hinauf, nahm ihre Pistole heraus, steckte den Lauf in das kleine Loch zwischen den Felsen und drückte zweimal ab. Kaum waren die Schüsse verhallt, knallte es draußen wieder. Und Amelia antwortete wieder mit zwei Schüssen. Dann herrschte erst einmal Ruhe und sie lauschten. Plötzlich ertönte draußen eine bekannte Stimme, die da rief:

„Amelia, Valerie! Seid ihr da drinnen?" Amelia schrie sich beinahe heißer: „Liebling! Wir sind hier verschüttet!"

Und dann begann sie haltlos zu weinen. Der Stress musste heraus. Als sie sich wieder einigermaßen beruhigt hatte, stieg sie wieder herab und fiel Valerie in die Arme.

Draußen hörte man zwei Männer, die sich etwas zuriefen. Und dann dauerte es noch eine halbe Stunde, bis sich plötzlich ein Loch auftat und ein Männerkopf hereinschaute.

„Hallo Ladys! Euer Rettungstrupp ist da! Wir holen euch gleich heraus. Wir müssen nur das Loch hier oben noch vergrößern."

Weitere dreißig Minuten später konnten die beiden Frauen über ihren Turm aus alten Holzkisten und einem Bettgestell hinausklettern und wurden draußen dann liebevoll in Empfang genommen. Lucas hatte sich die ganze Zeit umgeschaut und schüttelte dann resolut den Kopf.

„Mir kann niemand einreden, dass diese Steine da unten von alleine hinuntergefallen sind. Seht ihr hier die Kratzspuren an den Felsen? Da hat jemand mit einer Eisenstange oder sowas nachgeholfen." Er hatte es kaum ausgesprochen, als Kent eine dicke Eisenstange hochhob. „Wie wäre es damit?", fragte er Lucas. Der nickte und grinste.

„Bitte schön einwickeln, mal sehen, was für Fingerabdrücke da drauf sind. Vielleicht haben wir ja Glück." Dann sah er die beiden Frauen an.

„Und wo sind eure Pferde, Ladys?" Amelia wurde vor Schreck blass. „Nicht nur die Pferde sind weg, sondern auch unsere beiden Gewehre!" Kent verdrehte die Augen.

„Was habt ihr euch denn nur dabei gedacht, die Pferde und eure Waffen aus den Augen zu lassen?" Valerie nickte beschämt und Amelia wusste nicht, wo sie hinschauen sollte. Plötzlich aber lachte Lucas und zeigte auf die Grünfläche.

„Schaut mal dort! Eure beiden Wegbegleiter haben Sehnsucht nach euch und sind zurückgekommen."

Tatsächlich standen die beiden Pferde nicht weit entfernt und äugten zu den Menschen herüber. Amelia rief ihren Rubio. Der schaute erst kurz auf, dann setzte er sich in Trab und kam langsam näher. Und in seinem Schlepptau kam auch Valeries Pferd wieder zurück. Und dann wurden die beiden liebevoll gestreichelt und gedrückt. Worauf Kent zu Lucas meinte:

„Manchmal möchte ich auch Pferd sein." Amelia ließ Rubio los und gab Kent einen Kuss. „Danke, mein Retter!"

Trotzdem war Kent einigermaßen sauer über den Verlust der zwei Gewehre, die nun offenbar Mario Hansdorf hatte.

Gegen 16:00 Uhr begaben sie sich wieder auf den Heimweg. Die beiden Frauen ritten voraus, die Männer folgten ihnen mit dem Pickup. Nach zweieinhalb Stunden erreichten sie ihr zu Hause und gaben die Pferde ab. Kent lud alle drei in den Saloon ein, er wollte mal wieder ein richtiges Stück scharf gebratenes Fleisch mit Soße essen. Und so feierten sie die Errettung ihrer Frauen. Wer nichts davon wusste, war mal wieder Mario Hansdorf. Der saß in seinem Unterstand bei einer Flasche Whisky und feierte das Verschwinden seiner ehemaligen Verlobten.

Was folgte, war eine erneute Anzeige beim Sheriff. Der hob schon die Augenbrauen an, als er Lucas und Valerie zur Tür hereinkommen sah.

„Na, wieder Neuigkeiten von Ihrem alten Verehrer?", fragte er beide. Und seine Besucher erzählten ihm von dem Vorfall. Ein paar Mal nickte er, um dann nachzufragen:

„Und wo ist die Eisenstange jetzt?" Lucas lächelte verschmitzt.

„Die ist in unserem Labor. Und wir haben ja schon Fingerabdrücke von ihm zum Vergleich." Samuelson verzog das Gesicht.

„Aha, und jetzt spielen Sie mal so eben Polizei? Was glauben Sie, was dieser Beweis vor Gericht wert wäre? Gar nichts! Wenn schon, dann müssen wir solche Sachen in unserem Labor in Auftrag geben, nur dann sind Sie gerichtsrelevant! Kommen Sie wieder, wenn Sie bessere Beweise haben, Tschüss!" Er setzte seinen Stetson auf und trampelte hinaus. Als die Tür hinter ihm ins Schloss fiel, war Valerie schon wieder auf 180. Lucas versuchte, sie zu beruhigen:

„Bleib ruhig, er hat ja recht! Das war eine saublöde Idee von uns. Lass uns zurückfahren. Wir müssen uns was überlegen, damit wir diesen Sauhund ein für alle Mal loswerden."

Im Verwaltungshaus angekommen, sahen ihnen Kent und Amelia fragend entgegen.

„Und was hat der Dicke gemeint?" Lucas berichtete vom Verlauf des Gesprächs. Plötzlich stand Kent auf.

„Jetzt reicht's mir! Jetzt rede ich mal mit dem Herrn unter vier Augen!" Sprach's und war auch schon aus dem Zimmer.

Kent Norris, der ehemalige Sheriff, traf seinen Kollegen gerade beim zweiten Frühstück in der Bar an. Ohne auf sein Einverständnis zu warten, setzte er sich neben ihn an den Tisch.

Samuelson sah ihn aus den Augenwinkeln an. „Gibt's noch was?" Norris nickte kurz.

„Gibt es! Entweder Sie bewegen Ihren dicken Arsch innerhalb kürzester Zeit und unternehmen etwas oder ich wende mich an Ihre Distriktverwaltung und trage dort mein Anliegen als Sheriff von Hay River vor. Das dürfte für Sie dann ziemlich unschön werden, und ich übernehme vielleicht dann Ihren Posten hier oben. Alles klar, Mister Samuelson? Also dann, ich erwarte zeitnah Entscheidungen von Ihnen."

Ohne noch ein weiteres Wort stand er wieder auf und verließ einen Sheriff mit hochrotem Kopf, den das Verlangen auf Frühstück gründlich vergällt worden war. Was bildeten sich diese Großstädter eigentlich ein?

Samuelson starrte missmutig in seine Kaffeetasse, als sich neben ihm jemand räusperte. Vor ihm stand Kathleen Wilson, die Tochter des Barbesitzers. Die etwas pummelige Blondine mit Wuschelkopf und rot angemalten Lippen sah beinahe aus wie die Monroe in jungen Jahren. Der knappe Pulli gab einen guten Einblick in ihre beachtliche Oberweite. Der kurze Rock gab mehr als das Knie frei und offenbarte die strammen Schenkel. Das Girl war gerade mal achtzehn Jahre alt und er hatte sie schon einmal in seinem Pferdestall bestiegen. Sie grinste den Sheriff an und setzte sich einfach neben ihn. Dabei presste sie ihr Knie gegen sein linkes Bein. „Was willst du?", brummte er die Blondine an. Die machte einen Schmollmund und meinte:

„Ich hätte gern mal wieder ein paar Reitstunden bei Ihnen, Sheriff." Samuelson sah sie von unten herauf an und brummte:

„Du spinnst wohl! Wenn dein Alter davon erfährt, gibt's einen Aufstand." Doch Kathleen griff in ihren Ausschnitt und holte ein Foto heraus. Das schob sie dann dem Sheriff in die Hand. Der nahm es und schaute es intensiv an. Dabei verzog sich sein Gesicht zu einem Grinsen.

„Seit wann macht das dein Alter mit der Bürgermeistersfrau?" Kathleen lächelte. „Das habe ich vorigen Sommer aufgenommen, als die beiden es bei Mondschein auf dem Balkon trieben." Samuelson dachte kurz nach. Als er die Kleine das letzte Mal bestiegen hatte, war sie noch 17 gewesen. Jetzt war sie volljährig. Er grinste sie an.

„Also gut, heute Abend um 22:00 Uhr in meinem Pferdestall. Bring was zu trinken mit!"

Kathleen stand zufrieden grinsend auf, richtete ihren Oberbau ein wenig und ging dann tänzelnd davon. Er sah ihr hinterher und dachte: „Na ja, er war inzwischen 36 Jahre alt. Wenn er ihr ein Kind machen würde, dann wäre eine Hochzeit nicht mehr weit. Hier oben bei der Männerknappheit." Und so sah er dem neuen Tag schon wieder zufriedener entgegen und dachte daran, was er alles mit ihr machen würde. Das letzte Mal hatte sie überhaupt nicht mehr aufhören wollen.

Mario Hansdorf war am Überlegen, wie er seine ehemalige Verlobte weiter in Aufregung halten könnte. Der letzte Coup war offenbar schief gegangen, denn er hatte sie zwei Tage später wieder im Ort gesehen, auch diesmal wieder mit dem blonden Lulatsch, der sie meist begleitete. Andererseits hatte er selber im Moment einige Probleme mit zwei seiner Lieferanten, die ihn offenbar ausbooten wollten. Es war also an der Zeit ein Exempel zu statuieren. Was er nicht wusste, einer seiner Gegenspieler war Wyatt Assance, einer seiner ehemaligen Kumpel.

Sie trafen sich auf einem einsamen Parkplatz am Chaussee Nr.11. Als Assance ausstieg, erstarrte Mario, der noch in seinem Wagen saß und sofort die Klappe öffnete, in der sein Colt lag. Den steckte er ein und stieg dann ebenfalls aus. Der Kanadier war stehen geblieben, die rechte Hand seitlich unter der Joppe und grinste Mario an.

„Na, alter Kumpel, lange nicht gesehen. Seit wann treibst du dich in meinem Gebiet herum?" Mario verzog das Gesicht.

„Die gleiche Frage wollte ich dir auch stellen. Du verkaufst dein Zeug in meinem Bereich." Assance lachte herzhaft.

„Wer erzählt denn so einen Quatsch, he? Aber vielleicht sollten wir uns mal eine Karte nehmen und dann genau festlegen, wer wo geschäftlich tätig sein wird. Dann kommen wir uns nicht mehr in die Quere. Was meinst du?" Mario überlegte, nickte aber dann doch. Warum sollte er nicht erst einmal darauf eingehen. Sie setzten sich auf eine Holzbank des Parkplatzes und Assance breitete eine Karte auf dem groben Holztisch aus. Dabei sah Mario, dass Assance immer noch die eine Hand unter der Joppe hatte, wahrscheinlich hing dort sein Schießeisen. Assance, der Marios Blick gesehen hatte, grinste, zog seine Waffe heraus und legte sie neben sich griffbereit auf den Tisch. Dabei grinste er Mario an.

„Nur aus Vorsicht, Deutscher! Ich weiß, dass du Grigori damals einfach umgelegt hast auf dieser alten Farm. Ich kam eine Stunde später dort an, als die Feuerwehr und Polizei schon da waren. Muss ein guter Coup für dich gewesen sein. Aber damit sind einige nun auch vorsichtig geworden, wenn sie mit dir zusammentreffen. Das hat sich herumgesprochen in der Branche. Du bist ein Killer, Deutscher! Und es wird immer welche geben, die sich mit dir messen wollen. Außerdem schadet das auch unserem Geschäft hier oben. Wenn du also noch lange leben willst, hau lieber ab von hier! Geh zurück nach Deutschland. Und jage dort deine Alte! Wie man hört, hast du die immer noch nicht aufgegeben, und das bricht dir eines Tages sowieso das Genick." Mario grinste.

„Bist du jetzt fertig mit deiner Predigt? Dann können wir ja nun übers Geschäft reden."

Und so vereinbarten sie, dass Mario rechts des Großen Sklavensees Handel treiben sollte und Assance auf der linken Seite bis hoch nach Yellowknife.

Als sie sich wieder verabschiedeten, blieb Assance rückwärtslaufend noch einmal stehen.

„He, Deutscher! Ich weiß zwar, dass du meine Ratschläge nicht magst, aber ich gebe dir trotzdem einen mit auf den Weg. Also, wenn du hier in Ruhe Geld verdienen willst, dann lass die anderen in Ruhe. Leben und leben lassen heißt die Devise. Wenn nicht, wird sich über kurz oder lang einer finden, der dich umlegt. Merk dir das! Und ich bin bei diesen anderen, die dir an die Karre fahren." Dann winkte er Mario noch einmal, stieg in seinen Wagen und preschte mit durchdrehenden Rädern davon.

Mario Hansdorf sah ihm hinterher, wie der Wagen langsam kleiner wurde und dann ganz verschwand. Er überdachte Assances Warnung und kam zu dem Entschluss, sich erst einmal schön unauffällig zu verhalten. Schließlich sah man sich im Leben ja immer zweimal.

Das Team im Verwaltungsgebäude der Bahn in Hay River hatte zu dieser Zeit ganz andere Probleme. Auf welchem Weg auch immer die mangelhafte Aktivität von Sheriff Samuelson in die Zentralverwaltung gelangt war, man hatte Kent Norris zu einem Gespräch gebeten.

In Hay River kam Kent Norris nach einer Fahrt über 995 Kilometer zur Mittagszeit an. Im Polizeigebäude verwies ihn der Pförtner ins Zimmer 111 im ersten Stock.

Kent übermüdet und abgekämpft klopfte an und trat ein. Er sah sich seinem alten gut gelaunten Chef gegenüber, der ihn angrinste. Chris Davos war etwa 55 Jahre alt, hatte graumelierte, kurze Haare und kam ziemlich sportlich daher. Er begrüßte seinen ehemaligen Sheriff herzlich und bat ihn, Platz zu nehmen. Dann räusperte er sich kurz.

„Also Norris, ich habe Sie hergebeten, weil es da oben in diesem Kaff Chipewyan doch einigen Ärger gibt, den der dortige Kollege nicht im Griff zu haben scheint. Ihr habt euch ja auch schon über ihn beschwert. Erzähle mir doch nochmal, worum es dabei eigentlich ging." Und so erzählte Kent Norris die ganze Geschichte, seit sie da oben sind. Mit allen Einzelheiten über die Deutsche Valerie und sein Verhältnis zu dem ansässigen Sheriff. Chris Davos hörte ihm geduldig zu, nickte mehrmals und holte dann tief Luft.

„Norris, ich weiß ja, dass Sie den Dienst gekündigt haben, um für die Bahngesellschaft da oben tätig zu werden. Darüber kann man denken, wie man will, und wenn's um eine Frau geht, verstehe ich das auch. Aber – so wie es da oben läuft, darf es nicht weiterhin laufen. Und ich kenne keinen Besseren als Sie, der sowas in Ordnung bringen kann. Daher ernenne ich Sie bis auf Widerruf nach Absprache mit der Bahngesellschaft zum Sheriff von Chipewyan! Dieser Samuelson ist Ihnen ab sofort unterstellt! Spurt er nicht, fliegt er raus oder wird versetzt. Alles klar?" Kent Norris sah seinen ehemaligen Chef sprachlos an, während dieser einen Sheriffstern und eine Dienstpistole aus dem Schreibtischkasten zog und beides über die Tischplatte vor Kent hinschob. Dann stand er auf, was Kent abnötigte, ebenfalls aufzustehen. Dann schüttelte Davos ihm die Hand.

„Gratuliere, Sheriff Kent Norris! Kommen Sie, ich lege Ihnen jetzt den Stern persönlich an die Brust an. Damit sind Sie ab jetzt vereidigter Sheriff von Fort Providence!"

Als Kent das Verwaltungsgebäude wieder verließ, war er einerseits froh, weiter bei Amelia sein zu können, andererseits wäre der Job bei der Bahn wesentlich ruhiger gewesen.

Als Kent eine halbe Stunde später wieder zu seinem Wagen ging, sah er zum ersten Mal wieder, wie ihm einige Leute auswichen, andere aber freundlich grüßten. Und es waren viele, die ihn hier kannten und ihm auch wohlgesonnen waren.

Als Kent kurz vor dem Hellwerden wieder in „Fort Chipewyan" ankam und vor dem Haus anhielt, hupte er kurz zweimal. Im Nu ging die Tür auf und zwei Frauen und ein Mann standen in der hell erleuchteten Tür. Norris grüßte und schwenkte seinen neuen Stetsonhut und rief lachend:

„Hallo Leute! Habt ihr ein ordentliches Frühstück für euren neuen Sheriff?" Amelia kam als erste die Treppe herunter, fiel ihm um den Hals und drückte ihn herzlich.

„Gratuliere, mein Held!", hauchte sie. Lucas kam auf ihn zu und umarmte ihn auch.

„Ich habe sowas geahnt, aber das kann für uns nur gut sein. Gratuliere dir!"

Die letzte war Valerie und die zog ihn an der Hand die Stufen hinauf in die Wohnküche und dort zum gedeckten Tisch.

„Komm, setz dich und iss Eier mit Speck, Sheriff!" Und dann musste er erzählen, wie alles abgelaufen war. Lucas grinste breit, als er hörte, was sich nun ändern würde.

„Ich bin morgen auf das Gesicht von Samuelson gespannt. Ob das gut geht?" Kent zuckte mit den Schultern.

„Ich habe die volle Deckung von oben. Er wird sich darauf einstellen müssen. Wenn nicht, ist er nicht mehr lange hier im Dienst." Amelia sah ihn von der Seite an.

„Und, was wirst du als Erstes tun?" Kent grinste sie erst an, dann gab er ihr einen Kuss.

„Als Erstes werde ich eine Mexikanerin heiraten! Ein Sheriff, der verheiratet ist, ist das Sinnbild für Zuverlässigkeit. Als Zweites spüren wir diesen Hansdorf auf. Und als Drittes werde ich der Mexikanerin ein Kind machen, oder auch zwei oder auch drei!"

Im Nu war ein großes Gelächter im Gange und Amelia protestierte gegen die Kinderflut, die sich da anbahnen sollte.

„Sheriff, denke daran, ich bin keine Kanadierin. Ich kann jederzeit mit meinen Kindern nach Amerika flüchten, wenn es mir zu viel wird." Kent Norris sah sie auf einmal ernst an.

„Stimmt, du hast recht! Also viertens, du musst Kanadierin werden. Basta!" Amelia schüttelte langsam den Kopf.

„Mit Basta geht da schon mal gar nix. Und noch was – wann du mir die Figur versauen darfst. bestimme immer noch ich. Was die Hochzeit betrifft, bitte ich mir noch sechs Monate Bedenkzeit aus, immerhin soll es ja für ewig halten. Einverstanden, Sheriff?"

Kent Norris lächelte, nickte und meinte dann: „Einverstanden, meine Verlobte."

Die ganze Zeit hatte Lucas die Augen nicht von Valerie gelassen. Als sie es bemerkte, zwinkerte er ihr zu und Valerie nickte ein wenig. Damit war alles klar, auch hier bahnten sich Veränderungen an.

Und so wurde es noch ein vergnügter Abend in dieser Großfamilie.

Als Kent Norris am nächsten Morgen in voller Montur das Büro des Sheriffs betrat, war der Schreibtisch geräumt, und Samuelson saß an einem Schreibtisch gegenüber. Er sah auf als Norris eintrat und stand auf. Kent war auf alles gefasst gewesen, aber dass sein Gegenüber ihm die Hand hinhielt und ihn begrüßte, daran hatte er im Entferntesten nicht gedacht.

„Willkommen im neuen Dienstbereich, Chef! Ich sage es frei heraus, ich bin froh, die Verantwortung los zu sein. Jetzt also bestimmen Sie, wo es lang geht, und ich werde sie so gut ich kann dabei unterstützen." Norris war so überrascht, dass er den etwas beleibten Kollegen einfach mal umarmte. Dabei konnte er ihm aber nicht in die Augen schauen, und die sagten etwas ganz anderes aus. Die anschließenden zwei Stunden verbrachten sie damit, Kent auf den neuesten Stand zu bringen. Auch das Thema Mario Hansdorf stand dabei auf der Tagesordnung.

Samuelson hatte keinerlei Erkenntnisse darüber, wo man mit der Suche nach dem Deutschen anfangen konnte. Er hatte sich einfach nicht darum gekümmert. Also begann Kent Norris zunächst damit, auf einer Karte an der Wand des Büros mit bunten Fähnchen die Orte zu markieren, wo man auf Hansdorf in der Vergangenheit gestoßen war. Das Ergebnis war allerdings sehr übersichtlich, um nicht das Wort „kärglich" zu benutzen.

Dann aber setzte er Hansdorf noch einmal auf die Fahndungsliste der Polizei hier oben im gesamten Norden. Jeder noch so kleine Flugplatz und jede Polizeistation erhielt ein Bild von ihm. Doch der von Kent Norris Gesuchte war zu dieser Zeit etwa 250 Meilen entfernt am Ufer des Großen Sklavensees in Reliance. Er suchte dort nach neuen Käufern für seinen Stoff. Sein 1988er „Ford Maverik Wagon" hatte dafür extra im Unterboden eine Box erhalten, in der man den Stoff gefahrlos transportieren konnte und an den man durch eine kleine Klappe unter der Auslegware Zugang hatte.

Von der Fahndung nach ihm hatte er noch nichts bemerkt, da er sich die ganze Zeit abseits der Hauptstraßen bewegte. Da der Maverik Allrad hatte, war das kein Problem. Und so erreichte er an diesem Tag eine Art Weiler, in dem etwa 50 Menschen lebten. Zum Teil Einheimische Abkömmlinge von Indianern, zum Teil auch zugewanderte Abenteurer aus aller Welt. Und wie jeder kleine Ort hatte auch dieser einen Pub.

Mario Hansdorf trat ein und ging zum Tresen. Dahinter stand eine junge Schönheit, wohl nicht viel älter als 20 Jahre. Er grüßte sie augenzwinkernd, sie lächelte zurück und grüßte ebenfalls. Mario bestellte einen dicken Kaffee mit Schuss und ein Steak bei ihr. Da kaum was los war, kam die Bestellung ziemlich schnell.

Mario versuchte die junge Lady in ein Gespräch zu verwickeln. Mach zehn Minuten wusste er, dass sie Victoria hieß und der Betreiber des Pubs ihr Daddy war. Dabei stellte sich heraus, dass der Pub auch zwei Zimmer vermietete. Obwohl er sonst im Wagen schlief auf seinen Touren, diesmal nahm er ein Zimmer. Und so konnte er bereits am Abend mit der jungen Lady etwas flirten. Und sie klagte ihm ihr Leid, dass es in diesem Kaff keine gescheiten Männer gab in ihrem Alter. In weiser Voraussicht hatte er beim Ausfüllen der Anmeldung sich schon mal von 36 Jahren auf 29 Jahre „heruntergealtert" und sich als Manager einer Ölfirma eingetragen. Dies wiederum hatte zur Folge, dass der Daddy der Lady an seinen Tisch kam und eine Runde Whisky spendierte auf Kosten des Hauses. Als Grund seiner Reise hatte Mario angegeben, Fachkräfte anwerben zu wollen. Und so plauderten sie eine Weile und Mario erfuhr einiges über die Leute im Ort. Am Ende des Abends war er von seiner „Masche" so begeistert, dass er nun ziemlich genau wusste, wer ihm seinen Stoff abkaufen würde und wer nicht. Als er den Gastraum verließ, bekam er zum Abschied sogar einen kleinen Kuss von Victoria. Und da Mario immer auch kleine Geschenke in Form von Anhängern oder Ketten bei sich hatte, erhielt die junge Lady am Morgen. als sie das Frühstück brachte, ein kleines silbernes Herz mit Kette und wurde sichtlich rot dabei.

Mario aber machte sich zu Fuß auf den Weg in die Siedlung. Schon nach kurzer Zeit traf er einen jungen Kerl, der ziemlich verwegen aussah mit seinen langen bis zur Schulter reichenden Haaren und den zahlreichen Tattoos. Er beobachtete ihn erst eine Weile, ehe er ihn ansprach. Wie nicht anders zu erwarten, kam man schnell ins Geschäft. Der Junge brauchte unbedingt einen Eigenbedarf. Mario steckte ihn in dessen weite Joppentasche.

„Hier, mein Freund, eine kleine Kostprobe für umsonst." Der junge Kerl sah ihn erstaunt an und schüttelte den Kopf.

„Wieso verschenkst du dein Zeug?" Mario lächelte und sah sich einen Moment um, dann meinte er:

„Damit du siehst, dass ich keinen gestreckten Mist verkaufe. Und wenn du dich entschließen könntest, für mich hier oben ein paar Kunden zu gewinnen, dann kannst du es auch verkaufen und einen Profit von 15% dabei machen. Was meinst du?"

Der junge Mann wurde sichtlich aufgeweckter und grinste.

„Ich soll für dich verkaufen hier, als einziger?"

Mario nickte. Der Junge hielt ihm die Hand hin, doch Mario zögerte noch einen Moment, zum Geschäftemachen gehört ein Startkapital. Kannst du 200 Dollar für die Ware vorschießen?"

Die Enttäuschung auf dem Gesicht des Jungen wurde sichtbar und er schüttelte den Kopf.

„Ich habe keine 20 Dollar, du Ei!", brummte er und wollte weggehen. Mario hielt ihn am Ärmel fest.

„Moment, gib meine Ware wieder her!" Der junge Kerl war dem Heulen nahe und schniefte:

„Verdammt, ich brauche den Schuss! Kannst du nicht mal eine Ausnahme machen?" Mario überlegte kurz.

„Na gut, wieviel Päckchen könntest du auf Anhieb loswerden? Der Preis liegt bei 20 Dollar!", fragte er den Jungen. Der holte tief Luft und schien gerade zu zählen. Dann meinte er:

„Hundertprozentig acht Beutel, vorläufig!" Mario nickte zufrieden. „Gut, in einer Stunde wieder hier an der Stelle. Aber mach keinen Scheiß, Junge!" Dabei lüftete er seine Joppe und ließ den Knaben einen Blick auf seine Waffe werfen.

„Wenn du mich linkst, erwische ich dich und leg dich um! Ist das klar?" Der junge Kerl nickte eingeschüchtert.

„Okay, in bin in einer Stunde wieder hier. Ich bringe die Kohle gleich mit." Mario nickte.

„Okay, und wie heißt du eigentlich?" Der junge Kerl zögerte einen Moment, doch dann sagte er:

„Alle, die mich kennen, nennen mich Murphie." Dann drehte er sich um und lief weg. Mario sah ihm kurz hinterher. Für den Anfang war er zufrieden. Er hatte den ersten Kunden hier gefunden. Vorausgesetzt der Knabe kam wieder.

Pünktlich eine Stunde später wartete sein neuer Freund bereits auf ihn auf dem vereinbarten Platz. Mario übergab ihm zehn Päckchen und kassierte 200$ von ihm. Um das Geschäft für den Jungen schmackhaft zu machen, schenkte er ihm noch ein Päckchen obendrauf.

Am Abend saß er dann wieder im Pub. Plötzlich setzte sich ein mittelgroßer Mann mit Glatze ungebeten an seinen Tisch.

Mario sah ihn von der Seite an. Seine Rechte lag am Griff seiner Waffe. Doch der Glatzkopf meinte plötzlich leise:

„Hör mal, Kumpel, willst du das Geschäft, was du mit Murphie gemacht hast, nicht lieber mit mir machen? Ich habe eine Menge Freunde. Künstler, Arbeiter, Angestellte. Und ich habe einen Friseursalon hier im Ort." Mario musterte den Glatzkopf und der grinste ihn an. „Ich heiße Freddy Langmann, mein Laden ist in der Hauptstraße." Mario hielt ihm die Hand hin.

„Schlag ein, du hast den Job." Freddy schlug ein, dann legte er Mario 200 Dollar auf den Tisch.

„Kannst du dafür nochmal liefern?" Mario nickte und stand auf.

„Gut, warte hier. Ich komme gleich wieder." Sprach's und ging zu seinem Wagen. Wenig später war er zurück und schob dem Glatzkopf schnell unter dem Tisch die Ware zu. Er sah ihn an.

„Freut mich so einen zuverlässigen Partner gefunden zu haben, Freddy. In vier Wochen bin ich wieder hier. Hier ist meine Nummer." Er schob ihm einen Zettel mit seiner Handynummer zu, die Freddy schnell einsteckte.

Kurz vor Mitternacht huschte Victoria in sein Zimmer und auf sein Bett. Sie blieb bis kurz vor sechs Uhr am Morgen. Dabei hatte er ihr versprochen, bald wiederzukommen. Und Mario fühlte sich so richtig wohl im Moment. Die Geschäfte liefen gut und mit der Liebe schien es auch wieder zu klappen.

Valerie, alias Mila Wilson, musste am Morgen mit Amelia nach Rocher City. Früher mal eine Stadt mit 5000 Einwohnern und einem florierenden Uran-Bergbau. Heute lebten dort noch ca. 150 Leute, aber man gedachte eventuell die Bahnstrecke dorthin zu erneuern, weil man spekulierte, neben Uran auch wieder Gold abzubauen. Doch die Umweltleute liefen dagegen Sturm.

Der Flug ging um 6:30 Uhr. Kent schärfte beiden Frauen ein, auf Bekanntschaften zu verzichten, was die natürlich mit Lachen quittierten. Da es eine kleine Maschine war, hatten sie nur Handgepäck und darin auch ihre „Ausrüstung". Kent hatte ihnen eine Bescheinigung mitgegeben für den Fall, dass sie kontrolliert wurden. Sie waren sozusagen im Auftrag des Sheriffs unterwegs, also dienstlich. Lucas hatte beide zum Flughafen gebracht und dort verabschiedet. Sie wollten am Abend wieder zurück sein gegen 19.30 Uhr.

Der zweistündige Flug verging schnell und so landeten sie bereits um 9:00 Uhr in Rocher City. Valerie sah sich enttäuscht um.

„Na, ist das vielleicht ein Kaff!", entfuhr es ihr, als sie den kleinen Flughafen verließen. Eine Hauptstraße, etwa zwanzig Häuser, einen großen Platz und eine Kirche, das war Rocher River. Und so suchten sie zunächst den Bürgermeister auf. Der ältere grauhaarige Herr war um die 70 Jahre und hatte noch die Blütezeit seiner Stadt miterlebt.

Er begrüßte die beiden jungen Damen sehr höflich und bot ihnen Platz und Kaffee in seinem Büro an. Dann erklärte ihm Valerie, warum sie gekommen waren. Während sie sprach, sah er sie durchweg permanent an. Als Valerie einmal eine Pause machte, fragte er sie:

„Sagen Sie mal Miss, Sie sind aber keine Kanadierin, oder?" Valerie schüttelte den Kopf.

„Nein, ich komme aus Germany, Hamburg." Er lachte breit. „Ja, ist das aber ein Zufall. Als junger Soldat war ich eine Zeit lang in der Nähe von Hamburg stationiert." Und so plauderten sie noch eine Weile, bis Amelia sich bemerkbar machte und den Bürgermeister Warren Confield fragte, wie es denn um die Bahnverbindung bestellt sei. Und da gab es allerhand Probleme. Die Strecke bestand noch, war aber über Jahre hinweg nicht gewartet worden. Es gäbe noch eine Diesellok und einen Waggon für den Personenverkehr. Wenn sie wollten, könnten sie beides am nächsten Tag benutzen, um sich ein Bild zu machen. Und deshalb wurde es nichts mit der Heimkehr am Abend.

Am nächsten Morgen stand die kleine Diesellok abfahrbereit im alten Bahnhof und beide Damen stiegen neben dem Bürgermeister und zwei Streckenarbeitern zu. Die Fahrt ging langsam und es schaukelte reichlich. Amelia und Valerie hatten mit dem Lokführer ausgemacht, dass er ungefähr 15 Meilen fahren und dann wieder zurückfahren sollte. Nach 11 Meilen mussten sie stehen bleiben, das Gleis war defekt – es fehlten gute fünf Meter auf beiden Seiten. Sie waren kaum auf dem Heimweg, als es plötzlich mehrfach knallte! Geschosse schlugen in die Wagendecke ein, zersplitterten zwei Fenster und trafen einen Feuerlöscher, der hochging. Innerhalb kürzester Zeit war alles weiß im Waggon, dessen Fahrgäste auf dem Boden lagen. Nur eine hatte sich schnell aufgerafft, war zum hinteren Fenster gelaufen und hatte dann zwei Schüsse abgefeuert, und das war Amelia. Der ältliche Bürgermeister starrte die junge Frau verdattert an.

„Ja, sagen Sie mal, Sie sind ja bewaffnet, junge Frau!", stotterte er fassungslos. Amelia grinste und nickte:
„Wie man sieht, muss man das, wenn man bei Ihnen zu Besuch kommt, Herr Bürgermeister." Der hob bedauernd die Schultern.

„Ja, tut mir leid, aber hier gibt's einige Leute, die gegen dieses Bahnprojekt sind. Die fürchten, es wird wieder so wie in den 80er Jahren, als hier gut 5000 Leute wohnten und eine Menge Gesindel dabei war."

Beim Einlaufen des Zuges im Bahnhof hatten sich bereits einige Neugierige versammelt. Unter anderem auch eine Reporterin, die Amelia sofort ansprach.

„Wir haben gehört, Sie sind unterwegs beschossen worden, hatten Sie Angst?", fragte die junge Frau und hielt Amelia ihr Mikro vor die Nase. Doch Amelia war gerade so richtig in Stimmung.

„Angst? Wovor sollten wir denn Angst haben, nur weil mal jemand auf uns geschossen hat? Mit sowas kann man uns nicht beeindrucken. Das Bahnprojekt wird kommen, und am Ende wird jeder froh sein hier. Das bringt Arbeiter, Touristen und auch Leute, die hier Geld ausgeben, in die Stadt", erwiderte sie und ging einfach weiter.

Was Amelia nicht wissen konnte, Mario Hansdorf saß in seiner Hütte und starrte auf den kleinen Bildschirm seines Laptops. Er war sprachlos. Da trieben sich die beiden Weiber doch tatsächlich weitab von ihrer Basis im Busch herum. Aber bis da hoch waren es immerhin gute 1312 Meilen. Wahrscheinlich waren sie geflogen. Und weil er gerade nix Besseres zu tun hatte, überlegte er, wie er diesem Weib mal wieder Angst einjagen konnte.
Amelia und Valerie flogen am nächsten Morgen wieder zurück nach Fort Providence, da sie ihren Auftrag erledigt hatten.
Valerie begann schon im Flugzeug mit Notizen für ihren Bericht, während Amelia selig schlief. Bei ihrer Ankunft standen Lucas und Kent bereits am Flughafen. Aber keine 100 Meter weiter stand ein einzelner Mann in einem Tarnanzug zwischen den Büschen und beobachtete, wie sie in den Pickup der beiden Männer einstiegen. Da waren sie also wieder. Mario rieb sich die Hände. Jetzt wo sie wieder da war, konnte er richtig Gas geben. Immerhin hatte er eine ganze Nacht am Flughafen zugebracht, um die beiden Weiber auf keinen Fall zu verpassen. Aber nun waren sie wieder da und er könnte erneut loslegen.
Und das „Loslegen" begann bereits am nächsten Abend. Es war etwas später als 22:30 Uhr, als es draußen im Garten plötzlich mehrmals laut knallte und mehrere Sylvester Raketen in die Luft zischten, um dann über dem Ort des Geschehens zu zerplatzen und einen bunten Feuerregen zu erzeugen. Rocky bellte wie ein Verrückter und raste hinaus auf den Hof. Nachdem er eine

Runde um den Zaun des Grundstückes gelaufen war, blieb er an der Treppe zum Eingang sitzen. Die Bewohner des Hauses aber standen alle mehr oder weniger verschlafen an der Treppe und starrten in die Dunkelheit. Es roch leicht nach Schwefel und die letzten Rauchschwaden verzogen sich langsam.

Kent Norris schüttelte den Kopf, als sein Handy zu läuten begann. „Na das fehlt mir jetzt auch noch!", brummte er und nahm das Gespräch an. Am anderen Ende der Leitung war der Obmann des Stadtrates und beschwerte sich über die Ruhestörung und wollte wissen, ob er diesen Unfug genehmigt hätte.

Kent versicherte ihm, nichts dergleichen genehmigt zu haben, und versprach der Sache nachzugehen. Valerie gähnte verhalten und sah Kent an.

„Ich wette mit dir, das war wieder Mario. Er muss also immer noch in unserer Nähe sein. Wann wird das endlich mal aufhören? Ich bin es langsam leid, mich dauernd vor diesem Idioten zu ängstigen", schimpfte sie. Kent sah sie mitfühlend an.

„Ich weiß, Valerie, aber mehr als ich bis jetzt getan habe, kann ich nicht machen. Er steht in der Fahndung und die Plakate sind auch raus. Er wird uns garantiert irgendwann in die Falle gehen. Aber wir sind hier nicht in einer Großstadt oder bei euch in Deutschland." Den Rest der Nacht blieb es ruhig.

Doch am nächsten Vormittag stand plötzlich eine ältere Dame im Büro des Sheriffs. Die kleine zierliche Frau mit Brille und einer schwarzen Haarpracht mochte um die 60 Jahre alt sein. Miss Jannings sah den neuen Sheriff von oben bis unten an, ehe sie erbost loslegte:

„Sagen Sie mal, junger Mann, sehr lange sind Sie noch nicht hier bei uns. Ich hoffe nur, Sie sind etwas flotter als ihr Vorgänger, der beim Laufen fast eingeschlafen ist", radebrechte sie munter drauflos. Kent bot ihr einen Platz und Kaffee an, beides nahm Miss Jennings dankend an, um dann zum wahren Grund ihres Besuches zu kommen.

„Also was ich Ihnen erzählen wollte, Sheriff – ich war gestern Abend gegen 22:30 mit meiner Milla nochmal draußen und bin da hinten am Verwaltungshaus der Bahn vorbeigelaufen. Auf dem Rückweg stand dann plötzlich ein hellblauer Pickup dort und ein jüngerer Mann hantierte mit irgendwelchen Flaschen, in die er lange Stangen steckte. Anschließend zündete er ein

Feuerwerk und schoss die Raketen in die Luft. Als er mich bemerkte, drehte er sich schnell weg. Aber ich habe mir die Nummer des Wagens gemerkt. Hier ist der Zettel mit der Nummer!" Miss Jannings schob Kent einen Zettel über den Tisch. Er nahm ihn und las: UK 212-HJ 18. Dann nickte er.

„Wissen Sie zufällig, was das für Wagen war? Ich meine, welche Marke?" Miss Jannings nickte.

„Natürlich weiß ich das, junger Mann, das war ein blauer „Dogde-Continental". Ich weiß das daher so genau, weil mein seliger Eggi, Gott hab ihn selig, so einen Wagen gefahren hat", erwiderte sie auskunftsfreudig. Kent bedankte sich herzlich bei der alten Dame.

„Miss Jannings, ich bedanke mich ganz herzlich bei Ihnen. Sie haben uns einen großen Dienst erwiesen. Jetzt werden wir diesen Kerl suchen können."
Eine Stunde später lief eine Ergänzung zur Suche nach Hansdorf durch alle Polizeistationen im Norden.
Schon um die Mittagszeit bekam er eine Meldung von einer Tankstelle auf halber Strecke zwischen Chipewyan und Fort Smith herein. Dort musste der Wagen vollgetankt worden sein. Er war auf dem Weg Richtung Süden weitergefahren und hatte damit Norris Verantwortungsbereich verlassen.

Sofort rief Kent seine Kollegen in Hay River und Fort Smith an, denn dort würde er ja vorbeikommen. Das hieß aber auch, dass er im Moment ziemlich weit weg von ihnen war.
Doch Mario war bereits wieder auf dem Highway und donnerte mit Speed über die E5 in Richtung Grande Prairie. Er hatte lediglich eine neue Ladung Stoff da oben geholt und fuhr nun wieder in sein derzeitiges Quartier, welches er vor zwei Wochen durch Zufall gefunden hatte. Es war eine alte Rancher Station und daneben eine ehemalige Goldmine. Auf jeden Fall würde das seine künftige Basis werden, von der aus er agieren konnte und auch wieder verschwinden konnte.
Der Verkehr war nur mäßig, bestand zumeist aus LKWs mit Holzladungen. An einer in der Ferne auftauchenden Kreuzung sah Kent plötzlich, wie ein blauer Pickup mit Vollgas nach links abbog, als er die Polizeisirene gehört hatte. Kent ärgerte sich. Ohne die Polizeisirene hätten sie ihn jetzt wahrscheinlich in die

Zange nehmen können. So aber artete das Ganze in eine Verfolgungsjagd aus.

Als Mario auf der langen Geraden plötzlich zwei mit Blaulicht fahrende Polizeiwagen auftauchen sah, war er geistesgegenwärtig sofort an der Kreuzung abgebogen und raste nun mit Vollgas eine Schotterpiste entlang. Offenbar hatten die Bullen es tatsächlich auf ihn abgesehen. Immer wieder sah er in den Rückspiegel und fuhr dann mit kreischenden Rädern in einen Waldweg ein. Zum Glück war der knochentrocken und der Allrad Pick-up nahm ihn mit Leichtigkeit. Nach einer guten Meile bremste er ab und fuhr zwischen ein paar Felsen hinein, durch die der Wagen gut hindurch passte und blieb stehen. Er sah in den Rückspiegel, aber es war nichts zu sehen. Offenbar war der Streifenwagen an der Einmündung vorbei geprescht. Er überlegte kurz. Vielleicht waren die aber überhaupt nicht wegen ihm unterwegs?

Vorsichtig fuhr er rückwärts wieder heraus, wendete und fuhr dann langsam bis zum Highway zurück. Als von einer Polizeistreife nichts zu sehen war, bog er wieder ein und fuhr zurück in Richtung Ford Chipewyan. Danach begab er sich zu Fuß zu einem Versteck in der alten Goldmine. Auf einer Metallleiter kletterte er gute drei Meter hoch in eine Ausbuchtung im Felsgestein. Hier war sein Materiallager, wo er den Stoff lagerte. Stolz sah er auf den Vorrat, den er angesammelt hatte und der nun verkauft werden musste. Da er aber längst ein Netz von abhängigen Verkäufern gefunden hatte, begann sich das Geschäft langsam zu rentieren.

Anschließend ging er wieder zurück in sein Blockhaus und legte sich schlafen. Sollte irgendwann mal Polizei bei ihm auftauchen, konnte er durch einen schmalen Kellergang rüber in die Mine wechseln, ohne von jemand gesehen zu werden.

Am nächsten Tag fuhr Mario in den Ort, um sich nach einem neuen Pick-up umzuschauen. Gelegenheitshändler gab es reichlich, und die wussten manchmal selber nicht so genau, woher ihre Karren gekommen waren, und verkauften sie einfach weiter. Und genau diese Art von Händler suchte Mario nun.

Plötzlich sah er wieder ein kleines Plakat an einem Baum. Es war ein Suchplakat mit seinem Konterfei. Jetzt war ihm einiges klar, die Bahn machte mit Valerie gemeinsame Sache. Sie suchten nach ihm. Mario war sich im Klaren, dass er auf Dauer hier oben nicht mehr durchhalten würde. Als Erstes würde er wohl mal wieder seinen Standort wechseln müssen. Je mehr er unterwegs war, je weniger konnte er Gefahr laufen, geschnappt zu werden. Und da gab es ja noch diese Victoria da oben in der Nähe von Reliance. Es war wohl an der Zeit, seinen Standort da hinauf zu verlegen. Sie würde sich bestimmt freuen, wenn er wieder kam. Andererseits ging ihm aber auch Valerie noch nicht aus dem Sinn. Er musste noch einmal richtig zuschlagen und sich dann verkrümeln, aber wie? Und wie das oft so im Leben ist, hilft einem manchmal der Zufall.

Mario Hansdorf begann, seine ehemalige Verlobte wieder zu beobachten. Nach wenigen Tagen wusste er genau, was sie die ganze Woche machte, wo sie hinfuhr, wo sie sich längere Zeit aufhielt, und wann sie alleine unterwegs war. Er hatte genau Buch geführt. Und so hatte er sich einen Wochentag ausgesucht, an dem sie rausfuhr zur Baustelle. Meist war sie da sogar alleine unterwegs ohne diesen langen blonden Lulatsch.

Die Entführung

Donnerstags ging Valerie meist früh zur Bank, einem kleinen Gebäude am Rande des Ortes. Mit Kent war sie bis zu seinem Büro gefahren, um dann von dort aus zur Bank zu laufen. Der kurze Weg führte sie an ein paar alten Holzhütten vorbei, in denen die Einheimischen Material lagerten. Dort hatte sich aber auch Mario mit dem Pick-up ganz früh am Morgen dazwischen gestellt. Und nun wartete er, wann sie vorbeilaufen würde. Eine Flasche mit Chloroform und ein Tuch hielt er griffbereit. Immer wieder schaute er um die Ecke der alten Scheune. Inzwischen war es 9:00 Uhr geworden. Wo sie nur blieb?

Valerie nahm ihre Sachen, verabschiedete sich gerade im Büro von Kent und machte sich gut gelaunt auf den Weg zur Bank.

„Mach's einstweilen gut, wir sehen uns spätestens zum Mittagessen. Lucas nimmt mich wieder mit zurück zum Büro, wenn ich in der Bank war. Er wartet dort auf mich." Sprach's und winkte dem Sheriff noch einmal zu. Der winkte zurück und meinte dann noch lächelnd:

„Pass gut auf dich auf! Bis später!" Doch da klappte die Tür bereits zu und Valerie winkte dem am Fenster Stehenden noch einmal zu. Einen kurzen Moment sah er sie noch die Straße entlang gehen, dann wandte er sich seiner Schreibarbeit zu.

Valerie ging vor sich hin summend die schmale Straße entlang und dachte gerade an Amelia, mit der sie am Nachmittag noch einkaufen gehen wollte, als urplötzlich jemand vor ihr stand! Sie sah auf, erkannte das bärtige Gesicht und erschrak. Noch ehe sie überhaupt reagieren konnte, umfasste der Mann sie von hinten und drückte ihr ein Tuch auf den Mund.

Valerie wollte sich nach Kräften wehren, doch auf einmal wurde ihr schwarz vor Augen. Der Mann fing die Schwankende auf, hob sie hoch und trug sie zu seinem Pickup. Dann band er ihre Hände und Füße zusammen und klebte ihr einen Streifen Packband über den Mund und die Augen, nachdem er ihr vorher einen kleinen Knebel in den Mund geschoben hatte.

Hastig sah er sich noch einmal um, doch niemand war in der Nähe. Grinsend startete er den Wagen, fuhr aus der Lücke zwischen den beiden alten Hütten heraus und nahm Kurs auf den Highway. Dort angekommen trat er das Gaspedal durch und der Wagen schoss davon. Das Ziel lag in 120 Meilen Entfernung in einem Waldstück an einem breiten Seitenarm des Flusses, wo sein neuer Stützpunkt lag.

Über eine schmale Stiege gelangte man in den Keller, in dem es mehrere Räume gab. Und in einem hatte er für seinen Gast ein kleines Zimmer eingerichtet mit einem Bett, einem Schrank, einer Toilette und einem Elektroofen, denn das Haus hatte, warum auch immer, Stromanschluss.

Lucas stand an der Bank und sah auf seine Armbanduhr. Es war 9:20 Uhr und Valerie war noch nicht da. Kurz entschlossen rief er ihr Handy an. Es tutete, aber es meldete sich niemand. Unruhig geworden rief er nun Kents Büro an. Der meldete sich sofort.

„Hier ist Lucas! Sag mal, ist Valerie noch bei dir? Wir wollten uns hier kurz nach neun Uhr treffen." Kent stutzte:

„Was denn, ist sie noch nicht bei dir angekommen? Sie ist Punkt neun Uhr hier losgelaufen. Sie hat mir noch erzählt, dass ihr euch dort treffen wollt." Lucas Stimme hatte eine höhere Oktave angenommen.

„Nein verdammt! Sie ist noch nicht hier! Das Stück Weg läuft man doch in fünf Minuten. Wir müssen sie suchen, mach dich auf die Socken! Schnell!"
Und schon setzte er sich in Bewegung in Richtung Sheriff-Office. Gleichzeitig verließ Kent sein Büro und lief eilends in Richtung Bank. Auf halber Höhe trafen die zwei Männer aufeinander. Sie sahen sich um. Kent ging sich umschauend den schmalen Weg zwischen zwei alten Scheunen hinein und starrte auf den Boden.

„Lucas! Hier hat noch vor kurzem ein Wagen gestanden. Sieh mal die Abdrücke der Reifen, das muss ein Pick-up gewesen sein. Die Erde ist noch nass von der Nacht."
Lucas kam herbei und bückte sich plötzlich im Laufen. Er hob einen goldenen Armreif mit zwei kleinen Herzen hoch. Den hatte er Valerie praktisch zur Verlobung geschenkt, da gab es keinen Zweifel. „Sieh her, der gehört Valerie!", meinte er mit erstickter Stimme zu Kent und um seinen Mund zuckte es verdächtig. Der Sheriff zog Lucas am Ärmel vom Ort des Geschehens weg.

„Komm mit, wir müssen schnell ins Büro! Ich muss eine Fahndung auslösen im Umkreis von 100 Meilen!" Sie sprinteten zurück in Kents Büro, dort angekommen gab der Sheriff eine Fahndung heraus.

„*Gesucht werden eine blonde deutsche Frau, Alter 36 Jahre, und ein Mann, Alter 38 Jahre, ebenfalls deutscher Staatsbürger. Die Frau ist entführt worden. Vorsicht, der Mann ist bewaffnet! Meldung an Posten 11/78 Fort Providence.*"
Alle Funkstreifen der Umgebung und alle Sheriffs der Umgegend waren jetzt informiert.

Mario Hansdorf fuhr gerade mit den erlaubten 100 Meilen pro-Stunde den Highway entlang, als hinter ihm Valeries Handy zu hören war. Er fluchte leise, fuhr an den Seitenstreifen, stieg aus und holte das Handy aus ihrer Jackentasche. Dann entfernte er die SIM-Karte und warf das Handy in hohen Bogen in den Wald hinein. So, damit war die letzte Verbindung zur Außenwelt für die Lady endgültig abgeschnitten.
Er wollte gerade den Highway verlassen, als er in einiger Entfernung eine Polizeisirene hörte. Mario gab Gas und der Pick-up

verschwand in einen Waldweg. Der Streifenwagen aber fuhr weiter und entfernte sich schnell. Mario musste grinsen. Er hatte alles einkalkuliert. Er war sich im Klaren gewesen, dass man Valerie schnell suchen würde, wenn sie nicht in der Bank ankam. Also würde dieser Sheriff, der sie meist begleitete auch schnell eine Fahndung nach ihr auslösen. Das heißt er musste die Zeit nutzen und weit genug wegkommen, aber auch immer noch in der Zeit weiterfahren, bis so eine Fahndung anlief. Wie man eben gesehen hatte, er hatte richtig kalkuliert.

Nach dreißig Minuten erreichte er auf Umwegen sein Ziel in der alten Mine, welche schon seit achtzehn Jahren stillgelegt war. Er fuhr den Wagen hinter das Haus. Valerie schien noch benommen zu sein, denn sie brabbelte nur wirres Zeug. Also schleppte er sie nach unten in den Keller und keuchte dabei.

„Mann, du bist wohl fetter geworden", keuchte er und warf sie auf das Bett. Dann zog er ihr die Joppe aus und kettete einen Fuß mit einer langen Kette an der Wand hinter dem Bett fest. So, die Kette reichte zwar bis zur Toilette, ließ sie aber nicht die Tür und die gegenüberliegende Wand mit dem kleinen Oberfenster erreichen. Dann holte er ihr zwei Flaschen Wasser und stellte sie neben ihr Bett. Er besah sich zufrieden sein Werk. Noch einmal würde sie ihm nicht entkommen, wie damals, als er sie schon einmal in seiner Gewalt gehabt hatte. Die Frage, die er sich noch nicht beantwortet hatte, war, was sollte diesmal mit ihr geschehen? Sie einfach umzubringen, das würde er nicht schaffen. Ein Leben lang einsperren oder sie hier unten verhungern zu lassen, das traute er sich eigentlich auch nicht zu. Oder doch? Mit diesen Überlegungen verließ er den Keller und ging nach oben. Er musste sich darüber im Klaren werden, was er mit ihr machen wollte. Den ersten Schachzug hatte er geschafft, er hatte sie wieder in seiner Gewalt. Aber nun musste er planen, wie es weitergehen sollte.

Allerdings war er sich ziemlich sicher, dass sie ihm diese Aktion nie vergessen oder gar verzeihen würde. Dazu kannte er sie viel zu gut und zu lange. Er konnte sie aber da unten zurücklassen und selber sehen, dass er das Land verlassen konnte. Es gab nach seiner Meinung bis jetzt keine Spur, die zu ihm führte. Also musste er sie auch schön in Ruhe lassen und ihr nie zu nahekommen. Dass er sie bereits auf seinen Händen getragen hatte, ließ er dabei allerdings außer Acht. Und so wälzte er sich unruhig auf seiner Pritsche hin und her und kam nicht zur Ruhe. Was sollte er nur tun? Mit niemand konnte er sich darüber austauschen. Am liebsten wäre es ihm gewesen, wenn sie ihren Zorn vergessen würde und wieder zu ihm zurückkommen würde. Aber er wusste, dass dieser Gedanke Unsinn war. Sie würde ihn nie wieder umarmen wollen, nie wieder küssen, und schon überhaupt nicht mit ihm ins Bett gehen wollen.

An diesem Abend saßen Lucas, Kent und Amelia in der Küche beisammen. Die Stimmung war auf dem Nullpunkt, denn für alle drei stand fest, dass Mario Hansdorf Valerie tatsächlich erneut gekidnappt hatte. Kent stand an der Wand und starrte auf die Karte seines Distriktes. Wenn er davon ausging, dass Valerie sich immer noch im Umkreis von 150 Meilen aufhielt, wo konnte dieser Idiot Valerie hingebracht haben. Die letzte Meldung hatte geheißen, dass ein blauer Pick-up vor der Polizei geflüchtet sei. Das war in Richtung Süden, etwa bei Meile 135 in der Nähe von Fort McKay gewesen. Was gab es da unten alles für Möglichkeiten unterzutauchen? Kent rief seinen Vize Samuelson an und erklärte ihm die Situation. Der wiederum meinte:

„Also Chef, ich wüsste wirklich nicht, was da sein sollte. Die Kreuzung hat eine Abfahrt in Richtung Fluss. Da geht's dann weiter nach Fort Mac Murray. Aber dort ist die Brücke längst zusammengebrochen, und man kommt nicht mehr rüber. Aber dort gibt's auch ein altes Bergwerk direkt am Fluss. Die gegenüberliegende Abfahrt führt zu einem Sägewerk, aber dort jemand zu verstecken ist unmöglich, da ist viel zu viel Betrieb."

Am Ende war Kent nicht viel schlauer als vorher. Amelia hörte auf, Strichmännchen auf ein Blatt Papier zu kitzeln und lehnte sich zurück. Sie hatte inzwischen schon das dritte Taschentuch durchnässt mit ihren Tränen.

„Wisst ihr, ich frage mich die ganze Zeit, was er mit Valerie vorhat? Die bleibt doch niemals freiwillig bei ihm. Und sie umzubringen, dafür halte ich den Kerl nicht für fähig." Kent sah sie von der Seite an.

„Da wäre ich mir nicht zu sicher, Amelia. Der Kerl ist besessen von der Idee sie zurückzuholen. Er hat sie und uns schon ein

paarmal bedroht, aber verletzt hat er sie nie. Was sagt uns das?"
Er sah seine beiden Freunde an. Kent schüttelte den Kopf.

„Er steht mit dem Rücken zur Wand, Leute! Er hat mindestens einen Mord auf seinem Gewissen. Was tut jemand, der keinen Ausweg mehr sieht?" Lucas holte tief Luft.

„Wir können hier stundenlang weiterphilosophieren, das bringt uns nicht einen Schritt weiter. Was gibt es hier im Umkreis von 100 Meilen für Möglichkeiten, jemanden zu verstecken?" Kent winkte ab.

„Der Wald ist riesengroß, es gibt tausend Möglichkeiten! Aber wenn man eine feste Unterkunft sucht, sieht die Sache schon anders aus. Ich gehe morgen Früh auf das Katasteramt hier im Ort. Und dann werden wir ja sehen, was es alles für alte Ruinen gibt." Amelia nickte zustimmend.

„Ich glaube mit den alten Ruinen liegst du genau richtig. Auf Grund der Fahndungsfotos kann er sich nicht mehr frei bewegen. Er kann sich nirgendwo verstecken, wo es Leute gibt. Und was mir noch einfällt, hast du schon den blauen Pick-up in die Fahndung gegeben, Kent?" Der sah Amelia einen Moment versteinert an, dann schlug er sich gegen die Stirn.

„Verdammt nochmal! Habe ich noch nicht gemacht, weil wir keine Fahrzeugkennzeichen haben. Aber blaue Pick-ups gibt's auch nicht wie Sand am Meer, zumal es ein alter Wagen gewesen sein muss. Ich hole das gleich nach. Aber den Pick-up, den uns die alte Dame geschildert hat, gibt's überhaupt nicht in unseren Unterlagen der Zulassungsbehörde. Dieser Wagen wurde vor fünf Jahren abgemeldet und verschrottet." Und schon stürmte er aus dem Haus. Nach einer halben Stunde war die Fahndung ausgeweitet, nun suchte man auch einen alten blauen Pick-up.

Bereits einen Tag nach diesem Fahndungsaufruf meldete sich ein junger Kerl um die Dreißig und gab an, dass er vor kurzem einen blauen Pick-up der Marke Renault an einen Kerl verkauft hatte, der ihm das Geld sofort auf den Tisch gezählt hatte. Der Beschreibung nach konnte das nur Hansdorf gewesen sein. Jetzt stand zumindest fest, dass Mario Hansdorf mit einem blauen Pickup Marke Renault unterwegs sein musste.

Mario Hansdorf schaute vorsichtig durch den Spion in der Tür zu Valeries Verlies. Sie war offenbar gerade aufgewacht, lag auf dem alten Bett und sah sich im Raum um. Er sah, wie sie unbändige Wut überkam und sie an der Kette zerrte.

Hatte es dieser Mistkerl tatsächlich geschafft, sie wieder zu kidnappen. Eins stand für sie allerdings fest. Sollte sie es wieder schaffen, sich zu befreien und an eine Waffe zu kommen, würde sie diesmal nicht zögern abzudrücken. Sie nahm einen Schluck aus der verschlossenen Wasserflasche und besah sich das Schinkenbrot genau. Es war nichts Verdächtiges zu erkennen. Also kostete sie erst vorsichtig, aber ihre Geschmacksnerven gaben keinen Alarm. Entschlossen biss sie hinein und aß das Brot auf. Im Stillen dachte sie:

„Wenn das Ganze nicht so gefährlich wäre, könnte man es direkt als einen kleinen Zweikampf betrachten. Aber sie beschloss, sich zugänglich zu zeigen und ihn damit einzulullen."

Plötzlich öffnete sich die Tür und ihr Verflossener stand da und grinste sie an.

„Na, wie gefällt dir dein neues Heim? Das ist hier sogar mit Heizung und fließend Wasser. Du kannst sogar duschen, wenn du willst! Also ein ganz annehmbares Gefängnis für die nächste Zeit, oder?" Valerie sah ihn mit zusammengekniffenen Augen an und dachte an ihren Vorsatz sich zahm zu geben.

„Und was versprichst du dir davon? Und was willst du dafür als Gegenleistung?", fragte sie zurück. Er trat langsam näher an das Bett heran.

„Nicht, was du gleich denkst! Ich will dich nicht vögeln. War damals beim ersten Mal ein Fehler von mir. Entschuldige. Aber vielleicht denkst du mal darüber nach, wie ich aus dieser verfahrenen Situation herauskomme, in die du mich mit deinen Bahnbossen gebracht hast. Das wäre ja schon mal ein guter Anfang."

Valerie sah ihn an und schüttelte unmerklich den Kopf.

„Du glaubst tatsächlich, dass wir schuld sind an dem, was dir passiert ist? Du hast doch in deinem Job versagt, hast die Leute angebrüllt, anstatt mit ihnen zu reden. Und dann schließt du dich diesen Verbrechern an. Diese Suppe hast du dir selber eingebrockt. Ich habe dich damals noch gewarnt, aber du hast mich ausgelacht. Und diese Entführung macht es doch nicht besser! Warum hast du denn nicht versucht, vernünftig mit mir zu reden? Wir hätten uns doch darüber austauschen können, um einen Weg zu finden. Ich will doch auch nicht, dass du für Jahre ins Gefängnis gehen musst."

Sie sah ihren ehemaligen Verlobten an und zuckte dann mit den Schultern.

„Wenn es eine Möglichkeit gäbe, dir zu helfen, würde ich es machen. Aber so wie es jetzt läuft, sehe ich keine, Mario!" Er hatte ihr die ganze Zeit mit zusammengebissenen Zähnen zugehört. Plötzlich meinte er:

„Du musst mich rausbringen aus Kanada! Deine Beziehungen zu dem Sheriff nutzen. Dann lasse ich dich gehen und du siehst mich nie wieder." Valerie wollte lachen, aber es wurde nur ein Krächzen.

„Wie soll ich das denn bewerkstelligen, he? Kent ist Polizist und wird dir nicht helfen, zu verschwinden. Keine Chance!" Mario brauste auf.

„Und wenn ich dir sonst den Hals umdrehe? Wird er es dann machen?" Valerie schüttelte den Kopf.

„Wird er deshalb schon nicht, weil er erstens ein ehrlicher Polizist ist, und zweitens bin ich nicht seine Freundin. Ich glaube, du verwechselt da was, ich habe nichts mit ihm. Noch nie gehabt, du kannst es mir glauben! "

Hansdorf stand vom Stuhl auf und sah sie ernst an, dann meinte er kurz angebunden:

„Dein Leben für meine Freiheit! Nur so geht es oder wir gehen beide drauf! Überleg es dir." Dann verließ er den Raum, knallte die Stahltür zu und schloss ab.

Valerie überlegte, was sie tun könnte. Auf einmal wurde ihr schlecht. Hastig stand sie auf und rannte zu ihrer Toilette. Ihr Mageninhalt ergoss sich ins Becken.

Was war denn das auf einmal? Schon an den Vortagen war ihr auf einmal früh morgens übel geworden, das hatte sich aber dann wieder gelegt. Sie war doch nicht etwa …? Das letzte Mal hatte sie vor zwei Wochen mit Lucas geschlafen. Na, das würde ja gerade noch fehlen!

Kent und Lucas waren immer noch auf der Suche nach einem blauen alten Pick-up der Marke Renault. Amelia war todunglücklich. Ihr fehlte die Freundin nicht nur bei der Arbeit,

165

sondern auch privat. Am Nachmittag kam eine Meldung aus Reliance. Man wollte Hansdorf dort gesehen haben. Sofort machten sich Kent und Lucas auf den Weg. Noch am späten Abend erreichten sie den Ort und fanden den Pub. Als sie eintraten, empfing sie eine schwarzgelockte junge Frau.

Ken bestellte zwei Bier bei ihr. Als sie es brachte, zog er ein Foto aus der Tasche und legte auch gleich den Sheriffstern daneben.

„Haben Sie den Mann schon mal gesehen, junge Frau?", fragte Kent sie und sah sie ernst an. Er bemerkte, wie es um ihre Lippen zuckte und sie wohl gerade überlegte, ob sie den Kerl auf dem Bild kennen würde. Doch dann nickte sie.

„Der war vor zwei Wochen hier, Sheriff. Mir hat er erzählt, er kommt von einer großen Gesellschaft und ist dort Manager. Wie ich aber inzwischen erfahren habe, hat er im Ort Kunden gesucht für Stoff. Seitdem habe ich aber nix mehr von ihm gehört. Wäre auch besser, er läuft mir nicht nochmal über den Weg", meinte die resolute junge Dame, um dann noch hinzuzufügen:

„Also soweit ich gesehen habe, war er mit einem alten blauen „Renault" unterwegs. Schon das hat mich gewundert, weil er ja ein Manager sein wollte - und dann so eine alte Kiste!"

Kent trug den Standort und das Datum auf seiner Karte ein und sie verabschiedeten sich wieder von der jungen Dame.

Lucas sah draußen Kent an. „Wenn du mich fragst, der klappert alle größeren Orte hier oben ab auf der Suche nach Kunden."

Kent hob den Daumen und grinste.

„Das meine ich auch. Aber was ist mit Valerie, verdammt nochmal? Hoffentlich lebt sie noch. Ich traue diesem German inzwischen alles zu."

Die Nachforschungen im Katasteramt hatten ergeben, dass sich in einem Radius von 150 Meilen zwei Sägewerke und eine alte Goldmine befanden. Alle Objekte lagen nicht weit auseinander. Und so entschloss sich Kent, diese drei Objekte aufzusuchen, und fuhr am nächsten Morgen mit Lucas schon frühzeitig los. Nach gut anderthalb Stunden erreichten sie das erste stillgelegte Sägewerk und sahen sich dort um. Doch die Ruine bot keinerlei Anzeichen dafür, dass hier jemand campiert hatte. Also suchten sie das zweite Sägewerk auf.

Als sie dort ankamen, mussten sie feststellen, dass hier so viel Betrieb war, dass Hansdorf da niemals sein konnte. Was nun blieb, war nur noch diese Goldmine. Doch wo sie auch Fragen stellten, es gab nur Achselzucken, niemand kannte so eine alte Mine.

Valerie erfreute sich zu diesem Zeitpunkt noch bester Gesundheit, bis auf die morgendlichen Kotzarien. Sie war sich sicher, dass sie schwanger war. Aber wo sollte sie jetzt einen Test herbekommen? Sie saß auf ihrem Bett und tastete den linken Fuß ab. Fest stand, sie war zumindest nicht mittellos, wenn sie hier rauskam. Denn sie hatte seit dem Ärger mit Mario immer noch eine zweite Geldkarte versteckt unter der Schuheinlage. Aber wie rauskommen? Sie musste ihm das Gefühl vermitteln, dass er ihr vertrauen konnte.

Als er wieder eintrat, um ihr das Frühstück zu bringen, meinte sie: „Du, hör mal, ist die Kette wirklich nötig? Ich kann doch sowieso hier nicht raus. Ich muss mich mehr bewegen, sonst bekomme ich Probleme mit dem Kreislauf."

Er stellte das Tablett ab, sah sie einen Augenblick an, dann nahm er den Schlüssel und öffnete das kleine Schloss.

„So, aber denke nicht, du kannst mich jetzt überraschen. Abends schließe ich dich wieder fest an." Sie sah den Revolverknauf aus seinem Hosenbund ragen. Wenn sie an diese Waffe kam, dann war sie frei. Obwohl sie noch nicht wusste, wo sie überhaupt war. Sie waren eine knappe Stunde gefahren, nachdem er sie gekidnappt hatte. War er hundert Meilen schnell gefahren, hatten sie etwa 62,5 km zurückgelegt. Doch für Valerie stand fest, würde sie aus ihrem Gefängnis herauskommen, würde sie sich auf den Weg nach Süden machen. Mario würde sie dann garantiert bei ihren Freunden oder in „Hay River" suchen.

Währenddessen waren Ken und Lucas gerade im Begriff, nach Chipewyan abzubiegen. Dort angekommen, erwartete sie bereits aufgeregt Amelia.

„Hört mal her, Jungs! Ich hatte vor einer Stunde einen Anruf. Der Anrufer hat aber keinen Namen genannt. Er meinte, er habe einen alten blauen Ford „Renault" kurz vor Fort McKay gesehen. Dann hat er aber aufgelegt."

Kent ging zur Karte vom Katasteramt und besah sich alles sehr genau darauf. Dann meinte er:

167

„Also, es gibt eine alte stillgelegte Mine und ein altes Elektrizitätswerk am Fluss weiter unten." Kent nickte.

„Gut, wir müssen alle Werke aufsuchen. Diesmal nehmen wir aber Rocky mit, der riecht Valerie auf zehn Meilen im Voraus." Er drückte Amelia an sich und versuchte, sie zu trösten.

„Mach dir nicht zu viel Sorgen, Liebes! Wir werden sie schon noch finden."

Dann verabschiedeten sie sich von Amelia und fuhren zum Tanken. Danach beluden sie den Pick-up mit Nahrung und Wasser und verbesserten ihre Bewaffnung. Man konnte ja nie wissen. Eine Stunde später fuhren sie los. Amelia winkte ihnen noch nach.

Mario sah am Morgen Valerie aufmerksam an. „Du siehst ziemlich blass aus. Fehlt dir was?", fragte er sie beunruhigt. Sie schüttelte den Kopf. Er stand wieder von seinem Stuhl auf.

„Hör zu, ich muss für zwei Tage unbedingt weg. Du bekommst genug zu essen und zu trinken, und ich lass die Kette weg. Mach kein Theater! Es hört dich hier draußen sowieso keiner. Ich bringe dir frische Unterwäsche mit. Brauchst du sonst noch was?" Sie überlegte kurz, ob sie einen Schwangerschaftstest verlangen sollte, verwarf den Gedanken aber dann. Sie fühlte sich schon wieder ganz gut und er brauchte das nicht zu wissen." Sie sah ihn mit ihrem Einschmeichelblick an.

„Pass auf dich auf und denk daran, du wirst gesucht!" Er sah sie erstaunt einen Moment an. Das klang aber schon wesentlich freundlicher als sonst. Er nickte ihr lächelnd zu und ging.

Kurze Zeit später hörte sie ihn wegfahren. Sofort begab sie sich auf die Inspektion des Zimmers. Ein runder Kreis in einer der Ecken am Fenster unter der Decke hatte schon vom ersten Tag an ihre Aufmerksamkeit geweckt. Mit Tisch und Stuhl kam sie bis an die Decke heran. Alles war weiß übertüncht, aber der Kreis sah seltsam stabil aus. Als sie mit dem Finger dagegen klopfte, klang es ziemlich hohl.

Kurzerhand schlug sie mit einem Stuhlbein des zweiten Stuhls dagegen. Und siehe da! Ein Deckel im Durchmesser von etwa 50 bis 60 Zentimeter klappte auf und fiel scheppernd zu Boden. Sie roch frische Luft. Valerie sah hinein. Das war tatsächlich ein alter Entlüftungsschacht. Und der musste ja irgendwo wieder ins

Freie führen. Aus ihrem Hemd machte sie sich einen Beutel und verstaute etwas zu essen und zu trinken. Dann balancierte sie wieder über den Tisch und die zwei Stühle empor bis unter die Decke und zog sich nach oben. Als sie endlich auf dem Bauch lag, begann sie sich vorwärts zu schieben. Das ganze Gebilde, in dem sie da entlang kroch, machte einen stabilen Eindruck.

Und so robbte sie vorsichtig auf dem Bauch weiter. Der Schacht führte waagerecht bis zu einem alten Ventilator. Es dauerte eine gute Stunde, bis sie es geschafft hatte, das Monstrum mit den Füßen so fest zu treten, bis er endlich hinausfiel und auf dem Boden draußen aufschlug. Sie hörte, wie es platschte, als wäre er ins Wasser gefallen. Valerie atmete die frische Luft ein. Sie streckte den Kopf hinaus und sah hinunter. Ach du Scheiße, das waren ja mindestens vier Meter. Trotzdem drehte sie sich langsam und mühsam um sich selbst, so dass sie nun mit den Beinen zuerst aus dem Loch herauskam, um sich dann langsam soweit hinauszuschieben, bis sie sich noch etwas weiter schob und dann auf dem Bauch so weit vor, bis endlich ihre Beine im Freien waren. Noch einmal atmete sie tief durch, warf als erstes ihr kleines Gepäck hinunter und lauschte, ob etwas kaputt ging. Doch nichts dergleichen geschah, außer dass es wieder platschte, als ob die Sachen ins Wasser gefallen waren. Valerie betete förmlich, dass bei ihrer Ankunft auf dem Boden unten nichts herumlag, woran sie sich die Knochen brechen konnte. Aber es sah eher nach Wasser und Matsch aus. Aber nun galt es!

Noch einmal tief Luft geholt, und sie schob sich so weit nach vorn, dass ihr Bauch auf der Kante des Schachtes auflag und die Beine nach unten baumelten. Dann gab sie sich einen Ruck und sauste an der Mauer vorbei in die Tiefe. Mit angezogenen Beinen landete sie in einer Pampe aus Wasser und Morast. Aber sie war unten, unverletzt und sie war frei!

Rasch stieg sie aus der Pampe heraus. Die Hose war völlig durchnässt und schmutzig, T-Shirt und Jacke bekleckert. Im Nu hatte sie den Platz verlassen und lief um das Gebäude herum. Ein Seitenfenster im Erdgeschoss stand halb offen und sie zwängte sich rasch hindurch.

Es war ein Abstellraum für Geräte. Die nächste Tür war offen und sie kam in eine Art Küche. Rasch packte sie zusammen, was sie finden konnte. Eine Dauerwurst, zwei Flaschen Wasser, eine warme dicke Jacke, eine Arbeitshose und Gummistiefel. Das war zwar alles viel zu groß, aber was machte das schon. Sie war auf jeden Fall wieder trocken. Die schmutzige Jeans und die Schuhe packte sie ein. Zum Schluss fand sie sogar noch einen Rucksack, dazu eine Leuchtpistole mit sechs Schuss Munition und ein Jagdgewehr mit vollem Magazin. Ihr Handy fand sie leider nicht.

Dann verließ sie das Haus wieder durch das Seitenfenster. Es musste kurz vor Mittag sein, die Sonne stand am Zenit über ihr. Sie folgte dem Waldweg, allerdings daneben im Wald, um sich schneller verstecken zu können. Und so marschierte sie kräftig ausschreitend in Richtung nach Süden. Mit Armbanduhr und Sonne hatte sie schnell die Südrichtung gefunden. Genau wie damals, als sie ihm schon mal entwischt war, fühlte sie eine gewisse Art der Überlegenheit. Sie einzusperren, war beinahe unmöglich. Sie dachte an den Wolfshund, den sie beim ersten Mal gefunden hatte. Schade, dass er diesmal nicht dabei war. Aber ihre drei Freunde würden sich schon um Rocky kümmern, dessen war sie sich sicher. Valerie wollte zum Highway und von dort endlich zurück zu ihren Freunden in Fort Providence. Ihr ursprüngliches Vorhaben, zurück in die Heimat zu fliegen, hatte sie inzwischen aufgegeben. Bis zum nächsten Flugplatz waren es mehr als 1000 Meilen, das war so nie zu schaffen.

Da der Wald licht war und wenige Berge hatte, kam sie gut vorwärts. Am Abend fand sie an einem kleinen Hang mit dichtem Gebüsch eine kleine Höhle. Hier wollte sie die Nacht verbringen. Es war August und das Wetter war keineswegs kalt, wobei es in der Nacht dann schon etwas kühler wurde. Aber die dicke Joppe hielt sie warm.

Kent und Lucas hatten inzwischen bereits zwei alte Fabriken gefunden und durchsucht, aber nirgends gab es eine Spur von der Freundin Valerie. Im Wagen sitzend beschauten sie sich die Karte.

„Da, hier unten am Fluss ist eine ehemalige Mine. Da sollten wir morgen noch nachschauen", meinte Kent. Lucas nickte.

„Ja, aber gleich da am Ende des Ortes muss ein Campingplatz sein. Dort sollten wir übernachten. Und du musst unbedingt deine Amelia anrufen", bemerkte er schmunzelnd. Kent lächelte verlegen und nickte dann.

„Ja, der kleine Wirbelwind hat mich ganz schön erwischt. Sieht so aus, als ob wir ein Paar bleiben sollten." Lucas lächelte mit etwas Wehmut im Blick.

„Hm, glaubte ich von Valerie auch. Aber jetzt ist sie wieder weg. Solange wir diesen Kerl nicht finden, wird sie nie Ruhe vor ihm haben." Kent nickte, sagte aber nichts. Die Frage war ja, ob sie überhaupt noch am Leben war. Doch er wollte Lucas nicht noch mehr verunsichern und schwieg daher.

Auf dem Campingplatz fanden sie sogar einen freien Wohnwagen und hatten so zwei ordentliche Betten für die Nacht.

Mario Hansdorf hatte seine Kontaktleute gefunden und war bereits auf dem Heimweg. Dazu hatte er zwei junge Männer mitgenommen, die mit dem Gesetz auch nicht gerade auf Du und Du standen. Beide hatten Strafen wegen Handel mit Opiaten und Körperverletzung auf dem Buckel. Er wollte mit ihnen eine neue Gruppe aufbauen und die Mine sollte ihre Basis werden. Mike Evans und Rudger Major waren beide nicht gerade schwächlich. Doch Mario machte ihnen klar, dass die Lady in der Mine sein Eigentum war, und sie einen Bogen, um sie zu machen hatten. Er zog es vor, so gleich klare Fronten zu schaffen. Er war der Boss und er bestimmte, wo es langging.

Am frühen Abend kamen sie in der Mine an. Mario ging freudig pfeifend in den Keller und schloss die Tür auf.

„Hallo, Valerie, Schatz! Ich bin zurück!", rief er und blieb sogleich erschrocken stehen. Wo war sie? Keine Valerie war im Raum. Dann sah er das Loch in der Decke und begann fürchterlich zu fluchen. Dieses Flittchen war ihm wieder abgehauen! Rasend vor Zorn stürmte er wieder die Treppe hinauf und fand dort seine beiden Kumpel auf dem Sofa lümmelnd.

„Los raus! Sucht den Wald ab! Meine Alte ist abgehauen!", brüllte er und zog seine Pistole aus der Tasche und lud diese durch. Evans und Major bekamen große Augen, sprangen auf und dann rannten sie nach draußen.

Evans zeigte an der hinteren Wand des Gebäudes nach oben.

„Sieh mal, da oben das Loch! Da muss sie raus sein. Mein lieber Mann, hat die aber Mut gehabt, da abzuspringen", bemerkte der junge Major halblaut und Mario rollte mit den Augen. Er wandte sich um und sah in den Wald hinüber. Valerie konnte jetzt schon sonst wo sein! Und wenn sie zu ihren Freunden wollte? Er sah seine beiden Kumpels an.

„Kommt, wir fahren in Richtung „Fort Providence", vielleicht sehen wir sie doch noch irgendwo." Uns so fuhren sie wieder davon.

Sheriff Kent Norris hatte noch während der Fahrt mit drei seiner Kollegen rund um den Großen Sklavensee und in der Zentrale in Hay River Kontakt aufgenommen. Dabei ging es um den gesuchten Mario Hansdorf. Kent wollte dieses Problem endgültig lösen, aber dazu brauchte er seine Kollegen. In diesem weiten Land mit wenigen Einwohnern hier oben am Polarkreis war es nicht ganz so einfach wie in einer Großstadt. Wenn einer es darauf anlegte, nicht gefunden zu werden und sich ansonsten an die Regeln hielt, konnte es lange dauern, bis man ihn fand. Doch mitten in diese Aktion bekam Lucas einen Anruf aus der Nähe von Fort McKay. Der Inhaber einer Tankstelle am Highway hatte einen alten blauen Renault gesehen und den Mann beschrieben, der ihn gefahren hatte. Das konnte dieser Hansdorf gewesen sein. Kent machte eine Vollbremsung und kehrte wieder um, um dann an der nächsten Abzweigung rauszufahren. Nach 20 Minuten hatten sie die Tankstelle erreicht.

„Ja, er hat getankt und sich ein deutsches Magazin mitgenommen. Daher gehe ich mal davon aus, dass er Deutscher war. Und das Kennzeichen war **UDZ 2341AH12**." Er schob Kent den Zettel über den Tresen zu. Dann deutete er auf die Kamera über der Kasse.

„Und die hat ihn garantiert auch aufgenommen, als er bezahlt hat. Ich hole ihn mal den Speicher-Chip." Wenig später wussten sie, dass der Mann auf dem Bild Mario Hansdorf war. Kent bedankte sich bei dem Betreiber der Tankstelle. Damit stand fest, der Gesuchte war immer noch hier oben. Nun galt es, ihn zu finden, und natürlich auch Valerie.

Am nächsten Tag hatten alle Tankstellen der Umgebung ein Foto von Mario Hansdorf und ein Suchfoto von Valerie.

Valerie befand sich zu diesem Zeitpunkt bereits 35 Meilen südlich von Fort Providence. Ein Rancher hatte sie ein Stück mit seinem Pick-up mitgenommen. Zum Glück hatte sie dann in einer kleinen Bank in einem Mini-Kaff Geld abheben können. Damit hatte sie sich wieder vernünftig eingekleidet und strebte nun weiter. Ihr Ziel war Fort McKay, von dort war es nicht mehr sehr weit bis nach Providence.

Aber auch Mario hatte mal wieder mehr Glück als Verstand. In einer Bar in Indian Cabins traf er ausgerechnet auf den Rancher, der Valerie am Vortag mitgenommen hatte. Nach einigen Bier schwärmte der ältere Mann dann von seinem blonden Fahrgast, den er mitgenommen hatte. Er war schon reichlich angetrunken.

„Ich sage dir was, Kumpel, die hatte Beine, sag ich dir! Mann, hatte die lange Beine und eine Oberweite. Mann, war die Braut scharf!" Mario gab ihm noch ein Bier aus und verabschiedete sich. Im Wagen sitzend überlegte er, was er tun sollte. Valerie hatte nicht nur 12 Stunden, sondern auch mehr als 100 Meilen Vorsprung. Also startete er den Wagen, fuhr zur nächsten Tankstelle und tankte den Wagen auf. Dazu nahm er noch einen Kanister mit. Dann ging er bezahlen. Er hatte gerade wieder das Gebäude verlassen, als die Frau des Tankstellenbesitzers noch einmal auf den Mann schaute, der gerade in seinen blauen Renault stieg. Aufgeregt rief sie nach ihrem Mann.

„Lanny! Komm mal schnell zu mir!" Der Gerufene erschien in der Tür und sah seine Frau erstaunt an.

„Was ist denn los? Warum brüllst du denn so?" Sie zeigte aufgeregt hinter dem Dodge her, der gerade das Gelände der Tankstelle wieder verließ.

„Da! Das war der da auf dem Foto von der Polizei! Der wird gesucht!" Ihr Mann winkte ab.

„Reg dich doch ab. Wer weiß, was du gesehen hast." Sie protestierte laut und erbost.

„Das ist der blaue Renault, verdammt nochmal! Jetzt rufe den neuen Sheriff an oder ich mache es."

Kent Norris erreichte die Nachricht, als er gerade in Providence einfuhr. Er bremste scharf ab und lauschte in seinen Kopfhörer. Der Mann behauptete, der blaue Dodge sei gerade bei ihm zum Tanken gewesen. Kent schaltete die Sirene ein und preschte los. Lucas sah in verdattert an.

„Was ist denn jetzt los?" Kent grinste. „Hansdorf ist vor zehn Minuten beim Tanken gesehen worden. Er muss noch in unserer

Nähe sein!" Sie erreichten den Highway, doch von einem blauen Renault war nichts zu sehen. Kent rief sofort seinen Stellvertreter Samuelson an und bat ihn, mit seinem Wagen die Straßen des Ortes abzufahren und nach dem blauen Renault Ausschau zu halten.

Beim Verlassen der Tankstellenkasse hatte Mario die Fahndungsfotos von sich noch gesehen. Dann sah er die aufgeregte Frau des Betreibers, wie sie auf ihrem Mann einredete und vermutete, dass die ihn erkannt hatte. Mit Vollgas war er losgerauscht und hatte sich dann auf Nebenwegen entfernt. Seine beiden Begleiter sahen sich gegenseitig nachdenklich an. Offenbar hatte ihr neuer Boss Probleme.

Es half nichts, Mario musste zurück zu seiner Mine. Außerdem hatte er ja dort noch ein Jagdgewehr mit Zielfernrohr.

In rasender Fahrt näherten sie sich wieder der Mine. Mario sprang aus dem Wagen und rannte ins Haus. In der Küche riss er die Tür zur Abstellkammer auf und erstarrte. Wo war das Jagdgewehr? Hatte diese verdammte Schlampe das etwa auch mitgenommen? Einen Moment sah er sich ratlos um. Plötzlich hörte er in der Ferne eine Polizeisirene jaulen. Mit einem Satz war er zur Hintertür hinaus und verschwand mit großen Sprüngen im nahen Wald.

Als Evans und Major die Polizeisirene hörten, die sich offenbar näherte, gaben auch sie Fersengeld und verschwanden im Busch. Steine und Staub aufwirbelnd bremste der Polizeiwagen ab. Kent stieg aus, zog seine Waffe und gab Lucas ein Zeichen.

„Nimm du den Hund!" Nebenbei griff er noch auf die Motorhaube des „Renault", der mit offenen Türen dastand.

„Er muss gerade erst angekommen sein. Also vorsichtig sein, Lucas!", rief er seinem Kumpel zu. Vorsichtig sich gegenseitig sichernd gingen sie auf das Haus zu und betraten den Eingangsbereich. Zimmer für Zimmer wurde durchsucht, doch von dem Gesuchten gab es keine Spur. Außer in einem Zimmer mit Bett und Kleiderschrank. Und so begaben sie sich weiter auf die Suche. Lucas entdeckte eine kleine Tür, hinter der Stufen weiter nach unten führten. Auch hier gab es mehrere Räume. Eine Metalltür mit Riegel erweckte ihren Argwohn. Vorsichtig öffnete Lucas die Tür, während Kent mit der Waffe in der Hand eintrat.

Rocky zerrte ihn auf einmal zu dem Bett, welches da an der Wand stand. Sofort schnüffelte er und begann zu bellen. Kent hielt die lange Kette hoch.

„Ich glaube, Lucas, wir haben Valeries Gefängnis gefunden. Wenn der Hund so anschlägt, dann muss sie hier gewesen sein." Lucas deutete an die Decke.

„Schau mal da oben das Loch! Ich wette mit dir, sie ist ihm wieder abgehauen. Sieh mal, der Tisch, die zwei Stühle, sieht so aus, als ob da jemand hochgestiegen ist." Sie sahen sich gegenseitig an, und wussten nicht, ob sie nun froh sein sollten oder nicht.

Wieder in der Küche nahmen sie eine Hose von Hansdorf und ließen Rocky daran schnüffeln. Sofort lief dieser zur Tür hinaus und dann in den Wald. Kent und Lucas rannten ihm keuchend hinterher. Am Flussufer holten sie Rocky wieder ein. Der lief suchend am Ufer hin und her, dann setzte er sich einfach und sah seine beiden Begleiter an. Lucas schüttelte den Kopf.

„Der ist doch niemals da rüber geschwommen bei dieser Strömung! Entweder lag hier ein Boot, oder er hat uns wieder verarscht. Langsam reicht's mir aber mit diesem Lumpen", schimpfte Kent halblaut.

Mario Hansdorf hatte sich kurzerhand ins Wasser geworfen und war dann an einem vorbeischwimmenden Baumstamm hängend ans andere Ufer gepaddelt. Als er das Wasser wieder verließ, hörte er den Hund bellen und versteckte sich rasch. Dann sah er zwei Männer und den Hund am Ufer suchend umherlaufen. Als die wieder abzogen, überlegte er, ob er wieder zurückschwimmen sollte. Bei der Strömung würde es ihn ein ganzes Stück weiter flussabwärts treiben. Andererseits, da drüben stand sein Pickup. Ohne ihn war er ziemlich aufgeschmissen.

Valerie war an diesem Tag nicht viel weitergekommen. Der Grund war, dass sie schlecht laufen konnte. Bei dem Sprung aus dem Loch in der Hauswand hatte sie sich beim Aufprall unten den rechten Fuß gestaucht. In einem Med-Center in diesem kleinen Kaff kaufte sie sich eine Salbe und zwei Binden. Danach suchte sie sich in einem Hostel einen Platz für die nächsten Tage. Sie musste erst ihren Fuß wieder auskurieren, ehe sie weiterlief. Das Handy, welches sie im Shop gekauft hatte in der Hand, versuchte sie, sich Amelias Nummer zu entsinnen. Aber sie bekam sie einfach nicht zusammen.

Und so saß sie die meiste Zeit im Garten des kleinen Beherbergungsbetriebes und legte ihren Fuß hoch. Endlich konnte sie sich einmal ohne Hemmnisse nur auf sich konzentrieren und ihre Gedanken schweifen lassen.

„Sollte sie Kanada wieder verlassen? Was würde sie in Hamburg erwarten, außer immer neuen Recherchen über Banalitäten. Solche Knaller wie damals, als sie über die Clans recherchiert hatte, gab es nicht oft. Hier in Kanada hatte sie eine wirklich interessante Aufgabe übernommen und sie hatte echte Freunde gefunden. Und dann war da noch Lucas. Ein Mann, so ganz anders als jene, die sie oft kennengelernt hatte. War es da nicht besser, einfach hierzubleiben? Außerdem war es wohl an der Zeit, Amelia anzurufen, die sich sicher sorgen würde."

Kurz vor dem Dunkelwerden stieg Mario wieder ins Wasser des Flusses, und zwar an einer Stelle, an der das Wasser gemächlich zwischen großen Felsen hindurchfloss. Den Baumstamm, der ihn schon herübergebracht hatte, wollte er nun benutzen, um wieder auf die andere Seite zurückzugelangen. Auf dem Baumstamm sitzend schob er sich vom Ufer ab. Langsam begann der Stamm sich vorwärtszubewegen. Mario saß auf dem Ende und hatte ein Brett in den Händen, mit dem er zu steuern versuchte. Doch dieser Versuch misslang gründlich und er landete wieder im Wasser und versuchte es mit kräftigen Beinschüben. Nach zwanzig Minuten erreichte er endlich das andere Ufer, war völlig ausgepumpt, durchgefroren und klapperte mit den Zähnen. Jetzt musste er noch gut eine Meile wieder zurücklaufen. Und so begann es gerade dunkel zu werden, als er sich leise zurück auf den Hof des Gebäudes schlich.

Der „Renault" stand tatsächlich noch da. Eine Weile lauschte er und beobachtete das Gebäude genau. Als er glaubte, sicher zu sein, dass niemand mehr da war, lief er gebückt auf den Wagen zu, öffnete leise die Beifahrertür und grinste. Den Zündschlüssel hatten die Deppen abgezogen, aber er hatte ja noch einen in der Küche liegen. Also schlich er sich ins Haus, tappte in die Küche zu einem Schrank. Dort zog er einen Kasten heraus und fand den Ersatzzündschlüssel.

Wenig später startete er den Wagen und fuhr in den Waldweg hinein. Der Vollmond erlaubte es ihm, ohne Scheinwerferlicht zu fahren. Sein Ziel war eine alte Hütte von Holzarbeitern, die längst verlassen worden war. Nach einer halben Stunde kam er dort an. Ganz in der Nähe gab es einen kleinen Weiler mit einem Shop, einem Medical-Punkt und einem Bankschalter. Mario fand die alte Holzhütte und öffnete das Schloss, welches er irgendwann mal angebracht hatte. Dann brachte er seine Sachen hinein und machte es sich gemütlich. Hier würde ihn vorerst niemand finden. Und er konnte sich gründlich ausruhen. Er musste sich eingestehen, dass seine Chancen, aus der ganzen Sache noch heil rauszukommen, ziemlich schlecht standen. Mit Valerie als Pfand hätte er vielleicht mit den Bullen einen Deal machen können. Eigentlich war es ja das Beste, wenn er sich in die USA absetzen würde. Geld hatte er inzwischen genug. Aber um da ranzukommen, musste er unbedingt nochmal in den Stollen der alten Mine.

Kent und Lucas hatten sich vorgenommen, am nächsten Morgen den „Renault" doch noch zu holen, da man ihnen eine Beobachtung der Mine abgelehnt hatte. Sie waren der Meinung gewesen, dass Hansdorf eventuell zurückkommen würde, um den Wagen zu holen. Aber der Distrikt-Gouverneur hatte es abgelehnt, dafür extra Leute abzustellen. Also waren sie erstmal wieder zurück zu Amelia gefahren, die immer noch in Ungewissheit lebte.
Und so fuhren sie dann am nächsten Vormittag noch einmal zurück zur Mine. Als sie auf den Hof einbogen, begann Kent lauthals zu fluchen.

„Die Kiste ist weg! Ich habe es doch im Urin gehabt, dass der Kerl zurückkommt! Scheiße!" Wutentbrannt rief er den Distrikt-Gouverneur an und berichtete ihm die Lage. Dieser redete sich kleinlaut mit Personalmangel heraus. Kent sah seinen Freund an.

„Weißt du was, ich habe die Nase voll! Wir lassen den Halunken Hansdorf erst einmal laufen und kümmern uns stattdessen um Valerie. Die muss auf jeden Fall noch am Leben sein nach meiner Meinung." Lucas nickte bekümmert.

„Wird wohl das Beste sein. Fahren wir also zurück." Wieder im Büro zurück, sah Kent seine zwei Freunde fragend an.

„Was würdet ihr an ihrer Stelle tun, wenn sie vor Hansdorf auf der Flucht ist und sie nicht zurück nach Providence will?" Amelia spielte mit einem Bleistift und hob die Hand wie in der Schule.

„Ich vermute mal, sie will nach Hause. Sie hat die Nase voll von dem ganzen Theater hier." Kent sah Lucas fragend an.

„Was meinst du?" Lucas zuckte mit den Schultern. „Könnte sein, dass sie zum nächsten Flugplatz will." Kent nickte.

„Gut, und was sind die nächsten Flugplätze südlich von uns?", fragte er, um dann sogleich selbst aufzuzählen.

„Fort Mc Murray oder Athebasca und dann noch Edmonton. Aber bis dahin sind es mehr als 1000 Meilen, mehr gibt's im Umkreis nicht, wenn sie nicht in unsere Richtung will. Ich schicke denen unser Fahndungsfoto, vielleicht haben wir ja Glück." Plötzlich aber schüttelte Amelia den Kopf und sah die beiden Männer lächelnd an.

„Ich kann mir nicht vorstellen, dass sie hier weggeht, ohne den Vater ihres Kindes einzuweihen, oder zumindest mit ihm zu sprechen. Das wäre nicht Valerie, glaubt es mir!"
Die beiden Männer sahen sie sprachlos an. Lucas schluckte ein paarmal, eh er stotterte:

„Was? Valerie ist schwanger? Woher weißt du denn das?" Amelia grinste. „Sie hat es mir ihren Verdacht vor ein paar Tagen gestanden, ehe sie von Hansdorf gekidnappt wurde. Ich sollte aber den Mund halten, weil sie sich selber noch nicht schlüssig war und noch keinen Test gemacht hatte."
Lucas dachte angestrengt nach.

„Dieser Vollidiot Hansdorf hat alles zur Sau gemacht! Den sollten wir uns kaufen!", fauchte er plötzlich zornig los. Der Verlust Valeries hatte ihn schwerer getroffen, als er es wahrhaben wollte.
Wenig später saßen beide Männer draußen vor dem Haus auf der Bank. Lucas sah Kent Norris von der Seite an.

„Hör mal, Sheriff! Du bist an das Gesetz gebunden, das verstehe ich. Daher kannst du auch einige Sachen nicht machen. Ich aber bin, was Valerie betrifft, Privatmann. Wenn ich sie suche, kann ich alles machen, was nötig ist. Ich habe mich entschlossen, selber nach Valerie zu suchen. Ich nehme Urlaub und unser Boss wird das verstehen, wenn ich es ihm erkläre. Ich kann nicht weiter untätig hier herumsitzen. Zuallererst kaufe ich mir aber den Hansdorf, danach gehe ich auf die Suche nach Valerie. Ich werde morgen Früh losziehen. Gute Nacht!" Kent sah zu ihm auf und nickte. „Gute Nacht, Kumpel, und pass auf dich auf! Ruf mich an, wenn du Hilfe brauchst".

Valerie hockte indessen schon den dritten Tag in diesem Hostel. Ihr Fuß war zwar schon abgeschwollen, tat aber beim Auftreten noch weh. Sie musste also noch ein paar Tage bleiben. Denn nur wenn sie fit war, konnte sie da rausgehen und ihr Ziel auch erreichen. Auf einer Karte hatte sie sich den Weg bereits eingezeichnet, den sie benutzen wollte. Der ging quer durch die Pampa nach Chipewyan. Wollte sie den Highway 65 benutzen, waren es gute 550 Meilen. Marschierte sie aber quer durch die Pampa waren das 175 Meilen Luftlinie. Sie würde unbedingt einen Kompass brauchen. Also ging sie zum Chef des Hostels Mr. Murrey. Der sah die Deutsche entsetzt an, als sie ihn fragte, ob man zu Fuß quer durch die Pampa nach Chipewyan gelangen konnte.

„Was haben Sie denn vor, sagen Sie mal? Sie sind doch kein Waldläufer und dazu noch aus der Großstadt. Da müssen Sie aber eine Menge Proviant und ein Zelt mitschleppen, junge Frau. Haben Sie überhaupt ein Gewehr?" Valerie lachte über sein besorgtes Gesicht.

„Mr. Murrey, ich bin jetzt schon seit einer Woche unterwegs im Busch. Und ich habe ein Gewehr. Und ein Zelt brauche ich bestimmt nicht jetzt in dieser Jahreszeit. Was ich aber dringend brauche ist ein Mittel gegen Mücken." Murrey ging zu einem Schrank und brachte eine Flasche hervor.

„Hier, die können Sie haben. Aber mal noch ein Tipp. Wenn Sie aus dem Ort hier raus sind, gibt es einen Abzweig nach rechts. Den sollten Sie benutzen, das ist ein Transportweg von der Forstbehörde, der geht quer durch das ganze Gebiet bis rüber wieder an den Highway 65. Dazwischen gibt's vier Weiler, wo sie rasten können. Ich zeige es Ihnen mal auf meiner Wandkarte."
Und dann erklärte er Valerie ganz genau, wie sie gehen sollte, um rüber auf die andere Seite zu kommen.

„Wenn Sie natürlich den Highway benutzen, brauchen Sie mit einem Auto fünf bis sechs Stunden bis zu Ihrem Ziel. Gehen Sie quer durch den Forrest, wird es wohl vier bis fünf Tage dauern." Valerie nickte.

„Ja, das sind die zwei Möglichkeiten, aber ich habe leider kein Auto. Außerdem will ich mir selber beweisen, dass ich in der Lage bin, sowas zu bewerkstelligen." Murrey nickte anerkennend. „Na dann, ich wünsche Ihnen viel Glück dabei. Rufen Sie mich doch an, wenn Sie in Chipewyan eingetroffen sind. Von dort bis Fort Providence ist es dann nicht mehr allzu weit. Dann brauche ich mir keine Sorgen mehr um Sie zu machen." Valerie bedankte sich herzlich bei ihm. Morgen Früh würde sie aufbrechen. Endlich wieder zurück zu ihren Freunden.

Lucas Miller hatte noch am Abend mit Johnson gesprochen und ihn gebeten, ihm vier Wochen Urlaub zu genehmigen.

Als der dann erfuhr, warum, stimmte er, ohne zu zögern, zu.

„Viel Glück Mr. Miller, und bringen Sie unsere Miss Wilson heil zurück. Es wäre sehr schade, wenn wir sie verlieren würden."

Am Morgen verabschiedete er sich von Amelia und Kent. Es gab Tränen bei Amelia, weil er nun auch noch wegging. Aber sie verstand natürlich seinen Beweggrund. Immer wieder hatte sie versucht, Valerie anzurufen, aber immer war die Nummer nicht erreichbar. Kein Wunder, lag ihr Handy doch irgendwo im Wald, wo es Mario hingeworfen hatte, damals als er sie gekidnappt hatte. Lucas Ziel waren das Fort Mc Murray. Dorthin waren es gute 549 Meilen. Sein Ford „Raptor" war vollgetankt, er hatte zwei Waffen dabei, Verpflegung, und konnte notfalls im Truck schlafen in einem Schlafsack aus Bärenfell. Und er hatte Rocky dabei. Er war sich sicher, dass Valerie garantiert versucht hatte, Hansdorf zu überlisten und abgehauen war. Von der alten Mine bis nach Chipewyan waren es, wenn man quer durch den Forrest ging, etwa 170 Meilen. Und er war sich sicher, dass Valerie diesen Weg genommen haben musste. Zumal es diesen breiten Forstweg gab, der quer durch das ganze Gebiet verlief. Angelegt worden war dieser Weg vor Jahren, als man dort Holz einschlagen wollte und einen Transportweg brauchte. Die Straße war zwar kein Highway, trotzdem aber gut zu befahren.

Das Wetter war an diesem Morgen beinahe frühlingshaft, die Vögel sangen und die Luft war lau. Lucas trat das Gaspedal halb durch und der „Raptor" machte einen Satz. Im Nu hatte er den Ort Providence hinter sich gelassen und den Highway erreicht. Rocky saß neben ihm auf dem Beifahrersitz. Lucas hatte sich vorgenommen in jedem Weiler auf dieser Strecke anzuhalten und Nachforschungen anzustellen. Meist gab es ein Hostel, wo man übernachten konnte. Konnte ja sein, dass Valerie eine solche Möglichkeit genutzt hatte. Er wollte diese Frau nicht einfach aufgeben. Und er war ihr nicht mal böse, denn sie hatte panische Angst vor Hansdorf, der sie nun schon zum zweiten Mal gekidnappt hatte. Was allerdings auch ihm Achtung abverlangte war die Tatsache, dass sie ihrem Peiniger schon zweimal wieder entwischt war.

Gegen Mittag hatte er Bitumount erreicht, ein kleiner Ort mit 84 Einwohnern. Lucas fuhr langsam die Hauptstraße entlang, als er plötzlich einen Polizisten sah, der an der Straße stand und ein Eis aß. Lucas hielt an und stieg aus. Er trat zu dem Polizisten und sprach ihn an.

„Hallo Mister! Ich hätte mal eine Frage. Ich bin auf der Suche nach meiner Schwester. Ist Ihnen jemand, der so aussieht, aufgefallen in den letzten Tagen?" Er hielt ihm Valeries Bild hin. Der Ordnungshüter schob die Sonnenbrille auf die Stirn, schmunzelte leicht und meinte dann:

„Erklären Sie mir erst einmal, weshalb Sie diese Frau suchen, und dann erzähle ich Ihnen vielleicht, was ich weiß. Okay?" Lucas nickte und er erzählte dem Cop in Kurzfassung, worum es dabei ging. Und je länger Lucas sprach, umso mehr zog der Cop die Augenbrauen hoch. Als Lucas fertig war, nickte er plötzlich.

„Also gut, gesehen habe ich die Frau hier nicht. Aber der andere, der mich gefragt hatte, könnte der sein, den Sie beschrieben haben. Ich werde jetzt anschließend sofort mal die Fahndungsaufrufe durchsehen, sollte der dabei sein, gebe ich ihn wieder rein ins System. Der nächste kleine Ort ist Morrisson City, ist etwa zweimal so groß wie unser Kaff. Sie fahren bis dahin etwa eine Stunde. Ich rufe meinen Kollegen dort an und avisiere Sie schon mal. Einverstanden?" Lucas strahlte und nickte. „Klar Officer, Sie haben mir sehr geholfen.

Eine Stunde später rollte der Ford „Raptor" vor das Polizei-Office in Morrisson City. Als er anhielt, ging die Tür schon auf, und ein langer Lulatsch von gut zwei Metern in Polizeiuniform trat heraus und grinste Lucas an.

„Na, da sind sie ja schon, Mister Miller. Freut mich, Sie kennenzulernen. So, Sie suchen also eine blonde Frau. Ich habe das Foto von ihr schon gesehen, hübsches Frauenzimmer. Also, zwei Straßen weiter gibt's ein Hostel „Zum Bären". Wer zu uns kommt und bleiben will, geht da hin. Aber mir ist nicht bekannt, dass dort in den letzten Tagen eine blonde Frau abgestiegen ist. Ich würde es eventuell im nächsten Ort versuchen. Das ist „Beloument", gerade mal 12 Häuser und keine Polizeidienststelle, weil die auch von mir betreut werden."

Lucas bedankte sich, stieg wieder ein und fuhr weiter. Und wohin man sah an dieser Holperstraße, überall Wald und nochmals Wald. Plötzlich musste er jäh abbremsen, weil plötzlich eine Bärin auf der Straße stand, der zwei kleine Bärenkinder folgten. Und weil der letzte etwas bummelte, bekam er von Mutter Bär einen Klaps aufs Hinterteil. Die Bärin schaute nochmal zurück, als wenn sie sagen wollte: „Danke, dass du stehen geblieben bist." Er fuhr in langsamem Tempo weiter und dachte dabei an Hansdorf. Wenn dieser Hansdorf ihr ebenfalls auf den Fersen war, konnte es knapp werden. Lucas hoffte allerdings, dass die Cops jetzt aufmerksam nach ihm Ausschau hielten und ihn möglichst festnahmen.

Als Lucas in Beloument ankam, war es Mittag. Und tatsächlich, es war ein ödes Kaff hier mitten im Wald. Wen sollte er hier fragen? Und so entschloss er sich, weiterzufahren.

Valerie hatte am frühen Morgen die Chance genutzt, und war mit einem kleinen Holztransporter mitgefahren, der von einem Ort zum nächsten fuhr und Brennholz lieferte. Langsam kam sie ihrem Ziel immer näher. Der Fahrer war ein älterer Mann, der froh war, sich etwas unterhalten zu können. Auf die Frage, was sie denn in Kanada so trieb, antwortete sie ausweichend. Der Alte schmunzelte vor sich hin.

„Lady, das geht mich nichts an. Und ich will auch nicht indiskret sein, Sie sind schließlich alt genug. Aber manchmal kann man ja auch hilfreich sein in der Not. Und wir Trucker sind eine verschworene Gemeinschaft und haben alle Funk in unseren Trucks." Und warum auch immer, Valerie bekam Vertrauen zu Josef, wie er sich nannte und erzählte ihm ihre Geschichte. Der hörte aufmerksam zu. Nach einer Weile kamen ein Truckstore, eine Tankstelle und eine Hand voll Häuser. Josef hielt an.

„Ich komme gleich wieder, junge Frau. Ich hole uns mal zwei Hotdogs und zwei Colas. Mit leeren Magen reist es sich nicht gut." Sprach's und stieg aus. Valerie saß auf dem Beifahrersitz in die Ecke gedrückt und sah zur Seitenscheibe hinaus, wie Josef im Shop verschwand. Plötzlich stockte ihr der Atem! Blitzschnell setzte sie Josefs Mütze auf und versteckte darunter ihre blonden Haare so gut es ging. In diesem Moment ging die Fahrertür auf und Josef stieg wieder herein und sah Valerie einen Moment erstaunt an. Dann knallte er die Tür hinter sich zu und fragte sie:

„Ist dein Kerl hier? Hast du ihn gesehen?" Valerie nickte und zeigte hinüber zum Shop, wo tatsächlich Mario stand und in das Schaufenster schaute. Josef nahm sein Handy raus und machte ein Bild von Mario. Dann rief er die Polizei an und gab durch, wo er den Gesuchten Mario Hansdorf gesehen hatte, und schickte das Bild noch hinterher. Danach startete er den Wagen und sie fuhren wieder auf den Weg quer durch den Forrest. Valerie atmete tief durch und begann, ihren Hotdog zu essen. Der gute Josef kaute mit vollen Backen und grinste sie an.

„Keine Angst, Lady, der kriegt sie nicht! Wir passen doch auf!" Und so entfernte sich Valerie Meile um Meile vom Ort des Geschehens. Kurz danach musste Josef in einem Gehöft Holz abladen und von der Hauptstraße abbiegen.

Wer allerdings bei dem Truckstore auch wenig später ankam, war Lucas. Er hielt ebenfalls vor dem Shop an und kaufte sich drei Cola. Gerade, als er an der Kasse stand, sah er, wie sich ein blauer „Renault" entfernte. Doch Lucas musste warten, da vor ihm noch zwei ältere Damen ihren Einkauf bezahlen mussten, und das dauerte und dauerte. „Blauer Renault"? In Lucas Kopf klingelte es vernehmlich. Verdammt, das konnte doch der Hansdorf sein! Er warf der Kassiererin einen Geldschein zu, zeigte ihr seine drei Falschen, und stürmte aus dem Laden hin zu seinem Wagen. Im Nu gab er Gas und preschte mit durchdrehenden Rädern davon. Doch als er die Hauptstraße erreicht hatte und sich umsah, war von dem blauen Renault nichts mehr zu sehen. Lucas fluchte vor sich hin und fuhr langsam weiter, nicht ohne sich jede Einfahrt zu einem Gebäude oder schmalen Wald weg genauer angesehen zu haben. Doch nichts war zu sehen von dieser Karre. Kopfschüttelnd fuhr er nun weiter in Richtung Fort McKay.

Inzwischen war es Nachmittag geworden und der Truck der Valerie mitgenommen hatte, fuhr in Fort McKay ein. An der Tankstelle hielt Josef an.

„So Lady, hier trennen sich leider unsere Wege. Ich wünsche dir noch ganz viel Glück, und sieh zu, dass du unbeschadet nach Fort Mc Murray kommst. Ich muss hier entladen und dann wieder zurückfahren. Er drückte Valerie herzlich die Hand und sie bedankte sich und gab ihm einen Zehner. Mit einem Mal, warum auch immer, hatte sie Lucas Nummer im Sinn! Na klar, sie kannte sie doch auswendig. Warum hatte sie nicht gleich daran gedacht. Sie ärgerte sich über sich selbst. Dann wandte sie sich wieder Josef zu.

„Hier, als Dankeschön für die Mitnahme Josef. Bleib gesund." Dann stieg sie aus. Der Truck ruckte wieder an und sie stand etwas verlassen an einer Tankstelle. Als sie im Begriff war, sich etwas zu trinken zu holen, sah sie im Schaufenster plötzlich einen Zettel und darauf ihr Konterfei und das von Mario. Sie las kurz, was darauf stand, dann schlug sie die Kapuze ihres Anoraks hoch und versteckte die blonden Haare. Dann setzte sie eine gelblich eingefärbte Brille auf, die sie meist im Winter bei Schnee benutzte, und ging in die Tankstelle. Bei einem jungen Kerl kaufte sie Cola und Chips, bezahlte und verließ die Tanke wieder unbehelligt. Fest stand also. Kent hatte sie und Mario zur Fahndung ausschreiben lassen, weil er vermutete, dass sie von Mario gekidnappt worden war. Das stimmt ja auch halbwegs, aber eben nur halbwegs. Jetzt war sie auf der Flucht vor diesem Idioten. Und sie fasste den Entschluss, nun doch Amelia anzurufen. Sie setzte sich auf einen bemoosten Baumstumpf und wählte Amelias private Nummer, die sie im Kopf hatte. Es tutete eine Weile, dann meldete sich eine verschlafene Stimme. Es war Amelia.

„Hallo Amelia, ich bin es Valerie. Ich wollte mich melden, damit ihr wisst, dass ich noch lebe. Ich bin Mario ausgebüxt und versuche nun, zu euch zu kommen. Allerdings nicht auf dem Highway 63, sondern quer durch die Wildnis. Es gibt da eine Verbindungstraße, die von Fort Mc Murray rüber zu euch geht. Ich bin jetzt kurz vor Fort Mc Murray. Ich kann die ersten Häuser schon sehen." Amelia redete wie ein Wasserfall dazwischen. Und so erfuhr Valerie, dass Lucas auf der Suche nach ihr war. Sie gab Valerie Lucas Nummer und sie verabredeten, in Kontakt zu bleiben. Dann legte Valerie auf.

Wenn Lucas auf dieser Querverbindung kam, musste er unweigerlich durch Fort Mc Murray fahren. Und so versuchte sie, ihn anzurufen.

Lucas Miller erreichte in diesem Moment Fort Mc Murray. Er fuhr an die Tankstelle, um etwas zu essen zu kaufen. Und dann sah er auf einer der großen Fensterscheiben das Konterfei von Valerie und Mario. Plötzlich begann sein Telefon zu klingeln. Hastig nahm er es aus seiner Jackentasche und meldete sich.

„Hallo Lucas, ich bin es Valerie! Ich bin hier kurz vor „Fort Mc Murray". Etwa noch 15 Minuten zu Fuß. Wo bist du jetzt?" Lucas musste erst zweimal schlucken, doch dann meinte er erfreut: „Hallo Schatz! Ich bin direkt in Fort Mc Murray und stehe an der Tankstelle. Bleib du dort, wo du bist. Ich hole dich ab." Und dann rannte er zu seinem Pickup und fegte aus der Tankstelle, so dass der Tankwart kopfschüttelnd hinter ihm hersah. Was war denn das für ein Idiot?

Und noch ein Fahrzeug erreichte gerade Fort McKay. Es war dieser blaue „Renault" von Mario Hansdorf. Und auch er besuchte die Tanke und füllte seinen Tank nach. Er sah sich um, erkannte aber, dass hier viele alte Menschen lebten. Die paar Jungen waren meist Indianischer Abstammung. In der Umgebung von Fort McKay war früher mal Ölsand abgebaut worden. Das hatte zu Protesten der Umweltschützer geführt. Nicht weit entfernt floss der Athebasca-River. Mario fuhr etwas außerhalb auf einen kleinen Parkplatz und richtete sich auf eine Übernachtung im „Renault" ein.

Valerie hatte sich so gesetzt, dass sie jeden Wagen, der kam, schon vorher kommen sah. Marios blaue Kiste kannte sie und Lucas rot-schwarzen „Raptor" kannte sie auch. Sie war auf einmal wie erleichtert. Endlich kam jemand, der ihr helfen wollte, und bei dem sie sich geborgen fühlte. Und mit diesen Gedanken war sie tatsächlich auf dem Moos liegend kurz eingenickt.

Plötzlich stand jemand vor ihr. Sie sah auf und starrte in Lucas lächelndes Gesicht.

„Hey, Darling! Schön, dass ich dich endlich gefunden habe", meinte er, setzte sich neben sie hin und legte den Arm um ihre Schulter. Valerie war so fassungslos, dass sie zunächst kein Wort herausbrachte. Eine Weile hielt sie die Augen geschlossen und fühlte seine Umarmung. Sie hätte jetzt tatsächlich weinen können vor Glück. Lucas sah seine Freundin an.

„Was ist passiert, Schatz? Warum hast du uns nicht sofort angerufen? Wir hätten dir doch geholfen." Valerie wischte sich die Tränen ab und schniefte leise.

„Sorry Lucas, ich war mir nicht mehr sicher, ob ich hier noch bleiben kann. Ich kann nicht dauernd darauf warten, dass mich Mario wieder aufstöbert. Das letzte Mal war es auf dem Weg zur Bank, wo du auf mich gewartet hast. Er stand in dieser Nebenstraße und hat mich überrascht. Ich will das alles nicht nochmal erleben!" Lucas sah sie ernst an und nickte dann leicht. „Und was soll nun aus uns werden? Alles vorbei, alles nur eine Episode?", fragte er sie traurig. Valerie zuckte mit den Schultern.

„Ich weiß, das war falsch, und deshalb habe ich auch einen Plan. Ich will nämlich hierbleiben, bei dir!" Plötzlich drehte er sich zu ihr herum und nahm ihr Gesicht in beide Hände. Er sah ihr in ihre blauen Augen.

„Valerie, du bist für mich nicht nur eine momentane Freundin. Ich habe mich in dich verliebt, und ich will mein restliches Leben mit dir zusammen sein", erklärte er ihr eindringlich. Wieder begann sie zu weinen und zu lachen. Und plötzlich hörte sie lautes Bellen und dann kam Rocky auf sie zugelaufen. Er war einfach durch die geöffnete Scheibe der Beifahrertür gesprungen. Er konnte sich kaum beruhigen und Valerie umarmte ihn ganz fest und weinte wieder. Der tagelange Frust und die Angst mussten raus. Sie sah ihren rettenden Engel an.

„Dann bringe uns jetzt nach Hause, Lucas! Wir werden uns nie wieder trennen, das schwöre ich dir!" Da umarmte er sie ungestüm und drückte sie an sich.

„Komm, Valerie, lass uns jetzt nach Fort Mc Murray zurückfahren und wir nehmen uns ein Zimmer. Und morgen Früh fahren wie ausgeruht wieder nach Hause. Ruf am besten nachher noch Amelia an."

Und so bestiegen sie beide wieder den Pick-up und noch während der Fahrt rief Valerie bei Amelia an. Die war überglücklich, dass die beiden sich wiedergefunden hatten.

In Fort Mc Murray suchten sie eine Unterkunft. Der Wirt des Pubs, das sie betraten, schaute auf, als sie beide hereinkamen. Er musterte Valerie und den Hund von oben bis unten. Wahrscheinlich sah sie aus wie eine Streunerin. Auf Lucas Frage nach einer Übernachtung nickte er jedoch und gab Lucas wortlos einen Zimmerschlüssel vom Brett.

„Aber bitte im Voraus zahlen, junger Mann!", ermahnte er Lucas. Lächelnd legte der ihm die 50 Dollar auf den Tresen. Der Wirt nickte anerkennend und meinte: „Dafür kriegen sie alle drei morgen Früh ein Frühstück."

Dann gingen beide auf ihr Zimmer. Nachdem sie ihre Sachen ausgepackt hatten und Valerie frisch geduscht war, gingen sie wieder hinunter in den Gastraum und bestellten sich ein ordentliches deftiges Essen. Das war ein Rindersteak mit Pommes. Rocky bekam ein paar Knochen und eine Schüssel mit Wasser. Nach und nach erzähle Valerie ihm, was sie erlebt hatte, und wie sie aus ihrem Gefängnis entkommen war. Lucas nickte. Er und Kent hatten das Haus ja durchsucht und den Raum gefunden, aus dem sie entkommen war. Lucas nahm ihre Hand in die seine und drückte sie sanft.

„Valerie, ich schwöre dir, wir werden diesen Mario finden und seiner gerechten Strafe zuführen. Du wirst nie wieder solche Angst haben müssen. Für die nächsten Tage werden wir etwas finden, wo wir bleiben können. Wir machen es so wie Hansdorf, wir machen uns unsichtbar. Und ich weiß auch genau, wie und wo wir das machen können. Wir fahren morgen Früh dahin und du ruhst dich erstmal richtig aus."

Am nächsten Morgen fuhren sie weiter und nahmen Kurs auf Little Red River, einen Ort mitten in der Wildnis der Berge und Wälder. Nach drei Stunden hatten sie den Ort erreicht, und Lucas fuhr vom Hauptweg ab in einen kleinen Canyon. Auf einer kleinen Anhöhe stand ein Blockhaus, das schon ziemlich alt sein musste. Und kurz darunter gab es einen kleinen Bergsee, der von einem Bach aus den Bergen gespeist wurde. Es war die reinste Idylle, auch wenn es hier oben keinen Strom oder Telefonleitung gab. Aber Lucas hatte zur Vorsicht zwei 80x60 große Sonnenkollektoren aufgeladen. Diese beiden Solarmodule hängte er zur Sonnenseite hin an die Außenwand des Blockhauses. So hatten sie zumindest Strom, um die Handys wieder aufzuladen, und am Abend für zwei Stunden Licht.

Als sie ausstiegen, schüttelte Valerie fassungslos den Kopf.

„Wo hast du denn dieses wunderschöne Haus aufgetrieben, sag mal?" Lucas grinste breit.

„Das hat mir meine Tante Margret vor zwei Jahren vererbt. Dazu gehören sogar der See und der angrenzende Wald bis auf eine Tiefe von einem Kilometer. Dort steht ein Schild und ein Zaun und der Hinweis „Betreten verboten – Privateigentum"."

Es könnte unser Ferienhaus werden. Bis „Fort Vermillion" sind es von hier gerade mal noch knappe 80 Kilometer und da sind wir dann wieder auf dem Highway 35. Und von da sind es nochmal 390 Kilometer bis nach Hay River. Aber ich würde sagen, wir rufen jetzt gleich mal Kent an und sehen, was die beiden Turteltauben so treiben. Amelia ist ja zurzeit wie ein verliebter Teenager."

Nachdem sie den Wagen unter das Vordach gestellt hatten und ausgeladen hatten, versuchte Valerie aus Lucas Konserven ein Essen zu bereiten. Gemütlich saßen sie dann vor dem Haus in der Sonne und genossen deren wärmende Strahlen. Das Leben konnte ja so schön sein.

Mario Hansdorf war zu dieser Zeit etwa 25 Meilen hinter ihnen. In Fort Mc Murray war es ihm gelungen, an Lucas „Raptor" eine Wanze anzubringen. Der Wagen hatte über Nacht im Hof des Pubs gestanden und Mario hatte ihn durch Zufall entdeckt, als er in diesem Pub eine Rast einlegen wollte. Das Schicksal hatte ihm mal wieder in die Karten gespielt. Und so hatte er sich entschlossen, den beiden zu folgen. Irgendwann musste es in dieser Einöde eine Chance für ihn geben, wo er diesen blonden Begleiter Valeries ausschalten konnte. Und so war es ihm am folgenden Morgen ein Leichtes gewesen, den beiden zu folgen. Er stand mit seinem Renault in einer schmalen Einfahrt in ein Waldgebiet und sah auf seinem IPad einen roten Punkt, der sich seit Stunden schon nicht mehr bewegt hatte. Er musste schmunzeln. Wenn die beiden wüssten... .

Lucas hatte gleich am nächsten Morgen mit Kent telefoniert und ihm mitgeteilt, wo sie untergekommen waren. Kent war allerdings nicht gerade von dieser Idee begeistert gewesen.
„Pass ja auf, Junge, dass sich der Hansdorf nicht wieder an eure Fersen hängt. Hast du wenigstens ein paar Sicherheitsvorkehrungen getroffen?" Lucas musste lachen über die Besorgnis seines Freundes. Und Freunde waren sie inzwischen geworden.
Sie hatten allerdings das Problem, dass dieser Ort, an dem sie zurzeit untergekommen waren, nicht zu Kents Zuständigkeitsbereich gehörte. Sie befanden sich hier sozusagen im Niemandsland. Beim Essen versuchte Lucas, Valeries Gemütszustand zu erkunden. Äußerlich gelassen hörte sie Lucas zu.
„Kent ist der Meinung, dass meine Idee, uns hier einstweilen zu verstecken, keine gute Idee war. Hansdorf könnte uns ja aufstöbern. Wenn ich mir das Terrain hier so anschaue, dann sitzen wir eigentlich tatsächlich wie auf einem Präsentierteller. Er könnte jederzeit aus dem Wald heraus auf uns schießen."
Valerie sah ihren Freund ernst an und nickte etwas.
„Da hast du allerdings auch recht. Aber woher sollte er wissen, dass wir uns hier befinden? Er wird uns doch zu allererst dort suchen, wo es einen Flughafen gibt. Also müssen wir ihn austrixen und uns noch einige Zeit hier in der Wildnis aufhalten. Oder wir fahren eben weiter. In Hay River oder in Fort Providence hast du die gleiche Situation. Ich begreife nur nicht, dass es Kent und seiner Police bis jetzt immer noch nicht gelungen ist, den Kerl zu fassen."
Valerie nahm eine Tablette und trank ein paar Schlucke aus der Wasserflasche. Sie hatte nachgedacht, und sie wollte Lucas reinen Wein einschenken. Sie betrachtete ihn, wie er konzentriert den Waldrand beobachtete.

„Hör mal, Lucas, ich muss dir noch eine Neuigkeit anvertrauen", begann sie ihre Beichte. Er sah sie kurz gespannt an.

„Und, was ist das für eine Neuigkeit?" Sie lächelte kurz, dann meinte sie so unbefangen, wie es ihr nur möglich war:

„Du wirst Vater, Lucas! Ich bin schwanger!" Lucas sah sie mit großen Augen ungläubig an. „Was bist du? Schwanger von mir?" Sie musste lachen. „Na, was denkst du denn, mit wem ich noch geschlafen habe! Natürlich von dir!"

„Und die Vergewaltigung durch Hansdorf?" Sie schüttelte den Kopf. „Er hat damit nix zu tun, glaube es mir, bitte. Du bist der Vater unseres Kindes." Im Nu hatte er sie umarmt und küsste sie heftig.

„Du glaubst gar nicht, wie sehr ich mich freue!" Sie sah das Wasser in seinen Augen und umarmte ihn liebevoll. Im Stillen betete sie dafür, dass ihr Leben endlich wieder in geordneten Bahnen verlaufen würde. Aber Kent hatte wirklich recht. Sie saßen hier in der Wildnis tatsächlich wie ein paar Zielscheiben da. Sie stand auf.

„Komm, Lucas, lass uns reingehen, da fühle ich mich sicherer als draußen." Dieser Satz aber hatte ausgereicht für Lucas, um zu erkennen, dass seine Idee doch nicht die Beste gewesen war.

„Schatz, ich denke wir fahren morgen Früh weiter in Richtung Heimat. Das sind zwar nochmal gute 150 Meilen, aber in zwei Stunden könnten wir zu Hause sein."
Rocky, der die ganze Zeit auf der Terrasse gelegen hatte, stand ebenfalls auf und lief ins Haus zurück. Bevor sie zu Bett gingen, überprüfte Lucas nochmal alle Fensterläden und Türen und schaltete den mobilen Bewegungsmelder ein. Doch die Nacht blieb ruhig, und so fuhren sie dann am nächsten Morgen weiter. Sie waren theoretisch noch nicht aus der Gefahrenzone heraus. Also hieß es vorsichtig sein.
In Mariana Lake machten sie ihre erste Pause und aßen etwas an einem Stand am Straßenrand. Einen richtigen Hamburger. Valerie musste lachen.

„Meine Heimatstadt grüßt schon, es gibt Hamburger." Am Ende stellte sich heraus, der Betreiber des Standes stammte aus Stuttgart und war vor fünf Jahren der Liebe wegen nach Kanada ausgewandert. Und so nahmen sie sich Zeit und plauderten noch ein wenig, wobei Valerie immer für Lucas übersetzen musste, der ja kein Deutsch verstand. Nach einer Stunde fuhren sie weiter. Die schmale Straße führte kerzengerade durch den Forrest. Plötzlich tauchten die ersten vereinzelten Häuser auf. Sie hatten Fort Vermillion erreicht und Lucas fuhr an eine Tankstelle zum Auftanken. Als sie den Shop betreten wollten, deutete Lucas auf ein Bild, das an der Glasscheibe neben der Tür heftete.

„Sieh mal, dein Freund hängt hier!" Valerie bekam plötzlich einen beinahe bösen Blick. „Der Schweinehund soll mir ja nicht nochmal begegnen", raunte sie ihm zu und deutete auf das Halfter an ihrem Gürtel. Lucas lächelte und nickte.

„Gut so, nur wenn es passieren sollte, dann musst du sie auch benutzen. Solange der nicht in einer Zelle sitzt, können wir uns nicht sicher fühlen." „Du hast recht, aber einfach ist sowas wahrscheinlich nicht." Lucas bezahlte und ging dann wieder vor ihr aus der Tür, nachdem er sich umgeschaut hatte. Plötzlich sah er einen blauen Wagen vor der Waschanlage stehen und hielt Valerie fest.

„Schau mal da rüber zur Waschanlage!" Valerie machte einen langen Hals und sah hinter seinem Rücken hervor. Dann lachte sie auf einmal.

„Also, wenn das Mario sein soll, dann muss er zur Frau geworden sein! Und tatsächlich. Plötzlich stieg eine Frau in grüner Rancher-Kleidung und ganz kurz geschorenen Haaren aus dem Wagen und klappte die Spiegel ein. Lucas atmete erleichtert auf. „Mann o Mann, man wird noch ganz verrückt." Sie gingen wieder zu ihrem Wagen und fuhren weiter. Aber irgendwie war Rocky schon seit dem frühen Morgen unruhig und Valerie versuchte, ihn zu beruhigen.

Und im Abstand von knapp zwanzig Kilometern folgte ihnen ein blauer „Renault" Pick-up. Mario hatte etwa eine Stunde nach der Abreise der beiden das Blockhaus erreicht. Vorsichtig war er mit dem Gewehr in der Hand von hinten an das Blockhaus herangeschlichen. Doch alles war verschlossen. Er fluchte leise vor sich hin, sprang wieder in seinen Wagen und fuhr weiter. Immer diesen kleinen roten Leuchtpunkt auf seinem Laptop nach.

Lucas und Valerie waren inzwischen auf den Highway 35 aufgefahren und durchfuhren den kleinen Ort High Level, der aus zehn Häusern und einem Sägewerk bestand. Jetzt ging es geradewegs in Richtung Hay River.

„Noch knappe 100 Kilometer, dann sind wir zu Hause". Lucas lachte Valerie an, die in ihre Ecke gekuschelt die Augen geschlossen hatte. Sie blinzelte ein wenig und gähnte dann.

„Ich bin sowas von müde, dabei haben wir doch gut geschlafen vergangene Nacht." Lucas grinste.

„Ich habe dich ja auch in Ruhe gelassen und du hast schön geschnarcht." Sie richtete sich wieder auf. „Was habe ich? Das ist doch ein Witz, oder?" Lucas schüttelte den Kopf.

„Du hast geschnarcht wie ein Holzfäller!" Sie sah ihn ungläubig an, nicht ganz sicher, ob er nur Spaß machte. Da bremste Lucas plötzlich ab und fuhr auf eine kurze Ausweichstelle auf und blieb stehen. „Mittagspause! Hast du was zu essen in Reichweite, Frau?", fragte er und Valerie schürzte die Lippen. „Was heißt denn hier Frau? Wir sind noch nicht verheiratet, also benimm dich lieber!" Dann reichte sie Lucas einen heißen Tee aus der Thermoskanne und einen Toast mit Wurst belegt. Valerie sah auf ihre Karte.

„Eigentlich könnten wir doch bis zu diesem Truck Stopp in Stehen River fahren und dort ordentlich zu Mittag essen."
Lucas nickte zustimmend. „Können wir machen, wenn du bis dahinfährst und ich in Ruhe schon was essen kann."
Valerie sah ihn ungläubig an. „Wa-a-s? Ich darf dein Baby fahren? Na, das ich das noch erleben darf!" Und so stiegen sie um und Valerie fuhr nun selbst. Es machte ihr richtigen Spaß, diesen doch schon ansehnlich großen Pick-up zu fahren. Nach dreißig Minuten erreichten sie dieses Motel hier mitten im Forrest mit dem Truck Stopp. Ein schöner Parkplatz umrahmt von hohen Nadelbäumen lud zum Verweilen ein. Und so fuhren sie in eine Ecke des Platzes und blieben dort stehen. Gemeinsam gingen sie bis nach vorn zum Shop und setzten sich an einen freien Tisch. Es war verhältnismäßig wenig Betrieb. Die Kellnerin kam und nahm ihre Bestellungen auf. Lucas saß da und gähnte verhalten.

„Was hältst du davon, wenn wir nach dem Essen eine kleine Ruhepause einlegen? Auf der Rückbank kann man gut schlafen. Nur eine Stunde, das reicht mir dann schon."
Valerie stimmte zu. Nach dem Essen gingen sie zurück zu ihrem Pick-up und legten sich eng aneinander gekuschelt auf die

Rückbank. Die Seitenscheiben hatten sie mit einem Vorhang zu-gezogen.

Munter wurden sie, weil in ihrer unmittelbaren Nähe ein Auto angehalten hatte. Lucas gähnte verhalten und schob die Gardine der Seitenscheibe ein wenig beiseite. Plötzlich fuhr er hoch, sah Valerie an und legte seinen Zeigefinger auf den Mund. Hastig riss Lucas sein Gewehr aus der Halterung und gab ihr wortlos ihre Pistole in die Hand. Dann flüsterte er:

„Kriech bitte in den Fußraum runter, schnell! Dein Mario steht neben uns auf dem Parkplatz. Er muss uns gefolgt sein! Und nimm Rocky mit runter zu dir! Schnell!" Plötzlich schrie drau-ßen jemand grölend:

„Kommt raus, ihr Bastarde, oder ich schieße den Wagen in Brand!" Dann knallte ein Schuss. Er hatte offenbar in die Luft geschossen. Lucas kroch auf der Rückbank über Valerie weg, schaltete die Innenbeleuchtung aus, und öffnete leise die Wa-gentür auf der gegenüberliegenden Seite. So war er durch den Wagen gedeckt. Er sah kurz auf seine Uhr, es war 20.30 Uhr und schon ziemlich dunkel. Vorsichtig schlich er um das Heck des Wagens herum. Und da sah er Hansdorf stehen, das Gewehr im Anschlag. Er zielte offenbar auf die Scheibe der Fahrertür. Noch ehe er aber abdrücken konnte, hatte Lucas bereits einen Schuss auf Hansdorf abgegeben und ihn offenbar am Bein getroffen. Denn Hansdorf jaulte plötzlich auf und lag mitten auf dem Park-platz auf dem Rücken. Das Gewehr lag neben ihm am Boden. Lucas entschloss sich, lieber das Weite zu suchen als sich mit diesem Idioten noch ein Feuergefecht zu liefern. Außerdem war man im Shop, an der Tankstelle und den abgestellten Wagen auf-merksam geworden. Garantiert würde einer die Polizei anrufen. Lucas riss die Fahrertür auf, startete den Wagen und gab Gas. Dabei hätte er um ein Haar Hansdorf noch überfahren, der quer über den Weg auf dem Bauch zu seinem Gewehr gekrochen war. Dann waren sie vorbei. Lucas bremste noch einmal ab, nahm Valeries Pistole und schoss auf den linken Vorderreifen des „Renault". Wie er noch sehen konnte, ging dem Reifen die Luft aus, dann fuhren sie weiter. Lucas schimpfte heftig. Er war außer sich und sah durch den Rückspiegel Valerie an, die sich auf ein-mal wieder nach vorn auf den Beifahrersitz zwängte.

„Ich möchte nur wissen, wie der uns wieder finden konnte? Das ist doch alles nicht normal", wetterte er und bremste dann einer Eingebung folgend ab, stieg aus und ging um den Wagen herum. Dann bückte er sich und seine Hand fuhr unter die Radbleche, die Stoßstangen hinten und vorn und die Traverse entlang. Plötzlich hatte er eine kleine runde Dose aus Metall in der Hand, auf der eine kleine Lampe blinkte und sah sie im Scheinwerferlicht an. Dann hob er sie etwas hoch und zeigte sie Valerie.

„Sieh her! Das war der Grund, weshalb er uns gefunden hatte. Er muss das befestigt haben, als wir uns am Medical-Shop getroffen haben. So ein Schweinehund!" Lucas warf die kleine Dose auf die Straße und trat mit den Stiefeln auf sie ein. Dann sah er Valerie an.

„So, der Knabe hat offenbar ein Loch im Bein, wie es aussah, das heißt aber auch, dass wir jetzt erst einmal eine Zeitlang Ruhe vor ihm haben werden. Ich hoffe ja, dass Kent und seine Kollegen den Mistkerl endlich mal einkassieren. Wenn ich alleine gewesen wäre, hätte ich mir den Misthund gekauft, aber ich wollte dich nicht einer Gefahr aussetzen."

Und genau so war es auch. Die Spur des „Renault" hatte man seitens der Polizei genauestens verfolgt. Gerade als Mario sich wieder vom Boden aufrappelte und versuchte zu stehen, kam plötzlich ein Wagen mit aufgeblendeten Scheinwerfern auf ihn zu und blieb wenige Meter vor ihm stehen. Hansdorf war gerade dabei, wieder in seinen Pickup zu steigen. Kurz darauf stieg einer der Beamten aus und rief:

„Mister Hansdorf! Heben Sie die Hände hoch! Sie sind verhaftet!" Es war Kent Norris, der von seinem Stellvertreter gesichert wurde, und an ihn herantrat, um ihm Handschellen anzulegen. Kent sah ihn lächelnd an.

„So, Mister Hansdorf, Ihr mieses Spiel ist hier zu Ende. Ihre ehemalige Verlobte wird sich freuen. Steigen Sie in unseren Wagen ein! Wir bringen Sie zunächst zu einem Arzt. Samuelson legte dem Festgenommenen einen provisorischen Verband an. Lucas Schuss hatte ihn genau an der Wade getroffen und eine Fleischwunde verursacht. Samuelson nahm ein paar Aussagen von den Umstehenden auf und stutzte. Zwei von den Herrschaften hatten von einem rot-schwarzen Ford „Raptor" gesprochen, dessen Fahrer auf Hansdorf geschossen hatte. Kent Morris nahm den Hinweis seines Stellvertreters mit Schmunzeln entgegen. Das konnten nur Lucas und Valerie gewesen sein. Aber er sagte kein Wort dazu.

Dann fuhren sie mit dem Gefangenen zurück nach Chipewyan zu Doktor Barlay. Das war der einzige Arzt im Ort. Weil er nun schnell noch Amelia anrufen wollte, um sie zu informieren, schickte er Samuelson mit Hansdorf zum Doc in dessen Behandlungszimmer. Da er die Jacke und die Hose ausziehen musste, nahm ihm Samuelson die Handschellen ab, ging dann mit den Worten „tut mir leid, Doc, aber ich kann kein Blut sehen", raus und setzte sich auf einen Stuhl neben die Tür. Bevor er aber rausging, meinte er noch zu Hansdorf:

„Mach keine Scheiße und benimm dich drinnen, klaro!" Der Doktor nahm den Patienten mit ins Behandlungszimmer und schloss die Tür.

„So, dann legen Sie sich mal auf die Liege da auf den Bauch, junger Mann." Dann schnitt er ihm das Hosenbein von hinten auf, besah sich die Wunde und nickte.

„Da hat einer aber genau gezielt. Das ist nur eine Hautabschürfung. Ein Druckverband und zwei Schmerztabletten und Sie sind wieder fit, Mister."

Plötzlich bemerkte der Doktor, dass ihm etwas schmales Pflaster fehlte und ging nebenan in einen anderen Raum, um es zu holen. Als er wieder zurückkam, war der Patient verschwunden und das Fenster stand weit offen.

„Himmel noch mal, wo ist denn der Kerl auf einmal hin", brummte er und lief auf den Flur, wo Samuelson saß und auf seinen Verhafteten wartete.

„Sheriff! Der Kerl ist durchs Fenster abgehauen! Ich war nur kurz im Nebenzimmer ein Pflaster holen!", rief er aufgebracht. Samuelson sprang wie von der Tarantel gestochen auf und fluchte gotteslästerlich, dann stürmte er aus dem Haus hinaus auf die Straße und sah sich um. Hansdorf war natürlich weg.

Als der Doktor aus dem Zimmer gegangen war, sah Mario seine Stunde für gekommen. Mit einem Satz und schmerzverzerrtem Gesicht war er am Fenster, entriegelte es und sprang auf das Fensterbrett. Ohne lange zu überlegen, sprang er draußen wieder die zwei Meter hinunter auf den Boden. Dabei hätte er vor

Schmerzen schreien können. Aber so schnell er konnte, lief er um die nächste Ecke. Plötzlich sah er, wie ein Biker von seiner Maschine abstieg, um einen Brief in den Kasten zu werfen, und der Motor lief weiter. Im Nu saß Mario auf der Maschine, gab Vollgas und preschte wie ein Irrer die Straße hinunter. Der Besitzer der Maschine stand da, starrte ihm hinterher und begann zu fluchen. Aber da war Hansdorf schon verschwunden.

Ohne Sturzhelm war es ziemlich frisch, stellte er fest. Und so nahm er etwas das Gas zurück und fuhr auf dem Highway 63 wieder in Richtung Süden mit gemäßigtem Tempo. Wie er die Polizei hier kannte, waren die nicht die Schnellsten. Er musste also nicht rasen, zumal ihm sein Bein wehtat. Kurz entschlossen fuhr er dorthin, wo sein „Renault" noch stehen musste. Und tatsächlich, er stand noch da wie er ihn verlassen hatte. Mit Schmerzen im Bein wechselte er den zerschossenen Reifen. Als er das geschafft hatte, war er völlig am Ende. Er nahm eine Schmerztablette und verband sein Bein notdürftig mit einer Binde aus dem Verbandskasten des Wagens. Dann ließ er schweren Herzens die Maschine stehen und fuhr mit seinem Renault weiter in Richtung Süden. Nach 50 Meilen bog er auf einen Waldweg ab. Er musste sich unbedingt erst ein wenig erholen, weil seine Wade schmerzte. Als er sich die Wunde näher besah, verzog er das Gesicht. Dieser Schweinehund hatte ihn tatsächlich trotz der Dunkelheit erwischt. Zum Glück war es kein Durchschuss, sondern nur ein Streifschuss. Er kramte eine Flasche Whisky aus seiner Kiste, in der alle persönlichen Sachen lagen und goss einen Schwapp davon über die Wunde. Er verzog das Gesicht, denn es brannte wie Feuer! Dann trug er eine Salbe auf und machte einen Verband um die Wade. Danach legte er sich bequem in die Ecke des Führerhauses und schlief ein.

Als Kent am Abend zurückkam, war seine Stimmung auf dem Tiefpunkt. Doch zuerst frage er Amelia, ob Valerie und Lucas schon da gewesen seien. Anschließend erzählte er Amelia die ganze Geschichte. Sie hörte aufmerksam zu und meinte dann:

„Wir sollten Valerie und Lucas informieren, damit sie wenigstens wissen, dass der Lump immer noch auf freiem Fuß ist." Kent machte ein sauertöpfisches Gesicht, nickte aber.

„Lucas wird mir was erzählen! Erst fangen wir diesen Lumpen ein, dann lassen wir ihn wieder abhauen." Amelia versuchte, Kent zu beruhigen.

„Aber du kannst doch nichts dafür! Samuelson ist die Pfeife, geht nicht mit hinein, weil er kein Blut sehen kann. Was ist denn das für ein Polizist?" Kent winkte ab. „Schon gut, ruf sie einfach mal an und grüß sie herzlich von mir!"

Valerie, Lucas und Rocky saßen gerade im Wagen und aßen etwas, als ihr Handy klingelte. Valerie nahm das Gespräch an und lauschte.

„Nee, das kann doch nicht wahr sein, Amelia! Hat der Dicke ihn wieder laufen lassen? Ich fasse es nicht. Ist aber auch egal, wir haben uns entschlossen, in Indian Cabins zu übernachten. Lucas ist ziemlich übermüdet und ich könnte auch mal ein richtiges Bett gebrauchen. Wir fahren dann morgen Früh weiter und melden uns bei dir. Grüße Kent von uns."

Sie beendete das Gespräch und erzählte Lucas, was Amelia ihr gerade berichtet hatte. Lucas begann plötzlich, lauthals zu lachen, und wischte sich eine Träne ab.

„Die haben den Gauner und er haut ihnen wieder ab? Langsam muss ich deinem Ex-Verlobten aber Achtung zollen. Das ist ja wie im Witzfilm! Oh Gott, Kent, wenn ich dich nochmal treffe."

Trotz dieser betrüblichen Nachricht richteten sie sich wieder im Wagen auf die Nacht ein. Am Ortsrand von Indian Cabin gab es einen kleinen Campingplatz, auf dem sie Rast machten. Schön warm eingemummelt lag sie auf der Rückbank in Lucas Armen, und Rocky lag zusammengerollt auf dem Beifahrersitz. Die Sterne zwinkerten durch die Windschutzscheibe zu ihnen herunter. Sie schmusten miteinander, bis dann Valerie plötzlich unvermittelt meinte:

„Wird es dir nicht schwerfallen, demnächst deinen geliebten „Raptor" stehen zu lassen und in eine Familienkutsche umzusteigen? Ich habe mich immerhin auch so an das gute Stück gewöhnt." Lucas lächelte.

„Stimmt schon, aber Veränderungen muss man eben hinnehmen, wenn sie nötig sind. Ich werde ihn ja nicht verkaufen. Also bleibt er uns erhalten. Und außerdem ist die Rückbank hier ja auch ganz bequem und man kann einen Sitzplatz für ein Kind schaffen."

„Erstaunlich, wie schnell du dich an andere Bedingungen gewöhnen kannst." Valerie kuschelte sich fest an ihn und sie schliefen ziemlich schnell ein.

Am Morgen wurden sie durch Klopfen gegen die Scheibe der Beifahrertür geweckt. Sofort schlug Rocky an und bellte lautstark. Lucas schälte sich gähnend aus den Decken und zog die Gardine zur Seite. Draußen stand ein Officer der Polizei. Lucas ließ mit der Linken die Seitenscheibe herunter, mit der Rechten zog er die Decke über Valeries Kopf. Der Cop grinste.

„Guten Morgen! Sorry, dass ich Sie geweckt habe. Aber wir machen im Umkreis hier eine Kontrolle. Können Sie sich bitte mal ausweisen?" Lucas nickte und angelte seine Brieftasche zu sich, dann zeige er dem Cop seinen Führerschein und den Pass. Der besah sich beides, nickte dann und gab alles wieder Lucas zurück. Der fragte den Cop: „Wen suchen Sie denn, wenn ich fragen darf?" Der Uniformierte winkte ab.

„Einen Deutschen, er soll mit Opiaten handeln und Ärger wegen einer Frau an der Backe haben. Dann hatten unsere Kollegen ihn schon und er ist ihnen wieder abgehauen. Jetzt kontrollieren wir eben jeden Wagen." Lucas nickte und musste sich ein Lachen verbeißen. Als der Officer weg war, kroch Valerie wieder unter der Decke hervor.

„Sag mal, warum hast du mich eigentlich zugedeckt als der Polizist kam?"

„Weil ich genau wusste, dass der Kollege bestimmt noch ein Fahndungsfoto hat, wo du mit Mario drauf bist. Das hätte natürlich eine Befragung auf dem Polizeirevier zur Folge gehabt. Und das wollte ich vermeiden. Wir werden jetzt was essen und danach fahren wir endlich nach Hause. Ich muss mal wieder gründlich duschen." Laut Karte hatten sie noch 68 Meilen vor sich.

Nach Marios Flucht aus dem Medical Shop hatte er sich sofort wieder auf den Weg nach Süden gemacht. Zum Glück hatte der „Renault" noch am alten Platz gestanden, wenn auch ohne Zündschlüssel, aber da hatte Mario noch einen Ersatzschlüssel.

Er überlegte krampfhaft, wohin die beiden wohl gefahren sein mochten. Zu einem Flugplatz, wie er erst vermutet hatte, offenbar nicht mehr. Also lag die Vermutung nahe, dass die beiden wieder zurück nach Hay River oder nach Fort Providence unterwegs waren. Wenn die aber dachten, er würde sein Ziel aufgeben, hatten sie sich getäuscht. Er musste das zum Ende bringen, egal wie, das war er sich selber schuldig. Er entschloss sich, die Nacht hier in der Nähe des Parkplatzes zu verbringen und dann morgen wieder in nördliche Richtung zu fahren.

Am nächsten Morgen fuhr er zeitig los. Das nächste Kaff, das kam, hieß Ellscott. Wie alle Orte hier oben, nur ein Nest mit wenigen Einwohnern, daher aber auch übersichtlich. Da er ein Fahndungsplakat von ihnen beiden hatte, von dem er sich rausgeschnitten hatte, konnte er nun mit diesem Bild auf die Suche gehen und beim Tankstellenbetreiber fing er damit an.

Der ältere Mann mit Schnauzbart besah sich das Bild und schüttelte den Kopf, er hatte diese Frau noch nie gesehen. Und so zog Mario weiter. Das nächste Ziel war der kleine Shop in der Ortsmitte. Aber auch hier hatte er kein Glück. Waren sie nun schon durch, ohne anzuhalten, oder kamen sie noch hinter ihm? Diese Frage stellte sich Mario unablässig. Missmutig schlenderte er wieder zurück zu seinem Wagen, den er am Ortseingang stehen gelassen hatte. Dort kam er an einem mobilen Eisstand vorbei, der soeben erst aufgemacht hatte. Er entschloss sich, ein Eis zu kaufen. Der junge Mann mit dem knallroten Overall und einem gleichfarbigen Käppi auf dem Kopf grinste ihn schon von weitem an, als er auf den Eiswagen zusteuerte.

„Na, Mister! Lust auf ein schönes Eis? Wir haben Eis mit dem Geschmack von Schoko, Vanille, Waldbeeren, Cola." Mario nahm zwei Kugeln Vanille und bezahlte. Kurz entschlossen zeigte er dem jungen Kerl das Bild von Valerie.

„Hast du diese Frau schon mal gesehen? Das ist meine Alte, die ist mit der gesamten Bargeldkasse von einigen Tausend Dollar abgehauen und hat mich sitzen lassen."

Der junge Mann nahm das Bild, sah es an und grinste dann breit.

„Na klar habe ich die gesehen, das war heute Vormittag so gegen 10.00 Uhr. Ich war gerade dabei, meinen Stand aufzustellen. Sie wollte zwei Eis kaufen, aber ich hatte noch keins, dann ist sie zusammen mit einem Typen weitergefahren."

Mario schob dem Jungen einen 5-Dollar-Schein über den Tresen und lief dann zu seinem Wagen. Im Laufen warf er das Eis im hohen Bogen in den Busch und sprang in den Renault. Dann fegte er aus seiner Parkbucht heraus auf den Highway. Er lachte vor sich hin. „Valerie, ich komme!"

Lucas und Valerie erreichten inzwischen das erste Ortsschild mit dem Namen Grumbler. Es war eine der hier üblichen kleinen Wohnsiedlungen mitten im Busch. Sie hatten den Ort gerade durchfahren, als sie plötzlich von einem Sperrschild aufgehalten wurden. Es stand unmittelbar vor einer Brücke und Lucas fluchte heftig:

„Verdammt nochmal, das fehlt uns gerade noch. Hier ist doch gesperrt!" Tatsächlich standen quer über die Straße zwei Sperr-zäune und ein Schild war daran befestigt. Lucas stieg aus, um zu lesen was darauf stand. Er drehte sich zu Valerie herum.

„Gesperrt bis zum 21.09. wegen Bauarbeiten! Umleitung über St. Albert. Das sind auch nicht viel mehr Meilen, als wenn wir direkt durchfahren könnten. Also wieder einsteigen!"
Und so rumpelte der „Raptor" vom Highway herunter auf eine schmale Kiesstraße. Doch je weiter sie fuhren, umso bergiger wurde die Landschaft um sie herum. Zunächst ging es gute fünf Meilen in Serpentinen nur bergauf. Valerie wurde es übel und Lucas musste anhalten. Sie sprang heraus und übergab sich am Wegesrand. Lucas reichte ihr eine Flasche Wasser.

„Hier, trink langsam ein paar Schluck, dann wird dir gleich besser. Die Schaukelei bekommt dir halt derzeit nicht."
Valerie lächelte und wischte sich den Mund ab.

„Mir schon, nur dem kleinen Wicht in meinem Bauch nicht, wie es aussieht." Lucas nickte nachdenklich.

„Du bräuchtest viel mehr Ruhe und Geborgenheit als dieses dauernde Herumfahren mit dem Wagen. Du warst noch nicht einmal beim Arzt, das ist verdammter Mist! Du könntest das Kind verlieren, Valerie", meinte er leise zu ihr. Valerie sah ihn dankbar an und nickte.

„Danke, dass du dir so viel Sorgen um mich machst." Er hob die Augenbrauen.

„Also nach allem, was mir bekannt ist, bin ich ja der Erzeuger. Also bin ich auch verantwortlich dafür, dass es dir gut geht." Valerie streichelte seine Wange und gab ihm einen Kuss.

„Du hast schon recht, aber nun ist es eben mal so, wie es ist." Lucas schüttelte lächelnd den Kopf.

„Das liebe ich so an euch Deutschen. Ihr seid immer beherrscht und findet eine Lösung." Valerie winkte ab.

„Das ist auch nicht bei jedem so. Sieh dir doch Mario an. Der jammert immer, dass alle gegen ihn sind. Aber er tut auch nix dafür, dass man ihn mögen kann. Im Gegenteil, er motzt nur." Inzwischen waren sie wieder eingestiegen und setzten die Fahrt fort, nur das Lucas jetzt die Kurven etwas sanfter nahm. Als sie endlich oben auf dem Kamm angekommen waren, befanden sie sich mitten in einer Gebirgswelt. Lucas hielt wieder an und schaute auf das eingeschaltete Navi.

„Sieh mal, da drüben muss ein kleiner Ort sein und hinter dem geht es wieder bergab. Das müsste dann der Weg nach Enter-price sein. Der führt aber an den Alexandria Falls vorbei. Eine ziemlich unwirkliche Gegend. Fehlen nur noch ein paar Braun-bären, dann gute Nacht. Wenn die Hunger haben, rennen die hin-ter jedem Auto her. Zum Glück habe ich ja das Gewehr mitge-nommen." Er sah, wie Valerie versuchte mit dem Handy irgend-wie Empfang zu haben, da sie Amelia anrufen wollte, die sicher auf ein Lebenszeichen von ihnen wartete. Doch nirgends gab es einen Empfang. Missmutig steckte sie das Handy wieder ein. Lucas zuckte mit den Schultern und startete den Wagen wieder. Rocky saß auf der Rückbank und hatte seinen Kopf auf Valeries Schulter gelegt. Langsam fuhren sie durch eine schmale Schlucht, nach der es wieder ziemlich steil bergauf ging. Und dann sahen sie beide wie erstarrt auf den riesigen Felsbrocken, der da mitten auf dem Weg lag und eine Weiterfahrt unmöglich machte. Sie sahen sich gegenseitig an und Lucas meinte nieder-geschlagen:

„Jetzt muss ich mich wohl von meinem Schmuckstück tren-nen. Ich hatte ja gehofft, ihn wieder heil nach Hause zu bringen. Aber das fällt dann wohl aus. Diesen Brocken bringe ich auch mit einem Seil am Pick-up nicht weg. Der wiegt einige Tonnen. Wir müssen zu Fuß weiter, so leid mir das für dich tut. Vielleicht kann ich ihn ja später doch noch hier wegfahren, wenn sie die

Straße wieder frei gemacht haben. Bloß wie das funktionieren soll, weiß ich auch nicht."

Sie luden die Rucksäcke aus, schlossen den Wagen ab, und mit einem scheelen wehmütigen Blick zurück gingen sie weiter bergauf. Valerie hatte Rocky vorsichtshalber an die Leine genommen. Denn wenn ein Bär oder ein anders Tier auftauchte, konnte es passieren, dass bei Rocky wieder der Jagdtrieb ausbrach.

Als Mario Hansdorf die Brücke über den Saskatchewan-River erreichte, stand er vor dem gleichen Problem wie Valerie und ihr Lucas einige Stunden zuvor. Auch er musste den Highway verlassen und den gleichen Weg nehmen. Im Geheimen frohlockte er, dass dieser Umweg den Vorsprung der beiden erheblich verringern könnte. Was er dann eigentlich machen wollte, wenn er die beiden erreicht hatte, darüber hatte er sich noch keine endgültigen Gedanken gemacht. Er könnte ja mit ihr zurück nach Deutschland fliegen, aber dann müsste er wahrscheinlich diesen Lucas erst einmal ausschalten. Doch wenn er das tat, würde sie dann noch mitkommen wollen? Doch eins stand fest, wenn er sie nicht mehr bekommen konnte, dann würde sie auch kein anderer mehr bekommen. Aber wie das dann alles vonstattengehen sollte, darüber war sich Mario noch richtig im Klaren. Und so schob er eine Entscheidung wieder einmal vor sich her, so wie er es immer getan hatte in der Vergangenheit. Auf die Idee, dass Valerie nun absolut nichts mehr mit ihm zu tun haben wollte, kam er gar nicht.

Valerie, Lucas und Rocky hatten inzwischen eine Art Camp erreicht. Ein paar alte Holzhütten, etliche Zelte, und ein bunt gemischtes Publikum jedes Alters. Von ganz jungen Pärchen bis zu älteren Herren mit Zopffrisur und älteren Damen, alle liefen ziemlich freizügig und in bunten Gewändern herum. Valerie musste lachen.

„Sag mal, wo sind wir denn hier gelandet? Das sieht aus wie lauter Hippies oder sowas ähnliches."

Lucas kratzte sich am Kopf und sah sich ebenfalls um. Doch man hatte sie bereits erspäht, und zwei Männer in Shorts und sonst nix an, kamen auf sie zu. Sofort fing Rocky an, zu knurren, und die beiden blieben respektvoll etwas weiter entfernt stehen.

„Hey! Wo kommt ihr denn her?", fragte der Ältere auf Englisch. Lucas deutete den Berg hinunter.

„Wir mussten unseren Wagen da unten stehen lassen", erwiderte er. Der Jüngere schaute mit begehrlichen Blicken auf das Gewehr mit Zielfernrohr, welches Lucas umgehängt trug.

„Das ist eine geile Knarre, Sir. Schon mal damit geschossen?", fragte er grinsend. Lucas nickte.

„Natürlich, trifft auf 500 Meter haargenau und macht unschöne Löcher", erwiderte er nachdrücklich. Die beiden Männer luden sie ein, doch mit in das Camp zu kommen. Dort richtete man rasch einen Tisch her und zwei Frauen brachten einen Topf mit Suppe und zwei Teller. Und sogar Rocky bekam eine Portion.

„Kommt, esst was. Das ist Elchfleisch mit Gemüse und Kartoffeln." Als Valerie das hörte, zuckte sie zusammen und Lucas trat ihr unter dem Tisch auf den Fuß. Als sie kurz alleine waren, sortierte sie die Fleischbrocken aus der Suppe und gab sie Rocky, der neben ihr saß. Lucas schüttelte nur den Kopf.

„Steaks hast du doch zu Hause auch gegessen. Warum also dann nicht so ein paar Fleischbrocken hier." Valerie zuckte mit den Schultern. „Ach ich weiß nicht, seit ich hier in der Wildnis gewesen bin, habe ich ein anderes Verhältnis zu den Tieren.

„Was meinst du, bleiben wir eine Nacht? Enterprice erreichen wir so und so nicht mehr vor übermorgen bei diesem Umweg." Lucas stand auf und setzte seinen Hut auf, das Gewehr reichte er Valerie.

„Ich gehe mich mal umhören. Vielleicht haben die eine Idee wegen dem Stein da unten." Wenig später erreichte er wieder den Älteren, der sie empfangen hatte. Er hieß Alex und war Franzose. Auf Lucas Frage, wie man diesen Stein da unten auf dem Weg wegräumen könnte, erwiderte Alex langsam:

„Den haben wir extra oben rausgesprengt, um so den Weg zu sperren. Das erspart uns unliebsame Besuche von Ordnungshütern und anderen neugierigen Leuten." Dabei hatte er eigenartig gegrinst, als er noch meinte:

„Da wirst du wohl deine Kutsche da unten stehen lassen müssen. Einen Jeep haben wir schon auseinandergenommen, die Reste dann über den Hang in die Senke gekippt."
Dabei hatte er mit den Schultern gezuckt und Lucas war danach nachdenklich zu Valerie zurückgelaufen, um ihr zu berichten. Valerie schüttelte den Kopf und sah sich verstohlen um.
„Die kommen mir sowieso alle irgendwie komisch vor. Die ganze Zeit während du weg warst, sind laufend junge Kerle hier vorbei gelatscht und haben mich begafft wie eine Mast Kuh. Ich bin froh, dass wir Rocky dabeihaben."
Lucas lachte leise. „Na ja, im Vergleich zu den hiesigen Damen stichst du halt auch heraus. Was mich nur jetzt stutzig macht, ist die Tatsache, dass ich beim Herkommen zu dir, eben eine Gruppe von den jungen Kerlen gesehen habe, die zusammenhockten und eifrig diskutierten. Als sie mich kommen sahen, waren sie plötzlich stumm. Ich habe nur noch einen Satz gehört. Und der ihn sagte, meinte sowas wie: „Na den Alten putzen wir dann eben weg." Es war derjenige, dem meine Flinte so gefallen hatte." Valerie stand abrupt auf.
„Lass uns sofort gehen, Lucas! Kann ja sein, dass ich es mir nur einbilde, aber wenn ich diesen Satz mir zusammenreime, dann könnte man meinen, die haben über dich gesprochen. Und ich bin sowas wie eine Trophäe für die. Komm, wir gehen wieder los!" Lucas schüttelte den Kopf.
„Entschuldige, aber ist das nicht etwas sehr weit hergeholt?" Valerie nahm ihren Rucksack auf.
„Willst du es darauf ankommen lassen? Was gilt hier ein Menschenleben, wenn jemand einfach verschwindet? Gar nix!" Und schon marschierte sie einfach los und Lucas folgte ihr.
Alex kam plötzlich angelaufen und rief: „Na was denn? Wollt ihr nicht eine Nacht bleiben?" Lucas schüttelte den Kopf.
„Geht leider nicht, wir haben einen Termin, den wir nicht verpassen dürfen. Wenn wir nicht kommen, werden die uns dann suchen." Alex blieb stehen und spuckte aus. Dann knurrte er durch die Zähne:
„Na dann latscht eben weiter!" Zurück bei den Seinen meinte er zu dem Jüngeren Rocka:
„Aus eurem Plan wird wohl nix Jungs, der blonde Fisch ist gerade weg. Sie ziehen weiter." Dabei grinste er und gab Rocka

einen Klaps auf die Schulter. Der fluchte und rannte sofort los zu seinen Kumpanen und rief sie zusammen.

Lucas und Valerie hatten mit Rocky die sich dahinschlängelnde Fahrstraße verlassen und waren in den Wald eingetaucht. Das geschah diesmal auf Lucas Veranlassung. Da es langsam Abend wurde, und auch die Sicht eingeschränkt war, suchten sie sich einen Platz zum Rasten. In ihre Schlafsäcke eingerollt lagen sie nebeneinander und sahen durch die Baumwipfel in den sternen-klaren Nachthimmel. Valeries Kopf lag auf Lucas Arm. Rocky hatte es sich an Valeries Rücken bequem gemacht und wärmte sie so.

„Was meinst du, kommen wir morgen hier aus dem Wald raus und auf die Straße nach Enterprice?" Lucas schnaufte leise vor sich hin.

„Also ehrlich gestanden, ich habe keine Ahnung. Laut meiner Karte müssten es bis dahin noch gute 40 Meilen sein. Das wäre dann schon zu schaffen." Valerie nickte.

„Das sind ungefähr 74 Kilometer, das schaffen wir an einem Tag zu Fuß überhaupt nicht. Aber ich mache mir Sorgen um Alex und seine komischen Freunde da im Camp." Lucas schnaufte nachdenklich.

„Ich hatte am Schluss auch ein komisches Gefühl. Die Frauen haben sich alle von uns ferngehalten, als wenn man es ihnen ver-boten hätte. Ich habe versucht, eine anzusprechen, die hat mich erst komisch angeschaut, als wenn sie mich nicht verstanden hätte. Doch dann hat sie auf einmal geflüstert:

„Haut lieber ab, wenn euch euer Leben lieb ist." Dann kam einer der Männer, hat sie an der Hand genommen und ist mit ihr weggegangen. Keine Ahnung, was das für eine komische Sekte ist. Noch mehr ärgere ich mich, dass ich den „Raptor" stehen lassen muss. Wenn ich alleine gewesen wäre, wäre ich den Weg zurückgelaufen und hätte ihn aus dem Canyon rausgefahren. Aber jetzt? Kann sein, wir kommen zurück und die haben den schon halb zerlegt."

Irgendwann schliefen sie dann doch ein. Und so merkten sie auch nicht, dass etwa 8 Meilen zurück eine Gruppe von jungen Männern mit Fackeln im Wald unterwegs waren. Nur Rocky saß die ganze Zeit da und spitzte die Ohren.

Nach dem Erwachen aßen Valerie und Lucas etwas Weißbrot und tranken Wasser aus dem Bach. Dann machten sie sich wieder auf den Weg Richtung Enterprice. Zu ihrer Überraschung wurde die Landschaft um sie herum noch wilder, bergiger und vor allem immer wieder von Bachläufen unterbrochen, die zu Tal stürzten. Valerie war schon zweimal ausgerutscht, weil alles nass und glatt war. Irgendwann hörten sie Hundegebell hinter ihnen. Es musste noch ziemlich weit weg sein, doch Rocky fing sofort an zu knurren. Valerie beruhigte ihn und sprach ihn leise an:

„Schön still sein, Rocky! Sei ein lieber Kerl, du darfst nicht bellen. Und wie sie so mit ihm sprach, hielt er den Kopf leicht schräg, so als würde er jedes Wort verstehen.

Valerie sah Lucas erschrocken an und hielt ihn einen Moment fest. Sie deutete nach hinten, wo man erneut das Echo des Hundegebells hörte.

„Sag mal, irre ich mich, oder kommt da jemand hinter uns her?", fragte sie Lucas. Der zuckte erst mit den Schultern, dann nahm er das Gewehr herunter und überprüfte es. Das Magazin mit acht Schuss steckte in der Halterung. Lucas lud das Gewehr durch und hängte es sich nun leger über die Schulter, so dass er sofort handeln konnte. Er sah seine Begleiterin an.

„Wenn es knallen sollte, lass dich sofort flach hinfallen und such dir eine Deckung! Nur zur Vorsicht, das kann auch ein Jäger sein, der da unterwegs ist. Wir haben nur noch diesen Kamm vor uns, drüben geht es dann wieder bergab ins Tal, und da muss irgendwo die Straße sein, der wir folgen müssen. Jetzt komm, wir laufen weiter. Und nimm Rocky kurz an die Leine!" Er nahm Valerie an der Hand und sie liefen nebeneinander den Weg entlang, der hier einigermaßen glatt war.

Gegen Mittag erreichten sie den Kamm. Als sie sich umdrehten, konnten sie in das schmale lang gezogene Tal hineinschauen. Zwischen zwei kleineren Felsen legten sie sich auf den Bauch. Lucas nahm das Fernglas und schaute hinunter auf den langgezogenen Weg, den sie gekommen waren. Und dann sah er sie! Es waren fünf Kerle mit einem größeren Hund, alle bewaffnet. Sie schienen etwas zu suchen, und der Hund lief zielgerichtet in ihre Richtung weiter. Lucas gab Valerie das Glas.

„Hier, schau mal durch! Unsere Freunde scheinen uns zu folgen, wie es aussieht, wenn sie nicht zufällig in die gleiche Richtung wollen wie wir." Valerie wurde es heiß und kalt. Sie musste erst mehrmals schlucken.

„Ich sage dir, die verfolgen uns! Was wollen die aber von uns? Wir haben nicht viel Geld dabei." Lucas nickte und sah seine Freundin an. Und dann fiel der Satz, der Valerie durch Mark und Bein ging. „Ich glaube, die wollen dich! Und mich werden sie ausschalten wollen. Wir müssen handeln, denn der Hund bleibt uns auf der Spur. Oder wir müssen Rocky einsetzen, der sie ablenken wird." Valerie sah ihren Freund erschrocken an.

„Und was willst du tun? Unseren Rocky opfern? Das kommt nicht in Frage! Versuche doch deren Hund zu erschießen, diese böse Dogge. Aber Rocky bleibt hier bei uns!"
Lucas zog sein Handy aus der Tasche und hielt es hoch. Doch sie hatten keinen Empfang hier oben zwischen den Felszinnen. Und dann gab er es Valerie in die Hand.

„Hier, steck es mal ein." Valerie schüttelte den Kopf. „Was soll ich damit, ich habe selber eins. Behalte es." Lucas nickte und steckte es wieder ein. Dann sah er Valerie eindringlich an und packte sie an beiden Oberarmen.

„Höre jetzt gut zu, was ich dir sage, und mache vor allem einmal, was ich dir jetzt sage." Seine Stimme klang ernst, aber auch brüchig.

„Wir haben ungefähr zwei Stunden Vorsprung vor denen. Du gehst jetzt mit Rocky in diesem Bach so weit, wie du nur gehen kannst. Pass auf, wo du hintrittst! Ich gehe jetzt hier rechts hoch in den Wald hinein. Der Hund wird hoffentlich nur meine Spur aufnehmen und sie werden mir folgen. Du aber siehst zu, dass du auf schnellstem Weg hinunter ins Tal kommst. Je länger du im Wasser läufst, umso schwieriger haben sie es, deine Spur zu finden und werden daher meiner Spur folgen. Wir treffen uns spätestens in Enterprice. Wenn du die Straße erreichst, sieh zu, dass du einen Holztruck anhalten kannst. Halte keinen PKW oder Pick-up an, das könnten die Verfolger sein. Es muss sein, Valerie!", redete er beschwörend auf sie ein, weil er sah, dass sie widersprechen wollte. Er zog sie fest an sich und küsste sie nochmal.

„Wenn sie mir folgen Valerie, dann kann ich ihnen eventuell den Hund wegschießen, da oben, wo ich mich gut verstecken kann. Denn ohne Hund sind sie blind. Aber sie werden sich auch denken können, wo wir hinwollen. Also, mach's gut. Tue, was ich dir gesagt habe, dann wird alles noch gut. Wir treffen uns unten im Tal wieder. Wenn ich nicht da bin, versuchst du trotzdem nach Hay River zu kommen. Und jetzt geh endlich!", lächelte er und schob sie an. Selbst Rocky schien nicht recht zu wissen, was jetzt vorging, denn er sah sich laufend nach Lucas um.

Wie in Trance stieg Valerie in den Bach, der nicht sehr tief, aber gute drei Meter breit war. Als sie sich noch einmal umschaute, war Lucas schon verschwunden. Sie zog ihre Pistole aus der Innentasche und steckte sie in die Außentasche der Joppe. Voller Zorn watete sie durch das eiskalte Wasser. Da ihre Stiefel bis zum Knie gingen, blieben die Füße wenigstens trocken. Auf einmal kam die Sonne raus und Valerie beschleunigte ihre Schritte so gut es ging. Der Grund des Baches war sandig, aber voller Steine jeder Größe. Doch sie spürte es an der Geschwindigkeit des Wassers, dass es langsam bergab ging.

Lucas Miller kannte sich in diesen Regionen des Nordens aus. Er war faktisch im Wald aufgewachsen, weil sein Vater früher neben seinen Beruf als Busfahrer auch noch Jäger gewesen war, und seinen Filius schon frühzeitig mit auf die Jagd genommen hatte. Lucas war ein Mann, der gut wochenlang im Wald leben und überleben konnte, egal bei welchem Wetter. Jetzt hatten sie Anfang August, die Tagestemperaturen lagen bei 22 Grad Celsius, der Sonnenaufgang war gegen 6:10 Uhr und der Sonnenuntergang gegen 21:00 Uhr. Also eigentlich die beste Reisezeit hier oben im Bundesstaat Alberta.

Lucas war mit raschen Schritten weiter den Berg hinaufgelaufen und hatte sich auf einer Anhöhe gut geschützt durch Buschwerk einen Liegeplatz gesucht. Er war fest entschlossen, die Bande einfach abzuknallen, zu allererst aber ihren Hund. War der ausgeschaltet, konnte er sie einzeln erledigen, so wie er das als Navi-Seal gelernt hatte. Seine Spezialausbildung beim Militär kam ihm jetzt zugute.

Und dann sah er sie auch schon. Sie hatten ordentlich Tempo gemacht, aber sein Trick schien offenbar geklappt zu haben. Sie hatten seine Spur aufgenommen und nicht die von Valerie.

Er zählte nach wie vor fünf Personen, die sich durch den Wald bewegten. Lucas war sich im Klaren, sie durften ihn nicht erwischen, denn sonst war sein Leben keinen Pfifferling mehr wert. Solche Leute waren Killer, und man hatte ihn schon öfters vor solchen Gruppen gewarnt. Sie lebten in den Wäldern und Bergen, stahlen wie die Elstern, und wer ihnen im Wege war, wurde beseitigt. Und immer wieder hatten man lesen können, dass sie es besonders auf junge Frauen abgesehen hatte, die ihnen Kinder gebären mussten und nicht selten wie Sklavinnen gehalten wurden. Ausgerechnet auf so eine Bande waren sie auf ihrer Flucht vor Mario Hansdorf nun gestoßen.

Und ausgerechnet dieser Hansdorf erreichte dieses Camp ganze zwei Tage später. Als er sich mit seinem „Renault" dem „Raptor" näherte, wollte er schon jubeln. Er hatte sie gefunden! Doch dann sah er den Stein auf der Straße liegen. Kurz entschlossen machte auch er sich zu Fuß auf den Weg. Er würde sie garantiert finden.

Kurz vor abends 19:30 Uhr erreichte er das Camp, wo er sich plötzlich einem älteren und zwei jüngeren Männern gegenübersah. Er grüßte höflich und holte sein Bild von Valerie heraus und zeigte es den Männern. Er fragte sie, ob sie diese Frau schon mal gesehen hatten. Die Drei schauten kurz auf das Bild und sahen sich dann einen Moment bedeutungsschwer an. Mario erzählte ihnen, dass diese Frau auf dem Bild seine Frau war, die mit einem früheren Freund unter Mitnahme der Firmenkasse abgehauen war. Dabei ließ er die Zahl 25.000$ fallen. Allein schon diese Äußerung bewirkte, dass man ihn freundlich bat, Gast zu sein bis zum nächsten Morgen.

Als Mario erwachte. Sah er gerade noch, wie fünf junge Männer mit einem großen, schwarzen, zotteligen Hund rasch das Camp verließen. Der Ältere, der sich am Abend als Alex vorgestellt hatte, erzählte ihm dann, dass die Jungs sich auf die Suche nach seiner Frau gemacht hätten. Mario versprach ihnen 10% der Summe, wenn sie Valerie finden würden.

209

Doch Alex hatte längst festgelegt, wie es ablaufen sollte. Die beiden Gesuchten finden, Geld abnehmen, die Frau zurückbringen, den Kerl verschwinden lassen. Und diesem deutschen Dödel würde man irgendwie loswerden müssen, aber Geld bekam der auf keinen Fall mehr zurück.

Lucas war sich sicher, dass er einer Konfrontation nicht aus dem Weg gehen konnte, solange die diesen Hund bei sich hatten. Egal wohin er ging, der würde seine Spur wiederfinden. Also bereitete er sich darauf vor. Er hatte ein hervorragendes Schussfeld vor sich. Das Gelände fiel ziemlich steil vor ihm ab, und er konnte weit in die Senke hinunterschauen, wo sich ein lichter Wald ausbreitete. Und so justierte er sein Zielfernrohr schon mal ein. Wenn sie auftauchten, würde er zuerst den Hund aufs Korn nehmen. Das war zwar schade um das schöne Tier, aber hier ging es um seinen Kopf.

Valerie hatte nach einer Stunde den Bach wieder verlassen und strebte nun stetig bergab. Die Sonne stand leicht schräg von hinten und spendete eine angenehme Wärme. Sie dachte an Lucas, was der wohl jetzt machen würde. Schüsse hatte sie noch keine gehört, also musste er noch unbemerkt geblieben sein. Ob diese Kerle allerdings seine Spur aufgenommen hatten, dessen war sie sich noch nicht sicher.
Ganz weit unten im Tal sah sie plötzlich das schmale Band des Highways in der Sonne leuchten. In gut zwei Stunden musste sie da unten sein! Von dieser Hoffnung beflügelt legte sie noch einen Schritt zu und stürmte vorwärts. Und dann stand sie plötzlich auf einer Lichtung einem Braunbären gegenüber! Abrupt blieb sie stehen. Der Bär drehte seinen massigen Kopf zu ihr herum und begann zu brüllen. Rocky stellte die Ohren auf und begann wie wild zu bellen. Das schreckte den Bären erst einmal ab. Valerie überlegte kurz, ob sie einen Schuss aus der Pistole abgeben sollte, verwarf den Gedanken dann aber wieder. Schüsse sind immerhin weit zu hören. Also ging sie Schritt für Schritt langsam wieder zurück, ohne den Bären aus den Augen zu lassen und Rocky begann auf einmal zu knurren und fletschte die Zähne. Als sich Valerie umdrehen wollte, raunte ihr plötzlich jemand leise von hinten zu:

„Gut gemacht, Lady! Gehen sie schön weiter rückwärts, und passen Sie auf, wo Sie hintreten. Kein Zweig darf knacken. Kommen Sie, ich führe Sie beide hier weg."

Und dann schlossen sich zwei kräftige Hände um ihre Taille und sie gingen noch mehrere Schritte zurück. Endlich konnte sie sich umdrehen und sah den Fremden an. Der Mann war um die 40 Jahre, mit Vollbart, und ausgerüstet wie ein Jäger. Der Mann lächelte sie an.

„Ich habe Sie zufällig auf der Lichtung stehen sehen. Und weil ich nicht wusste, ob Sie sich mit Bären auskennen, habe ich mich halt mal näher herangewagt, um Ihnen notfalls zu helfen, auch wenn Sie da einen tollen Wachhund haben. Sorry, ich rede zu viel. Mein Name ist Kenny Richardson. Ich bin hier in dem Gebiet der Wildhüter. Mein Blockhaus steht nur drei Meilen weiter. Was habt ihr beide heute noch vor?" Valerie stellte sich kurz vor.

„Mein Name ist Mila Wilson, ich bin auf dem Weg nach Enterprice und dann nach Hay River. Vor drei Tagen sind ich und mein Freund weiter oben auf ein seltsames Camp mit seltsamen Gestalten gestoßen. Die haben uns dann verfolgt und so haben wir uns getrennt. Mein Freund ist weiter in die Berge hoch gegangen, und ich dann erst durch einen Bach hier herunter. Wir wollen uns in Enterprice wieder treffen."

Richardson sah sie an, als ob sie sie vom Himmel gefallen wäre und schüttelte den Kopf.

„Was denn, Sie sind auf diese Verbrecher da oben getroffen? Sind Sie denn lebensmüde? Wir warten schon seit Tagen auf Polizeiverstärkung, damit wir dieses Nest da oben endlich ausheben können. Die sind alle gemeingefährlich! Meine Fresse, da haben Sie aber Glück gehabt, wenn Sie denen entkommen sind. Und wo, sagten Sie, ist Ihr Freund hingegangen?"

Valerie fragte sich bereits, ob sie nicht schon viel zu viel ausgeplaudert hatte. Sie kannte diesen Richardson ja nicht einmal. Doch jetzt gab es kein Zurück mehr.

„Wir haben uns oben auf dem Grat getrennt. Er ging weiter zu den drei Bergspitzen da oben, er wollte sie auf seine Spur locken und von meiner Spur ablenken." Richardson nickte.

„Der Plan ist gut, Ihr Freund scheint zu wissen, was er will. Ich schlage Ihnen vor, Sie kommen mit zu mir bis morgen Früh. Und ich könnte morgen Früh mal sehen, ob ich Ihren Freund finde. In dieser Zeit könnte Sie meine Frau dann ins Tal bringen. Einverstanden?" Valerie nickt kurz entschlossen. Die Aussicht auf ein schönes Bett war zu verlockend. So konnte sie wenigstens noch auf Lucas warten.

Und so folgte sie dem fremden Ranger wieder ein Stück bergauf, über eine kleine Brücke zu einem Blockhaus mitten im Forrest.

Dort trafen sie dann auf Kents Ehefrau Melinda, die gerade mit dem fünfjährigen Sohn Toby ein verletztes Rehkitz hinter dem Blockhaus fütterte.

Melinda war eine 38jährige schwarzhaarige Schönheit mit langen bis über die Schultern reichenden Haaren. Und sie war sehr freundlich und lud Valerie sofort zu einem Kaffee ein.

Als die beiden Frauen dann vor dem Haus auf der Bank saßen und ihren Kaffee tranken, erzählte Valerie ihrer Gastgeberin etwas von ihrer Flucht. Nicht alles, aber doch so viel, dass sie ihrem ehemaligen Verlobten davongelaufen war, und nun einen neuen Freund hatte, der der Vater ihres künftigen Kindes war. Melinda hatte wortlos zugehört, immer wieder genickt und meinte dann:

„Ich glaube, du tust gut daran, wieder nach Hause zurückzukehren. Denn solange dieser Kerl nicht gefasst ist, solange wirst du keine Ruhe bekommen. Stalker sind schlimme Menschen."

Und nach einer Weile erzählte sie dann plötzlich:

„Ich bin vor sechs Jahren von Keith faktisch gerettet worden. Ich war als Rucksacktouristin hier oben in Alberta unterwegs, als ich auf eine Gruppe kam, von denen ich glaubte, sie seien Hippies. Bei denen schlief jeder mit jedem. Eines Tages bekam ich mit, wie sie zwei junge Frauen in der Nacht ins Camp brachten und einsperrten. Da war mir klar, wo ich gelandet war. Noch in dieser Nacht bin ich getürmt und Keith hat mich nach zwei Tagen alleine im Wald aufgelesen. Seitdem leben wir hier und haben schon einen gemeinsamen Sohn. Aber diese Gruppe war plötzlich weg. Bis Anfang dieses Jahres, als sie plötzlich wieder auftauchten. Jetzt will Keith mit der Polizei das Camp demnächst ausheben. Doch ich habe Angst, dass ihm was passiert und ich ganz alleine hier mit Toby zurückbleibe."

Und so redeten sie noch lange miteinander und Valerie erfuhr, dass ihre neue Freundin Melinda aus Kansas stammte. Und plötzlich sah Valerie das Funktelefon auf der Anrichte stehen.

„Funktioniert das Telefon da?", fragte sie Melinda. Die bejahte und reichte es ihr.

„Hier, wenn du jemand informieren willst. Der Empfang ist hier oben meist ziemlich gut." Hastig wählte Valerie die Nummer von Kent Norris in Fort Providence. Es dudelte eine Zeit, dann meldete sich eine männliche Stimme. Es war Kent persönlich. Seine Freude war groß, aber Valerie unterbrach ihn sogleich:

„Kent, ich stecke hier oben in der Nähe von Saskatchewan. Lucas und ich sind an eine Art Sekte geraten, die uns jetzt verfolgt. Ich bin im Moment bei Rancher Keith Richardson. Lucas hat die Verfolger weiter hoch geführt in die Berge. Ich habe Angst, dass ihm was passiert. Kannst du ihm nicht helfen?"
Einen Moment war Ruhe im Äther, doch dann meldete sich Kent wieder:

„Hör zu, du bleibst bei dem Ranger. Ich komme mit ein paar Leuten zu euch runter und suche dann Lucas. Noch eine Frage, ist dieser Mario auch da in der Nähe?" Valerie bejahte.

„Gut Mädel, also wie abgesprochen. Wir fahren so schnell wie möglich hier los! Bis bald, und Grüße von Amelia soll ich dir auch ausrichten." In dieser Nacht schlief Valerie zum ersten Mal wieder tief und ruhig durch. Und neben ihr lag ihr Bewacher Rocky auf einer Matte.

Die Nacht hatte Lucas im Dämmerzustand verbracht, immer mit einem Auge wach und aufmerksam. Als die Sonne über den Bergen aufging, hörte er wieder diesen Hund bellen. Sie waren also immer noch in der Nähe und suchten weiter nach ihm. Offenbar hatten sie die Nacht ebenfalls gerastet und waren nicht weiter gegangen. Sie wussten ja, dass er bewaffnet war. Und dann sah er die ersten beiden jungen Männer durch den Wald unter ihm schleichen. Der Hund hing an einer langen Leine. Den beiden ersten Männern folgten dann noch drei in geringem Abstand. Es war so weit! Langsam und sorgfältig legte er sein Gewehr an und zielte auf den Hund. Als sie dann aus dem Wald heraus auf eine freie Fläche traten, war Lucas Zeit gekommen. Er legte an, visierte den Hund an und wartete, bis er die beste Schussposition hatte. Plötzlich blieben die beiden Ersten mit dem Hund unten stehen und sahen sich nach den Nachfolgern um, die ihnen etwas zugerufen hatten. Doch diesen Moment der Bewegungslosigkeit nutzte Lucas aus. Er drückte ab! Der Schuss knallte und das Echo hallte mehrfach durch den Wald zurück. Unten auf der freien Fläche machte der Hund einen kleinen Satz und blieb dann regungslos liegen. Lucas lud rasch durch und schoss einem der beiden Verfolger, die als Erster liefen, ins Bein. Der schrie ebenfalls auf und fiel zur Seite um. Als der andere zurück in den Wald laufen wollte, schoss Lucas nochmal und traf ihn offenbar an der Schulter. Denn auch der junge Kerl schrie auf. Lucas war versucht, sofort nochmal zu schießen und zumindest diesen Kerl zu erledigen, doch dann unterließ er es doch. Die hatten jetzt erst einmal da unten mit sich zu tun, und einen Hund hatten sie auch nicht mehr.

Etwa zur Mittagszeit näherten sich auf der schmalen Passstraße drei Jeeps mit je vier Männern, alle uniformiert und bewaffnet. Vor dem blauen „Renault" mussten sie anhalten. Kent erkannte sofort, dass wiederum vor diesem Lucas „Ford-Raptor" stand. Sie waren also richtig. Sofort schwärmten sie aus und kreisten das Camp ein. Mit zwölf Bewaffneten konnten sie das ganze Camp in Schach halten, wenn es ernst werden würde.

Alex saß gerade mit seiner jungen Frau vor seiner Hütte, als er plötzlich Stimmen hörte. Verwundert sah er sich um und erstarrte, als plötzlich von allen Seiten Polizisten mit vorgehaltenen Waffen auf dem Platz kamen. Er wurde aufgefordert, die Hände zu heben. Sheriff Kent Norris trat auf den Alten zu.

„Sind Sie hier der Boss?", fragte er ihn. Alex nickte stumm. Kent trat näher auf ihn zu und tastete ihn ab. In den Bandagen an den Waden fand er ein Messer. Und gerade als er dem Alten die Handschellen anlegen wollte, begann plötzlich auf dem Platz hinter ihnen eine wilde Schießerei. Aus einem der Wohnwagen schossen mindestens drei Bewaffnete auf die Polizisten. Diesen kleinen Moment nutzte Alex und verschwand spurlos zwischen den Hütten.

Als die Schießerei losging, sah Mario aus seiner Hütte heraus und erkannte sofort, dass die Polizei da war. Hastig nahm er seine Sachen und wollte eiligst zur Tür heraus und um die Hütte herum in den Wald laufen. Dann aber überlegte er es sich noch einmal und rannte zur anderen Seite der Hütte, riss das Fenster auf, sah kurz hinaus und sprang aus dem Fenster. Mit langen Sätzen verschwand er im Wald. Als zwei Polizisten die Tür aufrissen war der Raum leer. Doch Kent fiel eine Art Rucksack aus Stoff unter dem Bett auf. Also zog er ihn hervor und öffnete ihn. Als erstes fiel ihm ein Pass in die Hände. Als er ihn aufschlug, begann er zu fluchen. Dieser Hansdorf war also auch hier gewesen und offenbar wieder entkommen. Der Schweinehund musste einen siebten Sinn haben. Sofort gab er Befehl, das Gelände rings um das Camp abzusuchen. Doch die Suche blieb erfolglos bis auf zwei halbwüchsige Kerle um die 16 Jahre, die sie aufstöberten und mitnahmen. Einer der beiden musste der jüngste Sohn von diesem Alex sein. Und so erfuhren sie, dass eine Gruppe von ihnen seit dem vergangenen Abend ein Pärchen mit einem Hund verfolgte. Das wiederum konnten nach Kents Meinung nur Lucas und Valerie gewesen sein. Aber das war ihm ja eigentlich schon klar gewesen, als er den „Raptor" unten an der Straße gesehen hatte.

Inzwischen hatte man auch Alex wieder eingefangen. Als der Wohnwagen der drei immer noch wild schießenden plötzlich Feuer fing, flog die Tür auf und die drei kamen mit erhobenen Händen heraus und wurden festgenommen.

In der Zwischenzeit hatten die Polizisten drei junge Frauen aus einer Art Verlies befreit, eine von ihnen war hochschwanger. Sie sagten aus, sie seien vor Monaten auf einer Rucksack-Tour von den Männern gefangen genommen worden und wurden seitdem als Sex-Sklavinnen festgehalten.

Von all diesen Ereignissen bekamen natürlich Valerie, Lucas und der Wildhüter nichts mit. Richardson war am folgenden Morgen mit seinem Hund aufgebrochen, um nach Lucas zu suchen. Der Setter war kräftig gebaut und hörte auf den Namen „Josh", und er hatte sich sofort mit Rocky angefreundet, als er ihn beschnüffelt hatte.

Und so blieben die beiden Frauen und der Kleine im Blockhaus zurück. Melinda hatte Valerie mit den Worten, „ich hoffe, du kannst damit umgehen", ein Gewehr in die Hand gedrückt. Jetzt wo sich diese Halunken im Wald herumtrieben, war diese Vorsicht nicht übertrieben. Toby durfte das Haus nicht verlassen und saß in der kleinen Bodenkammer unter dem Giebel an einem

Fenster und beobachtete den Wald. Er war das schon gewohnt, dass man bei Gefahr gut aufpassen musste, wenn sich Fremde dem Haus näherten. Valerie hatte sich am Fenster des Wohnzimmers postiert, wo sie eine gute Sicht auf die baumlose Fläche vor dem Haus hatte. Sie sah auf die Uhr und dachte an Lucas. Wo mochte er jetzt wohl sein? Hatte er Glück gehabt und den Hund erledigt? Sie sah auf den neben ihr sitzenden Rocky und dachte mit Schrecken daran, wenn ihm mal etwas passieren sollte. Hunde waren so treue Wesen, die für ihr Frauchen oder Herrchen durchs Feuer gingen.

Keith war inzwischen schon ein ganzes Stück auf dem Weg gelaufen, den ihn Valerie beschrieben hatte. Nach einer Stunde roch er Rauch und schlich sich lautlos näher heran. Er gebot Josh, sich hinzulegen und still zu sein. Es waren vier Männer und einer war offenbar verwundet. Sie beratschlagten, was sie weiter tun sollten. Dabei überlegten sie offenbar, ob sie das Risiko auf sich nehmen wollten, weiter runter ins Tal zu gehen. Sie vermuteten, dass die blonde Frau sich eventuell doch von ihrem Freund getrennt hatte, und der Kerl sie in die Irre geführt hatte. Als Keith sich wieder zurückzog, hörte er noch, wie einer der Vier meinte, sie sollten doch nochmal den Kerl auf dem Berg in die Zange nehmen.
Keith legte einen Schritt zu, er wollte, bevor die Vier aufbrachen, Lucas noch gefunden haben.
Er erreichte einen weiten ebenen Platz mit vereinzelten Felsbrocken und kleineren Tannen und Zedern. Er band ein weißes Tuch an den Lauf seines Gewehrs und begann, über die kleine Ebene zu laufen. Plötzlich sah er oben zwischen den Felsen etwas kurz blinken. Er hob die Hand und winkte hinauf. Und dann sah er den Mann. Er hatte sich hingekniet und schaute durch sein Fernglas. Keith winkte ihm wieder zu, dann formte er mit zwei Zweigen ein V und deutete weiter hinunter. Der Mann winkte zurück. Nach einer halben Stunde standen sie sich dann endlich gegenüber.
Lucas hatte es tatsächlich durch geschickte Tarnung geschafft, dass Keith erst an ihm vorbeigelaufen war, ohne ihn zu bemerken. Nur Josh hatte ihn sofort entdeckt und gebellt. Erst als er schon vorbei war, trat Lucas heraus und sprach ihn an:

„Hi Mister! Bringen Sie mir eine Nachricht?", fragte er und hatte sein Gewehr noch in beiden Händen. Keith nickte.

„Stimmt, Mister Miller, ich soll Sie von Ihrer Valerie grüßen. Die sitzt bei mir im Blockhaus mit meiner Frau und meinem Sohn." Sie begrüßten sich herzlich, und Lucas nahm einen kräftigen Schluck Whisky aus Keiths Flachmann. Dann erzählte er, was in den letzten beiden Tagen vorgefallen war. Keith nickte.

„Oh ja, ich hatte schon die Gelegenheit vor zwei Stunden ihre vier Freunde zu belauschen. Sie wollen Ihnen nochmal einen Besuch abstatten. Diesmal aber von zwei Seiten. Also richten wir uns mal darauf ein, lange wird's nicht dauern, bis sie hier oben auftauchen werden."

Für Josh suchte Keith einen sicheren Platz, wo er sich hinlegen musste. Und dann richteten sie sich so ein, dass sie über Kreuz schießen konnten. Sie zu umgehen, war unmöglich auf Grund der Schluchten rund um die Bergspitze.

Inzwischen stand die Sonne am Zenit und wärmte wunderbar. Keith entdeckte zwei von den Kerlen, die sich gerade durch dichtes Gebüsch schoben und gab Lucas ein Zeichen. Er legte kurz an, stellte das Zielfernrohr nach und drückte ab. Ein Schuss peitschte durch die Stille und einer der beiden Kerle fiel rücklings um. Er hatte ein Loch in der Stirn und war tot. Der andere versuchte zu entkommen, aber Keith schoss noch zweimal. Und wieder hörten sie einen Schrei, er musste also den zweiten Kerl ebenfalls getroffen haben. Lucas sah mit Bewunderung zu, mit welcher Ruhe Keith reagierte.

„Wo hast du gelernt, so zu schießen, sag mal?", fragte er Keith leise. Der grinste.

„Manchmal ist es schon nützlich, wenn man bei einer Spezialeinheit war. Ich denke, die beiden restlichen Helden werden es sich überlegen, ob sie nochmal anrennen wollen."

Sie beobachteten noch eine Stunde lang das Terrain unter ihnen, dann meinte Keith:

„Ich denke, wir können aufbrechen. Unsere beiden Frauen werden warten. Aber gut aufpassen, Bruder!" Und so stiegen sie langsam wieder abwärts.

Valerie und Melinda saßen mit Toby am Fenster des Wohnzimmers. Plötzlich sahen sie zwei Männer zwischen den Bäumen auftauchen und ein Hund lief auch nebenher. Melinda sprang auf und rannte zu Tür. Dort fiel sie Keith um den Hals. Und Lucas stand da und sah seine Freundin lächelnd an.

„Na, Miss Wilson, ich sagte doch, alles wird gut. Komm endlich her und lass dich umarmen!" Und dann erzählte Lucas, wie alles abgelaufen war. Rocky saß neben ihm und legte seinen Kopf auf sein Knie. Er sah ihn dabei an, als ob er jedes Wort verstehen würde.

Keith Richardson hatte ihnen angeboten, sie am nächsten Tag auf dem Weg ins Tal zu begleiten, doch Lucas hatte das abgelehnt.

„Danke für alles, du hast uns schon genug geholfen. Bleibe lieber bei deiner Frau, noch können zwei von diesen Ganoven unterwegs sein. Wir werden den Rest sicher alleine schaffen."

Der nächste Morgen war leicht verregnet und ein böiger Wind pfiff durch die Berge. Valerie und Lucas hatten sich kurz nach dem Frühstück von ihren Gastgebern verabschiedet und sich auf den Weg hinunter ins Tal begeben. Beide waren guten Mutes, in kürzester Zeit Enterprice zu erreichen, um dann endgültig den Heimweg antreten zu können. Rocky lief wenige Meter vor ihnen her und schnüffelte die ganze Zeit am Boden. Lucas lachte. „Sieh mal, der Rocky riecht wieder etwas von seiner Freiheit, die er uns zuliebe aufgegeben hat."

Was sie nicht wussten und auch nicht ahnten, war die Tatsache, dass tatsächlich zwei Halunken dieser Sekte in den Bergen noch immer auf der Suche nach den beiden Ausländern waren. Was zu Hause im Camp passiert war, davon hatten sie keine Ahnung. Und so glaubten sie, die blonde Deutsche noch einfangen zu müssen, denn sie würde eine gute Stute für die Nachzucht abgeben. Und beide schlossen schon Wetten ab, wer sie zuerst besteigen durfte. Insgesamt sieben Frauen hatten sie im letzten Jahr in das Camp geholt, die jüngste war 16 gewesen, die Älteste 39. Aber das war ihnen egal, ihre Sippe musste unbedingt mit frischem Blut versorgt werden. Das Ziel war es, hier oben in den Bergen einen eignen Stamm zu gründen, der nach den Gesetzen der Natur lebte. Aber was sie eben nicht wussten, war die Tatsache, dass es diesen Stamm längst nicht mehr gab.

Valerie war soeben mit Rocky über einen schmalen Bach gesprungen und Lucas wollte ihnen folgen. Da peitschte plötzlich ein Schuss durch die Stille des Waldes. Lucas spürte beim Absprung einen kurzen Luftzug, der an seiner rechten Wange vorbeipfiff und dann mit einem lauten „Patsch" ein Loch im nächsten Baumstamm hinterließ. Kaum war das geschehen, schrie Lucas Valerie schon zu:

„Lauf im Zickzack zwischen den Bäumen weiter! Es schießt jemand auf uns!" Und während er lief, riss er sich das Gewehr von der Schulter und lud im Laufen durch. Er sah wie Valerie mit Rocky in einer kleinen Senke verschwand, blieb abrupt stehen und versteckte sich hinter einem dicken Baumstamm. Dann beobachtete er das Gelände hinter sich. Nach einer kurzen Weile sah er etwas oberhalb von sich, wie sich zwei Gestalten auf allen Vieren durch den Busch schoben. Sofort legte er an, zielte sorgfältig und drückte ab. Der Schuss peitschte durch das leise Rauschen des Waldes, aber kein Schrei erfolgte. Er musste danebengeschossen haben. Also lief er rasch wieder im Zickzack bis zu der Senke, in der Valerie lag und auf ihn wartete. In der rechten hatte sie ihre Pistole. Er hechtete sich japsend neben sie auf den Waldboden.

„Verdammter Mist, Keith hatte recht gehabt. Wir hätten auf ihn hören sollen", japste Lucas atemlos. Er sah sie an.

„Hör zu, wir teilen uns wieder. Du gehst mit Rocky nach links runter, das ist der kürzeste Weg bis zur Hauptstraße, Wenn ein Truck kommt, hältst du ihn an und fährst mit. Du musst nicht auf mich warten. Ich komme auf jeden Fall nach. Ich lenke die zwei wieder ab und gehe nach rechts runter zum Fluss." Als er sah, wie sie zögerte, gab er ihr einen Kuss und schob sie dann von sich.

„Lauf los! Und immer im Zickzack laufen! Los! Alles wird gut werden!"

Antony Gipps und Norman Jacobs sahen die beiden Flüchtenden den Hang hinunterlaufen, und Gipps visierte den Mann, der als Zweiter lief über Kimme und Korn an. Als er abdrückte, erkannte er sofort, dass er vorbeigeschossen hatte, denn der Mann lief unbeirrt im Zickzack weiter und verschwand in einer Senke vor seinen Blicken. Er sah seinen Begleiter Jacobs kurz von der Seite an:

„Verdammte Scheiße, ich habe ihn nicht erwischt! Vielleicht sollte ich beim nächsten Mal auf die Füße zielen." Jacobs sah ihn kritisch an.

„Mir scheint, der ist kein Anfänger Antony. Er entwischt uns schon das zweite Mal." Der Junge mit dem kleinen Oberlippenbart sah seinen Begleiter unsicher an.

„Du meinst das ist ein Profi?" Antony rieb sich das Kinn und kniete sich hin. Aufmerksam spähte er den Hang hinunter.

„Sein Schuss vorhin ging nur um Zentimeter an meinem Kopf vorbei und er musste den Hang heraufschießen." Jacobs winkte ab und stand langsam auf.

„Ich wette mit dir, die wollen nach Enterprice. Also haben wir noch mehr Chancen, sie zu erwischen. Komm, steh auf. Die sind bestimmt schon weitergelaufen." Jacobs fluchte leise vor sich hin und stand endlich auf. Vorsichtig sahen sie sich um. Mit einem solchen Widerstand hatten sie nicht gerechnet. Der Kerl, den sie verfolgten, musste offenbar ein Profi sein und wahrscheinlich von der Army.

„Mist, dass wir den Hund nicht mehr haben, das hätte uns die Verfolgung einfacher gemacht. Los, wir müssen ihnen nach." Und so machten sich die beiden wieder auf die Verfolgung der beiden Flüchtenden.

Plötzlich kamen sie an eine Weggabelung. Ein Weg führte hinunter zum Highway, der andere zum Fluss. Einen Moment standen sie unschlüssig an der Weggabelung. Norman Jacobs zeigte hinunter zum Fluss.

„Wenn sie uns wieder austricksen wollen, dann gehen sie zum Fluss und hoffen, da unten ein Boot zu bekommen. Und uns schicken sie in Richtung zum Highway. Die beiden haben sich schon mal getrennt und sich dann wieder getroffen." Antony grinste.

„Na, dann machen wir es eben genauso! Du gehst zum Fluss. Ich gehe in Richtung Highway." Norman nickte.

„Gut, machen wir es so. Aber denke dran, mit dem Kerl ist nicht zu spaßen. Wer ihn sieht, muss ihn umnieten, die Alte dürfte kein Problem sein. Also dann los, Kumpel! Wir treffen uns wieder hier an der Gabelung. Halt die Ohren steif!"

Norman Jacobs war mit seinen 19 Jahren schon frühzeitig das, was man einen Kleinkriminellen nannte. Erst Diebstähle, später Handel mit Betäubungsmittel. Einmal war er erwischt worden und zu Gemeinnütziger Arbeit in einem Altenheim verdonnert worden. Da hatte er nach vier Wochen die Bewohner beklaut und die Heimkasse mitgehen lassen. Dann war er an die Leute im Wald geraten und bei ihnen geblieben.

Etwas anders war es bei Antony Gipps gewesen. Mit 17 Jahren hatte er einen Gleichaltrigen im Streit erstochen und war vor der Polizei getürmt. Seine Mutter kannte er nicht, sein Vater war ein stadtbekannter Schläger und Säufer gewesen. Irgendwann hatte es ihn ebenfalls in die Berge zu dieser Truppe verschlagen. Seitdem hatten sie beide drei von den sieben Frauen gekidnappt, und immer wieder Autofahrer ausgeraubt, die sich in den Bergen verfahren hatten, oder Wanderer, die sich verirrt hatten. Also war dieser Auftrag von Alex so richtig nach ihrem Geschmack. Nur diesmal schien ihnen die Glücksgöttin nicht hold zu sein.

Jacobs lief gleichmäßig den Weg entlang in Richtung Fluss, der sich in Serpentinen durch den Wald schlängelte. Zweimal musste er über den Bach, der hier zu Tal rauschte und wo leider das letzte Unwetter die kleine Brücke weggerissen hatte. Immer wieder schweiften seine Blicke durch das Unterholz am Wegesrand. So weit konnten die doch noch nicht vor ihm sein, wenn sie diesen Weg gewählt hatten. Plötzlich sah er in einer der Serpentinen, etwa 20 Meter über den Weg einen Mann mit Hut stehen, der ihm zuwinkte. Na, der traute sich vielleicht was! Noch ehe er sein Gewehr von der Schulter genommen hatte, war der Kerl auch schon wieder im Wald verschwunden.

Antony fluchte vor sich hin und sah durch sein Fernrohr, aber nichts war von dem Kerl zu sehen. Wollte der ihn verarschen, verdammt noch mal? Antony kraxelte den ziemlich steilen Hang hinauf, musste sich mehrmals an kleinen Bäumen festhalten, um nicht wieder zurückzurutschen und abzustürzen. Schweißgebadet erreichte er endlich die obere Kante des Hanges. Das Gewehr schussbereit in den Händen haltend schlich er sich durch die Baumstämme vor ihm. Plötzlich sah er eine alte Holzhütte. Vorsichtig steuerte er darauf zu. Alle zwei Fensterläden waren geschlossen. Eine kurze Weile beobachtete er die Hütte weiter. War der Kerl nun drinnen oder nicht? Am besten er ging mal nachsehen. Also umkreiste er die Hütte im großen Bogen und näherte sich dann von hinten. Er stand nun unmittelbar vor der alten klapprigen Eingangstür und begann zu grinsen. Dann griff seine Rechte langsam zur Türklinke und seine Linke umfasste sein Gewehr so, dass er sofort schießen konnte. Mit einem Ruck riss er mit der Rechten die Tür auf, und mit der Linken feuerte er einen Schuss in den Raum ab. Und dann stand er schon drinnen. Doch der Raum war leer. Fluchend stieß er einen alten Stuhl mit dem Fuß beiseite, ging zum Fenster und öffnete den Holzverschlag davor. Er sah sich kurz in der Hütte um. Sie musste schon lange nicht mehr benutzt worden sein. Gerade als er wieder zur Tür herauswollte, knallte ein Schuss durch den Wald und Holzsplitter der Tür flogen dem jungen Mann um den Kopf. Mit einem Blick erfasste er das Fenster. Er wollte so wie er es schon öfters früher in Filmen gesehen hatte mit einem Hechtsprung aus dem Fenster springen. Gerade als er Anlauf nehmen wollte, knallte es wieder zweimal kurz hintereinander. Ein Schuss traf das alte Ofenrohr und surrte dann als Querschläger durch den Raum, ehe er in einem Holzbalken stecken blieb. Der andere Schuss traf die an der Decke baumelnde Petroleumlampe und zerlegte sie in tausend Einzelstücke, die Antony um die Ohren flogen. Sowas hatte er noch nie erlebt! Vor lauter Angst begann er zu zittern, und plötzlich tauchte in der Tür eine dunkle Gestalt auf. Antony riss das Gewehr hoch, um abzudrücken, doch der Mann in der Tür hatte, ohne sich groß zu bewegen, sofort geschossen. Und so endete das Leben des 19jährigen Antony Gipps in einer alten Holzhütte im Wald.

Lucas nahm dem Jungen das Gewehr ab und machte mit dem Handy noch ein Foto von ihm, dann verließ er wieder die Hütte und schloss die Tür. Er sah auf die Uhr. Es begann langsam dunkel zu werden und er machte sich Sorgen um Valerie.

Valerie hatte während der ganzen Zeit immer das Gefühl, dass jemand hinter ihr heranschlich. Doch bisher hatte Rocky noch nicht reagiert und lief nur dicht neben ihr her. Immer wieder sah sie sich um. Sie war sich sicher, dass die beiden Männer, die sie verfolgt hatten, nun auch sie einfangen wollten, und sie erinnerte sich daran, was Keith über diese Leute erzählt hatte. Das Gewehr mit dem Gurt über der rechten Schulter hängend, und mit der

Linken die Pistole in der Joppentasche umfassend, eilte sie durch den Wald dahin. Weit unten auf dem Highway hörte sie es plötzlich zweimal hupen. Es durfte also nicht mehr allzu weit sein, bis sie die Straße erreichen würde. Immer wieder musste sie an Lucas denken, der Mann, der ihr nun schon seit Wochen hilfsbereit immer wieder zur Seite stand, und mit dem sie bisher nur einmal geschlafen hatte. Aber dieses eine Mal hatte ausgereicht, dass sie nun schwanger war. Und sie dachte darüber nach, ob Lucas nun wirklich der richtige Mann war, um eine Familie zu gründen. Sein Vorgänger war es jedenfalls zum Glück nicht gewesen. Und sie war froh, von Mario nun seit einigen Tagen nichts mehr gehört zu haben. Sicher hatten sie ihn abgehängt, als sie in die Berge gefahren waren. War nur zu hoffen, dass er sich woanders herumtrieb.

Plötzlich hörte Valerie es wenige Meter vor ihr im Gebüsch knacken. Erschreckt blieb sie stehen. Plötzlich trat ein jüngerer Kerl, ziemlich verwahrlost aussehend, auf dem Weg und grinste sie breit an. Sie erkannte ihn sofort wieder. Dieser Kerl und noch ein anderer hatten vor Tagen im Camp mit Alex an einem Tisch gesessen und sie dauernd ungeniert angestiert.

„Na, Lady aus Germany, da staunst du was." Meinte er und kam langsam auf sie zu. Da begann Rocky zu knurren und legte die Ohren an. Sie herrschte den jungen Kerl an.

„Bleib sofort stehen!", und dabei richtete sie den Lauf ihres Gewehrs direkt auf ihn, wusste aber sofort, dass sie noch nicht durchgeladen hatte. Er blieb etwa 10 Meter vor ihr kurz stehen, grinste breit und lachte:

„An deiner Stelle würde ich die Knarre erstmal schön durchladen, Lady. Aber warum denn so unfreundlich. Ich will dich doch nur mal kurz hier im Wald bumsen, und dann kommst du mit ins Camp. Und dort kannst du nach Herzenslust vögeln. Und deinen Köter binden wir einstweilen schön an", plauderte er grinsend weiter. Und dann machte er wohl den letzten Fehler seines Lebens! Mit einem Seitenblick auf Rocky lief er einfach siegessicher weiter auf Valerie zu. Doch die hatte bereits den Finger am Abzugshahn der Pistole und zog ihn zweimal hintereinander durch. Rocky standen die Nackenhaare hoch und er knurrte den Mann, der wenige Sekunden später da lag, immer noch an.

Zweimal hatte es geknallt, und aus der Seitentasche der Joppe war zweimal ein kleiner Feuerstrahl gefahren und hatte Norman Jacobs direkt in die Brust getroffen. Wie von einer Titanen Faust gestoppt, war er plötzlich stehengeblieben, hatte Valerie vollkommen ungläubig angeschaut, und war dann einfach nach hinten umgekippt. Reglos lag er nun auf dem Weg und Valerie stand da wie vom Blitz getroffen. Sie hatte gerade einen Menschen erschossen! Mit zittrigen Knien, die Pistole in der Rechten ging sie vom Kopf her auf den am Boden Liegenden zu. Er lag einfach mit geöffneten Augen da und starrte unverwandt in den Himmel. Sie kniete sich nieder und schloss seine Augen. Das Gewehr nahm sie an sich, dann ließ sie ihn dort liegen. Ohne sich noch einmal umzudrehen, lief sie weiter. Sie musste Lucas finden. Vielleicht war er bereits unten am Highway und wartete auf sie.

„Komm, Rocky, Lieber! Komm, wir müssen Lucas finden", rief sie ihm zu und der Hund folgte ihr willig den Berg hinab.

Lucas Miller hatte inzwischen die Weggabelung wieder erreicht, an der er sich von Valerie getrennt hatte und war nun in den Weg zum Highway hinab abgebogen. Immer wieder sah er sich gründlich um. Einen Kerl hatte er erledigt, der zweite konnte noch unterwegs sein und überall auf sie lauern. Hoffentlich war Valerie bis jetzt gut durchgekommen. Automatisch legte er noch einen Schritt zu, obwohl er merkte, dass ihn seine Kräfte langsam verließen. Aber er musste seine Liebste auf jeden Fall noch vor dem Dunkelwerden erreichen.

Valerie indessen strebte einsam und allein weiter durch den Wald in Richtung Highway. Wenn sie da unten ankam und es war bereits dunkel, standen die Chancen schlecht, dass man sie mitnahm, zudem sie auch noch einen großen Hund dabeihatte. Trotzdem merkte auch sie, dass ihr die Kräfte langsam schwanden, zumal sie nichts mehr zu essen und zu trinken hatte. Ihre Verpflegung hatte in Lucas Rucksack gesteckt. Im Moment war ihr auch eher nach Weinen zumute. Was hatte sie seit ihrer Ankunft in Kanada schon alles durchgestanden! Natürlich hatte sie gute Freunde gefunden wie Amelia oder Kent Norris. Doch im Grunde war die ganze Aktion am Ende ein Fiasko geworden, an dem einzig und allein Mario schuld war. Er hatte sich als glatter Versager erwiesen.

Tief durchatmend hielt Valerie plötzlich an und musste sich an den Rand der Böschung setzen. Ihr tat der Unterleib weh, nicht schlimm, aber spürbar. Und so verharrte sie eine Weile und schloss die Augen. Sie musste sich unbedingt ausruhen. Der kleine Wurm in ihrem Bauch verlangte sein Recht. Genau neben sich fand sie ein paar wilde Beeren, von denen sie wusste, dass man sie essen konnte. Die waren leicht süß-säuerlich und schmeckten besonders gut, wenn sie wie jetzt gerade reif waren. Rocky legte sich neben sie hin und sah sie mit seinen blauen Augen an. Sie streichelte ihn und schlief dabei ein.

Lucas sah wieder auf die Uhr. In einer halben Stunde würde es finster sein. Ob Valerie schon unten am Highway war? War sie überhaupt durchgekommen? Die Angst um sie schnürte ihm die Kehle ab, doch er schritt kräftig weiter aus, so schwer ihm das auch fiel.

Plötzlich stockten Lucas Schritte, was lag denn da am Wegrand? Sein Herz schlug zum Zerspringen. War das Valerie? Rasch ging er näher, bückte sich und drehte die Gestalt um. Zwei geschlossene Augen vermittelten den Eindruck, der junge Mann würde schlafen. Doch dann sah er die zwei Löcher in seiner Brust. Jetzt erkannte er den jungen Mann wieder. Das war der andere Lumpenhund, der sie verfolgt hatte! Valerie musste ihn also erledigt haben. Lucas atmete auf und sah sich um. Doch weit und breit war niemand zu sehen. Mit wachem Blick auf den Wald zu beiden Seiten des Weges lief er schnell weiter. Der Mann war noch nicht kalt gewesen, also mussten er und Valerie vielleicht vor ein bis zwei Stunden zusammengetroffen sein.

Langsam brach die Dunkelheit herein, die ersten Sterne begannen zu flimmern, der Mond war aufgegangen und beleuchtete den Weg und den Wald.

Valerie wurde plötzlich wieder wach, weil Rocky zu knurren anfing. Sie schreckte auf. Waren das Schritte, die da den Berg herunterkamen? Doch der da kam, pfiff eine Melodie vor sich hin, die sie auch kannte und Rocky begann mit dem Schwanz zu wedeln und leise zu fiepen. Zusammengehockt kauerte sie an dem kleinen Hang und sah eine dunkle Gestalt den Weg herunterkommen. Mit einem Mal rannte Rocky einfach los und bellte, was das Zeug hielt. Sie musste vor Aufregung in den Handballen beißen und bezwang sich, nicht laut zu schluchzen. Und dann hörte sie den Mann sagen: „Hallo Valerie! Bis du es?" Sie erkannte die Stimme. Mit einem Aufschrei ließ sie sich in die weit ausgebreiteten Arme des Mannes fallen.

„Lucas! Liebster! Du bist es tatsächlich!" Und dann musste sie Lucas gut festhalten, sonst wäre sie ihm aus den Armen geglitten. Er hob sie mit beiden Armen an und trug sie ein Stück in den Wald hinein und legte sie dann in das weiche Moos. Rasch bekam Valerie etwas zu trinken und eine Kleinigkeit zu essen, so dass sie sich schnell wieder erholte. Und selbst Rocky bekam eine Scheibe Brot mit Wurst belegt ab. Dann begann das Erzählen, was sie beide erlebt hatten, seit sie sich da oben an der Weggabelung getrennt hatten.

Lucas sah auf die Uhr und richtete sein Navi ein, dessen Akku fast leer war, und den er nun nicht aufladen konnte.

„Also, nach dem Navi haben wir etwa noch drei Meilen, dann sind wir unten am Highway. Ich würde sagen, wir übernachten heute mal im Freien und wärmen uns gegenseitig", riet er ihr und sie willigte ein. Und so verbrachten sie wieder eine Nacht Seite an Seite, zugedeckt mit einer dünnen Decke aus Lucas Rucksack. Valerie spürte, wie die Anspannung der letzten Stunden aus ihrem Körper wich und so schlief sie in Lucas Armen langsam ein. Er hörte ihren leisen Atem, spürte ihre Körperwärme und sah hinauf in den Sternenhimmel. Das Gewehr lag durchgeladen griffbereit neben ihm. Rocky aber lag wieder am Rücken seines Frauchens und wärmte sie.

Als es langsam wieder hell wurde, wachten sie nacheinander auf. Lucas gab ihr etwas Tee mit Traubenzucker zu trinken und ein Stück hartes Schwarzbrot, das ihnen Keiths Frau mitgegeben hatte.

Nachdem sie so gefrühstückt hatten, brachen sie wieder auf. Sie waren kaum eine Meile gelaufen, als sie plötzlich leises Winseln hörten, das aus dem Wald kam. Lucas nahm das Gewehr zur Hand und hielt Valerie zurück.

„Bleib bitte mal hier stehen, das muss von da drüben kommen. Ich gehe mal nachschauen." Valerie folgte nur ungern dieser

Anweisung, blieb auf Abstand. Lucas ging plötzlich zielstrebig auf ein Gebüsch zu, blieb dann stehen und rief dann Valerie zu, sie solle zu ihm kommen. Dann standen sie vor einem Wolfswelpen, der sich in einer Schlinge gefangen hatte. Lucas schimpfte leise.

„So eine Sauerei, dass es immer noch solche hirnlosen Idioten gibt! Wir müssen ihn befreien, den armen kleinen Kerl. Seine Mutter sitzt bestimmt nicht weit weg und beobachtet uns. Nimm bitte die Decke und leg sie dem Kleinen über den Kopf." Rocky stand da und winselte plötzlich leise. Und dann geschah Unglaubliches. Er ging zu dem kleinen fauchenden Wolfswelpen und leckte ihm den Kopf ab. Der kleine Kerl wurde plötzlich ruhiger und legte sich hin.

Nun konnte Lucas die Schlinge vom rechten Hinterlauf des Wolfswelpen lösen. Weil er mächtig daran gezerrt hatte, war alles voller Blut und das rohe Fleisch schaute heraus.

Im Nu hatte Valerie einen kleinen Verband angefertigt und machte den nun am Hinterlauf des Welpen fest. So konnte wenigstens kein Schmutz in die Wunde. Lucas schüttelte lächelnd den Kopf.

„Entschuldige, aber das ist nicht nötig, was du da machst. Er selber oder seine Mutter wird es so lange ablecken, bis alles wieder zugewachsen ist. Mit dem Verband geht das aber nicht." Valerie nickte und begann, den Verband wieder zu lösen. Plötzlich hörten sie hinter sich Rocky laut knurren und jemand brüllte:

„Hauen Sie ab von meinem Fang! Der Welpe gehört mir!" Als sie sich umdrehten, schauten sie in einen Flintenlauf, der von einem bärtigen kleinen Mann mit Hut gehalten wurde. Lucas richtete sich langsam auf und Valerie ließ den kleinen Welpen einfach los. Der schoss wie ein Windhund davon! Und der Alte schimpfte wie ein Rohrspatz.

„Ihr Städter habt wohl nen Vogel! Sie sind mir 100 Dollar schuldig!" Und dann erlebte der alte Wilddieb eine Überraschung, denn auch die anwesende Frau hatte plötzlich eine Flinte im Anschlag und drohte nun ihrerseits:

„Hauen Sie ab, Mann! Und seien Sie froh, dass wir Sie nicht wegen Wilderei anzeigen. Dabei hielt sie mit der Linken den Ausweis von der Kantine in Sasketchewan kurz hoch.

„Wir sind Rancher, Mister. Eigentlich müsste ich Sie jetzt hier aufschreiben und melden. Also hauen Sie lieber ganz schnell ab." Der Alte brummelte noch etwas, ging erst ein paar Schritte langsam rückwärts, dann machte er kehrt und verschwand rasch zwischen den Bäumen. Lucas lachte leise.

„Auf die Idee muss man erstmal kommen. Und was hättest du gemacht, wenn der den Ausweis hätte sehen wollen?"

Valerie lachte verhalten.

„Hast du nicht gesehen, wie der geblinzelt hat. Der hat bestimmt schlecht gesehen. Aber wir haben einen kleinen Wolf das Leben gerettet." Und Lucas nickte.

„Ja, und unser Rocky hat seinen kleinen Freund wieder verloren. Schau nur, wie er traurig dreinschaut." Valerie lächelte.

„Rede doch keinen Unsinn, der schaut so wie immer. Wenn er ein Weibchen wäre, würde ich das verstehen. Aber ein Rüde sieht in einem Welpen immer Konkurrenz."

„Woher du das nur immer weißt, du Großstädterin. Bist seit einem halben Jahr in der Wildnis und erzählst mir was über Wölfe. Aber in dem Punkt hast du wirklich recht", bekannte er und musste dabei lächeln.

Und so zogen sie weiter talwärts. Sie waren gut eine Stunde unterwegs, als Lucas Valerie plötzlich am Ärmel festhielt. „Schau dich mal vorsichtig um!", flüsterte er. Valerie tat es und sah, wie eine Wolfsfamilie mit drei Kleinen ihrem Weg folgte. Sie sah Lucas ängstlich an. Auch Rocky war stehen geblieben und begann wieder verhalten zu knurren. Doch es klang nicht gerade freundlich.

„Wollen die uns als Dank jetzt anfallen?" Lucas schüttelte den Kopf. „Das glaube ich nicht." Dann öffnete er seinen Rucksack, nahm eine ganze Elch-Salami heraus und schnitt die Hälfte in kleine Scheiben. Die legte er dann auf einen Fleck ab. Eine Scheibe davon bekam Rocky, der die kleine Wolfsfamilie nicht aus den Augen ließ.

„Komm, lass uns weiter gehen", raunte er Valerie zu. Kaum hatten sie den Ort mit den Wurstscheiben verlassen, hatte den bereits die Wolfsfamilie eingenommen und fraß eilig alles auf. Valerie jammerte. „Unsere schöne Wurst. Wer weiß, wann wir sowas mal wieder bekommen." Lucas lachte.

„Solltest du jemals wieder hierherkommen und in Not sein, diese Wolfsfamilie wird sich deiner erinnern und dir helfen." Valerie sah ihn skeptisch von der Seite an.

„Glaubst du das wirklich?" Lucas nickte. „Ja, ich glaube an sowas, weil es das schon gegeben hat." In diesem Augenblick erinnerte sich Valerie an ihren Rocky, der treu und brav neben ihr lief. Hastig wischte sie sich eine Träne aus den Augen, und Lucas sah es und fragte sie:

„Was ist los? Warum heulst du?" Valerie schnäuzte sich und holte ihr Handy heraus, um ihn ein Bild zu zeigen.

„Ich habe gerade an Rocky gedacht, wie er mich damals im Wald gefunden hatte und mir nicht mehr von der Seite ging. So treu können auch nur Tiere sein." Lucas grinste: „Und ich natürlich auch, meine liebste Valerie!"

Langsam liefen sie nun den Waldweg weiter und erreichten nach einer halben Stunde endlich den Highway. Doch weit und breit war kein Fahrzeug zu sehen, und so liefen sie am Rand weiter. Plötzlich hörten sie hinter sich einen Truck herandonnern. Valerie stellte sich breitbeinig hin und winkte mit beiden Armen. Der lange Holztruck rauschte heran, dann hörte man plötzlich die Luftdruckbremse und der Wagen wurde langsamer, bis er endlich anhielt. Valerie und Lucas spurteten los und erreichten ihn atemlos. Lucas öffnete die Beifahrertür. Ein rotbärtiges rundes Gesicht grinste sie an.

„Na, wo wollt ihr beiden Hübschen denn hin?", fragte er. „Wir sind zu dritt und wollen nach Enterprice", antwortete Lucas. Der Fahrer nickte und zeigte auf die Gewehre.

„Die Knarren legt ihr aber bitte hinten auf die Schlafkoje. Da fühle ich mich nicht so bedroht", scherzte er und forderte sie zum Einsteigen auf. Und wie der Blitz war Rocky der erste und erschreckte den Fahrer ziemlich. Lucas beruhigte ihn:

„Das ist ein ganz lieber Kerl. Nur bei fremden Männern, die sich meiner Frau nähern, wird er ungemütlich", erklärte er lachend dem Fahrer.

Nach einer Stunde Fahrt und einem guten Gespräch erreichten sie endlich die Außenbezirke von Enterprice und der Fahrer bremste ab und hielt an.

„So, ihr Drei, ich muss euch hier rausschmeißen. Da drüben muss ich entladen und dann muss ich wieder zurückfahren. Ich wünsche euch einen guten Weg."

Valerie entschloss sich, Amelia anzurufen. Vielleicht hatte sie ja Zeit und konnte sie abholen. Denn zu Fuß waren das bestimmt noch fünf Meilen und sie war völlig fertig.

Es klingelte eine Weile, dann ertönte die bekannte Stimme von Amelia. Valerie meldete sich.

„Hallo Amelia, ich wollte euch nur mitteilen, dass wir gesund kurz vor Enterprice angekommen sind. Könntest du uns eventuell hier abholen? Wir sind völlig fertig und fußlahm."

Amelia war vor Freude außer sich, redete wie ein Wasserfall und weinte dabei, so dass am Ende beide Tränen vergossen.

„Warum willst du dann aber immer noch weg? Keith hat Mario und die ganze Bande oben in den Bergen festgenommen. Leider ist er ihm dann wieder entwischt. Aber er wird sich hüten, sich nochmal hier sehen zu lassen. Also kommt doch schnell zurück! Was ich dich noch Fragen wollte, habt ihr irgendetwas von Rocky erfahren?" Valerie stutzte einen Moment.

„Was meinst du damit? Rocky war doch die ganze Zeit erst bei Lucas und nun sind wir ja schon die ganze Zeit zu dritt. Er sitzt neben mir und spitzt die Ohren und winselt leise. Aber um dich zu beruhigen, ich habe es mir anders überlegt. Ich bleibe bei euch. Schließlich soll ja unser Kind auch beim Vater aufwachsen. Und Hamburg können wir auch noch später mal besuchen. Kannst du uns jemand schicken, der uns abholt?" Amelia lachte leise.

„Macht euch keine Sorgen. Kent ist vor zehn Minuten ins Auto gestiegen und losgefahren. Er holt euch ab. Da draußen muss eine Tankstelle sein, dort solltet ihr auf ihn warten."

Als das Gespräch beendet war, schaute Lucas Valerie fragend an. „Und, holt uns jemand ab?" Valerie nickte.

„Kent kommt uns abholen. Wir sollen noch bis zur Tankstelle laufen, die hier irgendwo sein muss." Lucas schulterte wieder seinen Rucksack. „Na, dann komm, laufen wir halt noch ein Stück." Und so trabten sie am Rande des Highways dahin. Ein Truck hielt an und der Fahrer fragte, ob er sie mitnehmen könnte. Lucas erklärte ihm, dass sie nur bis zur nächsten Tankstelle wollten. Da lachte der Fahrer und meinte:

„Na, dann lohnt sich das Einsteigen nicht mehr. Da hinten hinter der Kurve kommt schon die Tanke." Dann fuhr er weiter. Valerie war in Gedanken. Wenn Mario wieder abgehauen war, dann bestand schon noch die Gefahr, dass er nochmal in ihre Nähe kommen könnte.

„Lucas, Amelia erzählte mir gerade, dass Mario oben in den Bergen einer Verhaftung entgehen konnte und er sich weiter auf der Flucht befindet. Das heißt, wir müssen weiter vorsichtig sein. Willst du lieber wieder zurück nach Fort Providence oder lieber nach Hay River?" Lucas überlegte kurz.

Wenn du mich so fragst, dann schon lieber nach Hay River. Dort hast du alles, was du brauchst. Einen Kindergarten, eine Schule und jede Menge Geschäfte. Und soweit ich Kent das letzte Mal verstanden habe, soll er wohl in Hay River endlich einen richtigen Polizeistützpunkt aufbauen. Und die sind dann von Fort Providence bis rüber nach Fort Resolution zuständig. Also schauen wir mal, was mein Boss sagt, wenn wir zurück sind."

Endlich kamen sie an der bewussten Kurve an, und siehe da, nach einem Kreisverkehr kam schon die Tankstelle mit einem Shop. Lucas ging hinein und kaufte für jeden eine Cola und einen Hamburger. Rocky bekam eine Büchse mit Fleisch zu fressen. Und so saßen alle drei da und kauten, als plötzlich ganz kurz die Polizeisirene aufheulte. Als sie aufsahen, rollte auch schon Kents neuer Polizeiwagen auf das Gelände der Tankstelle und hielt vor ihnen an. Er stieg aus und rief:

„Hier war ein Notfall gemeldet, ich sollte jemand abholen'?" Lachend fielen sie sich in die Arme. Und selbst Rocky ließ sein Fleisch stehen, um Kent zu begrüßen.

„Na, ihr Herumtreiber! Ihr hättet ruhig in dem Bergdorf auf mich warten können!" Valerie wehrte ab:

„Nö, das war uns zu gefährlich. Frage nicht, was wir dann noch alles erlebt haben."

Valerie atmete auf, als sie im Streifenwagen mit Rocky hinten saß und sich ausruhen konnte. Lucas erzählte ihm während der Fahrt in der Kurzfassung, was sie noch erlebt hatten. Als er fertig war, sah er Kent an.

„Und warum habt ihr diesen Schweinehund noch nicht erwischt?" Kent verzog das Gesicht.

„Weil der Schweinehund einen siebten Sinn haben muss. Wir hatten ihn ja schon, aber dann ist er wieder abgehauen. Danach haben sie Samuelson gekündigt. Er ist kein Polizist mehr. Ich stehe vor der Aufgabe, ein Polizeipräsidium einzurichten, nur fehlen mir die Leute dazu. Die Heinis aus der Großstadt wollen doch nicht hier herauf in diese Einöde." Er sah Lucas von der Seite an.

„Du könntest bei mir einsteigen, der Verdienst ist sogar etwas höher als bei deinem jetzigen Job. Und du wirst nach zwei Jahren Beamter."

Lucas sah durch den Rückspiegel Valerie an, die sicher mitgehört hatte. Sie lächelte ihm zu. Also war sie schon mal nicht dagegen, wie es schien.

Endlich erreichten sie Hay River. Sie mussten fast bis ans andere Ende der Stadt fahren, dort wo der The Forks war, ein schöner Park. In einer Nebenstraße blieb Kent vor einem zweistöckigen Haus stehen und sah sich um.

„Wir sind da! Hier wohnen wir seit zwei Wochen. Die Wohnung im ersten Stock wäre noch frei. Wir hatten erst erwogen selber da hochzuziehen und unten die Dienststelle einzurichten, haben es aber dann wieder verworfen, da das Nachbarhaus völlig leer ist. Das wird nun die neue Polizeidienststelle für Hay River." Als sie ausstiegen, öffnete sich plötzlich die Eingangstür und Amelia stand dort mit ausgebreiteten Armen.

„Endlich habe ich euch drei wieder", rief sie und hatte schon wieder Freudentränen in den Augen. Rocky huschte als erster ins Haus. Plötzlich hörte man eine Katze kreischen. Kent lachte. „Das ist unser neuer Hausbewohner, Mimmi, eine kleine Streunerin, die sich bei uns einquartiert hat. Die müssen sich jetzt auch vertragen. Aber wie ich Rocky kenne, wird es nicht lange dauern und die beiden sind Freunde."

Bevor Lucas die drei Stufen zum Eingang hinaufging, sah er noch mit einem Seitenblick in den Hof. Und dort stand sein Baby. Der „Raptor" war unversehrt. Lucas sah Kent dankbar an.

„Ich danke dir, dass du ihn wiedergeholt hast. Das werde ich dir nie vergessen!" Und dann umarmte er seinen Freund mal so richtig kräftig. Amelia führte sie nach oben in den ersten Stock. Der Holzbau hatte über zwei Zimmer hinweg einen schönen großen Balkon und vier große Fenster, jeweils zwei im

Wohnzimmer und zwei im Schlafzimmer. Und die Sicht war phantastisch, denn man sah hinaus auf den Park mit seinen großen Laubbäumen. Dahinter begann schon der Wald. Bis zum Hay River war es kaum eine halbe Meile und man konnte den Fluss sehen. In unmittelbarer Nähe gab es sogar eine Klinik und ein Motel sowie eine Apotheke.

Die Wohnung hatten sie möbliert übernommen, und Amelia hatte Valeries Sachen mit von Fort Providence heruntergeholt, als sie umgezogen waren.

Die Tage nach der Ankunft nutzten die beiden Verliebten, um ihr neues Heim zu verschönern, und Lucas staunte immer wieder über Valeries Ideen.

Am dritten Tag nach ihrer Rückkehr nach Hay River bat der Sheriff Kent Norris seinen Freund Lucas Miller zu einem Gespräch in sein neues Office.

Kents Office lag ja nur drei Häuser weiter auf der gegenüberliegenden Seite der Straße. Da es eine Nebenstraße war, herrschte verhältnismäßig wenig Betrieb. Lucas und Valerie konnten vom Balkon aus hinüberschauen zu Kents Office. Kent und Lucas trafen sich nach dem Frühstück. Trotzdem hatte Kent Kaffee bereitstellen lassen.

„So, mein Freund, du wirst dich sicher wundern, warum ich dich gebeten habe, mich mal hier in meinem Office zu besuchen", begann Kent das Gespräch und Lucas nickte dazu.

„Gut, ich möchte dich heute offiziell anwerben, bei der Polizei in Hay River einzusteigen. Wir brauchen unbedingt mehr Beamte. Nach meinen Informationen wäre dein jetziger Chef Liams einverstanden. Und noch eine zweite Frage hätte ich an dich. Wir brauchen aber auch unbedingt jemand, der hier die Büroarbeit erledigt. Wäre das nicht etwas für Valerie? Ich meine, die Bahntrasse braucht sie ja eigentlich nicht unbedingt mehr."
Lucas hatte die ganze Zeit schmunzelnd zugehört.

„Also Freund Kent, was mich betrifft, würde ich es tatsächlich probieren, ob dieser Job mich befriedigt. Denn bisher war ich ja mehr der Aushilfskellner für Liam. Daher ja auch meine Abstellung zu Valeries Sicherheit. Und was Valerie betrifft, da musst du selber mit ihr reden, um zu erfahren, was sie dazu meint. Ich freue mich aber, dass aus Providence doch nichts geworden ist und wir wieder hier sind in Hay River. Und wann soll es bei mir losgehen?" Kent lachte.

„Am besten schon am kommenden Montag. Bis dahin gebe ich dir mal ein paar Unterlagen mit, damit du dich einlesen kannst in unsere Vorschriften." Kent stand auf und kam hinter seinem Schreibtisch hervor und drückte Lucas die Hand.

„Damit bist du ab sofort vereidigter Sherriff von Hay River und mein Stellvertreter. Willkommen im Club!" Und dann umarmte er seinen Freund herzlich.

Als Lucas dann zurückgekehrt von seinem Gespräch Valerie erzählte, was Kent eventuell von ihr wollte, musste sie sich erstmal setzen.

„Und das meint der wirklich ernst? Ich soll zur Polizei wechseln? Geht das überhaupt? Ich bin schließlich keine Kanadierin." Lucas zuckte mit den Schultern.

„Er würde dich wahrscheinlich nicht fragen, wenn das nicht möglich wäre. Am besten du redest selbst noch mal mit ihm." Und so vergingen die Tage, Wochen und Monate und der Geburtstermin ihrer Tochter rückte immer näher. Von Mario hatten sie nichts mehr gehört seit den Tagen im Gebirge. Und Valerie brachte ihre Zeit damit herum, dass sie, wann immer es ging, bei Lucas und Kent im Büro auftauchte, um Schreibarbeiten zu erledigen, die Amelia nicht mehr geschafft hatte. Sie waren also so etwas wie ein Familienbetrieb geworden. Nur eine hatte sich etwas zurückgezogen, und das war Valerie. Sie war inzwischen im neunten Monat und hatte noch zwei Wochen Zeit bis zum errechneten Geburtstermin.

Emilia und andere Aufregungen

Der Mai war eingezogen in Hay River, und mit ihm war der Frühling schon erkennbar, obwohl die Temperaturen noch bei 6 Grad Celsius lagen. An einem Sonntagvormittag kam die kleine Emilia zur Welt. Ein kleiner Wonneproppen und schon ganz schön groß. Mit 4200 Gramm und einer Größe von 55 Zentimeter lag sie schon beachtlich über den Werten ihrer Gleichaltrigen.

Nach vier Tagen war Valerie mit der Kleinen wieder zu Hause. Und Emilia sollte sich als ein ruhiges und zufriedenes Kind herausstellen. Nachts schlief sie alsbald durch und rettete so den Nachtschlaf ihrer Eltern.

Das Vorhaben, noch vor der Geburt des Kindes zu heiraten hatten sie nach den aufregenden Erlebnissen erst einmal auf den kommenden Juli verschoben. Papa Lucas nutzte jede Gelegenheit, um mit der Kleinen zu albern und zu spielen. Und Valerie sah es mit Freude und dachte manchmal daran, wie sich wohl Mario verhalten hätte, der Kinder ja prinzipiell nicht wollte. Und so verging die Zeit eigentlich ohne besondere Ereignisse, bis eines Tages Kent eine Nachricht auf seinem Schreibtisch liegen hatte, die ihn in leichte Aufregung versetzte.

Unbekannte hatten an einem neuen Bahnabschnitt einige Gleise ausgebaut bzw. zerstört. Und diese Strecke führte von Hay River nach „Fort Resolution", den bis dahin nördlichsten Bahnhof in Alberta. Dabei führte die Bahn in unmittelbarer Nähe zum Highway 6, der allerdings einen kleinen Bogen nach Süden machte, während die Bahn am Hay River entlangführte. Offenbar hatten Unbekannte auf einer Seite auf eine Länge von 20 Meter die Gleise wieder ausgebaut. Damit war der Zugverkehr erst einmal lahmgelegt. Und die Täter hatten eine Nachricht hinterlassen, dass sie eine Summe von 500.000 US-Dollar wollten, wenn sie die Bahn in Zukunft in Ruhe lassen sollten.

Als Kent die Nachricht gelesen hatte, rief er über Funk Lucas an, der mit dem Wagen unterwegs war, um einen Diebstahl in einem Shop aufzunehmen.

Lucas las das Schreiben und schob es nachdenklich wieder Kent auf der anderen Seite des Schreibtisches zu.

„Was willst du machen?" Gerade als er antworten wollte, klingelte das Telefon und Kent hob ab. Am anderen Ende war ein Mr. Jeremias Johnson und der war ziemlich erregt. Er hatte die Aufforderung am Morgen erhalten und sofort an Kent weitergeschickt.

„Mister Norris, was gedenken Sie zu unternehmen, um diese Strolche so schnell wie möglich dingfest zu machen? Jeder Tag Stillstand der Bahn kostet uns Unsummen. Es muss schnellstens etwas geschehen! Ich erwarte zeitnah ihre Maßnahmen."

Als er fertig war und Dampf abgelassen hatte, kam Kent endlich zu Wort.

„Mister Johnson, wir sitzen gerade hier über einen Plan, wie wir die Kerle drankriegen wollen. Geben Sie uns noch etwas Zeit, denn wir brauchen unbedingt mehr Leute. Aber vielleicht kann die Bahn ja die Überwachung auf irgendeine Weise unterstützen. Wir sind hier zwei Beamte und können nicht eine Strecke von 98 Meilen überwachen, das ist unmöglich. Reden Sie mit dem Polizeichef darüber, nur der kann uns Leute zur Verfügung stellen." Als er wieder aufgelegt hatte, schüttelte er den Kopf.

„Ich frage mich manchmal, was diese Leute aus der Stadt für Vorstellungen von unseren Verhältnissen haben. Wir sind ganze zwei Sherriffs und verwalten ein Gebiet, für das du drei Tage brauchst, um von einem Ende zum anderen zu kommen. Weißt du was, wir fahren jetzt mal zu dieser Stelle, wo sie die Gleise geklaut haben. Sag am besten den beiden Frauen mal Bescheid, dass es heute später wird." Lucas sah ihn mit verzogenem Gesicht an.

„Und warum ausgerechnet ich?" Kent lachte. „Weil ich sonst immer der Blitzableiter bin. Los, zeige mal deine Krallen!" Und so rief Lucas zunächst Valerie an, die mit Klein-Emilia auf Spaziergang war.

„Hallo, meine Lieblingsfrauen! Ich wollte nur Bescheid geben, dass es heute Abend etwas später werden kann. Wir fahren raus zu der Stelle, wo sie die Gleise geklaut haben. Und sag bitte auch Amelia Bescheid! Tschüss!" Er grinste Kent an.

„Genauso macht man das, Boss!"

Sie hatten ungefähr 80 Kilometer vor sich, um die Stelle zu erreichen, wo man die Gleise wieder abgebaut hatte. Knapp eine Stunde später waren sie am Ziel, obwohl die Zufahrt am letzten Stück Weg mehr als beschwerlich gewesen war. Tiefe ausgefahrene Furchen machten den 400 PS starken Dodge 3500 zwar weniger aus, aber es schüttelte sie ganz schön durch. Endlich hatten sie die Stelle erreicht, wo die Gleise fehlten. Auf eine Länge von 20 Metern fehlten auf beiden Seiten die Gleise. Und da auch keine Gleise herumlagen, mussten sie abtransportiert worden sein. Und das wiederum war nur mit einem Sattelschlepper mit Kran möglich gewesen. Sie sahen sich noch eine Weile um, fanden aber keinen Hinweis auf die Verursacher. Lucas schüttelte den Kopf.

„Jetzt erzähle mir mal, wie die das geschafft haben, hier mit einem Sattelschlepper herzufahren, was ich mir nur schwer vorstellen kann, aber wo sind die wieder abgefahren? Denn wenden ist ja unmöglich." Kent war auf die kleine Ladefläche des Dodge gestiegen und sah von oben mit dem Fernglas den Weg entlang, auf dem sie gekommen waren. Als er wieder auf dem Erdboden stand, rümpfte er die Nase.

„Wir müssen, ob wir wollen oder nicht, ebenfalls weiterfahren. Irgendwo in dieser verdammten Wildnis muss es eine Abfahrt geben. Die Strecke ist bis jetzt auf 95 Kilometer ausgebaut worden. Und nächste Woche soll es weitergehen. Mal sehen, wie weit wir noch fahren müssen, hoffentlich nicht bis zum Schluss", meinte er und sah auf seine Uhr.

Die Weiterfahrt auf diesem Transportweg mit seinen Furchen war bei weitem keine Freude. Aber ihr Allrad half ihnen immer wieder über tief ausgefahrene Furchen hinweg. Nach weiteren 10 Kilometern sahen sie schon rechter Hand eine Ausfahrt. Ein breiter Kiesweg zeigte die Spuren eines Schwerlasttransportes. Lucas sah auf die Karte. Hoffentlich müssen wir nicht den ganzen Weg wieder zurückfahren, da wird es Nacht, ehe wir wieder zu Hause sind."

„Ist das so schlimm? Du darfst doch sowieso derzeit nur schön kuscheln", lachte er. Lucas nickte.

„Ja, wenn nicht Prinzessin Emilia sich zwischen uns drängelt, und das passiert öfter, als du denkst." Er sah seinen Boss von der Seite an und grinste.

„Und wann ist es bei euch mal soweit? Ich meine mit heiraten und Kinderkriegen?" Kent winkte ab.

„Da benimmt sich Amelia wie die eiserne Jungfrau. Hopp, hopp machen, ja, aber immer schön aufpassen!"

Langsam fuhren sie den Kiesweg entlang und erreichten plötzlich ein Waldgebiet. Unversehens tauchte ein Schild auf. Der Pfeil zeigte in den Wald hinein. Auf einmal befand sich ein Schlagbaum vor ihnen, der die Straße versperrte. Sie stiegen aus und kontrollierten die Schranke. Sie war mit einem Schloss gesichert. Kent ging zurück zum Auto, stieg hinten auf und holte aus einer Metallkiste einen großen Hammer heraus. Drei Minuten später war das Schloss geöffnet. Lucas sah Kent fragend an.

„Das hätte ich mir jetzt nicht getraut, Alter!" Doch Kent winkte ab!" Ich kann mir nicht vorstellen, dass hier noch ein Betrieb arbeitet. Hier ist garantiert alles stillgelegt. Lass uns jetzt weiterfahren."

Und so fuhren sie noch gute 500 Meter weiter und erreichten plötzlich ein größeres freies Gelände mit einigen Gebäuden. Das Ganze war mal ein Sägewerk gewesen. Irgendwo hörten sie Wasser rauschen und gingen nachschauen. Und dann standen sie vor einem drei Meter breiten Zufluss mit einem Holzhaus und einem großen hölzernen Schaufelrad.

„Und hier haben die sich ihren Strom selber erzeugt, denn man sieht nirgendwo Strommasten."

Langsam umrundeten sie das Areal und stießen dann auf einen großen freien Platz. Und dort lagen fein aufgestapelt mindestens zehn Gleisteile, von denen einige bereits zerteilt worden waren und schön in einem Holzgestell eingebettet waren.

„Hier hast du die Antwort, warum die unsere Gleise geklaut haben. Die sind aus Stahl und Alteisen, das bringt heutzutage immer noch ziemlich hohe Preise. Gerade hier oben in unserer Gegend. Sei so gut und mache ein paar Bilder mit deinem Handy." Er sah auf die Uhr.

„Wenn wir noch bei Tageslicht zu Hause ankommen wollen, sollten wir jetzt zurückfahren. Vorher gehen wir aber noch in diese Baracke." Und so betraten sie vorsichtig das alte heruntergekommene Haus. Irgendetwas roch, um nicht zu sagen, stank wie Verfaultes. Sie öffneten die erste Tür auf dem Gang und standen in einer Art Büro. Was sofort auffiel, hier herrschte eine gewisse Ordnung und Sauberkeit. Auf einem alten Schreibtisch stand sogar noch ein verstaubtes Telefon. Als Kent den Hörer abhob, meldete sich plötzlich eine weibliche Stimme: „Florance, bist du es?" Kent meldete sich.

„Hier spricht Sherriff Norris vom Polizeidepartement Hay River. Mit wem spreche ich?" Statt einer Antwort machte es „klick" und die Verbindung war unterbrochen. Kent rief auf Amelias Nummer an, die sich auch sofort meldete.

„Amelia, Schatz! Wir sind hier in einem alten Sägewerk und das Telefon hat folgende Nummer 465 2435 27. Versuche doch mal rauszufinden, wem diese Nummer gehört. Ja, wir machen uns jetzt wieder auf den Heimweg. Aber es kann dunkel werden, bis wir wieder in Hay River sind. Sag bitte auch Valerie Bescheid. Tschau, bis später!"

Sie verließen den Raum und gingen weiter nach hinten auf dem Flur, wo noch eine Tür war. Kent verzog das Gesicht, denn der Gestank kam aus diesem Raum. Vorsichtig öffnete er die Tür und sah mit gezogener Waffe hinein. Dann verzog er angeekelt das Gesicht und machte den Weg für Lucas frei. Der sah ebenfalls hinein und erstarrte, Brechreiz würgte ihn. Denn in dem Raum lag eine nackte Frauenleiche, die offenbar schon von den Ratten angefressen worden war. An einem Tisch standen drei Stühle. Auf einem der Stühle stand eine Einkaufstasche. Kent nahm sie und sie verließen den Raum wieder. Draußen mussten sie erst einmal tief durchatmen, dann schaute Kent in die Tasche und holte eine Geldbörse und Ausweispapiere heraus. Er blätterte alles durch.

„Die Dame heißt Chloe Sally Nordwig. Berufsbezeichnung: freiberuflich arbeitend. Also wahrscheinlich eine Nutte. Nur was hat die hier gemacht? Wir brauchen auf jeden Fall die KTU hier. Ich schicke denen die Koordinaten, damit sie herfinden. Es gibt für uns keinen Grund hierzubleiben. Wir gehen jetzt noch in das andere Zimmer und schauen nach und dann geht's ab nach Hause."

Was sie dann im dritten Zimmer erwartete, übertraf im negativen Sinn alles, was Officer Lucas jemals gesehen hatte. An der Wand hing ein nackter Mann mit beiden Händen mit großen Messern an die Holzwand getickert, dessen Geschlechtsteil fehlte. Es war abgeschnitten worden. Lucas wandte sich angeekelt ab und holte mehrmals tief Luft. Danach durchsuchten sie noch ein Zimmer, welches sich aber absolut von den anderen unterschied. Alles war sauber und aufgeräumt, ein großes Bett mit rotem Baldachin und allerlei Spielsachen von Handschellen über Toys jeder Größte. Hier hatte die Dame wahrscheinlich gearbeitet.

Kent machte noch zwei Bilder von dem Mann. Dann verließen sie das Haus.

Eine Weile saßen sie wortlos im Wagen, den Kent wieder auf den Kiesweg gesteuert hatte und folgten einem Schild, das anzeigte, dass es noch 8 Meilen bis zum Highway 2 waren. Es dauerte eine Weile, bis sie wieder miteinander sprachen. Das Bild mit dem nackten Mann an der Wand ging Lucas nicht aus dem Kopf.

„Wer macht denn nur sowas, sag mal?" Kent zuckte mit den Schultern.

„Hier oben in dieser Abgeschiedenheit sammelt sich so manches fragwürdige Gesindel. Der Mann und die Frau wurden umgebracht, das steht ja fest. Wir können nur versuchen, rauszufinden, wer sie waren. Damit kommt man manchmal schon zu den Freunden und Feinden. Er hatte ja gefärbte Haare und Ohrringe, kann darauf hindeuten, dass er schwul war."

Lucas zuckte mit den Schultern und sah hinaus auf die Straße, die durch einen großen Forrest verlief.

„Genauso gut kann man auch annehmen, dass er sie umgebracht hat, und irgendjemand dann ihn beseitigt hat. Denn warum hat man ihm sein Ding abgeschnitten?" Kent nickte.

„Dieser Gedankengang ist gar nicht so verkehrt, du könntest recht haben."

Kurz vor Sonnenuntergang hatten sie die ersten Häuser von Hay River erreicht. Kent sah seinen Stellvertreter an.

„Wer schreibt den Bericht heute?" Lucas grinste breit. „Immer der, der danach fragt, Boss!"

Als sie zu Hause ankamen, saßen die beiden Frauen in Amelias und Kents Wohnung beisammen und tranken Rotwein. Nach einer kurzen Begrüßung setzten sich die Männer dazu. Die Frauen sahen sie an.

„Gab es was Besonderes? Ihr seht so mitgenommen aus." Amelia stellte ihnen jedem ein Glas Rotwein hin. Lucas und Kent legten ihre Handys auf den Tisch und öffneten die Bilddatei. Valerie wandte sich ab und musste mehrmals schlucken. Und auch Amelia ging es nicht besser. Valerie schüttelte den Kopf.

„Wo seid ihr denn da wieder hineingeraten, sagt mal? Kaum haben wir den Stress mit Mario hinter uns, kommt schon die nächste Mordsache. Und dabei habe ich gedacht, hier oben ist es schön ruhig. Kent gähnte verhalten und sah Amelia an.

„Könnt ihr euch mit den beiden Opfern morgen mal beschäftigen? Von ihr, wer waren ihre Bekannten. Von ihm geben wir nur das Bild mit dem Kopf an die Presse und fragen mal, ob den jemand kennt."

Am nächsten Morgen machten sich Valerie und Amelia an die Arbeit. Die kleine Emilia lag in ihrem Korb im Büro und schlief, während Mama Erkundigungen einzog. Amelia hatte das Bild so bearbeitet, dass nur noch der Kopf zu sehen war und ging damit ins Büro des Zeitungsverlages.

Das Ergebnis für die Überprüfung von Chloe Sally Nordwig war schnell erledigt. Die Dame hatte in einem Bordell in Fort Providence gearbeitet und war dann der Eisenbahn gefolgt. Das hieß, dass ihre Kundschaft größtenteils aus dem Bahnbereich kam. Durch Zufall bekam Valerie die Möglichkeit, in ihre Kundenkartei zu schauen. Und da starrte sie dann auf einen Namen, der Valerie sofort elektrisierte. Denn da stand schwarz auf weiß: „Dienstag, 20.07. um 18.00 Uhr - Mario der Deutsche." Valerie war fassungslos. Klar war aber auch, dass sie nach Mario noch fünf Freier in den Folgetagen gehabt hatte, bis sie verschwand. Die letzte Eintragung war am 26.07. um 21.00 Uhr.

Als Amelia zurückkam und Valerie ihr den gemailten Kalender zeigte, schüttelte sie nur fassungslos den Kopf.

„Ich fasse es nicht, jetzt geht der schon zu Nutten. Wie weit ist der schon abgestürzt. Wir müssten jetzt alle Kunden überprüfen, das kann lustig werden. Wer weiß, auf welchen Baustellen die jetzt alle arbeiten."

Mario Hansdorf erfuhr von den beiden Morden aus der Zeitung, und er erkannte auch sofort die rothaarige Chloe wieder. Er fluchte leise vor sich hin. Jetzt würden bei den Ermittlungen garantiert die Kunden der Dame ins Visier der Polizei geraten. Und sein Name war auch dabei, genau das, was er eigentlich hatte vermeiden wollen.

Seit Sieben Wochen lebte er jetzt schon hier in der Nähe von Fort Providence in einem alten Holzhaus, für das es wahrscheinlich keine Eigentümer mehr gab. Von hier bis zum Sägewerk waren es 26 Kilometer, wo er sich mit dieser Cloe immer getroffen hatte. Sie wussten also, wenn sie den Terminkalender dieser Cloe in die Finger bekamen, dass er noch im Land war. Und dieser Gedanke beunruhigte ihn. Hatte er es doch endlich geschafft, sich von Valerie zu lösen und sie in die Vergangenheit zu verbannen. Er konnte sich im Grunde nur ruhig verhalten und durfte nicht auffallen. Diesem Sheriff Norris und dessen Freund Miller wollte er nicht nochmal begegnen. Obwohl es ihn natürlich wurmte, genau zu wissen, dass seine Ex-Verlobte jetzt mit diesem Miller zusammenlebte. Trotz allem musste er aber seine Geschäfte weiterbetreiben. Und dazu war es notwendig, in die Ansiedlungen zu fahren, um seine Verteiler zu treffen. Außerdem hatte er einen beachtlichen Kundenstamm unter den Bahnarbeitern aus aller Welt.

Er musste unbedingt in drei Ragen nach Hay River, um dort seinen Kontaktmann zu treffen. Aber wie sollte er es anstellen, nicht gesehen zu werden?

Kent schob seinem neuen Mitarbeiter Lucas Miller ein Schreiben über den Tisch. „Da, lies mal! Der Bericht der KTU über das alte Sägewerk und diese Dame Cloe."

Lucas vertiefte sich in das Schreiben, dann sah er seinen Chef ernst an.

„Die liebe Cloe war randvoll mit Speed vollgepumpt. Der Kerl, der da an der Wand hing, ebenfalls. Und sie haben im Nebengelass, das wir damals nicht kontrolliert haben, eine kleine Anlage und Material zur Gewinnung von Crystal Meth gefunden. Aber wer sind die Betreiber?"

„Wenn ich das wüsste, mein Lieber, wäre mir auch wohler. Wir müssen sehen, dass wir die Verbindungen dieser beiden Leichen aufstöbern können. Am besten kümmerst du dich um diese Cloe und ich versuche etwas über den Entmannten herauszufinden." Lucas grinste.

„Der Mann ohne Geschlechtsteil, an deiner Stelle wäre ich da sehr vorsichtig!", lachte er.

Die Befragung mit dem Bild des Mannes brachte tatsächlich ein Ergebnis. Er hatte mehrere Tage in einem Hostel gewohnt, bevor er bei der Bahngesellschaft angestellt war. Außerdem hatte er mehrfach Besuch von einem Deutschen gehabt. Der Mann hieß Roger Deleware und war ein Amerikaner.

Bei der Erwähnung des „Deutschen" bekam Kent ein seltsam flaues Gefühl in der Magengegend. Sollte das etwas Valeries Ex-Verlobter gewesen sein?

Das Gesamtbild ihrer Ermittlungen förderte zwei Fakten zu Tage und die ließen nur einen Schluss zu. Als Kent das am Abend beim gemeinschaftlichen Abendbrot erwähnte, wurde Valerie leichenblass.

Wir wissen jetzt, dass sowohl diese Dame Chloe Sally Nordwig und dieser Roger Deleware mit Speed gehandelt haben, und der Amerikaner ihr Beschützer war. Und beide hatten Kontakt zu Mario Hansdorf!" Lucas versuchte, sie zu beruhigen, und sah Kent dabei missbilligend an. Doch der ließ sich nicht beeinflussen.

„Wir müssen das hier mit euch ausdiskutieren, damit du und Amelia Bescheid wisst. Ich vermute, Hansdorf hat inzwischen was anderes zu tun, als sich dauernd an Valeries Fersen zu heften. Trotzdem werden wir verstärkt aufpassen." Valerie nickte zustimmend.

„Das war schon richtig, Kent. Wenn man eine Gefahr kennt, ist sie nicht mehr so groß, wie wenn es einen unvorbereitet trifft. Bleibt für mich nur die Frage, wie wollen wir das bewerkstelligen? Ihr könnt ja nicht den ganzen Tag auf mich aufpassen."

„Das stimmt Valerie, wenn eine von euch beiden etwas erledigen muss, geht ihr ab sofort nur zu zweit raus und natürlich bewaffnet." Valerie nickte nachdenklich.

„Aber was machen wir mit der Kleinen?" Lucas hüstelte.

„Wenn ihr raus müsst, ist immer einer von uns hier im Office und passt auf unsere Maus auf. Außerdem haben wir ja auch noch Rocky. Der passt doch auf die Kleine auf wie auf einen kleinen Welpen. Er geht ihr doch nicht von der Seite, wenn die zwei zusammen sind. Und es wird wohl nicht mehr lange dauern und wir erwischen diesen Mario endlich mal."

Bei diesem Satz prustete Amelia los:

„Wie lange sucht ihr den schon? Und jetzt auf einmal soll es schnell gehen? Glaube ich nicht." Kent sah erst Amelia und dann Valerie ernst an. Und mit voller Überzeugung meinte er:

„Wann wolltet ihr heiraten? Wenn ich mich richtig entsinne, am 20. August. Daher sage ich jetzt hier – wir werden diesen Misthund bis dahin erwischt haben, und dann Miss Amelia werde ich dir einen Heiratsantrag machen und wir werden auch am 20.August heiraten! Mein Wort darauf!"

Amelia saß einen Augenblick den Mund halb offen da und stotterte:

„Wer sagt dir denn, dass ich dich heiraten will, he?" Alle lachten am Tisch.

„Das sage ich als Distrikt Sherriff von Hay River, Lady Smith! Und ich dulde keinen Widerspruch! Hast du das verstanden?" Valerie umarmte ihre Freundin, die neben ihr saß und meinte:

„Sag schon ja, sonst gibt er sowieso keine Ruhe. Und außerdem der Gedanke an eine Doppelhochzeit hat was für sich." Amelia stand plötzlich auf, ging zum Schrank und kam mit einer Bibel zurück an den Tisch. Dann setzte sie sich auf den Schoß von Kent, sah ihn ernst an und meinte halblaut:

„Kent Norris, schwörst du auf die Bibel, dass du mich am 20. August heiraten wirst?" Kent hob den Arm und zeigte drei Finger. „Ich schwöre es dir beim Leben meiner Mutter und meines Vaters, Amelia Smith!"

Und so öffneten sie an diesem Abend noch eine Flasche Sekt, um das Gelöbnis zu begießen.

Am Montagmorgen musste Amelia in das 38 Kilometer entfernte Enterprise fahren, um dort ein Labor aufzusuchen, welches chemische Artikel vertrieb. Amphetamine in Pulverform wurden von diesem kleinen Labor vertrieben. Dazu aber auch natürliches CDB in Form von Tabletten oder Fruchtbonbons. Als Amelia dort ankam, traf sie auf einen etwa 45jährigen Mann mit Glatze und einem Oberkörper wie Thatcher, und dazu noch über und über tätowiert. Das alte Gebäude und das ganze Umfeld ließen Amelia erschauern. Sie zeigte ihm ihren Dienstausweis, worauf der Kerl nur grinste. Doch Amelia blieb eisern.

„Ich hätte gern gewusst, wer Ihre Abnehmer sind", begann sie das Gespräch und der Bulle richtete sich kerzengerade auf.

„Sie verkaufen ja verschiedene chemische Substanzen, aus denen man schnell mal einen Stoff wie CDB herstellen kann. Und ich will wissen, wer das bei Ihnen einkauft." Der tätowierte Bulle verschränkte die Arme vor der Brust und sah die doch zierliche Amelia von oben herunter an.

„Haben Sie schon mal was von Käuferschutz gehört, junge Frau? Ich muss Ihnen gar nix erzählen, oder Sie kommen wieder mit einem Beschluss eines Gerichtes oder eines Staatsanwaltes.

Und nun gehen Sie mal lieber wieder!", meinte er und sah Amelia drohend an. Die zog lächelnd ein Schreiben aus ihrer Tasche, unterzeichnet vom Staatanwalt des Distriktes Hover. Der Mann schluckte zweimal, dann griff er in ein Regal und brachte wortlos einen Ordner zum Vorschein, den er vor Amelie auf den Tisch legte.

Die aufgeführten Leute darauf waren nicht nur Apotheker, sondern auch Privatpersonen. Amelia machte mit dem Handy ein Foto. Dann verabschiedete sie sich von dem Kerl mit den Worten: „Na sehen Sie, war doch gar nicht so schwer!" Sie verließ wieder das Labor. Ihr war allerdings nicht entgangen, dass im hinteren Teil des Raumes eine Anzahl von Retorten auf einem Tisch gestanden hatte. Also produzierte der Kerl wohl auch selbst so manchen berauschenden Wirkungsstoff. Aber das war nicht ihr Auftrag gewesen. Sie war sich aber sicher, dass Kent diesen Laden schnellstens überprüfen lassen würde. Wieder im Büro zurück legte sie lächelnd die Liste auf den Tisch. Lucas sah sie bewundernd an.

„Du hast tatsächlich bei dem Kerl was erreicht? Wie hast du das denn hingekriegt?" Sie lachte.

„Ich hatte einen Beschluss des Staatsanwaltes bei mir. Das hat den Kerl überzeugt." Den letzten Satz hatte Kent, der gerade den Raum betreten hatte, noch mitgehört und sah sie staunend an. „Welchen Beschluss hattest du denn, sag mal?"
Amelia musste lachen. „Von einem Distriktstaatsanwalt Hover natürlich!" Lucas und Kent sahen sich fragend an.

„Welchen Staatsanwalt Hover denn?" Amelia feixte auf einmal. „Na der, der mir den Beschluss ausgestellt hat, mehr müsst ihr doch nicht wissen, oder? Immerhin haben wir jetzt eine Reihe von Leuten, die bei ihm Kunden sind. Schaut euch doch erstmal die Liste an!" Kent raufte sich die Haare und verdrehte die Augen.

„Amelia, wenn das rauskommt! Außerdem sind dann unsere Erkenntnisse keinen Schuss Pulver wert, wenn sie so beschafft worden sind. Das weißt du doch, oder nicht?" Amelia war verschnupft und setzte sich wortlos an ihren Schreibtisch, wo schon Valerie saß. Die beiden sahen sich in die Augen und blinzelten sich zu. Das Schreiben hatte ja auch Valerie aufgesetzt. Der Dienststempel war noch ein uralter Stempel aus der Zeit der ersten Besiedlung hier oben. Da aber Amelia das Schreiben wieder mitgenommen hatte, gab es auch keine Beweise für den Trick. Und so begannen sie, die Liste genauer zu studieren. Plötzlich stockte Valerie der Atem. Unter Nummer 23 stand ein Name. „*Alex Hansdorf*" der eine größere Anzahl von chemischen Substanzen gekauft hatte. Und das nicht nur einmal, sondern in einem halben Jahr dreimal. Valerie lehnte sich zurück und schob Kent und Lucas das gelb unterstrichende Datum über den Tisch. Lucas stöhnte auf.

„Och nee, nicht doch der schon wieder!" Worauf Kent meinte: „Sieht so aus, als ob der Kerl nun tatsächlich im Drogengeschäft ist. Es wird wirklich langsam Zeit, ihn zu schnappen." Valerie sah auf die Uhr, es war höchste Zeit, wieder nach Hause zu gehen, weil ihre Betreuerin für die kleine Emilia nur bis Mittag Zeit hatte. Und so packte sie ihre Sachen zusammen, gab Lucas einen Kuss und verabschiedete sich. Da sie nur über die Straße und dann noch 200 Meter gehen musste, war sie schnell zu Hause.

Mandy Rosic wartete schon auf sie.

„Die Kleine schläft schon, ich habe sie gerade noch zu Bett gebracht, Miss Valerie." Die Tschechin, die schon zehn Jahre hier oben in der Wildnis Kanadas lebte und verheiratet war, verdiente sich so noch ein paar Dollars nebenbei. Ihr Mann war die meiste Zeit unterwegs auf Baustellen und so hatte sie viel Zeit. Valerie setzte sich in den Sessel, legte die Beine hoch und dachte nach. War es das, was sie immer gesucht hatte? Einen festen Job, ein Kind und einen Mann, der sie im August heiraten wollte? Im Grunde war alles wie zu Hause in Deutschland, nur das hier viele Sachen einfacher zu bewerkstelligen waren, weil es weniger Vorschriften und Kontrollen gab. Ihr anfängliches Ziel, nicht länger als zwei Jahre zu bleiben, hatte sie wohl endgültig abgeschrieben. Aber da gab es ja auch immer noch einen Mario Hansdorf!

Unmittelbar in der gleichen Nacht hatte es auf halbem Weg von Hay River nach Ford Providence an der Brücke über den Mackenzie River ein Feuergefecht gegeben. Zufällig dort vorbeifahrende Trucker hatten die Polizei informiert. Und so waren Kent und Lucas gegen 3.00 Uhr in der Früh losgefahren. Als sie an der Brücke über den Mackenzie River ankamen, stand dort ein Auto mit offenen Türen und zerschossener Seitenscheibe. Etwas weiter entfernt lag ein etwa fünfzigjähriger Mann, den zwei Kugeln getroffen hatten und der tot war. Nur wenig später tauchten die von Kent alarmierten Kräfte auf und sperrten das Gelände ab. Die ersten Untersuchungen ergaben, dass der Tote von zwei Pistolenkugeln getroffen worden war. Das Kaliber stammte von einer 9 Millimeter Luger. Kent und Lucas untersuchten derweil das Handschuhfach des „Dodge", in dem sie eine Liste mit Namen und Adressen fanden. Lucas stieß Kent an: „Sieh mal hier, da steht doch tatsächlich wieder der Name von diesem Hansdorf! Der Kerl muss ein Käufer sein, der von Hansdorf seine Ware bezieht. So lese ich das zumindest aus diesem Schreiben mit der Rechnung über 1200 $."

Kent sah seinen Freund mit einem Ausdruck von Staunen an.

„Jetzt erzähle mir nur noch, dass dieser Trottel Hansdorf hier oben die Verteilung von Rauschmitteln übernommen hat!" Lucas nickte langsam und deutete auf einen dritten Zettel, der an die Rechnung angehängt war.

„Alles Materialien, mit denen du das bekannte Chrystal Meth herstellen kannst. Das heißt also, Hansdorf kauft es in diesem Labor ein und verkauft es dann an einen weiteren Abnehmer. Und das könnte der Tote sein. Aber wer hat ihn dann umgelegt?" Kent lehnte sich gegen den Streifenwagen und rieb sich das Kinn. Vom Fluss herauf wehte ein kalter Wind, und dabei hatten sie schon Juni. Der sternenübersäte Himmel war stellenweise von dicken Wolken verdeckt. Er sah auf seine Armbanduhr. Es war 4.48 Uhr. Die KTU-Chefin Sally Adams war die Tochter des Projektleiters bei der Bahn Liam Adams. Mit einer Größe von 1.86 Meter war sie ein stattliches Weib, wie Kent grinsend feststellte und Lucas darauf aufmerksam machte.

„Also Sherriff, der Mann ist etwa seit fünf Stunden tot. Und wie man sieht, erschossen worden. Und er heißt Ryan Gagnon, ein Geschäftsmann aus Fort Providence. Der Mann ist Apotheker, wie in seinem Pass steht. Ich hoffe, ihr könnt damit was anfangen." Kent bedankte sich bei der rothaarigen Chefin der KTU: „Du hast uns weitergeholfen, als du denkst, Sally!" Sie nickte, grinste breit und ging zurück zu ihrem Wagen.

Inzwischen waren auch ein Abschleppwagen und ein Leichenwagen eingetroffen.

Kent Norris sah wieder auf seine Armbanduhr und dann seinen Kollegen Lukas Miller an.

„Es ist jetzt 5.30 Uhr, bis Fort Providence sind es noch 25 Kilometer. Ich denke, wir sollten noch nach Fort Providence fahren, und dort mal nach dieser Apotheke schauen. Was meinst du?"

„Ehe wir jetzt wieder nach Hause fahren, ist das wohl so am klügsten. Also los, lass uns hinfahren!"

Die Strecke nach Fort Providence hatten sie nach einer reichlichen halben Stunde reicht. Der Ort schien noch zu schlafen. Nur einige wenige Passanten waren unterwegs. Doch ein Imbiss hatte bereits auf und sie hielten an. Der Verkäufer war ein älterer Mann, der offenbar mit seiner Tochter zusammen den Stand betrieb. Sie bestellten zwei Kaffee und einen Hot Dog dazu. Kent versuchte den bärtigen Mann in ein Gespräch zu verwickeln. Auf Grund der Uniformen seiner beiden Kunden wusste er sofort, dass hier die Staatsmacht aufgetaucht war.

„Hallo Chef, wir suchen hier die Apotheke von Ryan Gagnon. Können Sie uns sagen, wo wir die finden?" Der Alte sah erst seine Tochter dann den Sherriff an.

„Hat er wieder was ausgefressen?" Kent sah ihn fragend an und meinte dann lächelnd:

„Wieso? Hat der öfters Probleme mit der Polizei?" Der ältere Mann schmunzelte: „Na, sein Alter hat ihn schon ein paarmal aus der Kacke holen müssen." Kent stutzte. „Und wie alt ist der Sohn?" Der Alte legte sein Wischtuch beiseite, stützte sich dann mit beiden Händen auf den Tresen auf und sah den Sherriff lächelnd an. „Bin ich hier die Auskunft, Sheriff?" Plötzlich mischte sich das schwarzhaarige Mädchen ein, das offensichtlich asiatische Züge aufwies.

„Der Henry ist siebzehn. Man hat ihn schon ein paar Mal mit Speed erwischt. Letztens hat er irgendwelches Zeug selber hergestellt und in der Schule verkauft. Am nächsten Tag fehlten drei Schüler, weil sie im Krankenhaus lagen."

Kent bedankte sich lächelnd bei dem Mädchen, fragte dann aber noch: „Kennst du den Henry gut?" Sie sah Kent einen kurzen Moment in die Augen. Und mit einem scheuen Seitenblick auf ihren Vater, der gerade frischen Kaffee aufbrühte, meinte sie leise: „Er ging in meine Klasse." Dann wandte sie sich rasch ab. Kent hakte nochmal nach.

„Chef, ich wollte noch wissen, wo wir die Apotheke finden!" Der Alte drehte sich herum, und man sah ihm an, dass ihm die Fragerei auf den Nerv ging.

„Skipper-Street 12, gleich da vorne rechts ab und noch 500 Meter auf der linken Seite. War's das dann?" Kent nickte, tippte sich an seinen Stetson und sie stiegen wieder ein.

„Dann hat es an der Brücke offenbar den Alten erwischt, denn der war mindestens um die Fünfzig. Wir sollten die Apotheke aufsuchen." Kent nickte und startete den Wagen. Minuten später standen sie vor einem uralten mit Felssteinen gemauerten Haus mit Nebengelass. Lucas ging zu dem halbrunden Eingangsportal aus massivem Holz und klopfte dagegen. Doch nichts rührte sich. Aber von irgendwoher kam leise Musik. Also gingen sie um das Haus herum und trafen dort auf eine Frau um die Sechzig, mit langen grauen Haaren, einer schmuddeligen Bluse und einem bunten Rock. Dazu steckten ihre Füße in Sandalen. Die Frau summte vor sich hin und harkte ein Beet dabei. Die beiden Officer räusperten sich, da wurde die Frau aufmerksam, nahm die Kopfhörer ab und schaute die beiden Polizisten beinahe ängstlich fragend an.

„Ist was mit Ryan, Officer?" Kent stellte sich und Lucas vor und fragte sie dann höflich: „Sind Sie die Ehefrau von Ryan Gagnon?" Sie nickte und legte die Harke beiseite. „Was ist passiert, Officer?" Ihre Frage klang ängstlich und besorgt. Kent nickte.

Es tut uns leid, Miss Gagnon, aber wir haben Ihren Mann an der Brücke über den Mackenzie River erschossen aufgefunden. Wollte er sich dort mit jemand treffen?"
Die Frau nickte schockiert und Lucas führte sie zu einer Gartenbank, wo sie sich hinsetzen konnte.

„Ryan wollte gestern Abend den Mann treffen, der unserem Sohn dieses Giftzeugs verkauft hat. Er wollte ihn zur Rede stellen. Ich habe mich schon gewundert, als er heute Früh nicht im Bett lag. Wir schlafen getrennt, weil er schnarcht."

„Kennen Sie den Mann, oder haben sie den schon mal gesehen, der ihrem Sohn das Zeug verkauft hat?", fragte Lucas Miller. Sie nickte wieder.

„Ja, einmal vor mehreren Wochen. Muss ein Deutscher sein, wie mir Ryan dann erzählte. Ich fand den Kerl großkotzig, wie er so auftrat. Damals war mein Mann aber nicht zu Hause und Henry hat sich meist mit ihm außerhalb getroffen. Wir haben am Ortseingang an dem kleinen See ein kleines Haus." Lucas zeigte der Frau ein Bild von Hansdorf und sie nickte sofort. „Ja, so sah der Kerl aus. Aber was wird denn nun mit meinem Mann?"

„Wenn die Untersuchungen abgeschlossen sind, können Sie Ihren Mann dann beerdigen, Miss Gagnon. Unser herzliches Beileid und auf Wiedersehen."

Lucas drehte sich an der Tür nochmal um. „Wo finden wir Ihren Sohn jetzt?" Sie zuckte mit den Schultern.

Keine Ahnung, wo der sich herumtreibt. Ich habe ihn gestern Abend zum letzten Mal gesehen. Ich weiß nicht, wo er ist."

Wieder im Auto sitzend stöhnte Lucas leise. „Der Deutsche reitet sich immer tiefer in die Scheiße. Jetzt haben wir nicht nur Rauschgifthandel, sondern auch noch Mord."

Kent sah seinen Kollegen an: „Er hat schon zwei Morde auf dem Gewissen, wenn wir beweisen können, dass er es auch war!"

Lucas sah seinen Freund etwas ungläubig an.

„Du bezweifelst das?" „Bewiesen ist das erst, wenn wir die Beweise dafür haben. Wir vermuten es derzeit nur." Lucas schüttelte den Kopf. So schwierig hatte er sich die Polizeiarbeit nicht vorgestellt.

„Ich verwette meinen Hals, dass er es war!" Kent lachte vor sich hin und startete den Wagen. „Sei vorsichtig, Lucas, so ein Hals ist verdammt kurz!"

Als sie wieder in Hay River ankamen, saßen beide Frauen im Büro und sahen ihnen erfreut entgegen.

„Wo habt ihr euch denn herumgetrieben? Konntet ihr nicht mal anrufen?", fragte Amelia leicht verärgert. Lucas lachte und ließ sich in seinen Schreibtischsessel fallen, nachdem er seiner Valerie einen Kuss gegeben hatte. „Habt ihr Sehnsucht nach uns gehabt?" Amelia schien tatsächlich etwas verärgert zu sein.

„Wer soll denn nach euch Herumtreibern Sehnsucht haben", erwiderte sie etwas schnippisch. Lucas und Kent sahen sich an und grinsten sich gegenseitig an. Kent umfasste seine Amelia von hinten und küsste ihre Ohrläppchen und ihren Hals.

„Aber ich hatte Sehnsucht nach dir, deshalb haben wir uns so beeilt. Wir waren nämlich noch in Fort Providence bei der Frau des toten Apothekers. Valerie sah von ihrer Tatstatur auf.

„Was ist mit dem toten Apotheker?" Kent und Lucas wechselten wieder einen kurzen Blick. Jetzt war der Zeitpunkt gekommen, diesen Mario wieder ins Spiel zu bringen. Und sie waren sich nicht sicher, wie Valerie reagieren würde, nachdem man gut zwei Monate von diesem Kerl nichts gehört hatte.

„Der Apotheker hatte in der Nacht ein Zusammentreffen mit einem Mann, der seinem Sohn Rauschgift verkauft hatte, und wollte den Mann zur Rede stellen. Dabei ist er wahrscheinlich erschossen worden." Valerie nickte arglos.

„Und, kennt ihr den, der den Apotheker vermutlich erschossen hat?" Kent nickte bedeutungsvoll. „Ja, den kennen wir. Es war Mario Hansdorf allem Anschein nach." Valeries Gesicht verfärbte sich leicht ins Rötliche und sie atmete heftig ein und aus. Sie sah die beiden Männer mit blitzenden Augen an.

„Und wann wollt ihr diesen Sauhund endlich mal schnappen? Oder sollen wir Frauen das machen?", polterte sie los. Lucas sah seine Valerie mit großen Augen an. So hatte er sie noch nie erlebt. Er rollte seinen Schreibtischstuhl neben den ihren und versuchte, sie zu trösten. Sie wischte sich eine Träne ab, lächelte schon wieder und meinte halblaut:

„Entschuldigt, aber das war jetzt nicht so gemeint. Ich weiß ja, dass ihr alles tut, um ihn endlich zu kriegen. Aber ich habe Angst um Emilia. Man weiß doch nie, was dem Kerl noch alles einfällt, wenn er immer noch in unserer Gegend ist."

Mario Hansdorf war zum Zeitpunkt dieses Gesprächs etwa 500 Kilometer entfernt auf der Rückfahrt von Fort Resolution. Er stand mit seinem Wohnmobil auf einem Campingplatz, unmittelbar am Seeufer. Den blauen „Renault" hatte er in der Nähe von Hay River im See versenkt, nachdem ihm klar geworden war, dass man nach seinem Wagen fahndete. Nach dem Vorfall vom Mackenzie River hatte er sich schnellstens aus dem Staub gemacht. Warum musste dieser blöde Apotheker auch mit einem Jagdgewehr auf ihn anlegen. Er war schneller gewesen und hatte den Alten erwischt. Die Tragik war nur, dass ihm damit auch ein Kunde abhandengekommen war, denn der Sohn würde sich wohl kaum noch mit ihm treffen wollen. Der Alte hatte gedroht, ihn bei der Polizei anzuzeigen, wenn er seinen Sohn weiterhin dieses Zeug verkaufen würde. Er hatte einfach nur aus Notwehr gehandelt! Inzwischen war er ja waffenmäßig ganz gut ausgestattet, mit einer Maschinenpistole von Heckler & Koch, und zwei 9 Millimeter Luger. Er stocherte lustlos in der heißen Grillasche, legte den Rost wieder auf, um dann zwei Rindersteaks darauf zu legen.

„Ist da ein Steak für mich dabei?" Erschrocken fuhr er herum und sah die Fragerin an. Die junge Dame war um die 20 Jahre, hatte einen rotbraunen Wuschelkopf, trug einen Parka und einen Rucksack. Ihre Füße steckten in hohen Stiefeln. Sie sah ihn lächelnd an. Mario zeigte auf den zweiten Stuhl, der am Wohnwagen lehnte.

„Bediene dich und setzt dich! Klar bekommst du was davon!", erwiderte er freundlich. Sie legte den Rucksack ab, öffnete den Reißverschluss des Parkas und offenbarte damit eine ansehnliche Oberweite. Mario sah sie an.

„Woher kommst du denn? Und wohin willst du? Entschuldige, das geht mich ja eigentlich nichts an. Aber wenn ich mein geliebtes Rindersteak mit jemand teilen soll, dann möchte ich schon wissen, mit wem ich es zu tun habe." Sie grinste und zeigte dabei zwei Reihen schöner weißer Zähne.

„Sorry, dass ich mich nicht gleich vorgestellt habe. Ich heiße Zoey Morris und komme aus Simson Islands. Ich bin dort abgehauen, nachdem ich meinen Chef eins mit der Bratpfanne übergezogen hatte und der mich angezeigt hat. Er wollte mir dauernd an die Wäsche gehen. Und jetzt bin ich auf den Weg nach Fort Simpson zu meiner Tante. Die hat dort ein Cafe und da will ich in Zukunft arbeiten. Und was treibst du so hier mit deinem Camper?" Sie sah Mario fragend an. Er lächelte sein charmantestes Lächeln und wendete wieder die Steaks dabei.

„Ich heiße Jack Cooper und bin Immobilienhändler. Im Moment raste ich hier ein paar Tage zum Ausspannen. Und bevor du fragst, ich bin ledig, keine Frau und keine Kinder, soweit ich weiß" Er nahm zwei Teller legte die Staeks auf, stellte ihr noch ein Glas Rotwein hin und wünschte ihr guten Appetit.
Zoey machte sich mit Heißhunger über das Steak her. Mario beobachtete sie beim Essen und fand, dass sie ein hübsches Gesicht

hatte. Als sie merkte, dass er sie beobachtete, lächelte sie wieder. „Du sprichst auch nicht unbedingt sehr viel, oder?" Mario nickte und machte ein ernstes Gesicht.

„Ich habe, wie man so sagt, die Nase von Frauen eigentlich ganz schön voll", bekannte er.

„Meine Verlobte ist mit der Firmenkasse und einem Amerikaner vor drei Monaten über Nacht abgehauen. Ich durfte ihre Schulden bezahlen und muss jetzt sehen, dass ich wieder zu Geld komme. Also handle ich mit verschiedenen Sachen, die Menschen halt so brauchen, neben meinem Immobiliengeschäft. Ich wohne derzeit oben bei Axe Point in einem ehemaligen Wildhüterhaus, so spare ich mir die Miete, weil die Bude niemand mehr gehört." Zoey hatte ihm aufmerksam zugehört.

„Ich habe vor drei Jahren mein Studium in Jura abgebrochen und bin mit meinem Exfreund da hoch nach Simson Islands gegangen. Er wollte dort eine Biker Station aufmachen für die Urlauber da oben. Doch der Laden lief nicht sehr gut und er wurde immer unausstehlicher. Einmal kam er nachts besoffen aus der Kneipe und hat mich vergewaltigt, da bin ich noch am Morgen abgehauen und bei diesem Wirt da in Fort Resolution gelandet. Da ging derselbe Mist wieder los und der Alte wollte dauernd mit mir ins Bett steigen. Als ich mich weigerte, hat er mich mitten in der Nacht rausgeschmissen, und nun bin ich hier", bekannte sie traurig. Sie nahm einen Schluck Wein und sah in den Himmel mit ihren dunkelbraunen Augen.

„Und wie willst du nun weiterkommen?", fragte er sie. Zoey sah ihn schmunzelnd an.

„Wenn du heute Nacht eine Schlafstätte für mich hast, würde ich gerne bleiben und mal richtig ausschlafen. Ich habe zwar viel Zeit, aber kein Geld", bekannte sie lachend. Mario nickte.

„Okay, du hast heute Nacht ein Bett – für dich alleine", setzte er noch hinzu. Sie sah ihn mit krauser Stirn an.

„Und du bist kein böser Mann, der unschuldige Mädchen umbringt, wie man manchmal liest?" Mario schüttelte stumm den Kopf. Plötzlich sagte er:

„Ich bin froh, wenn mich mal eine in den Arm nimmt. Mir geht es nicht ums Bett dabei. Einfach nur zusammen daliegen, sich festhalten und den Duft des anderen einatmen. Sex ist zwar schön, aber bei weitem nicht alles." Sichtlich erstaunt sah sie ihn an.

„Oha, das klingt aber so nach verlorener Seele und nach großer Enttäuschung." Mario konnte nicht verhindern, dass sich plötzlich zwei Tränen aus seinen Augen lösten, die er schnell wieder abwischte. Sie war aufgestanden, um den Tisch herumgekommen und setzte sich einfach auf seinen Schoß. Einen Moment lang sahen sie sich in die Augen, dann schlossen sich plötzlich ihre vollen Lippen um seinen Mund und er spürte ihre Zunge. Ohne zu überlegen, umarmte er sie vorsichtig und so saßen sie noch eine ganze Weile da und schwiegen.

Als es Zeit war, schlafen zu gehen, machte er ihr ein schönes weiches Bett, legte hochkant ein Holzbrett dazwischen und verzog sich auf die rechte Seite. Als sie aus der Toilette kam und sah, was er gebaut hatte, fing sie an zu lachen.

„Was hast du denn da gebaut, sag mal? Ich bin doch nicht die heilige Johanna, also nehmen wir das Brett wieder weg und ich komme an deine Seite zum Kuscheln. Aber nur zum Kuscheln, versprochen?" Er nickte und zog das Brett wieder heraus, dann legte sie sich in seinen Arm und er löschte das Licht. Eine Weile hörte er ihren gleichmäßigen Atemzügen zu, über die er dann selber einschlief.

Als er wieder aufwachte, roch es im Wohnwagen nach frisch gebrühten Kaffee. Zwei Teller standen auf dem Tisch, frisches Weißbrot, Marmelade und einiges mehr.

Als er von seiner Schlafstatt herunterschaute, saß sie am Tisch, hatte ein Handtuch um ihre Haarpracht gewickelt und trug einen roten Badeanzug, der ihre Formen zur Geltung brachte. Sie lachte ihn an.

„Ich war endlich mal wieder im See baden und dann habe ich Frühstück gemacht. Kommst du runter?" Er rutschte von dem Bett herunter und gähnte leicht. „Bis du schon lange auf?" Sie nickte. „Ich bin eine Frühaufsteherin. Es war wohl um sieben Uhr als ich aufgestanden bin und du hast noch fest geschlafen." Er machte sich schnell das Gesicht nass, kämmte die Haare, stieg in seine Shorts und setzte sich an den Tisch ihr gegenüber. Kauend sah er sie an.

„Ich glaube, ich könnte mich daran gewöhnen!" Sie sah ihn an und lächelte verhalten. „Woran könntest du dich gewöhnen?"

Der Klang ihrer Stimme verriet Mario, dass sie die Frage wohl ernst nahm.

„Na daran, mit dir im Wohnwagen durch die Gegend zu kutschen, heute hier, morgen dort. Einfach frei sein, ohne geile, aufdringliche Chefs, nur zu zweit." Sie sah ihn plötzlich ernst an und trank ihren Kaffee aus.

„Und wovon willst du leben? Und was machst du im Winter? Bei minus 30 Grad stelle ich mir das nicht gerade toll vor, dann im Wohnwagen zu hocken. Entschuldige, aber ich denke da eben etwas praktisch." Er lehnte sich zurück und sah sie an.

„Würdest du mit mir auch woanders hingehen? Zum Beispiel rüber in die USA? Wo uns niemand kennt, wo wir uns ein neues Leben aufbauen könnten?" Zoey begann zu lächeln.

„War das gerade ein Antrag, mit mir weiter leben zu wollen, nach nur einer Nacht?" Er zuckte mit den Schultern.

„Ach, weißt du, ich habe in dem letzten Jahr so viel Scheiß erlebt hier oben in dieser Gegend, ich wäre lieber dort, wo es wärmer ist als hier zum Beispiel in Florida oder Mexiko." Sie sah ihn erstaunt an. „Und wovon willst du leben oder würden wir leben?" Mario schmunzelte und schenkte sich noch einen Kaffee ein. „Ich habe einen gut bezahlten Beruf. Ich bin Brückenbaukonstrukteur. Die werden überall gesucht." Sie lehnte sich zurück, nahm das Handtuch vom Kopf und schüttelte ihre wilde Mähne durcheinander.

„Hat dir schon mal jemand gesagt, dass du schön aussiehst?" Sie lachte verhalten und nickte dann.

„Ja, aber die wollten mich alle nur in die Kiste kriegen und flachlegen." Mario schüttelte den Kopf.

„Ich bin zwar auch kein Eunuche, aber wenn dann muss das schon was mit Liebe zu tun haben." Dabei dachte er im Stillen über die Szene in der Hütte mit Valerie kurz nach. Aber das lag alles weit zurück. Sie stand plötzlich auf, ging zur Tür und schloss sie von innen. Danach zog sie plötzlich den Badeanzug aus, stand nackt vor ihm und meinte:

„Komm mit ins Bett! Mit jemand, mit dem man zusammenbleiben will, muss man zumindest mal geschlafen haben. Also komm hoch, du Eunuche!" Und schon lag sie lang ausgestreckt im Bett und Mario stieg ebenfalls hinauf. Die nächste Stunde blieb die Wohnwagentür verschlossen.

Kent Morris war es gelungen, den Sohn des Apothekers Gagnon aufzuspüren. Aber das war ihm auch nur mit der Hilfe seines Kollegen in Fort Providence gelungen. Er hatte den Jungen bei einer nächtlichen Kontrolle aufgegriffen, als er mit mehreren Jugendlichen kiffend erwischt worden war. Von ihm hatte Kent nun endlich einige handfeste Beweise in der Hand. Hansdorf war offenbar hier oben in diesem, seinem Gebiet zum Zwischenhändler für Stoff geworden. Von Canabis, LSD, Kokain, Crack, Speed, Ecstasy über Crystal Meth hatte er offenbar alles verkauft. Der Stoff kam meistens aus den nahen USA aus dem 4000 Kilometer entfernten Fairbanks in Alaska.

Henry Gagnon hatte Hansdorf das letzte Mal vor zwei Tagen am Todestag seines Vaters getroffen. Es war um 22.00 Uhr an der alten Holzhütte außerhalb des Ortes gewesen. Bei der Heimkehr hatte ihn sein Dad erwischt und herausgefunden, dass sein Sohn mit Rauschgift handelte. Der wiederum war wutentbrannt mit einer Pistole ins Auto gesprungen und losgefahren.

Offenbar hatte er Hansdorf noch vor dem Überqueren der Brücke gestoppt und es war zu einer Auseinandersetzung zwischen beiden gekommen. Gagnon war mit seiner eigenen Waffe erschossen worden. Die Waffe hatte man erst zwei Tage nach dem Vorfall durch Zufall entdeckt. Aber auf ihr waren aber keine Fingerabdrücke von Hansdorf gewesen. Was ja noch nicht heißen musste, dass er es nicht war.

Trotzdem hatten sie zu viert eine strenge Regelung eingeführt. Die Frauen gingen niemals alleine in den Ort und gingen auch den Weg vom Office nach Hause und umgekehrt niemals alleine. Das war zwar manchmal umständlich, aber Kent hatte es so festgelegt. Solange dieser Hansdorf noch nicht im Knast saß, waren Valerie und die kleine Emilia immer noch in Gefahr. Doch Valerie war sich inzwischen sicher, seit sie täglich ihre Waffe trug, dass sie diese auch einsetzen würde, sobald ihr Hansdorf zu nahe kommen würde. Überhaupt war sie seit ihrer Arbeit im Office der beiden Sheriffs resoluter geworden. Kent hatte beide nach Rücksprache mit seinem Boss vereidigt, und somit waren beide Polizistinnen. Sogar eine Uniform hatten sie erhalten. Beigefarbene Blusen mit schwarzen engen Hosen.

Von diesem Umstand hatte sie nun auch endlich ihren ehemaligen Boss Holger Baumann in Hamburg informiert und ihm mitgeteilt, dass sie nicht wieder nach Deutschland zurückkommen würde. Sie hatten aber vereinbart, dass sie dreimal im Jahr einen Bericht aus Kanada schicken würde, auch mit dem Stand der Arbeiten an der neuen Bahnlinie. Jeremias Johnson, der Bahn Boss hatte sie zu ihrem Entschluss beglückwünscht und insgeheim aufgeatmet, dass er nun nicht mehr für ihre Sicherheit zuständig war.

Und so näherte man sich unaufhaltsam diesem Datum, 20. August, dem Tag, wo beide, Valerie und auch Amelia heiraten wollten.

Mario hatte sich derweil mit Zoey darauf geeinigt, dass sie zu ihrer Tante Margret fahren würden, die in Kakisa am gleichnamigen See ein Café betrieb. Für Mario war das beinahe ideal, weil dort in der Nähe in einem Bootshaus sein Lager war, wo er alle seine Stoffe zwischenlagerte. Das Bootshaus ein Blockhaus, geräumig und mit einem Schacht, in den man mit dem Boot einfahren konnte.

Doch noch am Tag ihrer Abreise von dem Campingplatz kam es zum ersten Zerwürfnis der beiden. Zoey hatte im Wohnwagen aufgeräumt und dabei waren ihr drei kleine Päckchen mit Chrystal Meth in die Hände gefallen. Mario, darauf angesprochen, hatte nur mit den Schultern gezuckt.

„Zoey, ich habe nicht die geringste Ahnung, wo das Zeug herkommt. Ich habe den Camper erst von wenigen Wochen gekauft. Vielleicht noch ein Überbleibsel des Vorbesitzers."

Zoey hatte ihn merkwürdig angeschaut, aber nichts weiter dazu gesagt. Ihre Fahrtroute nach Kakisa führte über Hay River. Es gab keinen Weg, der daran vorbeiführte. Also fuhren sie ohne Aufenthalt weiter und ließen Hay River hinter sich. Der Ort, in dem Valerie noch wohnen musste. Aber er hatte sich vorgenommen, sie aus dem Kopf zu bekommen, denn jetzt gab es ja Zoey, gut zehn Jahre jünger als Valerie und im Bett eine Granate, wie er hatte feststellen können.

Während sie so auf dem Highway eins dahinfuhren, dudelte das Autoradio leise. Zoey las während der Fahrt ein Buch. Mario sah sie hin und wieder von der Seite an. Sie war wirklich ein hübsches Mädchen, hatte aber auch so ihre Prinzipien. Das hatte er schnell erkennen müssen. Die ganze Zeit dachte er schon darüber nach wie er das mit seinem Geschäft, das laufend Reisen verlangte, in Übereinstimmung bringen konnte. Und so bastelte er an einer wasserdichten Geschichte, warum er öfters wegmusste.

Nach 90 Kilometer Fahrt mussten sie den Highway Eins verlassen. Die Piste, die jetzt kam, war allerdings alles andere als eine gute Straße. Nicht weit und es musste ein Abzweig kommen, der zu seinem Lager führte, an dem er dann aber vorbeifuhr. Zoey legte ihr Buch beiseite.

„Sieht so aus, als ob wir bald da sind, oder?" Mario nickte. Sie sah ihn von der Seite an.

„Irgendwie werde ich aus dir nicht schlau, Jack Cooper! Du wirkst manchmal so abwesend und ich habe das Gefühl, du meidest den Kontakt zur Polizei." Seine Backenknochen traten leicht heraus und er presste die Lippen zusammen.

„Das bildest du dir nur ein, Zoey. Ich bin halt die meiste Zeit ein Einzelgänger gewesen. Ich mache mir nicht viel aus Jubel und Trubel. Dafür war es in der Vergangenheit viel zu uneben."

„Wegen der Frauen, oder was anderes?", meinte sie schmunzelnd. Mario zuckte mit den Schultern.

„Ja, auch sowas. Die Letzte hat mir dann gereicht. Sie hat mein Leben zur Sau gemacht." Zoey hob die Augenbrauen leicht an. „Es gibt aber doch immer wieder einen Ausweg. Man muss sich nur selbst manchmal besiegen und aufräumen, also Ballast abwerfen." Mario atmete genervt tief durch.

„Bis du neben Juristin auch Psychologin, weil du das alles so genau weißt", kam es nun unüberhörbar genervt heraus. Zoey registrierte es erschrocken. Hatte sie bei ihm einen Nerv getroffen? Sie nahm sich vor, solche Gespräche in Zukunft zu lassen. Sie streichelte seinen nackten braunen Arm.

„Entschuldige Jack, ich wollte dir nicht zu nahetreten." Er nickte nur und rang sich ein Lächeln ab. Aber es lag ab jetzt ein gewisser unausgesprochener Punkt zwischen ihnen in der Luft. Endlich erreichten sie den Ort Kakisa. Der Ort bestand aus zwei parallel verlaufenden Hauptstraßen, von denen eine etwa 200 Meter vom Strand entfernt verlief. Und auf dieser stand das Café von Tante Margret. Nicht sehr groß mit sechs Tischen und einer Musikbox. Als plötzlich ihre Nichte Zoey in Begleitung eines

Mannes zur Tür hereinkam, war die Wiedersehensfreude groß. Zoey stellte Mario der Tante vor.

„Und das ist mein neuer Bekannter Jack Cooper, Brückenbauarchitekt und Immobilienhändler, Tante. Wir haben uns vor vier Tagen kennengelernt. Er hat mich mitgenommen bis hierher. Wir wollen eine Weile hierbleiben. Hast du ein Zimmer für uns?" Die über alles erfreute Tante nickte lachend.

„Na klar habe ich für meine Lieblingsnichte ein Zimmer frei. Das Bett ist auch groß genug für zwei." Mario wehrte ab.

„Sorry, Miss Margret, ich kann auch in meinem Camper schlafen, wenn ich den im Garten hinstellen kann." Zoey sah einen Moment Mario entgeistert an und die Tante meinte:

„Na, so weit käme es noch, ich lass doch niemand auf der Straße schlafen. Notfalls kann ja auch einer von euch auf der Couch schlafen, die noch im Zimmer steht. Wir sind doch alles Erwachsene, oder?" Mario nickte dankbar, doch er hatte bei Tantchen Punkte gesammelt, und genau das wollte er. Menschen, die dir vertrauen, stellen nicht so viele Fragen.
Noch hatte er keinen Plan, wie es mit Zoey mal weitergehen sollte. Gingen sie in die USA, konnte er es sich gut vorstellen, mit ihr zusammenzubleiben. Hier in Kanada zu bleiben, bedeutete für ihn immer eine Gefahr, aufzufliegen. Er nahm sich vor, am nächsten Tag mal alleine in den Ort zu gehen und sich umzuschauen, um nicht unversehens auf ein Fahndungsblatt von ihm zu stoßen.
Während Zoey ihrer Tante half, marschierte Mario am nächsten Vormittag durch die beiden Hauptstraßen, ging von Schaufenster zu Schaufenster, von denen es aber nicht viele gab, und verschaffte sich so einen Überblick. Als er um die Mittagszeit wieder im Quartier ankam, hatte er den beiden Frauen jeder einen kleinen Blumenstrauß mitgebracht. Die waren zwar sauteuer gewesen, aber er wollte unbedingt den guten Eindruck aufrechterhalten. Und so war Zoey zunächst atemlos, denn wann hatte ihr ein Mann schon jemals einen Blumenstrauß geschenkt. Und Tante Margret lobte ihn in höchsten Tönen und war richtig stolz auf ihren neuen Gast. Als die Tante und Zoey allein waren, siegte bei Tantchen doch die Neugierde.

„Sag mal Zoey, hast du was mit dem Jack? Habt ihr schon zusammen geschlafen?" Zoey sah ihre Tante schmunzelnd an.

„Ach Tantchen, ich kenne Jack jetzt erst eine Woche. Ob da mal was daraus wird, weiß ich doch jetzt noch nicht. Er ist ein lieber Kerl, der offenbar schon viel Pech mit Frauen gehabt hat, wie er erzählt hatte. Und ja, wir haben einmal miteinander geschlafen, und er war sehr einfühlsam dabei." Tante Margret sah ihre Nichte schmunzelnd an. Sie war tatsächlich in den Kerl verknallt, das konnte man sehen.

„Und womit verdient er sein Geld, sag mal?", fragte sie weiter. Zoey setzte sich aufrecht hin und rieb sich das Kinn.

„Er ist Brückenbauingenieur, sagt er, und er handelt mit Immobilien. Wie er das macht, weiß ich nicht. Auf meine Frage, wo er sein Büro hat, ist er ausgewichen. Er meint, er erledige alles Geschäftliche von seinem Wohnmobil aus. Für den Winter sucht er aber noch eine Bleibe dafür." Tante Margret hatte die ganze Zeit zugehört und dachte nach. Plötzlich erhellte sich ihr Gesicht.

„Du Zoey, der alte Chandler gibt dieses Jahr seinen Uhrenladen auf. Er ist inzwischen schon achtzig und Uhren zum Reparieren gibt es auch kaum noch. Das wäre doch was für deinen Jack. Geht doch einfach mal hin, das ist in der Parallelstraße die Nummer Sieben. Anschauen kostet ja nichts."
Zoey bedankte sich bei ihrer Tante und ging Mario suchen. Sie fand ihn in seinem Wohnmobil im Garten. Als er Zoey kommen sah, schob er schnell die kleinen Beutel mit dem weißen Inhalt in die Schublade des Tisches und legte eine Zeitung auf den Tisch. Zoey trat ein und umarmte den Sitzenden von hinten. Liebevoll küsste sie sein rechtes Ohr.

„Du höre mal, Tantchen hat mir gerade erzählt, dass ein alter Uhrmacher drüben in der Parallelstraße sein Geschäft aufgibt. Wäre das nicht was für dein Büro im Winter?" Mario umfasste ihre beiden Arme und sah zu ihr hoch.

„Das ist eine super Idee Miss Morris. Gehen wir heute Nachmittag doch gleich mal hin und fragen ihn. Ein Problem gibt es allerdings dabei." Zoey setzte sich neben ihn hin und sah ihn an. „Und welches Problem gibt es?"

„Wenn ich das Geschäft hier anmelde, habe ich sofort meine Exfrau auf dem Hals betreffs Unterhaltszahlungen. Bis jetzt war ich immer unterwegs, da konnte sie mir nichts nachweisen. Aber ein Geschäft muss ich anmelden, muss dem Finanzamt

Nachweise von meinem Umsatz erbringen, und damit hat sie sofort eine Möglichkeit mich noch zu schröpfen."

Zoey sah ihn erstaunt an. „Und das, obwohl sie dir abgehauen ist mit allem Geld?" Mario nickte.

„Das eine hat mit dem anderen nichts zu tun. Wir waren verheiratet, nur das zählt, wenn sie kein eigenes Einkommen hat." Er sah Zoey in die braunen Augen. „Es gibt allerdings eine andere Möglichkeit. Würdest du das Geschäft anmelden auf deinen Namen?" Zoey überlegte kurz, dann nickte sie auf einmal lächelnd.

„Keine schlechte Idee, dann kann ich meine Stricksachen im Schaufenster ausstellen und auch verkaufen. Und du ziehst einfach mit ein als Untermieter. Aber hast du auch so viel Geld? Wenn er verkaufen will, wird er das ganze Haus verkaufen wollen." Mario zuckte mit den Schultern.

„Warten wir es ab, was er dafür haben will und wieviel Zeit wir noch haben."

Schon am Nachmittag betraten sie gemeinsam den kleinen Laden. Man kam sich vor wie im vorigen Jahrhundert. Alte Holzmöbel, alte Bilder an den Wänden und zwei kleine Arbeitstische, roh gezimmert und ein großes Wandregal war die ganze Einrichtung.

Mister Thomas Kennedy war ein alter Mann mit Glatze, einer starken Brille, die an einem Band um den Hals hing, und eine schlapprige Hose mit einem karierten Hemd. Er sah die beiden Besucher mit zusammengekniffenen Augen an, als sie den Laden betraten. Zoey übernahm das Reden:

„Mister Kennedy, ich habe gehört, Sie wollen demnächst diesen Laden hier aufgeben. Gehört da das Haus ebenfalls dazu?" Kennedy drehte sich mit seinem Drehstuhl zu den beiden herum und schmunzelte.

„Na, da hat doch die stille Post schnell reagiert, junge Frau. Wollten Sie diesen Laden kaufen oder mieten. Gleiche Frage gilt auch für das Haus." Mario nickte dem alten Mann zu.

„Ja, meine Frau und ich möchten gerne diesen Laden für unser zukünftiges Geschäft. Sie wird Stricksachen verkaufen und ich bin Immobilienhändler und brauche ein Büro. Wir sind vorgestern erst hier angekommen." Der Alte nickte nachdenklich.

„Mein Vorschlag, Sie mieten das Ganze hier erst einmal, und wenn es Ihnen dann zusagt, reden wir über das Kaufen. Ich will hier raus und zu meiner Tochter nach Edmonton ziehen. Das Haus gehörte schon meinen Großeltern und ich habe es im vergangenen Jahr etwas modernisiert und eine Holzheizung eingebaut, die das Erdgeschoss und den ersten Stock beheizt. Wer von Ihnen beiden wäre dann mein Vertragspartner?"

Zoey hob wie in der Schule die Hand. „Hier, ich wäre das. Mein Mann ist im Laden nur Untermieter. Er braucht ja nur einen Schreibtisch und einen Telefonanschluss."

Zoey reichte dem Alten eine Art selbstgedruckte Visitenkarte.

„Hier, Mister Kennedy, da stehen meine Daten darauf, die sie für den Vertrag brauchen. Aber was soll denn eigentlich das Ganze zur Pacht kosten?" Der Alte strich sich mit der Rechten das Kinn, sah Zoey lächelnd an und meinte dann:

„Nun, weil sie ja die Nichte der alten Margret sind, sagen wir mal 500$ im Monat, und 3500$ Kaution, die bei Kauf dann wieder mit verrechnet wird. Einverstanden?" Zoey sah Mario fragend an und er sah das hoffnungsvolle Glitzern in ihren braunen Augen, also nickte er. Zoey gab ihm spontan einen Kuss. Der Alte lachte und meinte: „Na und ich? Krieg ich keine junge Frau?" Da umarmte Zoey überglücklich den alten Mann und der räusperte sich dann:

„Also, ich lasse meinen Anwalt den Vertrag aufsetzen und dann können Sie ihn unterschreiben, junge Frau. Ich gebe Ihnen Bescheid. Am nächsten Ersten können Sie dann einziehen."

Sie sahen sich dann noch im ersten Stock um und Mario kratzte sich manchmal recht verzweifelt den Kopf. Es gab eine Menge zu tun, um das alles wohnlich herzurichten.

Wieder auf der Straße überlegte Mario bereits, wie er die 4.000$ zusammenkriegen könnte. Er musste unbedingt seinen Teil seines Warenbestandes verkaufen. Das hieß aber auch, er musste Zoey wieder für eine gewisse Zeit verlassen.

„Zoey, höre mal zu, ich muss morgen für ein paar Tage weg. Ein paar Kunden schulden mir noch Geld für meine Arbeit. Das muss ich eintreiben, damit wir flüssig sind und eine Weile damit hinkommen." Sie sah ihn sprachlos an.

„Du willst alles bezahlen? Die ganze Summe? Ich hätte sonst meine Tante gefragt, ob sie uns was borgen könnte." Mario schüttelte energisch den Kopf.

„Das kommt nicht in Frage, Zoey! Wir beide regeln das alleine, ohne fremde Hilfe. Zoey umarmte ihn ungestüm.

„Ich glaube, du bist das Beste, was mir passieren konnte. Ich glaube, ich habe mich in dich verliebt." Und dann passierte ihm ein kleines Missgeschick, als Mario darauf antwortete:

„Ja, da freut sich Mario auch." Im nächsten Moment hätte er sich auf die Zunge beißen können, denn Zoey sah ihn erstaunt an. Mario reagierte aber sofort.

„Na, ich meinte, mein Vater Mario würde sich freuen, so eine Schwiegertochter wie dich zu bekommen." Innerlich atmete er auf, das war nochmal gut gegangen, denn Zoey meinte nur:

„Du hast mir noch nie von ihm erzählt, lebt er noch?" Mario schüttelte den Kopf. „Nein, er ist vor zwei Jahren gestorben." Was ja eigentlich fast stimmte, denn seit zwei Jahren hatte er keinerlei Kontakt mehr nach Hause. An diesem Abend machte Zoey schon Pläne, was sie alles machen wollte, und Mario hörte ihr geduldig zu. Immer wieder sah er sie an. Sie war so hübsch, die Figur war top und ihr Umgang war wahrlich ohne Fehl und Tadel.

Am nächsten Tag machte sich Mario mit Tante Margrets alten „Dodge" auf den Weg. Zuerst fuhr er die wenigen Kilometer zu seinem Lager. Blieb aber weit genug entfernt stehen und sah sich erst einmal um. Da er nichts Verdächtiges sah, ging er rasch hin und schloss die Tür auf. Er stieg bis hinauf unter das Spitzdach, wo es einen kleinen Boden gab. Eine der Dielen war lose und er nahm sie heraus. Dann packte er die Hälften seines Bestandes, das waren 55 kleine Beutel und steckte sie in den kleinen Rucksack. Dann verließ er wieder das Haus und fuhr auf den Highway 1 in Richtung Fort Providence.

Doch vorher hatte er sich eine schwarze Perücke aufgesetzt, einen Kinnbart angeklebt und eine Brille mit schwarzem Gestell aufgesetzt. Als er in Fort Providence ankam, war es Mittagszeit. Er suchte einen seiner wichtigsten Kunden auf. Levi Marin war ein junger Kerl mit Glatze, war über und über tätowiert und betrieb eine Autoreparaturwerkstatt. Als er Mario auf den Hof fahren sah, legte er die Arbeit beiseite.

„Hey, alter Germane, ich dachte, sie haben dich geschnappt, solange wie du schon nicht mehr hier warst. Deine schönen Fotos haben sie schon wieder entfernt. Du machst aber auch Sachen!", redete er munter drauf los. Mario winkte ab.

„Das war damals nicht ich, sondern mein Compagnon, dieser Irre. Der hat immer schneller geschossen, als er geredet hat. Aber ich habe Ware für dich. Wieviel brauchst du diesmal? Ich kann jetzt in Zukunft nicht so oft kommen. Ich will mich sesshaft machen." Marin sah ihn an und lachte schallend.

„Jetzt sag nur noch, du hast wieder ein Weib am Haken!" Mario nickte und erzählte, wie er Zoey kennengelernt hatte. Marin schüttelte den Kopf. „Du armes Schwein. Wie war das? Nur noch ambulant? Bin gespannt, wie du das drehen willst."
Aber das wusste Mario selbst noch nicht.

„Gut Aleman, ich könnte 25 Beutel umsetzen, die sind schon so gut wie verkauft. Was willst du dafür haben?"

„Pro Gramm 7$ mal 25 Gramm mal 25 Beutel ergibt dann 4375 Dollar! Und weil du es bist und auch was verdienen willst, sagen wir mal glatt 4.000 Dollar auf die Hand!" Marin nickte erfreut und hielt Mario die Hand hin.

„Das ist ein guter und großzügiger Preis, Aleman! Leben und leben lassen, das gefällt mir. Also gib mir die Ware, ich hole inzwischen die Knete aus dem Büro." Mario lachte belustigt.

Marin, erst Knete holen, dann gibt's die Ware!" Und während Marin in seinem Büro verschwand, stellte Mario den Koffer geöffnet auf der Motorhaube seines Wagens ab. Dann griff er in die Tasche und entsicherte seine Pistole und steckte sie griffbereit in seine Jackentasche. Man konnte ja nie wissen, was manche Leute angesichts dieser Ware und deren Wert für Ideen bekamen. Marin kam zurück, warf einen Blick in den geöffneten Koffer, nickte Mario zu und legte das Geld auf die Motorhaube. Mario nahm die 25 Beutel aus dem Koffer und Mario warf das Geld hinein und klappte den Koffer wieder zu. Mit einem festen Händedruck verabschiedeten sie sich voneinander. Mario war guter Laune, hatte er doch auf einen Schlag gut verdient. Gekauft hatte er die Grundstoffe für 1875$, das war ein Reinverdienst von 2500$. Gelang das bei dem Rest der Ware auch noch mal, würde er heute Abend mit einer Menge Geld nach Hause kommen. Und vor allem war es leicht verdientes Geld.

Sein nächster Kunde war so eine Art Einsiedler. Früher mal Boss einer Bank gewesen, war er irgendwann ausgestiegen und hatte reichlich vorgesorgt. Er wohnte zwar wie ein armer Hund, hatte aber genug Geld, um sich ein Loft zu kaufen.

Die Zufahrt war mehr als schlecht. Der alte Dodge klapperte und rasselte über die Bodenwellen, dass einem angst und bange werden konnte. Mario nahm sich vor, einen anderen, besseren Wagen zu besorgen, mit dem sie dann alle drei fahren konnten. Der Zustand, so wie er jetzt war, gefiel ihm ganz gut.

Endlich war er am Ziel angekommen. Mitten im Wald standen ein Blockhaus und zwei Scheunen. Der Alte betrieb Hühnerzucht und baute alles, was er zum Leben brauchte, selber an. Außerdem betrieb er ein „Zentrum für innere Einhalt" und machte Lehrgänge. Seine Kunden waren oft gut situierte Leute mit Geld, die Ruhe brauchten. Hier im Wald hatten sie die ja auch.

Mario hupte zweimal laut anhaltend. Im Haus ging die Tür auf und ein Mann mit langen strähnigen Haaren in einem Trainingsanzug stand da und hielte die Hand schützend über die Augen. Mario stieg aus und grüßte den Alten.

„He, Logan, altes Haus, wie geht's dir?" Der Alte winkte ab. „Gut, dass du kommst! Morgen kommen hier sechs Leute zu einem Lehrgang her. Wir brauchen also Stoff zur inneren Einkehr", lachte er heißer. Mario winkte ab. „Du mit deinem Tamtam, die Indianer würden ausreißen. Aber ich habe genügend Ware mit für dich." Der Alte machte eine einladende Geste und sie betraten eine Art Wohnzimmer. Mario stellte den Koffer auf den Tisch und klappte ihn auf. Brown machte einen langen Hals, dann schnalzte er mit der Zunge.

„Mann, klasse alter Freund! Du kommst genau richtig, wie ich schon sagte. Was willst du dafür haben, für alles in deinem Koffer?" Mario machte ein nachdenkliches Gesicht, als ob er nachdenken müsste.

„Na, sagen wir mal so, der Wert der Ware beträgt rund 17.500$. Da wir alte Freunde sind und du immer gut abnimmst, zahlst du 15.000$. Was meinst du dazu?" Der Alte verzog das Gesicht, als wenn er Zahnweh bekommen würde und sah Mario mit seinen grünen Augen an.

„Du hast ganz schön gesalzene Preise, Aleman!" Mario zuckte mit den Schultern und klappte den Koffer wieder zu.

„Wenn du nicht willst, kein Problem ich habe noch mehr Abnehmer." Er nahm den Koffer wieder in die Hand und wollte gehen. Das heißt, er tat so, als ob er gehen wollte. Doch Brown hielt ihn am Ärmel fest.

„Schon gut, ich nehme alles! Sonst sitzen die morgen auf dem Trocknen. Ich hole das Geld." Dann verließ er den Raum. Und Mario steckte wieder seine Pistole in die rechte Jackentasche und ließ die Hand drinnen. Der Alte kam wieder und legte das Geld fein säuberlich auf den Tisch. Dann sah er Mario an.

„Aber probieren kann ich schon noch, oder?" Mario nickte und reichte ihm wahllos einen Beutel aus der Menge. Brown öffnete ihn, nahm eine Prise und zog die durch die Nase ein. Dabei bekam er große Augen.

„Alter! Der Stoff ist einmalig gut! Okay, das Geschäft ist gemacht!" Mario steckte das Geld ein, ließ den Alten den Vortritt beim Verlassen des Raumes und behielt jede seiner Bewegungen im Auge. Doch nichts geschah. Und so verabschiedeten sie sich voneinander und Mario nahm wieder Kurs auf Kakisa und zu seiner Zoey.

Valerie sah Lucas verzweifelt an. Sie hatte gerade von ihm erfahren, dass die Behörde sie mit Amelia für drei Tage nach Fort Providence schicken wollte. Es war eine Art Ausbildung über die Grundlagen der Arbeiten im Sheriff-Office. Immerhin waren sie ja bei der Behörde angestellt. Lucas winkte ab.

„Mach dir doch nicht so viel Gedanken, ich komme mit unserem Sonnenschein schon aus. Kent stellt mich für die Tage quasi frei oder ich gehe für ein paar Stunden ins Büro und da kann ich Emilia ja mitnehmen, Das ist doch nichts anderes als bei dir." Valerie musste sich eingestehen, dass er recht hatte. Also nickte sie dann doch und lächelte ihn an.

„Ist schon okay, du hast ja recht. Und einen Brei kochen kannst du ja auch schon. Amelia ist schon ganz aufgeregt, weil sie für drei Tage ihren Kent nicht sieht. Aber das ist ebenso in der Liebe." Lucas war an sie herangetreten und umarmte sie. „Und, ist das bei uns nicht mehr so?" Valerie lehnte sich zurück und lächelte ihn an. „Gib mir einen Kuss und stell nicht solche Fragen. Natürlich werde ich dich vermissen." Lucas nickte. „Na, dann ist ja alles gut".

Amelia und Valerie waren in einer Art Polizeischule untergebracht. Kleine Wohnungen mit Kochnischen, Bad und einem Schlafzimmer.

Nach ihrer Ankunft wurden sie am Mittag vom Leiter der Schule herzlich begrüßt. Insgesamt waren 12 Frauen und drei Männer anwesend. Angesichts der Tatsache, dass die Zeit ziemlich knapp war, wurden doch ziemlich viele Aspekte im Eildurchlauf aufgegriffen. Von Strafrecht, Kriminologie, über Waffenkunde und Dienstrecht ging es querbeet. Am ersten Abend rauchte beiden der Kopf und sie entschlossen sich, einen kurzen Abstecher in den Ort zu machen.

Beeindruckend war die große beleuchtete Brücke über den Mackanzie River und die Fährstelle rüber nach Providence Island, einer kleinen Insel mitten im Strom. Sie schlenkerten gerade über die Hauptstraße, als vor einem Pub ein grauer alter Dodge hielt, dem ein Pärchen entstieg. Er legte seinen Arm um ihre Taille und die zwei küssten sich innig.

Amelia hielt Valerie plötzlich ruckartig am Ärmel fest.

„Schau mal da rüber, die zwei neben dem alten Auto! Das sieht doch aus, als wenn das ..." Der Mann drehte den Kopf zur Seite und sie erkannten ihn sofort.

„Das ist zu 100 Prozent Mario!", entfuhr es ihr. Das Pärchen war inzwischen im Pub verschwunden und Valerie und Amelia überquerten die Straße, um durch die Scheiben in den hell erleuchteten Pub zu spähen. Da nicht viele Leute anwesend waren, hatten sie das Pärchen schnell entdeckt. Sie sahen sich an. Und beide hatten den gleichen Gedanken – reingehen und ihn konfrontieren, oder lieber gehen und die örtliche Polizei informieren. Gerade als sie sich abwenden wollten, sahen sie noch, wie die Bedienung den Kopf schüttelte und die beiden wieder aufstanden, die Jacken anzogen, um das Pub wieder zu verlassen. Valerie und Amelia standen auf der anderen Seite der Straße im Schatten eines großen Baumes und beobachteten die beiden Verliebten, die wieder in ihren Dodge einstiegen und wegfuhren. Amelia merkte sich das Kennzeichen und schrieb es mit dem Kuli auf ihren Unterarm. Sie schüttelte den Kopf.

„Jetzt die Polizei hier zu informieren, bringt gar nix! Wer weiß, wo er mit der Dame logiert." Valerie holte tief Luft und zog Amelia weiter.

„Fest steht, er hat wieder eine Beziehung. Vielleicht ist das der Grund, dass er mich in Ruhe lässt. Soll er doch machen, ich beneide die Frau aber nicht, das sage ich dir." Und so gingen sie wieder zurück zu ihrer Unterkunft. Am Abend nach dem Spaziergang telefonierten beide mit ihren Männern. Valerie erkundigte sich nach Emilia und wie es klappte. Dann erzählte sie, dass sie Mario gesehen hatte. Lucas war besorgt.

„Hat er euch gesehen?" Valerie verneinte. Amelia telefonierte mit Kent eine halbe Stunde lang und bat ihn, mal festzustellen, wem das von ihr aufgeschriebene Autokennzeichen gehörte. Und dann verabschiedeten sie sich wieder für den nächsten Abend zur gleichen Zeit.

Mario und Zoey waren am Abend nochmal in den Ort gefahren, um in einem Pub etwas zu essen. Doch die Bedienung hatte ihnen erklärt, dass der Koch kurzfristig krank geworden war und sie keinen Ersatz beschaffen konnten. Also waren sie enttäuscht wieder zurück in ihre Unterkunft gefahren. Am nächsten Tag wollten sie damit beginnen, in dem alten Haus schon mal alles Überflüssige auszuräumen. Mario hatte sich entschlossen, erst einmal hier zu bleiben und mit Zoey und Tante zusammenzuleben. Irgendwie war das seine erste Heimat in diesem großen unwirklichen Land. Außerdem hatte er es satt, immer unterwegs zu sein, und nicht zu wissen, wo er am Abend schlafen sollte. Zoey und ihre Tante gaben ihm das Gefühl, eine Heimat zu haben. Trotzdem saß in seinem Innersten ein Virus, der ihn beherrschte, und das war die Angst, entdeckt zu werden. Dann wäre diese ganze schöne Geschichte mit Zoey wohl vorbei. Trotzdem musste er immer wieder raus aus Kakisa, um seine Geschäfte weiter am Laufen zu halten. Und so verschwand er manchmal für ein oder zwei Tage, um seinen inzwischen selbst produzierten Stoff zu Geld zu machen.

Kurz hinter Fort Providence in einem kleinen Weiler hatte er einen ehemaligen heruntergekommenen Chemiker aufgestöbert, mit dem er zusammenarbeitete. Der Mann hieß Hudson Johns, war so um die 40 Jahre und betrieb neben der Elchzucht ein kleines aber gut ausgebautes Labor, in dem er den Stoff herstellte. Sie hatten sich auf Chrystal Meth festgelegt. Ein anderer Lieferant aus Alaska in den USA brachte zweimal halbjährlich die anderen Stoffe wie Cannabis, Kokain, Speed oder Crack. Der Kerl war schon an die sechzig Jahre alt und sah aus wie ein Trapper aus den Mountains. Meistens war er zu Pferd unterwegs. Und so saß er auch an diesem Vormittag über seinen Büchern und versuchte zu errechnen, welchen Gewinn er im letzten Monat gemacht hatte. Da er selber keine Grundstoffe zur Herstellung mehr besorgen musste, war er praktisch nur die Zentrale, von der aus alles verteilt wurde. Es hatte sich in den letzten Monaten tatsächlich zu einem Geschäft entwickelt. Und so hatte er inzwischen jeden Monat gut an die zehntausend Dollar verdient. Am Morgen nach dem Frühstück fragte er Zoey, ob sie mal eine Stunde Zeit hätte, ihm zu helfen. Da früh im Café kaum Betrieb war, willigte sie nach kurzer Absprache mit ihrer Tante ein.

Mario fuhr mit ihr nach Fort Providence zu einem Autohändler. Dort angekommen ging Mario zielsicher zum Boss des Autohauses und begrüßte ihn herzlich. Dabei stellte er ihm seine Freundin Zoey vor.

„So, Charles, nun zeige mir mal das gute Stück, das ich ja schon ausgesucht hatte." Der Autohändler ging mit ihnen in eine kleine Halle, wo einige gebrauchte Autos standen. Mario ging zielsicher auf einen hellgrünen Jeep Wrangler Sahara zu. Der Autohändler lachte, als er Zoeys ungläubiges Gesicht sah und Mario ihr den Zündschlüssel in die Hand drückte.

„Hier, das ist ab jetzt deiner. Du musst nur noch vorn ins Büro gehen und den Kaufvertrag unterschreiben. Ich habe ihn schon bezahlt, aber er gehört sofort dir." Zoey standen tatsächlich Tränen in den Augen, so gerührt war sie von Marios Großzügigkeit. Und so fiel sie ihm ungestüm um den Hals und küsste ihn. „Du bist verrückt, Deutscher! Ich habe noch nie so ein schönes Auto gehabt. Das werde ich dir nie vergessen", meinte sie unter Lachen und wischte sich gleichzeitig die Tränen ab.

Mario zwinkerte den Autohändler zu und der ging einstweilen wieder in sein Büro. Zoey setzte sich mit Mario in den Wagen fuhr mit ihm bis vor das Büro. Sie waren gerade ausgestiegen, als plötzlich ein Polizeiwagen am Tor hielt. Mario sah, wie ein Beamter ausstieg.

„Gehst du schon mal ins Büro zum Unterschreiben. Ich muss mal dringend zur Toilette." Und schon war er im Haus verschwunden. Der Polizist hatte aber nichts weitergewollt als eine Flasche Motorenöl und ging wieder. Mario, der alles durch das Toilettenfenster gesehen hatte, atmete erleichtert auf, als der Polizeiwagen wieder wegfuhr. Erleichtert ging er zu Zoey ins Büro, wo sie gerade den Kaufvertrag unterschrieb.

Wenig später fuhren sie gemeinsam mit zwei Wagen zurück. Die Tante schlug die Hände über dem Kopf zusammen und lobte Mario über allen Maßen. Und in einer stillen Minute sagte sie zu ihrer Nichte:

„Zoey, den würde ich an deiner Stelle auf dem Fleck weg heiraten! So einen findest du nicht so schnell wieder." Doch Zoey bremste den Eifer ihrer Tante etwas.

„Tantchen, man muss nicht unbedingt einen Trauschein haben, es geht auch ohne ganz gut. Wir sind uns einig, dass wir uns damit Zeit lassen wollen." Tante Margret schüttelte fassungslos den Kopf.

„Ihr jungen Leute heutzutage und was ist, wenn du ein Kind bekommst? Das muss doch einen Vater haben."

„Tantchen, erstens wollen wir jetzt noch keine Kinder. Immerhin gibt's ja dafür Verhütungsmittel. Und zweitens, selbst wenn das passieren sollte, dann wird Jack auch ohne Trauschein ein guter Vater sein." Tantchen zuckte mit den Schultern und murmelte dann: „Na ja, vielleicht hast du sogar recht damit. Mein Josef ist auch fremdgegangen, hat das Geld versoffen und am Ende saß ich alleine da mit dem Kind." Nach dieser Diskussion war das Thema vom Tisch.

Doch eines Tages meinte Zoey beim Frühstück plötzlich:

„Was willst du eigentlich mit deinem Wohnmobil machen? Jetzt wo wir eine feste Bleibe haben, ist das doch überflüssig."

Mario sah seine Freundin von der Seite an. Sein Gesicht hatte zu Zoeys Erstaunen einen harten Ausdruck angenommen, als er meinte:

„Das Wohnmobil behalte ich auf jeden Fall! Wenn ich mehrere Tage unterwegs bin, habe ich damit keine Hotelkosten. Ich habe schließlich keine Gelddruckmaschine."

Zoey sah ihn erstaunt und ein wenig erschrocken an. So hatte sie Mario noch nie erlebt in der ganzen Zeit, seit sie sich kannten.

Sie verließ schweigend den Raum und ging rüber ins Café. Sie hatte noch eine Stunde Zeit, ehe geöffnet wurde. Und während sie so dahinwerkelte, dachte sie über Mario nach. Warum reagierte er so gereizt wegen dem Wohnmobil? Es war ja nur eine Frage gewesen. Und warum ging er nur ungern mit ihr mal durch Fort Providence, um sich ein paar Schaufenster anzuschauen? Der abendliche Besuch im Pub hatte sie viel Überredungskunst abverlangt. Und warum erzählte er nie etwas über seine Vergangenheit in Deutschland? Darauf angesprochen wich er jedes Mal aus. Was für ein Geheimnis trug dieser doch so liebenswerte Jack mit sich herum? War es gut, das weiter zu hinterfragen oder sollte sie lieber alles so lassen, wie es derzeit war? Sie entschloss sich, es zu unterlassen. Alles war gut so wie es war. Und sie lebte lieber im Heute und Jetzt als in der Vergangenheit, die auch bei ihr nicht gerade rosig ausgesehen hatte. Das Elternhaus, wo der Vater besoffen die Mutter verprügelt hatte, und sie mit 15 Jahren ausgerissen war und bis jetzt eigentlich auf der Straße gelebt hatte. Diese Episode mit dem Kneipenwirt, der sie immer ins Bett holen wollte, und vor dem sie letztlich getürmt war, war nicht die einzige dieser Art gewesen. Den letzten Lohn hatte sie sich selber ausgezahlt, ehe sie über Nacht verschwunden war. Da war das, was sie jetzt hatte, das reinste Paradies. Und sie hoffte inständig, dass es auch noch lange so bleiben würde.

Es wird geheiratet

Valerie und Amelia trugen seit einigen Wochen schon eine Art Uniform. Baue Blusen mit Achselklappen und eine schwarze lange Hose oder einen schwarzen Rock. Immerhin gehörten sie jetzt zur „Royal Canadian Mounted Police" und von Streifendienst über polizeiliche Ermittlungen und ortsnahe Wachen gehörte alles zu ihrem Dienstbereich. Und so bekamen sie auch beide ein ordentliches Gehalt vom Staat.
Aber beide junge Frauen standen vor einem neuen Höhepunkt. Am 20. August wollten sie beide zum Standesamt gehen und sich trauen lassen. Beide Männer waren bei der gleichen Behörde wie sie angestellt und waren ihre Vorgesetzten im Dienst. Bis jetzt hatte das alles ohne Reibungen geklappt. Und Valerie hatte sich entschlossen, nach ihrer Heirat auch die kanadische

Staatsbürgerschaft anzunehmen, was in ihrem Falle zum Glück möglich war, weil sie einen kanadischen Staatsbürger heiratete. Das dazu notwendige Papier die „Marriage licence" hatte sie bereits beantragt. Sie war zwar noch keine drei vollen Jahre in Kanada wohnhaft, aber da Kent der Sheriff des Distriktes war, stellte das auch kein Problem dar. Nicht anders war es bei der Mexikanerin Amelia, nur war die schon fünf Jahre in Kanada und hatte damit auch keine Hindernisse zu überwinden.

Am Morgen herrschte helle Aufregung im Haus von Valerie und Lucas Miller. Kurz vor dem Aufbruch zum Standesamt hatte sich Emilia noch den Frühstückskakao über ihr schönes Kleid gekippt. Valerie hatte es kurzerhand gewaschen, getrocknet und dann gebügelt. Und nun standen sie bereit für das große Unternehmen. Kent hatte eine lang gestreckte, offene Stretchlimousine gechartert. Der Fahrer war ein junger Mann aus der Verleihstation. Und der stand nun am Haus und hupte zweimal.

Die Bräute, beide in Weiß und die Herren im Anzug begaben sich mit der kleinen Emilia zum Auto und stiegen ein. Nach zehn Minuten Fahrt durch Fort Providence erreichten sie das Rathaus, wo sie der Bürgermeister bereits erwartete. Lucas und auch Kents Eltern waren anwesend und begutachten ihre neuen Schwiegertöchter. Valerie trug ihre blonde Mähne hochgesteckt, hatte ein weißes Kleid mit Ausschnitt, ebenso wie Amelia, die ihre schwarzen langen Haare ebenfalls kunstvoll hochgesteckt trug.

Als sie nach dreißig Minuten wieder das Rathaus verließen, waren sie verheiratet und im nahen Pub „Honigblüte" feierten sie diesen wunderbaren Anlass bis in die Nacht hinein.

Sheriff Kent Morris hatte inzwischen das Ergebnis seiner Nachfrage betreffs des Autokennzeichens, das ihm Amelia vor Wochen gegeben hatte, erhalten. Demnach gehörte der Dodge einer Miss Margret Wolters, wohnhaft in Kakisa, einem kleinen Ort am gleichnamigen See. Daraufhin telefonierte Kent mit seinem Amtskollegen in Fort Providence. Louis Corner war selber am Apparat.

„Hi, Kent, was verschafft mir denn die Ehre deines Anrufs?"
„Louis, ich habe hier ein Kennzeichen, welches mich interessiert, und das gehört einer Miss Wolters in Kakisa. Kennst du

die Dame? Und wenn ja, wer lebt da noch?" Wolters versprach nachzuschauen. Kurze Zeit später meldete er sich wieder.

„Also mein Freund, die Dame wohnt dort mit ihrer Nichte zusammen, die erst vor ein paar Wochen zugezogen ist. Ansonsten ist da niemand weiter gemeldet. Den alten Dodge hat sie übrigens vorige Woche abgemeldet und einen Ford Wrangler Sahara angemeldet. Ansonsten gibt's in diesem Kaff niemand, der da wohl freiwillig hinziehen würde."

Kent legte den Hörer nachdenklich wieder auf. Um dahinauf zu fahren, brauchte er einen ganzen Vormittag, immerhin waren das 85 Meilen. Um am Ende nichts weiter festzustellen, dass außer dieser Miss Wolters niemand weiter dort lebte. Wer weiß, was die beiden an diesem Abend gesehen hatten. Er warf den Zettel in den Papierkorb.

Eigentlich hatten sie sich ja vorgenommen in die Flitterwochen zu fahren. Da aber das Büro immer besetzt sein musste, konnten sie nicht alle vier gemeinsam fahren. Und so hatten sie den Gedanken dann doch verworfen, auch wenn ihm Lucas das Angebot gemacht hatte, zu Hause zu bleiben, wenn er in den Urlaub fahren würde.

Mario Hansdorf alias Jack Cooper war wieder unterwegs. Diesmal fuhr er aber mit dem Wohnmobil. Sein Ziel war Fort Resolution. Zoey hatte er erzählt, dass er sich dort mit zwei Geschäftspartnern treffen würde, die jeder ein Haus zu verkaufen hätten, und dass es daher etwas länger dauern würde.

Und so war er zum ersten Mal nach zwei Monaten wieder allein unterwegs und es gefiel ihm und erinnerte ihn an die erste Zeit, als er umhergezogen war. Dass ausgerechnet eine Frau seinen Freiheitsdrang wieder eingeengt hatte, betrachtete er als eine kleine Ausnahme. Zoey hatte ihn in der letzten Zeit zu sehr in Anspruch genommen und schon vom Heiraten geredet. Dabei war ihm selber noch nicht mal klar, ob er das überhaupt je wollte.

Sein erster Treffpunkt war auf halber Strecke nach Fort Resolution an einem Fluss. Der Mann, der dort wohnte, lebte vom Fischfang, betrieb eine Fähre über den Fluss und war in seiner Freizeit noch Wildhüter. Irgendwann war ihm die Frau weggelaufen, der es dort zu einsam gewesen war, und der Kerl hatte sich ziemlich oft besoffen und natürlich auch Crack geraucht. Er hatte Mario angerufen und um eine neue Lieferung gebeten.

Dieser Hazel Scott war ein schräger Typ und man hatte Mario vor ihm gewarnt. Er sei gewalttätig und unberechenbar. Also hatte Mario vorgesorgt.

Er kam gegen Mittag am Fluss an und blieb in einiger Entfernung erst einmal stehen, um sich die Örtlichkeiten anzuschauen. Das ganze Areal bestand aus einem Wohnhaus aus Holz und zwei Scheunen. Dazu gab es einen breiten festen Bootssteg, den man auch mit dem Auto befahren konnte. Von einer Seite zur anderen war ein starkes Drahtseil gespannt, an dem die Fähre hing und die man je nach Ruderstellung von einer Seite zur anderen bewegen konnte. Die Straße führte weiter nach Fort Reliance, und so hatte der Mann gut zu tun, um alle Fahrzeuge da über den Fluss zu bringen, weil der Brückenbau noch nicht fertig war.

Mario startete den Wagen wieder und fuhr bis runter zur Fähre, blieb aber vor dem Wohnhaus in einem kleinen Seitenweg stehen. Dann packte er nur so viel in seinen Beutel, wie Scott bestellt hatte. Die Pistole mit Schalldämpfer steckte er in die Jackentasche. Dann lief er zum Haus. Am Tor hinderte ihn ein Schäferhund am Eintreten und bellte laut. Dies hatte zur Folge, dass plötzlich die Tür aufging und ein Mann erschien, der dem Hund ein Kommando zurief, so dass dieser sich sofort entfernte und die Tür freigab. Mario trat grüßend ein.

„Hazel Scott, wenn ich richtig informiert bin?", rief Mario ihm zu. Der Alte knurrte zurück: „Wer will das wissen?" Mario lachte.

„Ich bin der Postbote, der die bestellte Ware bringt, Mister Scott!" Das Gesicht des Alten wurde schlagartig freundlicher.

„Schön, dann kommen Sie mal rein." Mario öffnete die Tür mit einem Blick auf den Schäferhund. Hazel Scott lachte.

„Keine Angst, der ist an sich harmlos, solange mir niemand was tun will. So, nun kommen Sie mal in die gute Stube, Mister Cooper." Er ließ Mario eintreten, dem im selben Moment eine schwarze Katze über den Fuß sprang. Mario musste lachen. Das passte irgendwie, erst der Hund, jetzt die schwarze Katze, was sollte da noch schiefgehen.

Im Wohnzimmer angekommen stellte er den Beutel auf den Tisch und kippte ihn dann aus. Fünfzehn kleine Plastebeutel kamen zum Vorschein. Einen nahm Mario und hielt ihn dem Alten hin. „Hier, die Gratisprobe, Mister Scott!"

Der Alte nahm ein Messer und schnitt von dem Beutel eine kleine Ecke ab, schüttelte sich eine kleine Prise auf den Handrücken und sog dann durch die Nase das Ganze ein. Einen Moment schnappte er nach Luft, doch dann brummte er genießerisch: „Das ist feinster Stoff, Mister Cooper. Ich nehme die ganze Lieferung. Ich habe ein paar Freunde, die sich freuen werden. Und was soll der Spaß kosten?" Mario täuschte vor nachzudenken und meinte dann:

„Also, weil du es bist, bekommst du diese 25 Beutel a 25 Gramm, das wären nach Adam Ries dann 4.375$, und wenn du was verkaufst, machst du immer noch einen Gewinn. Man kann heute diese Menge von 25 Gramm gut für 30$ verkaufen." Scott kniff die Augen etwas zusammen und sah seinen Gast an. Mario lehnte gegen den Ofen gelehnt mit einer Hand in der Jackentasche, dort wo seine Pistole war, und sah den Alten in die Augen. Der nickte auf einmal.

„O.K., machen wir das Geschäft. Ich hole schon mal die Knete." Und schon verschwand er nach draußen. Als er wieder eintrat, sah ihn Mario von unten bis oben an, doch der Alte zählte ungerührt den Betrag auf den Tisch. Mario nickte und steckte es rasch ein.

„Gut, bis zum nächsten Mal, Mister Scott. Rufen Sie einfach an, wenn Sie wieder was brauchen."

Dann verließ er nach Scott wieder das Haus, winkte ihm am Tor nochmal zu und lief dann wieder zurück zu seinem Wohnmobil. Im Weggehen hatte er jedoch wahrgenommen, dass Scott plötzlich mit einer Flinte hinten durch den Garten in Richtung des Weges lief, wo er unweigerlich auf Marios Wohnmobile treffen musste. Mario erkannte sofort, was der Alte im Schilde führte, blieb stehen und sprang dann über den Zaun und lief nun ebenso in Richtung des Alten. Mario hatte sich vorsichtig vorangepirscht. Plötzlich sah er Scott hinter einem dicken Baum stehen, das Gewehr im Anschlag und auf das Wohnmobil schauend. Es war nicht zu glauben, der Alte wollte ihn offenbar einfach umlegen. Doch was versprach er sich davon? Glaubte er, Mario hätte noch mehr Ware mit? Wollte er die und sein Geld wieder zurückholen? Mario blieb eigentlich keine Wahl, er musste den Alten ausschalten, und hatte so aber einen Kunden weniger. Kurz entschlossen trat er mit der Pistole in der Hand aus seiner Deckung heraus.

„Scott! Wenn Sie mich suchen, ich bin hier! Haben Sie noch was vergessen, oder warum lauern Sie mir hier auf mit einem Gewehr in der Hand?" Der so angesprochene fuhr herum. Ohne das Gewehr hochzunehmen, drückte er einfach aus der Drehung heraus ab. Ein Schuss peitschte durch den Wald und gut einen halben Meter pfiff das Geschoss an Marios Kopf vorbei. Im gleichen Augenblick hatte Mario zweimal abgedrückt und traf den Alten einmal in der Brust und einmal an der rechten Schulter. Scott fiel das Gewehr aus der Hand und dann kippte er nach hinten um und blieb reglos auf dem Waldboden liegen. Mario hatte ihn direkt ins Herz getroffen und das ohne zu zielen. Langsam ging er näher an den Alten heran. Der lag da mit offenen Augen auf dem Rücken und starrte in den Himmel. Mario ließ ihn liegen, wie er lag, und ging nochmal zurück ins Haus. Rasch durchsuchte er den Nebenraum, wo Scott das Geld geholt hatte. Nicht lange und er entdeckte die Kassette im Schrank. Der Schlüssel steckte noch und so öffnete er die Kassette und entnahm wieder die 15 Päckchen sowie das restliche Geld, grob überschlagen wohl 2000$. Danach verließ er das Haus wieder durch die Tür zum Garten, sah sich kurz um und sah einen kleinen Kanister mit Petroleum. Den nahm er und verteilte das Petroleum im Wohnzimmer und im Schlafzimmer des Alten. Dann zündete er seelenruhig ein Streichholz an und warf es auf das mit Petroleum getränkte Kissen, welches sofort lichterloh brannte und damit auch die Couch anbrannte. Eiligst verließ er das Haus durch den Hinterausgang und lief hinauf zu seinem Wagen. Dabei musste er über Scott hinwegsteigen, der immer noch so dalag, wie er ihn verlassen hatte. Hastig stieg er ein, startete den Wagen und fuhr zurück auf die Straße. Sein Ziel war Fort Resolution. Im Kopf rechnete er schon mal den Gewinn aus, den er erzielt hatte, nur weil der Alte so gierig gewesen war. Dass er ihn dann erschießen musste, nahm Mario schon nicht mehr so tragisch. So war eben das Geschäft, manchmal gab es ehrliche, und manchmal eben auch krumme Hunde wie diesen Scott. Hätte er ihn nicht erledigt, dann hätte Scott ihn erledigt.

Nun war er gespannt, wie sich sein nächster Kunde geben würde. Die Frau war eine Künstlerin, lebte außerhalb von Fort Resolution in einer WG oder besser gesagt in einer Kommune Gleichgesinnter, die ausgestiegen waren. Das waren Mario die liebsten Kunden, zumeist freundlich und zugänglich. Als er dort ankam, fuhr er durch einen Torbogen, auf dem „*Frieden mit allen Geschöpfen*" stand. Er fuhr auf den Platz, um den herum ungefähr zehn Holzhütten standen. Das Erste, was Mario auffiel, ein Großteil der Leute lief hier halbnackt herum. Die Frauen trugen nur einen kurzen Lendenschurz, ebenso wie die Männer. Mario vermutete, dass hier jeder mit jedem schlief, denn Kinder, die herumliefen, gab es reichlich. Er fragte sich durch zu Miss Sarah. Die Frau war ungefähr 45 Jahre alt, hatte langes in Zöpfen geflochtenes graues Haar mit Perlen darin, hatte eine stattliche Oberweite, die der Schwerkraft folgte, war aber ansonsten recht schlank. Mario trat ein. Sie lächelte ihn an. „Und Mister Cooper, haben sie mir was Schönes mitgebracht?" Dabei saß sie auf dem Tisch und hatte ein Bein auf einen Stuhl gestellt. So konnte Mario ihren roten Slip sehen.

Er stellte seinen Koffer ab und öffnete ihn. Dabei sah er sie an und sah ihre begehrlichen Blicke auf den Inhalt.

„Alles, was eine glückliche Lady braucht, Miss Sarah! Und das zu moderaten Preisen." Sie lächelte ihn verführerisch an.

„Ich hätte gerne zehn Beutel da von dem weißen Pulver. Was kostet das?" Mario schmunzelte erst, dann zählte er ihr zehn Beutel auf den Tisch.

„So, das sind jetzt 250 Gramm, der Preislage nach liegen die bei 1.750$ und weil sie so hübsch und so freundlich sind, sage ich mal 1.700$ glatt." Er sah das Zucken in ihren Augen, als er den Preis nannte, doch er blieb fest. Also ging sie zu einem kleinen Pult, entnahm dort einem Kuvert das Geld und legte es Mario auf den Tisch. Mario bedankte sich.

„Es war mir ein Vergnügen, Miss Sahra! Melden Sie sich ruhig, wenn Sie Nachschub brauchen." Dann verließ er wieder die Hütte. Beim Verlassen musste er an einer jungen schwarzhaarigen vorbei, die bestimmt nicht älter als 18 Jahre war und ihn anlächelte. Sie sah aus, als ob sie Sarahs Tochter wäre. Doch

Mario ging zu seinem Wagen. Früher wäre er wahrscheinlich eine Nacht geblieben und hätte die Dame des Hauses oder deren Tochter beglückt, aber seit er Zoey kannte, war das alles anders geworden.

Amelia und auch Valerie waren von den Ergebnissen der Nachforschungen Kents unzufrieden. Immer wieder behaupteten sie, dass sie sich nicht getäuscht hätten und Mario mit einer jungen Frau an diesem Abend gesehen hatten. Dazu kam es dann sogar zu einem ordentlichen Zwist zwischen den beiden Sheriffs und den Frauen. Und dann hatte Amelia eine Idee. Sie hatte einige Zeit die Karte studiert von diesem Gebiet rund um Fort Providence und insgesamt zwei Weiler gefunden, wo Menschen lebten. Und so entschloss sich Valerie, ihr Töchterchen mal für zwei Tage zu Lucas Mutter zu geben. Lucas war anfangs dagegen, ließ es aber des lieben Friedens willen doch geschehen. Die beiden wollten an einem Freitag losfahren und spätestens am Sonntagabend wieder zurück sein. Dazu hatten sie sich ein Wohnmobil gemietet. Kent hatte darauf bestanden, dass sie das Ganze nicht als privaten Ausflug, sondern als dienstliche Fahndungsmaßnahme angingen, das hieß also auch bewaffnet. Abgemacht war, sollten sie Hansdorf tatsächlich aufstöbern, dann sollten sie in Hay River anrufen und man würde als Verstärkung nachkommen, was bei 82 Meilen kein allzu großes Problem darstellte.

Freitag Früh verabschiedeten sich die beiden Frauen von ihren Männern und fuhren los. Valerie fuhr die erste Hälfte. Kurz vor Mittag erreichten sie die Abzweigung nach Kakisa und fuhren beinahe 30 Meilen nur schnurgerade durch den Wald. Inzwischen hatte Amelia das Steuer übernommen. Nach dreißig Minuten erreichten sie Kakisa und blieben zunächst sprachlos am Ortseingang stehe. Amelia stöhnte auf.

„Mein Gott, sieh dir das mal an! Hier bist du beim Spaziergang in einer Stunde um den ganzen Ort gelaufen. Was sollte dein Mario hier denn wollen?" Valerie protestierte.

„Dieser Idiot ist nicht mehr mein Mario! Ich verstehe selber nicht, warum ich mich auf den einlassen konnte." Amelia kicherte verhalten. „Vielleicht hast du ja mit deiner Muschi

gedacht." Valerie sah ihre Freundin erbost an. „Ich gebe dir gleich was, du Muschi!" Dann lachten sie beide herzlich.
Valerie deutete nach vorn, wo zwei Straßen sich kreuzten.

„Fahr da mal rechts hoch! Schauen wir uns mal um." Und so startete Amelia wieder den Wagen und fuhr gemächlich einen kleinen Berg hinauf, wo ein Gehöft auf der linken Seite und drei auf der rechten Seite standen. Oben angekommen ging die Straße nach links weg und teilte sich nach 250 Metern wieder. Eine führte nach unten, die andere ging geradeaus weiter. Das erste Haus auf der rechten Seite war ziemlich groß und schien ein Geschäft zu sein. Amelia hielt an. „Schauen wir mal, was das für ein Laden ist. Als sie näher traten, sahen sie, das Geschäft war zu. Am Hauseingang hing ein Schild:
„Immobiliengeschäft Cooper & Strickwaren Morris" Amelia schüttelte den Kopf. „Das ist ja eine sonderbare Zusammenstellung hier." Sie waren grade wieder auf dem Weg zurück zum Wagen als ihnen eine ältere Frau begegnete und sie grüßte. Mit dem Stock auf das Schaufenster zeigend meinte:

„Die beiden sind nur wenig hier. Man sagt, er sei ständig unterwegs. Er ist aber auch keiner von hier und die Kleine ist erst vor Monaten hierhergezogen zu ihrer Tante. Die kamen aber beide zusammen hier mit einem Wohnmobil an. Ab und an fahren die aber auch mit einem grünen Jeep. Die Tante des Mädchens hat übrigens ein schönes Café mit einem Pub unten in der ersten Straße. Ganz hinten. Sie müssen nur hier bis zum Schluss weiterfahren und dann links den Berg hinabfahren, da kommen Sie direkt hin." Die Frau nickte kurz und lief dann einfach weiter. Valerie und Amelia sahen sich an. Valerie zog die Stirne kraus.

„Junge Frau und älterer Mann könnte eigentlich schon mal passen." Amelia winkte ab. „Wer weiß, wie viele solche Zufälle es gibt." „Und dass er öfters mit einem Wohnmobil unterwegs ist, könnte auch hinkommen", ergänzte Valerie. Amelia musste lächeln und sah ihre Freundin an.

„Meldet sich jetzt deine Reporterspürnase mal wieder?" Ein Schulterheben war die ganze Antwort. Sie stiegen wieder ein, fuhren bis ans Ende der Straße, wo es dann wieder rechts bergab ging.

„Ich schätze, wir kommen auf der Straße raus von der wir am Ortseingang abgewichen sind. Unten angekommen folgten sie der Straße weiter nach Links und standen plötzlich von einem Pub, der wohl auch ein Café war. Amelia bremste ab und blieb stehen.

„Sieh mal, da stehen ein Wohnmobil im Garten, und gleich daneben ein grüner Jeep Wrangler. Ob wir mal reingehen?" Valerie hob die Schultern. „Und was machen wir, wenn er wirklich hier wohnt? Du weißt, was Kent gesagt hat. Lass uns den Camper da drüben auf den freien Platz stellen und wir beobachten das Haus mal eine Weile. Wir haben ja Zeit."
Amelia fuhr von der Straße weg rechts auf einen freien Platz und blieb wieder stehen. Bequem sich zurücklehnend genossen sie einen heißen Kaffee aus der Thermoskanne. Doch die nächsten zwei Stunden geschah nichts, bis es 16.00 Uhr war und der Pub wohl öffnete, denn es kamen zwei Männer jeweils mit Frauen und gingen hinein. Als es endlich dunkel geworden war, stiegen beide aus und liefen langsam auf das Pub zu.

Mario hatte an diesem Tag der Tante versprochen, ihr im Pub zu helfen, weil eine Bekannte von ihr sechzigsten Geburtstag feiern wollte. Zoey sollte bedienen und Jack sich in der Küche nützlich machen. Weil er einen Eimer mit Abfällen auf den Hof hinausschaffen wollte, weil dort der Container für die Abfälle stand, sah er auf der anderen Straßenseite ein Wohnmobil stehen, ähnlich wie sein eigenes. Es passierte nicht oft, dass hierher Urlauber kamen, aber der See zog im Sommer immer wieder welche an. Warum die aber da drüben stehengeblieben waren, wo es doch vor dem Haus einen Parkplatz gab, das erschloss sich ihm nicht. Aber er hatte es eilig und ging wieder in die Küche, wo das erste Essen rausging.

Valerie und Amelia hatten ihre dunklen Kutten mit Kapuze übergezogen und sich an die Rückseite des Hauses herangepirscht. Im Erdgeschoss waren drei Fenster hell erleuchtet und das Geklirre von Geschirr und Musikfetzen drang nach draußen. Sie blieben im Schatten des Hauses und vermieden es in den Lichtkegel der Fenster zu geraten. Amelia machte einen langen Hals, um etwas in der Küche zu sehen, war aber zu klein. Also stieg sie mit Valeries Hilfe auf einen Holzstamm, in dem ein Beil steckte, stieg mit ihrer Hilfe hinauf und machte einen langen Hals. Plötzlich zuckte sie zusammen und flüsterte:

„Das musst du gesehen haben. Komm wir wechseln!" Weil sie nichts weiter sagte, stieg nun Valerie hinauf und bekam plötzlich weiche Knie. Wer da in der Küche hantierte, war kein anderer als ihr Mario! Das war sicher und unbestreitbar. Sie hatten ihn tatsächlich gefunden. Wortlos stieg sie wieder herunter und sah Amelie ernst an.

„Lass uns zu unserem Camper gehen und telefonieren. Komm!" Und schon marschierte sie los, so dass Valerie ihr wohl oder übel folgen musste. Sie nahmen in der Sitzecke des Campers Platz. „Was willst du jetzt machen?", war Amelias kurze Frage. Valerie zog ihr Handy heraus.

„Ich werde jetzt Kent und Lucas anrufen und die sollen herkommen. Ich lasse mich nicht noch einmal auf ein Geplänkel mit dem ein, wo ich am Ende dann vielleicht noch schießen müsste." Und schon hatte sie Lucas Nummer gewählt. Der meldete sich und wollte Fragen stellen, die ihm Valerie aber sofort abwürgte. „Schatz! Wir haben hier in Kakisa Mario Hansdorf gefunden. Er wohnt und arbeitet offenbar in diesem Pub am Ende der Einfahrtsstraße." Sie hörte, wie Lucas etwas mit Kent besprach, dann meldete er sich wieder.

„Hör zu Schatz, bleibt wo ihr seid. Wir machen uns jetzt sofort auf die Socken. In drei Stunden können wir bei euch sein. Beobachtet ihn weiter, geht aber nicht zu nahe ran. Er darf keinen Verdacht schöpfen."
Es war 22.00 Uhr geworden. Amelia und Valerie hatten sich nochmal im Dunkeln an das erleuchtete Haus herangeschlichen. Plötzlich sahen sie am Hinterausgang unter einer Lampe ein Pärchen stehen, das eng umschlungen dastand und sich gegenseitig etwas erzählte. Amelia und auch Valerie waren sich sicher, dass dies das Pärchen war, welches sie in Fort Providence gesehen hatten.

Mario sah wieder hinüber zu dem Wohnmobil, wo die Fenster dunkel waren. „Die stehen schon seit heute Nachmittag da drüben auf dem Parkplatz. Ob die in der Gaststube saßen, hast du was gesehen?" Zoey schüttelte den Kopf.

„Nö, da waren heute Abend nur Einheimische da. Aber vielleicht sind sie ja sparsam wie du", scherzte sie und zog Mario wieder ins Haus. Das Licht des Hintereingangs erlosch, genau wie das Licht in der Küche plötzlich aus war. Dafür aber ging oben unter dem Dach ein Licht an und erleuchtete ein Fenster, das auch geöffnet wurde. Valerie brummte.

„Jetzt sind sie offenbar ins Bett gestiegen. Würde mich mal interessieren, ob er mit der genauso umspringt wie mit mir damals." Amelia lachte leise.

„Die ist wesentlich jünger als du. Vielleicht hat sie es ja geschafft, ihn zu zähmen." Valerie prustete.

„Wenn ich alles glaube, das aber auf keinen Fall. Mario ist ein Ich-Mensch, und das wird er wohl auch immer bleiben." Amelia zupfte sie am Ärmel.

„Lass uns zurückgehen zum Camper, Kent und Lucas müssen bald kommen." Valerie nickte.

„Na, hoffentlich kommen sie nicht mit Tatütata und Blaulicht." Amelia lachte leise.

„Was bist du denn immer so pessimistisch? Die wissen schon, was sie machen. Komm jetzt, wir gehen zum Camper zurück." Gegen 4.30 Uhr klopfte es an die Seitenscheibe des Wohnmobils. Die beiden Frauen schreckten auf und Amelia schob die Gardine zur Seite. Draußen stand Lucas und winkte ihr zu. Rasch sprangen beide vom Bett herunter und öffneten die Tür. Kent und Lucas schoben sich durch den Türeingang und die Freude war auf beiden Seiten groß. Valerie hatte schnell Wasser für Kaffee aufgesetzt und so saßen sie zu viert an dem kleinen Tisch und Amelia erzählte, was sie alles herausgefunden hatten. Lucas lachte.

„In Zukunft brauchen wir keine Spürhunde mehr. Wir schicken einfach euch los." Amelia deutete mit dem Finger auf Valerie. „Sie war es, sie hatte mal wieder ihren Reporterspürsinn. Wir sind hierhergefahren, nur um uns mal umzusehen. Und was passiert? Schon der Zweite, den wir treffen, gibt und einen Hinweis auf den Kerl. Der wohnt offenbar hier mit seiner neuen Flamme bei der Tante des Mädchens. Ja, und dann haben wir ihn in der Küche stehen gesehen. Und was wollt ihr nun machen?" Kent sah auf seine Armbanduhr.

„Es ist jetzt fünf Uhr und draußen ist es noch finster. Ich würde sagen, wir warten, bis die da drinnen aufgewacht sind, dann gehen wir im Hellen rein und müssen nicht befürchten, in der Dunkelheit in eine Schießerei zu geraten."

Amelia sah Valerie an. „Meinst du, dass er schießen würde, wenn er uns sieht?" Valerie zuckte mit den Schultern.

„Was weiß ich, wie er sich verhält, wenn er in die Enge getrieben wird. Da ist bei ihm alles möglich. Ich kann natürlich auch rausgehen, an der Tür klingeln und versuchen, mit ihm zu reden." Da schaltete sich Lucas ein.

„Das wirst du schön sein lassen, liebe Ehefrau und Mutter. Schließlich wollen wir ja noch zu dritt viele schöne Jahre haben. Das werde ich doch nicht zulassen, dass du deinen hübschen Hals riskierst."

Valerie sah ihren Mann mit großen Augen an. „War das jetzt dienstlich oder als Ehemann?" Lucas grinste: „Beides, liebste Ehefrau." Amelia und Kent hatten dem Disput amüsiert zugehört.

„Kriege ich die gleiche Antwort, wenn ich dich fragen würde?" Kent grinste breit. „Worauf du dich verlassen kannst! Lucas und ich gehen rein. Ihr sichert den Hinterausgang im Hof! Aber versteckt euch so, dass er euch nicht sofort sieht! Und jetzt möchte ich noch eine Stunde ruhen." Lucas nickte.

„Gute Idee, ich nämlich auch." Und schon lagen beide in voller Montur oben auf dem Bett. Die beiden Frauen schoben sich dazwischen und jede drehte sich zu ihrem Schatz herum.

Sie hatten tatsächlich noch zwei Stunden fest geschlafen. Draußen war es inzwischen hell und es war bereits 7.00 Uhr. Sie nahmen noch einen Kaffee zu sich und brachen danach auf. Amelia und Valerie gingen vorsichtig in den Hof hinein und schauten sich kurz um. Valerie deutete auf einen Holzstapel, hinter dem noch Platz war. Dorthin verkrochen sie sich und warteten, was nun passieren würde.

Kent und Lucas waren zum Haupteingang gegangen und klingelten zweimal. Irgendwo im Haus rührte sich etwas. Wenig später hörte man Schritte und der Schlüssel im Schloss drehte sich. Die Tür ging langsam auf und ein brauner Wuschelkopf schaute erschrocken heraus, als sie die beiden Polizisten sah.

„Sie wünschen bitte?" Kent hielt ihr ein Fahndungsfoto vor die Nase. „Wir möchten diesen Herrn sprechen!" Die junge Frau nahm das Bild und schaute beide erschrocken an. Lucas meinte etwas forscher. „Wir suchen diesen Herrn Hansdorf hier!" Die junge Frau schüttelte den Kopf.

„Den gibt es hier nicht. Hier wohnt nur meine Tante, mein Verlobter Jack Cooper und ich." Kent lächelte freundlich.

„Gut junge Frau, dann lassen Sie uns mal eintreten und mit Ihrem Verlobten reden. Vielleicht klärt sich ja alles schnell auf." Die Braunhaarige nickte und meinte: „Was wirft man denn diesem Mann hier auf dem Bild vor? Mein Verlobter trägt keine Brille und auch keinen Bart."

„Ihm wird Mord, Vergewaltigung und Handel mit BTM vorgeworfen, junge Frau. Also, wo ist er?" Mehrmals schluckend deutete sie in den ersten Stock hinauf. Und Kent und Lucas marschierten los.

Mario hatte beim Verlassen des Zimmers das Klingeln gehört und wie Zoey geöffnet hatte. Dann hörte er die Stimme des Mannes und erschrak bis ins Innere. Hastig raffte er seine Jacke, seine Pistole und die Papiere zusammen und schlich sich hastig die Treppe hinunter, um zum Hinterausgang zu gelangen. Er war gerade dabei, die Tür leise wieder zu schließen, als er plötzlich eine ihm bekannte Stimme hörte:

„Mario Hansdorf, nimm die Hände hoch und dreh dich um!" Ruckartig drehte sich Mario herum und sah in zwei Pistolenläufe, die auf ihn gerichtet waren, und glaubte, seinen Augen nicht trauen zu können. Keine fünf Meter von ihm entfernt standen seine ehemalige Verlobte Valerie und ihre Freundin mit je einer Pistole und zielten auf ihn. Einen Moment war er sprachlos. Dann fauchte er wütend los:

„Was willst denn du Schlampe von mir, he? Scher dich mit deiner Freundin da zum Teufel und halt mich nicht auf!" Worauf Amelia antwortete:

„Mister Mario Hansdorf, wir verhaften Sie hiermit. Drehen Sie sich zur Wand und legen beide Hände über dem Kopf gegen die Wand." Mario lachte verächtlich und wollte loslaufen. Plötzlich knallte es und Dreck spritzte vor seinen Stiefelspitzen auf. Vor

Staunen wortlos sah er seine ehemalige Verlobte an, die gerade auf ihn geschossen hatte, und plötzlich losschrie:

„Bleib stehen, du Monster, sonst trifft dich der nächste zwischen die Beine!"

Plötzlich kamen zwei Sheriffs um die Ecke gelaufen und sahen lachend auf die Szenerie. „Gut gemacht, Mädels" Und dann zu Mario gewandt:

„Leg dich sofort auf den Bauch, los!" Lucas hatte schon die Handschellen in der Hand und legte sie Hansdorf an. Erst jetzt wurde ihm richtig bewusst, dass seine ehemalige Verlobte die Uniform der kanadischen Polizei trug.

„Jetzt ist die Schlampe auch noch bei der Polente!", knurrte er lauter als gewollt, worauf der lange blonde Lulatsch ihn am Kragen packte.

„Wenn du nochmal meine Frau Schlampe nennst, dann haue ich dir eins aufs Maul. Hast du das verstanden?"

Für Hansdorf brach eine Welt zusammen, aber nicht nur für ihn. Auch für Zoey Morris, die mit ihrer Tante am Hintereingang stand und zusah, wie Mario alias Jack von den vier Polizisten zum Streifenwagen geführt wurde. Da wurde Mario bewusst, dass seine Ex-Verlobte und ihre Freundin in diesem verdammten Wohnmobil gesessen hatten und die ganze Zeit das Haus beobachtet hatten.

Kent hatte inzwischen die KTU angerufen, die wenig später auftauchte, weil sie im Fort Providence gewesen waren.

Sie durchsuchten das Haus und Marios Wohnmobil, und was sie dort an BTM-Mitteln fanden, reichte für eine Verhaftung schon alleine aus.

Valerie und Amelia fuhren zurück nach Hay River. Endlich war dieser Alptraum vorbei. Mario Hansdorf war endlich gefasst. Valerie war absolut guter Laune.

„Amelia, was hältst du davon, wenn wir heute Abend eine kleine Feier veranstalten? Endlich ist mein Alptraum vorbei, jetzt fühle ich mich endlich wie befreit."

„Na klar, für Feiern bin ich immer zu haben. Halten wir nachher im Shop an und nehmen uns ein paar Steaks mit. Und du machst deinen berühmten Kartoffelsalat. Sowas hatte ich vorher noch nie gegessen, der Salat ist einfach spitze."

Kent und Lucas brachten ihren Gefangenen zunächst nach Hay River in die Zelle. Auf der Rückfahrt hatten sie mit dem Bezirksstaatsanwalt gesprochen und der hatte sofort veranlasst, dass Hansdorf ins Country Gefängnis in Edmonton gebracht werden sollte. Die Überführung sollte am nächsten Tag per Flugzeug erfolgen. In der Nacht bewachten zwei Hilfspolizisten abwechselnd den Gefangenen in seiner Zelle. Sheriff Kent Morris hatte angeordnet, dass dem Gefangenen auf keinen Fall die Fußfesseln entfernt werden durften. Ehe er das Gebäude verließ, instruierte er deswegen auch noch einmal den Hilfssheriff, auf keinen Fall den Gefangenen die Fußfesseln abzunehmen oder ihn gar aus der Zelle herauszulassen. Um seine Notdurft verrichten zu können, hatte man ihm extra eine Campingtoilette in die Zelle gestellt.

Den Abend verbrachten die Vier dann in geselliger Runde. Zu später Stunde bat Valerie dann um Aufmerksamkeit:

„Sheriff, ich habe eine Bitte. Ich möchte mit meinem Mann für vier Wochen nach Deutschland fliegen und ihm Hamburg zeigen. Bekommen wir dafür frei?" Kent grinste erst, doch dann nickte er. „Natürlich bekommt ihr beiden frei. Immerhin müsst ihr ja noch euren Flitterwochenurlaub nachholen."

Und somit war es beschlossen, dass Valerie und ihr Mann Lucas sehr bald Hamburg einen Besuch abstatten wollten.

In Kakisa herrschte indessen tiefe Trauer. Zoey war untröstlich über das, was passiert war, und Tante Margret versuchte alles, um ihre Nichte zu beruhigen.

„Ich habe dir gleich gesagt. Sei nicht so vertrauensselig. Du kennst den Mann erst vier Wochen und hast ihn auf einem Campingplatz getroffen und bist mitgefahren. Wenn er tatsächlich schon jemand umgebracht hat, hätte dir das Gleiche passieren können. Und wie mir der Officer sagte, habe man in seinem Wohnmobil eine Menge Stoff gefunden, mit dem er gehandelt hat. Deshalb war er immer tagelang weg. Lass den Kerl sausen, du hast was Besseres verdient als diesen Hallodri."

„Er war aber so lieb zu mir, Tante. Ich habe wirklich gedacht, ich habe den Richtigen gefunden. Das ist alles so traurig." Und wieder begann sie zu schluchzen. Tante Margret sah aus dem Fenster und meinte dann:

„Immerhin was Gutes hat die Sache aber auch, du bist recht-mäßiger Besitzer des Ladens da, der auf deinen Namen einge-tragen ist. Und du hast einen fast neuen Jeep Wrangler, der ja auch auf deinen Namen läuft. Schließ das alte Kapitel ab, Mäd-chen! Sieh nach vorn, eines Tages kommt schon noch der Rich-tige." Und so endete die Geschichte von Zoey Morris und Mario Hansdorf.

Ankunft in der alten Heimat

Es war September geworden, das Wetter war noch sommerlich warm, als die Boeing 737 auf dem Flughafen Hamburg landete. Nachdem sie ihre Koffer geholt hatten und ein Taxi gefunden hatten, fuhren sie in die Stadt ins „Appartement Hotel" beinahe unmittelbar im Zentrum. Emilia war müde und quengelte und musste unbedingt schlafen. Ihre Eltern setzten sich auf den Bal-kon, nachdem sie sich ein Menü aufs Zimmer bestellt hatten. In-nerhalb von 20 Minuten klopfte es an der Tür und ein Kellner brachte den Servierwagen mit den Speisen und den Getränken. Lucas saß da und staunte über den Blick, den man über die Stadt und die angrenzenden Straßenzüge hatte.
Die alte Hansestadt machte auf Lucas Eindruck. In der Wildnis aufgewachsen, war er bisher nur zweimal in einer Großstadt ge-wesen.
Als sie gegessen hatten, griff Valerie zum Telefon und rief im Verlag an und Baumann war glücklicherweise selbst anwesend.
„Mein Gott, Mädel, du bist in Hamburg! Ist das eine Freude, du musst unbedingt mal zu uns in den Verlag kommen. Wie lange bist du hier?"
„Wahrscheinlich drei Wochen, wir wollen unbedingt noch eine Woche nach Berchtesgaden." Und so verabredeten sie sich für den nächsten Vormittag.
Am zweiten Tag nach der Ankunft betraten sie zu dritt das Ver-lagshaus, in dem Valerie bis zu ihrer Abreise gearbeitet hatte. Im dritten Stock klopfte sie an die Tür des Verlagsleiters. Ein kräf-tiges „herein" ertönte von drinnen. Als sie eintraten, sah der Mann hinter dem Schreibtisch zunächst fragend auf, doch dann hatte er Valerie erkannt und sprang förmlich auf und umarmte sie herzlich.

„Deern, da bist du ja wieder! Und ein Kind und einen Begleiter hast du auch mitgebracht, ist ja toll! Kommt, setzt euch und erzählt mir alles!"

Nebenbei bestellte er drei Kaffee und dann musste Valerie nun berichten. Holger Baumann hörte aufmerksam zu und schüttelte ab zweifelnd den Kopf. Als Valerie fertig war, schob sie ihm einen dicken Hefter über den Tisch.

„Hier, das sind meine Berichte über die Arbeit am Bahnprojekt. Brauchst du sie jetzt noch?" Baumann lächelte und blätterte in den vielen Seiten und den Bildern. Dann sah er sie an, seine ehemalige Mitarbeiterin, die inzwischen in Kanada ein Kind bekommen hatte und nun sogar verheiratet war.

„Wenn ich ehrlich bin, Valerie, war ich von Anfang an von diesem Hansdorf nicht überzeugt. Der war mir zu eitel und zu aufgeblasen. Und wenn ich höre, was der Kerl da drüben alles angestellt hat, dann wundert mich das nicht. Aber gut, das ist vorbei. Meine Frage ist ja, wieviel Zeit du jetzt mit Kind und Mann noch hast, um eventuell als unsere Auslandskorrespondentin in Kanada weiter für uns arbeiten." Valerie musste lachen.

„Holger, ich habe es noch nicht erwähnt, aber mein Mann ist in Hay River Distrikt Sheriff und ich bin ebenfalls bei der Police angestellt. Wir managen das dort drüben zu viert und haben ein ziemlich großes Territorium. Und Kriminalität gibt's leider da drüben auch genug." Hoffmann war für den Moment sprachlos und Valerie erklärte Lucas, was sie gerade besprachen, da er ja nur sehr wenig Deutsch verstand.

„Du bist also da drüben bei der Polizei angestellt, das ist unglaublich, Valerie! Von der Reporterin zur Polizistin, wenn das keine Karriere ist. Na gut, dann wirst du vermutlich keine Zeit für uns haben, das ist mir auch klar." Sie hatte Lucas leise Wort für Wort übersetzt, bis der plötzlich nickte und meinte:

„Na, du kannst doch auch von unserer Arbeit berichten, das ist genauso spannend wie von der Bahn." Baumann, der gut englisch sprach, nickte ebenfalls. Und so wurde man sich einig, dass Valerie Kontakt halten würde und ab und zu einen Bericht schicken würde. Dann sah sie Baumann plötzlich an und schmunzelte.

„Valerie, ich habe da plötzlich eine Idee. Warum willst du nicht deine Geschichte zu einem Buch verarbeiten? Ich kenne eine Menge Verleger, die eine solche Geschichte auf jeden Fall aufgreifen würden. Oder wir bringen sie zuzusagen als Fortsetzungsreihe in der Zeitung. Und Geld bekommst du dafür natürlich auch. Also überlege es dir mal in Ruhe!" Valerie versprach, das Ganze zu überdenken und sich wieder zu melden.

Nach zwei Stunden verabschiedeten sie sich wieder von Baumann und fuhren in die Stadt, um einen Bummel zu machen. Lucas trug Emilia in einer Tragetasche auf dem Bauch, so dass die Kleine alles sehen konnte.

Die nächsten Tage verbrachten sie damit, sich Hamburg anzuschauen. Und Valerie zeigte Lucas einige ihrer Geheimtipps, wie z.B. das Cafe „Alsterperle" am Ufer der Außenalster und aßen am Abend dann im Restaurant „Alsterpark". Hier hatte Valerie in ihrer Zeit in Hamburg oft gegessen und hinaus auf das Wasser geschaut.

Die zwei Wochen waren dann auch wie im Flug vergangen und sie setzten sich in die Bahn und fuhren nach Berchtesgaden.

„Oh schau, hier sieht man schon etwas von den Bergen." Lucas war begeistert. Valerie hatte am nächsten Tag einen Trip zum Königssee organisiert, nachdem sie sich in einer Autovermietung einen „Ford Kuga" gemietet hatten. In Schönau angekommen bestiegen sie dann ein Ausflugsboot und fuhren bis zum Ende des Sees. Lucas war restlos begeistert.

„Oh Darling, hier hätte ich auch wohnen können. Das würde mir gefallen." Valerie lächelte.

„Und was würdest du dann beruflich hier machen? Mal ganz davon abgesehen, dass es schwierig ist, hier eine bezahlbare Wohnung zu finden." Lucas nickte.

„Jetzt verstehe ich, warum du in Kanada geblieben bist. Ich muss dir sowieso noch etwas erzählen", meinte er ganz nebenbei. Valerie wurde aufmerksam und sah ihren Mann an.

„Na, erzähl schon, dann ist es raus. Hast du eine Andere kennengelernt?" Im Still überdachte sie schon mal, was das für sie und Emilia bedeuten würde. Vielleicht sollte sie dann tatsächlich mit der Kleinen wieder zurück nach Deutschland gehen. Lucas schüttelte vehement den Kopf.

„Nicht, was du denkst, Valerie! Ich habe vor unserer Abreise noch ein Angebot erhalten. Und es gab bis jetzt noch keine Gelegenheit, in Ruhe darüber zu reden." Valerie stöhnte gespielt gequält auf. „Nun rede doch schon und spann mich nicht so auf die Folter!" Lucas nahm einen Schluck Bier und schaute über das Wasser und die vorüberziehende Natur.

„Also, ich könnte die Sheriffstelle in Fort Resolution übernehmen. Dazu gehören ein fast neues Holzhaus und kleiner Bestand an Pferden, Ziegen und zwei zahmen Braunbären. Das war mal eine Art Auffangstation für kranke oder verletzte Tiere. Da der Besitzer verstorben ist, würde uns die Police dieses ganze Terrain mit Haus übergeben. Wie wohnen also quasi mietfrei, wenn wir uns um die Tiere kümmern."

Valerie sah ihren Liebsten zunächst sprachlos an, ehe sie dann meinte: „Und warum zögerst du da noch?" Lucas musste Lachen. „Das liebe ich so an dir. Du bist so unkompliziert und entscheidungsfreudig, sowas habe ich noch bei keiner Frau erlebt." Die nächsten Tage gingen sie in die Berge wandern.

Aufbruch in ein neues Abenteuer

Der Tag des Abschieds von Kent und Amelia war gekommen. Der Möbeltransporter war inzwischen schon vorausgefahren und Lucas und Valerie verabschiedeten sich von ihren Freunden. Bei Amelia gab es natürlich Tränen. Valerie versuchte, sie zu trösten.

„He, alte Heulsuse, wir sind doch nur 95 Meilen auseinander. In zwei Stunden bist du bei mir oder ich bei dir. Und außerdem gibt's ja auch Skype und wir können quatschen."

Amelia wischte sich die Tränen ab und versuchte zu lachen, weil die kleine Emilia die Tante auch drücken wollte. Und dann fuhren sie von dannen. Der beinahe neue Ford Wrangler Sand war trotz Möbelwagen noch vollgepackt. Und so begann ein neuer Abschnitt im Leben von Valerie Brunner, die jetzt ja Miller hieß. Und die kleine Emilia würde eine echte Kanadierin werden.

Im neuen Heim angekommen saß Valerie zwischen Kartons und Kisten und bestaunte ihr Holzhaus. In Richtung Wald hatten sie eine Terrasse, wo man wunderschön im Sommer sitzen konnte.

Lucas hatte am Anfang einigen Stress, um Umzug und Dienstantritt unter einen Hut zu bekommen.

Valerie stürzte sich mit Eifer in das Einrichten des neuen Hauses. Vertraglich festgelegt war aber auch, dass Valerie im Police-Office eine Art Sekretärin machen sollte, aber auch draußen vor Ort mit einbezogen werden konnte. Lucas hatte noch einen jungen Polizisten als Unterstützung hinzubekommen. Jack Scott war 30 Jahre alt, gut 1,85m groß und trainierte jede Woche mit der Eishockeymannschaft von Fort Resolution.

Am zweiten Abend saßen sie dann auf der Terrasse zusammen. Lucas bediente den Grill und Valerie brachte die Getränke. Und so erfuhren sie einiges über ihren neuen Mitarbeiter. Er hatte bei der Armee gedient, war ledig und spielte Eishockey.

Von Kent hatten sie am Nachmittag erfahren, dass es gegen Mario demnächst eine Gerichtsverhandlung in Edmonton geben würde, und Valerie wie auch Amelia würden als Zeugen geladen. Das hieß also, diesem Menschen noch einmal gegenübertreten zu müssen.

Inzwischen waren drei Monate ins Land gegangen. Über Nacht war das Thermometer auf minus 5 Grad gesunken und über den Bäumen und Wiesenflächen lag eine hauchdünne Schicht Schnee. Es würde Emilias erster Winter werden. Valerie hatte sich angewöhnt die Kleine immer mitzunehmen, wenn sie in den Stall ging, in dem es schön warm war. Das leise Schmatzen der Tiere, das Hufe scharren und das Meckern der Ziegen, alles das war Valerie inzwischen vertraut geworden. Und Klein-Emilia spielte mit den beiden Hasen im Gatter und fütterte sie mit Mohrrüben. Lucas war schon am frühen Morgen aufgebrochen, weil es in einer Woche schon zum dritten Mal gebrannt hatte. Diesmal im Sägewerk von Mr. Ross. Zum Glück hatten sie den Brand schnell bemerkt und hatten ihn löschen können.

„Sagen Sie, Mr. Ross, wer hat eigentlich Zutritt zum Traforaum?" Der 60jährige zuckte mit den Schultern.

„Eigentlich jeder, Officer. Der Raum ist nie abgeschlossen worden." Lucas besah sich den Brandherd hinter dem Trafo.

„Und wie kann es hier zum Brand kommen?" Mr. Ross zuckte mit den Schultern. „Eigentlich nur durch einen Kurzschluss, der kann die Ummantelung der Kabel in Brand setzen. Aber sonst, nicht dass ich wüsste." Plötzlich kam Lucas Assistent in den Traforaum. Er wirkte leicht aufgeregt.

„Sir, ich habe gerade einen der Arbeiter befragt, der in der Frühschicht schon hier war, als es passiert war. Er meinte, er hätte eine Gestalt in dunkler langer Kleidung und einer Sturmhaube auf dem Kopf vom Gelände rennen sehen. Das Gesicht hat er nicht erkannt, weil er ihn nur von hinten gesehen hat."
Am Ende verabschiedeten sie sich wieder und versprachen Mr. Ross, ihn zu informieren, sobald sie etwas Neues erfahren hätten. Jack Scott sah seinen Chef von der Seite an, der gespannt auf die Fahrbahn blickte, die teilweise vereist war.

„Das ist jetzt der dritte Brand in einer Woche, Chef. Ich vermute mal, wir haben es hier mit einem Feuerteufel zu tun. Und wenn es blöde kommt, ist der noch bei der Feuerwehr. Wie der Fall in Alaska, da hatte der Feuerwehrmann selber die Brände gelegt, damit er dann zum Löschen mit rausfahren konnte." Kent lachte verhalten.

„Solche Idioten soll es ja geben, das stimmt. Aber wenn wir immer nur den Schaden danach aufnehmen können, kommen wir nicht weiter. Wir müssen die Bevölkerung mit einbeziehen."
Scott nickte. „O.K. Boss, ich gebe das heute noch an die Zeitung raus." Lucas lachte verhalten.

„Wollen wir nicht mal das „Sie" weglassen? Ich bin Lucas." Scott grinste und nahm die dargebotene Hand.

„Okay Sir, ich bin Jack, ich freue mich mit dir zusammenarbeiten zu dürfen."
Wieder zurück im Office begrüßte ihn erst einmal die kleine Emilia, die in ihrer Spielecke mit Stoffbären und Stoffhasen spielte. Valerie gab er einen Kuss.

„Schatz, ich habe mal einen Auftrag für dich. Stöber doch mal im Archiv, welche Brandstiftungen es in dem letzten Jahr hier gegeben hat. Vielleicht hilft uns das weiter."
Valerie schaltete den PC ein und ging ins Archiv der Polizei. Eine Weile suchte sie, bis sie auf einmal ein „juhu" ausstieß. Sie hatte etwas gefunden. Lucas kam zu ihrem Schreibtisch und Valerie rief die Dateien auf. Es hatte vor zwei Jahren fünf Brandstiftungen gegeben. Und jedes Mal waren es kleinere Unternehmen gewesen, wo es gebrannt hatte. Am Ende hatte sich herausgestellt, dass diese Unternehmen kein Schutzgeld zahlen wollten

an diese Wachfirma. Leider aber konnte man dem Boss der Truppe nichts nachweisen, weil er sich in die USA abgesetzt hatte. Valerie sah ihren Mann gespannt an.

„Ob die das Ding jetzt wieder abziehen?" Lucas hob die Augenbrauen.

„Möglich ist alles. Kannst du morgen nochmal zum Sägewerk rausfahren und einen Blick hinter die Kulissen werfen? Ich habe gesehen, die suchen eine Bürokraft. Du kannst dich ja mal pro forma bewerben und dir alles zeigen lassen." Valerie dacht nach, doch dann schüttelte sie den Kopf.

„Ich sollte eher als Reporterin da draußen auftauchen, die über den Brand schreiben will. Das musst du aber mit der Hazel abklären. Wäre nicht schlecht, wenn ich einen Ausweis bekäme." Lucas sah seine Frau erstaunt an.

„Du verblüffst mich immer wieder. Da merkt man tatsächlich, dass du das schon mal gemacht hast. Und wie dein Boss Baumann meinte auch ziemlich erfolgreich. Also gut, ich bin einverstanden, ich gebe dir aber den Morris als Fahrer in Zivil mit. Man kann ja nie wissen. Einverstanden?" Valerie nickte.
Zwei Tage später verließen Valerie mit ihrem Fahrer Hazel Morris Fort Resolution und fuhren in das 20 Meilen entfernte Kaff Modern Rouche in das Sägewerk. Da sich Valerie telefonisch angekündigt hatte, brauchten sie nicht viel Zeit, um den Boss zu erreichen, der gerade im Betrieb unterwegs war. Sie gingen auch zum Traforaum, wo Morris einige Bilder machte. Dan liefen sie weiter zu der großen überdachten Säge, wo die Balken geschnitten wurden. Nach einer halben Stunde musste der Boss weg und schickte seinen Meister, um die beiden Zeitungsleute zu unterstützen. Der Meister war eine Meisterin und hieß Ella Morin. Sie stammte aus Schweden. Mit ihr unterhielten sie sich dann eine Weile. Auf einmal meinte die Schwedin:

„Drei Tage vor dem Brand war ein dunkelhäutiger Kerl mit Sonnenbrille und zwei Begleitern beim Chef. Dabei gab es heftiges Gebrüll und er hat die drei wohl rausgeworfen. Die sind ziemlich wütend abgedampft. Einer von den Dreien rief dem Chef noch zu, dass er das noch bereuen würde."
Valerie sah von ihren Notizen auf. „Konnten Sie hören, worum es ging?" Ella Morin nickte schmunzelnd.

„Es ging wohl um Geld, welches der Boss denen nicht zahlen wollte." Valerie sah die Schwedin lächelnd an.

„Könnte es sein, dass es um Schutzgelderpressung ging?" Elin Morin schmunzelte. „Könnte sein." Mehr sagte sie nicht.

Als Valerie sich von der Schwedin verabschieden wollte, meinte die plötzlich grinsend: „Ist ihr Job so gefährlich, dass sie eine Pistole dabeihaben?" Valerie zog schnell die Jacke wieder weiter herunter, die beim Sitzen hochgerutscht war. Einer Eingebung folgend gab sie Morin eine ihrer Visitenkarten.

„Wenn die nochmal hier auftauchen oder sie noch irgendetwas erfahren konnten, rufen sie mich bitte an, ja?" Da nickte Elin Morin.

„Sie können sich darauf verlassen, Frau Kommissarin, das werde ich machen." Valerie grinste verschwörerisch.

„Aber wenn Ihr Chef noch mal fragen sollte, wir waren von der Zeitung." Elin nickte und verabschiedete sich. Valerie war mit dem Ergebnis ihrer Nachforschungen zufrieden. Jetzt wussten sie wenigstens, wo sie eingreifen mussten.

Als sie dann zurückkehrte, war Kent mit dem Ergebnis ihrer Arbeit mehr als zufrieden. Valerie hatte mehr erfahren als er.

Emilia ging inzwischen in die neugegründete Kindereinrichtung in Ford Resolution, so dass Valerie ein paar Stunden in der Woche länger arbeiten konnte.

In den Folgewochen besuchten sie noch drei weitere Betriebe der Holzindustrie. Das Ergebnis war erschreckend. In allen drei Fällen hatte man versucht, die Eigentümer unter Druck zu setzen. Doch eine Frage quälte Kent und Lucas noch immer – wo kamen diese Leute her? Lucas vermutete aus Alaska, Kent glaubte eher an kanadische Kriminelle. Bis eines Tages das Telefon bei Valerie klingelte und Elin Morin am anderen Ende der Leitung hastig halblaut rief: „Miss Miller, diese Leute sind wieder gekommen! Beeilen Sie sich!"

Valerie rannte aus dem Zimmer hinüber zu Lucas Büro. Auch der war gerade beim Telefonieren. Einen Moment das Gespräch unterbrechend sah er Valerie fragend an.

„Die Sekretärin aus dem Sägewerk Morell hat angerufen, die Leute wären wieder da." Lucas griff in den Schreibtischkasten und warf ihr den Zündschlüssel zu.

„Nehmt meinen Wage und fahrt schnell raus! Nimm Hazel mit! Fünf Minuten später schoss der Streifenwagen auf die Hauptstraße und preschte davon. Hazel Morris fuhr so schnell es die Umstände zuließen und erreichte nach dreißig Minuten das Gelände des Sägewerkes. Als sie aussteigen wollten, meldete sich Lucas über Funk.

„Seid ihr schon vor Ort? Wenn ja, dann wartet auf mich und geht da nicht alleine rein. Ich bin gleich da." Valerie schloss wieder die Wagentür und sah auf die Uhr.

„Na, hoffentlich kommt er noch, bevor die wieder abhauen." Hazel sah sie an. „Und was machen wir dann, wenn sie wieder losfahren?" Valerie grinste ihren Fahrer an.

„Dann machen wir eine Personenkontrolle. Ich wette, das Kennzeichen des Wagens ist gefälscht."
Nach endlosen Minuten hielt hinter ihnen Lucas mit seinem Streifenwagen. Er kam nach vor und setzte sich hinten auf die Bank.

„Wisst ihr, wie viele Leute das sind?" Valerie schüttelte den Kopf. „Bis jetzt hat sich noch keiner sehen lassen." Lucas dachte kurz nach. „Also passt auf, ich gehe vorn zum Eingang rein und ihr beiden sichert das Gelände hinter dem Büro ab. Ich hoffe, wir kriegen das ohne Ballerei hin." Er sah Valerie ernst an. „Und du hältst dich schön im Hintergrund, ist das klar?" Obwohl es ihr gegen den Strich ging, bei solchen Einsätzen immer als Risiko betrachtet zu werden, nickte sie wortlos. Sie wollte jetzt keinen familiären Disput anfachen.
Lucas ging die zwei Stufen hinauf und klingelte. Eine Weile passierte nichts. Als er ein zweites Mal klingelte, kam jemand und schloss auf. Es war Elin Morris, Sie deutete wortlos auf eine Tür am Ende des Ganges. Lucas schickte sie nach draußen und ging den Gang entlang bis zu der Tür, hinter der diese Ganoven sein mussten. Er drückte kurz den Knopf seines Sprechfunkgerätes. Als Gegenantwort kamen zwei kurze Töne. Sie waren also an ihrem Platz. Lucas klopfte an, und ohne auf ein Herein zu warten, trat er ein. Im Raum waren drei ziemlich muskelbepackte Kerle mit Glatze und in schwarzen Anzügen, und hinter dem Schreibtisch saß ein schwitzender Eigentümer des Sägewerkes. Die drei Glatzköpfe sahen ihn erstaunt an und machten Anstalten, in ihre Jacken greifen zu wollen. Doch dann sahen sie, dass

Lucas Hand an seinem Revolver ruhte, und ließen es sein. Lucas blieb gelassen.

„Meine Herren, Ihre Papiere bitte! Ausweiskontrolle!" Einer der drei mokierte sich.

„Was soll denn das bedeuten? Wir sind Kaufleute, die muss man doch nicht überprüfen." Lucas grinste.

„Doch das machen wir, erstens sind Sie Ausländer, und zweitens haben wir den Eindruck, dass Sie ihren Kunden hier unter Druck setzen wollen. Wie letztens als Sie schon mal hier waren und Mister Ross ziemlich verbeult aussah mit seinem blauen Auge. Also bitte die Papiere!"
Nacheinander griffen die drei in ihre Jackentaschen und brachten ihre Pässe zum Vorschein. Einer war Amerikaner, einer war Kanadier und einer ein Norweger.
Auf einmal hechtete einer der drei zur Tür, die zum Hof hinausführte. Doch kaum hatte er die Tür geöffnet, blickte er in zwei Pistolenmündungen. Und dann geschah Unglaubliches! Plötzlich ging eine wüste Schießerei los. Jemand schoss von draußen durch die dünnen Holzwände. Kent ging hinter dem Schreibtisch von Ross in Deckung. Währenddessen hatten die drei Gauner die Tür erreicht und rannten den Gang entlang raus zu ihrem Auto. Doch dort empfing sie nun ebenfalls Pistolenfeuer.
Als die beiden, Valerie und Morris, gerade den Wagen inspizieren wollten, kam plötzlich ein Armeejeep herangeprescht und eröffnete sofort aus einem montierten Maschinengewehr das Feuer auf das Büro. Valerie und Morris verschanzten sich hinter einem Holzstapel und gaben nun gezielte Schüsse auf den Jeep ab, dessen Besatzung es vorzog, lieber wieder zu verschwinden.
Als die beiden Polizisten endlich das Büro erreicht hatten, saß Kent auf dem Fußboden mit einem blutdurchtränkten Hemdärmel. Von den drei Männern war keiner mehr zu sehen. Kent atmete auf, als er sah, dass seine beiden Leute unversehrt waren. Valerie brauste auf.

„Wo sind denn die drei Halunken hin?" Lucas deutete auf die Tür, die zum Hof hinausging.

„Wenn ihr beiden dageblieben wärt, hätten sie nicht abhauen können. Sie hatten sich auf ein Zeichen hin auf mich gestürzt, meine Waffe herausgezogen und mir einen Schuss in den Arm verpasst." Valerie besah sich den provisorischen Verband und

Morris rief den Krankenwagen. Während sie auf den warteten, erklärte Mr. Ross, dass er von den drei Leuten erpresst werde. Valerie sah die beiden Kollegen an.

„Die drei sind jetzt ohne Auto unterwegs. Wir müssen sie sofort zur Fahndung ausschreiben." Lucas grinste mit Schmerz im Gesicht: „Na los, dann mach mal!" Fünf Minuten später standen die drei Gauner in der Fahndung. Inzwischen waren auch noch zwei Streifenwagen angekommen. Die acht Leute meldeten sich bei Kent und der gab die notwendigen Instruktionen, dann schwärmten sie im Zweier-Team mit zwei Schäferhunden aus. Mr. Ross hatte sich offenbar entschlossen, nun alle Karten auf den Tisch zu legen, und so bekam Lucas einen Einblick in die Geschäfte, die diese Holzmafia betrieb. Das Geschäft war einfach, mehr Holz einschlagen und weniger melden. Die Differenz wurde geteilt. Wer sich weigerte, bekam Ärger wie Mr. Ross. Das Büro des Sägewerkes hatten die Polizisten einstweilen zu ihrer Zentrale gemacht. Wie nicht anders zu erwarten, brachte der Einsatz an diesem Tag nichts. Doch irgendwo in diesem Forst mussten die Gauner stecken. Valerie sah auf die Uhr und erschrak. „Verflixt, Emilia!", hauchte sie und telefonierte mit der Kita. Sie erklärte der jungen Helferin, warum sie noch nicht zu Hause war und Emilia abholen konnte. Ms. Jumbert versprach, sich um die Kleine zu kümmern, bis Valerie wieder in Fort Resolution war. Valerie holte ihren Mann aus dem Büro auf den Flur.

„Hör mal, Miss Jumbert habe ich jetzt informiert, dass ich etwas später komme. Ich muss aber jetzt losfahren. Morris kann ja mit euch dann heimfahren." Lucas war einverstanden und gab seiner Frau einen Kuss. Dann fuhr Valerie vom Platz. Dreißig Minuten später war sie vor Ort und nahm ihre Emilia entgegen. Die Kleine war guten Mutes und plapperte drauflos, was sie alles erlebt hatte.

Am frühen Abend kam Lucas zurück und setzte sich wortlos an den Küchentisch, den Valerie schon gedeckt hatte für das Abendessen. Eine Weile druckste Lucas herum und Valerie merkte es. Also sprach sie ihn an. „Was ist mit dir? Tut deine Wunde so weh, weil du so schweigst?"

Lucas schüttelte den Kopf und legte sein Messer beiseite. Dann schüttelte er den Kopf.

„Nein, meinem Arm geht es gut, es war nur ein Streifschuss. Aber was mir Sorgen macht, sind deine Einsätze draußen. Es hätte heute auch schlimmer ausgehen können, und ich wäre mit Emilia vielleicht alleine. Ich möchte dich bitten, in Zukunft nur noch Büroarbeit zu machen. Den Außendienst machen ab sofort nur noch Jack und ich. Es reicht, wenn ich ab und zu mal meinen Hals riskieren muss in diesem Job. Aber du bist doch Emilias Mutter und solltest dich nicht mehr solchen Gefahren aussetzen. Was meinst du dazu?" Valerie sah ihn liebevoll an, wusste sie doch, dass es Lucas nur um seine beiden Frauen ging, wie er Emilia und sie immer nannte. Also nickte sie auch.

„Ich verstehe deine Sorgen, Boss. Und sicher hast du auch recht. In Zukunft bleibe ich im Büro und ihr beiden geht raus." Lucas atmete insgeheim auf, hatte er doch mit wesentlich mehr Widerstand von Valerie gerechnet. Eine Frau, die genau wusste, was sie wollte, und manchmal auch ziemlich risikofreundlich war. Als sie mit dem Abendessen fertig waren und sich bequem auf die Couch gesetzt hatten, meinte Valerie lächelnd:

„Du höre mal! Amelia und Kent wollen uns nächstes Wochenende besuchen, Sie kämen am Samstagvormittag und würden dann am Sonntagnachmittag wieder zurückfahren."
Kent freute sich seinen alten Mitstreiter wiederzusehen und machte Pläne, was sie alles machen könnten.

Und so endet hier die Geschichte von der Hamburger Reporterin, die im Norden Kanadas nach vielen Irrungen und Wirrungen endlich ihr Glück gefunden hatte.

E N D E

Bereits erschienene Bücher von Hans-Peter Ackermann und die dazugehörige ISBN

2007 „Freiheit und was nun"   nicht mehr im Handel

2008 „Insel im Wind"   nicht mehr im Handel

2008 „Im Westen geht die Sonne unter"   nicht mehr im Handel

2009 „Unser Haus auf Fuerteventura   nicht mehr im Handel

2009 „Verkauftes Land   978-3-8391-1346-2

2010 „Eine Liebe in Mexiko   978-3-8391-8116-4

2011 „Die Lawine"   978-3-8685-8725-8

2012 „Die Rückkehr der Götter"   978-3-86858-894-1

2013 „Die Blutnacht im Murachtal"   978-3-86858-999-3

2014 „Bergfeuer„   978-3-95631-167-8

2015 „Nebel über dem Königssee"   978-3-734-756-0

2017 „Novizin Anna"   978-3-7431-1874-4

2018 „Engelskinder"   978-3-7481-0762-0

2019 „Der Monde über den Klippen"   978-3-7504-0940-8

2021 „Die Tote im Geiranger Fjord"   978-3-7534-2480-4

2022 „Das Blut der Erde"   978-3-7568-6207-8

2023 „Das Orakel von Naxos"   978-3-7578-8355-3

2024 „Mord am Polarkreis"   979-3-7597-1188-5

2024 „Abenteuer in Kanada"   978-3-7597-8651-7

Liebe Leser!

Besuchen sie mich bitte auf meiner Autorenhomepage

www.hans-peter-ackermann.de

2007   2008   2008   2009

2009   2010   2011   2012

2013   2014   2015   2017

2018   2019   2021   2022

2023   2024   2024